Christiane Bößel

Zane & Lennon – A San Francisco College Romance

Das Buch

Drei College-Studenten, eine WG und ein Neuanfang für die Liebe

Zane Wellingtons Zukunft ist bereits geplant: Mit 25 soll er ins Familienunternehmen einsteigen. Vorher darf sich der reiche Sohn aus gutem Hause jedoch während seines Wirtschaftsstudiums noch „die Hörner abstoßen". Da kommt es ihm gerade recht, dass er mit seinen beiden besten Freunden in einer WG wohnt. Auf unzähligen Partys hat er schon so manche Frau abgeschleppt. Doch als die WG-Hündin Rose zum Tierarzt muss, zeigt Zane seine weiche Seite und bringt sie hin. Der Arzt fasziniert ihn auf eine Weise, wie er es vorher nicht kannte. Schließlich war er immer überzeugter Hetero. Und sein Vater würde ihn vermutlich enterben, wenn herauskäme, dass sein Sohn schwul ist ...

Von Christiane Bößel sind bei Forever by Ullstein eschienen:

Losing me (Stepbrother-Reihe Band 1)

Finding you (Stepbrother-Reihe Band 2)

Ethan & Claire - A San Francisco College Romance (College-WG-Reihe 1)

Cole & Autumn - A San Francisco College Romance (College-WG-Reihe 2)

Zane & Lennon - A San Francisco College Romance (College-WG-Reihe 3)

Madison & Sam - A San Francisco College Romance (College-WG-Reihe 4)

Die Autorin

Christiane Bößel, geboren 1975, hat ursprünglich als Krankenschwester gearbeitet, bevor sie Germanistik und Philosophie studierte. Sobald sie alle Buchstaben konnte, fing sie an zu schreiben. Mit ihren Erzählungen hat sie mehrmals den Augsburger Poetry Slam und einen Schreibwettbewerb gewonnen und ist in verschiedenen Anthologien vertreten. Seit 2014 schreibt sie Liebesromane und Fachbücher. Wenn sie nicht neue Geschichten erfindet, unterrichtet sie in der beruflichen Bildung Jugendliche und Erwachsene. Außerdem ist sie büchersüchtig, liebt Nudeln, ihren Garten und skurrile Bildunterschriften im Privatfernsehen. Sie lebt mit Mann, Sohn und zwei Katern als Landei in Bayern.

Christiane Bößel

Zane & Lennon – A San Francisco College Romance

Roman

Forever by Ullstein
forever.ullstein.de

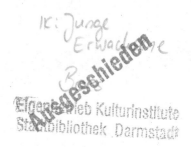

MIX
Papier
FSC FSC® C083411

Originalausgabe bei Forever
Forever ist ein Verlag
der Ullstein Buchverlage GmbH, Berlin
August 2019 (1)

© Ullstein Buchverlage GmbH, Berlin 2019
Umschlaggestaltung:
zero-media.net, München
Titelabbildung: © FinePic®
Innengestaltung: deblik Berlin
Gesetzt aus der Quadraat Pro powered by pepyrus.com
Druck- und Bindearbeiten: CPI books GmbH, Leck

ISBN 978-3-95818-319-3

Dezember

Zane

Irgendetwas Raues kratzt über mein Gesicht. Mein Schädel dröhnt. Schon das Augenöffnen tut höllisch weh, aber ich zwinge mich dazu. Vor mir erscheint ein überdimensionaler grauer Katzenkopf, der mich anglotzt und mir seinen Katzenfutteratem ins Gesicht haucht und dann über meine Wange leckt.

Wo kommt das Vieh denn her? Hat sich Rose über Nacht in eine Katze verwandelt? Ich drehe meinen Kopf weg, Katzenspucke im Gesicht ist nicht das, was ich morgens brauche. Vor allem nicht heute. Meinen wummernden Kopfschmerzen, dem ekelhaften Geschmack im Mund und meinem flauen Magen nach war es eine harte Nacht, mit viel Alkohol.

Wie so oft.

Ich sollte nicht so viel trinken. So schlimm, dass ich halluziniere und Tiere sehe, die gar nicht existieren, war es schon lange nicht mehr. Was ist gestern passiert? Warum habe ich mich dermaßen abgeschossen?

Stöhnend schließe ich meine Lider und reibe mit den Handflächen über mein Gesicht. Dann beginne ich mit der Bestandsaufnahme.

Gliedmaßen noch alle da. Körper scheint intakt, bis auf diese heftige Übelkeit und den explodierenden Schädel.

Ich bin nackt. Was mich ein wenig wundert, weil ich normalerweise in Klamotten ins Bett falle, wenn ich zu viel getrunken habe.

Das Morgenlicht kommt aus der falschen Richtung, obwohl ich richtig herum liege, sprich, mit dem Kopf auf dem Kissen. Doch das Kissen fühlt sich irgendwie fremd an, genau wie die Matratze. Beides viel zu weich. Die Decke riecht nach Weichspüler, aber nicht nach dem, den wir normalerweise benutzen. Hat Ethan einen anderen gekauft?

Die Bettwäsche ist auch nicht meine. Blumen. Mädchenmuster. Was meine Vermutung, dass ich nicht zu Hause bin, nur bestätigt. Wie ein Psychopath schnüffle ich noch einmal daran. Nicht nur Weichspüler, auch eindeutiger Sexgeruch. Ein Tasten auf meinem Bauch bestätigt mir das Vorhandensein verdächtig klebriger Haut, wie von angetrockneten Sexflüssigkeiten.

Bis jetzt nichts besonders Außergewöhnliches. Ist nicht das erste Mal, dass ich in einem fremden Bett aufwache und mich erst orientieren muss. In der Regel kann ich mich jedoch schnell daran erinnern, wen ich abgeschleppt habe.

Neben mir regt sich jemand und gibt leise Geräusche von sich. Ungewöhnlich tief für eine Frau.

Eine Hand landet auf meinem Bauch. Eine große, schwere Hand. Eine behaarte Hand.

Panik überfällt mich und eine schlimme Erkenntnis kriecht meine Wirbelsäule hoch. Meine Eingeweide verkrampfen sich. Schnell schiebe ich den Arm weg und drehe mich auf die Seite, rutsche ganz ans Ende des Bettes, weg von der anderen Person.

Wäre ich näher gerutscht, hätte ich erfahren, in wessen Bett ich gelandet bin. Mit wem ich aller Wahrscheinlichkeit nach Sex hatte. Irgendetwas hindert mich jedoch daran. Als würde ich nicht wissen wollen, wer neben mir liegt und friedlich schläft.

Sonst ist das nicht so. Momentan fühlt es sich an, als kämen meine Magenschmerzen und die Übelkeit, die feuchten Hände und mein schneller Herzschlag nicht nur vom Kater. Eine Ahnung steigt in mir auf. Bitte nicht!

Ich ziehe die Knie an die Brust und umschlinge meine Beine, schaukele vor und zurück wie ein übergeschnappter Fötus und kaue auf meinen Fingernägeln. Erinnerungsfetzen von gestern Abend strömen auf mich ein, auch wenn mir andere lieber wären. Welche, in denen Titten und keine behaarte Brust vorkommen.

Fuck. Es ist genau das passiert, wovor ich eine Scheißangst hatte. Was ich die ganze Zeit unbedingt verhindern wollte.

Ich setze mich an den Bettrand, vergrabe das Gesicht in den Händen und kralle meine Fingernägel in die Kopfhaut, schlage mir mit der Handfläche gegen die Schläfen, um meine Panik und meine Wut in körperliche Schmerzen zu verwandeln. Natürlich hilft es nicht.

Wo sind meine verfluchten Klamotten?

Ich entdecke mein T-Shirt auf dem Boden vor einem Hocker, dessen Bezug aus dem gleichen Stoff genäht ist wie die Bettwäsche. Eine Katze, nicht die von vorhin, sondern eine weiße mit einem schwarzen Fleck unter der Nase, liegt auf dem T-Shirt und protestiert maunzend, als ich es unter ihr hervorziehen will. Sie faucht mich an und krallt sich krampfhaft an ihrer Beute fest.

»Halt die Klappe. Wenn du Hunger hast, fang dir eine Maus oder iss Trockenfutter«, höre ich eine vom Schlaf verwaschene Stimme. Eine tiefe, raue, eindeutig männliche Stimme. Was die Situation nur noch schlimmer macht und meinen Herzschlag um gefühlte tausend Schläge pro Minute ansteigen lässt. Schweiß läuft meinen Rücken hinunter, und mein Brustkorb fühlt sich an, als würde er gequetscht. Ich kann kaum noch atmen.

Die Katze ignoriert das Murren ihres Besitzers, rollt sich zusammen und schläft demonstrativ weiter. Mein T-Shirt kann ich vorerst vergessen. Also greife ich nach einem anderen, einem, das nicht mir gehört, aber zufällig hier herumliegt, und schlüpfe hinein. Es ist ein wenig zu klein, spannt um die Brust und hat eine Farbe, die ich niemals tragen würde, aber es ist besser, als nackt zu sein. Es riecht leicht nach Schweiß und einem herben Duft. Ich kenne dieses Aftershave, ich weiß genau, wer es immer benutzt.

In wenigen Schritten bin ich am Fenster, reiße es auf und sauge gierig den Sauerstoff in meine Lungen. Nach ein paar tiefen Atemzügen ist mein Brustkorb wenigstens nicht mehr mit einer Tonne Gewicht belastet.

Was habe ich getan? Ich habe mir doch geschworen, dass es niemals dazu kommen würde. Niemals. Unter keinen Umständen.

Ich bin hetero. So hetero, wie man nur sein kann. Ich liebe Frauen. Keine Männer. Nie wieder werde ich auch nur einen einzigen Schluck Alkohol trinken, wenn *das* dabei herauskommt.

Meine Jeans finde ich am Fußende des Bettes. Es ist mir egal, dass meine Unterhose verschwunden ist und dass ich mir ohne den Sack wund scheuern werde. Ich will nur so schnell wie möglich weg aus diesem Bett und aus diesem Schlafzimmer und aus diesem Haus. Und vor allem von diesem Mann.

Beim Hochziehen der Hose schwanke ich und stoße mit dem Ellbogen schmerzhaft gegen den Bettrahmen. »Fuck«, fluche ich viel zu laut und ärgere mich sofort, weil ich dadurch sicher den Menschen, dessen Namen ich nicht einmal denken will, endgültig aufgeweckt habe. Aber *Fuck* ist das einzige Wort, das meine Lage annähernd beschreiben kann.

Vorsichtig linse ich zu ihm. Er liegt auf dem Bauch, einen Arm ausgestreckt, den anderen benutzt er als Kissen. Sein Gesicht ist zur Seite gedreht, sodass ich sein kantiges Profil und den gepflegten Bart sehen kann. Unwillkürlich greife ich mir an die Wange, wo ich das Kratzen beinahe immer noch spüre. Und nicht nur dort. Auch an einer ganz anderen, viel tieferen Stelle.

Blut schießt mir ins Gesicht und in den Schritt. Ich weiche zurück, presse die Augen zu und versuche verzweifelt, an etwas anderes zu denken. Der blumige Stoff bedeckt lediglich seinen halben Hintern und einen Oberschenkel. Der Rest liegt frei. Immer mehr Bilder ploppen auf. Von nackter Haut auf nackter Haut. Von Brusthaaren, die mich kitzeln und meine Nippel hart werden lassen. Von weichen Lippen, die meine pochende Erektion umschließen. Von seinem tiefen Stöhnen und wie er meinen Namen keucht, als er sich auf meinem Bauch ergießt. Von einer großen Hand um meinen Schwanz.

Bei der Erinnerung werde ich hart.

Als er sich bewegt, spannen sich seine Arm- und Rückenmuskeln an und ich muss schlucken. Mein Ständer zuckt unangenehm. Er dreht sich auf den Rücken. Dabei rutscht die Decke ganz herunter und er präsentiert mir seinen schlanken, vollkommen nackten Körper. Lockige weiche Haare, die sich von seiner Brust in einem Streifen den Bauch hinabziehen und beinahe nahtlos, nur unterbrochen von einer kleinen Narbe rechts unterhalb des Bauchnabels, in die Schamhaare übergehen. Inklusive riesiger Morgenlatte.

Wie eine der Katzen streckt und dehnt er sich und brummelt leise. Träge öffnet er die Lider. Sein Blick ruckt zur anderen Seite des Bettes, dann suchend im Zimmer herum, findet und fixiert mich. Seine Augen sind dunkel, braun mit hellen Sprenkeln. Waren sie gestern nicht grün? Liegt bestimmt am Licht. Wieso erinnere ich mich eigentlich an die Farbe seiner Iris? Und daran, wie er mich angesehen hat? Als wäre ich etwas Besonderes. Keine Frau hat mich bisher auf diese Art angeschaut. Warum erinnere ich mich, wie sich seine Hände auf meiner Haut angefühlt haben? Wie sein Mund schmeckte? Sein Schwanz?

Das Gefühl zu ersticken schnürt mir die Kehle zu.

Vielleicht muss ich auch kotzen.

Ich muss hier raus.

Wortlos beobachtet er mich, wie ich hektisch meine Socken aufsammle, sie in die Hosentasche stopfe und mit den Fingern notdürftig meine Frisur richte. Dass ich sein T-Shirt trage, kommentiert er nicht. Ich öffne den Mund, schließe ihn aber sofort wieder.

»Das wird nie wieder passieren«, presse ich schließlich tonlos hervor.

Er antwortet nicht, mustert mich nur mit unergründlichem Blick. Langsam nickt er, kaut auf seiner Unterlippe herum.

Ein kurzer Schmerz durchzuckt mich. Sicher die Alkoholnachwirkungen. Mit ihm kann es nichts zu tun haben. Ich stehe auf Frauen. Ich will Brüste und Vaginen und lange, unbehaarte Beine, kleine zarte Hände und von mir aus auch Lippenstift auf meiner Haut. Keine Brusthaare, keine Bärte, keine Penisse, keine langen, rauen Finger, gar nichts, was irgendwie mit einem männlichen Körper zu tun hat. Schon immer. Für immer. Das hier war ein einmaliger Ausrutscher, aus einer Alkohollaune heraus. Neugierde. Abenteuerlust. Geilheit. Nichts weiter.

»Also, tschau dann«, stammle ich dämlich. Er nickt nur und zieht die Decke bis zur Brust hoch. »Wir sehen uns bestimmt mal wieder in der WG oder so.«

Zuletzt packe ich meine Boots und flüchte endlich aus dem Haus.

Vor der Tür stecke ich mir sofort eine Zigarette an und inhaliere tief. Spüre, wie das Nikotin durch meinen Körper strömt und warte auf die beruhigende Wirkung. Nehme noch einen Zug. Und noch einen. Aber mir wird lediglich noch übler. Also werfe ich die Kippe weg und sehe mich nach meinem Wagen um. Er parkt schief in der Einfahrt, die Beifahrertür steht offen, mein Pulli hängt halb heraus. Die Szene wirkt wie in einem Apokalypsenfilm, wenn die Autos auf der Flucht vor den Zombies einfach stehen gelassen werden. Bin ich etwa so betrunken noch Auto gefahren?

Ich kicke den Pulli in den Fußraum, trete die Tür zu und stapfe zur Fahrerseite. Der Schlüssel steckt noch. Meine Hände zittern auf einmal so sehr, dass ich es nicht schaffe, den Motor zu starten. Ich kann gerade noch die Tür öffnen, bevor ich mich auf das Pflaster übergebe und nach Luft ringe. Kalter Schweiß steht mir auf der Stirn, mein Herz rast. Mein Kopf sinkt auf das Lenkrad und meine Hände liegen schlaff in meinem Schoß.

So sitze ich eine gefühlte Ewigkeit unbeweglich da. Als ich wieder aufblicke, meine ich, einen Schatten am Fenster zu erkennen. Kurz schließe ich die Augen, atme tief ein und aus, konzentriere mich und drehe den Schlüssel im Zündschloss.

Drei Monate zuvor – September

Zane

Mein Erzeuger hat mich in sein Büro zitiert. Er sitzt hinter seinem riesigen, ultrahässlichen Mahagonischreibtisch in seinem verdammten Angeberbüro, trägt seinen üblichen dunkelgrauen Designeranzug mit der Krawatte in Firmenfarben und telefoniert. Als ich ihn begrüße, hebt er einen Finger, um mir zu sagen – zu befehlen –, dass ich gefälligst meine Klappe halten soll, und widmet sich wieder den Geschäften. Dieses Schreibtischmonster werde ich als Erstes entsorgen, wenn ich die Firma einmal übernehme. Aber da mein Dad wie Unkraut ist und garantiert hundert Jahre alt wird, wird das so schnell nicht passieren. Und wenn es nur ist, um mich und seine Hunderte von Angestellten möglichst lange tyrannisieren zu können.

Wenn es sich irgendwie vermeiden lässt, bleibe ich diesem Ort fern und besuche meine Eltern nur wenige Male im Jahr. Mom leidet darunter und wenn ich nur sie hätte, würde ich sicher öfter die dreieinhalbtausend Kilometer von San Francisco hierher nach New Orleans fliegen. Aber auf Grant Wellington kann ich gut verzichten.

Ich setze mich in den Besuchersessel vor dem Holzhorrording, lege einen Fußknöchel auf das Knie des anderen Beins und meine Arme über die Rückenlehne und warte, dass Dad sich herablässt, mit mir zu sprechen. Bereits nach wenigen Minuten in seiner Anwesenheit bin ich angepisst, dabei haben wir noch kein einziges Wort miteinander gewechselt.

Endlich hat er fertig telefoniert und legt auf. Aber statt sich mit mir zu beschäftigen, tippt er auf seinem Computer herum und trinkt seelenruhig von seinem Sencha. Dad verabscheut Kaffee und konsumiert ausschließlich grünen Tee aus biologischem Anbau. Vor ein paar Jahren hat er deswegen in eine kleine Teeplantage investiert. So ist es, wenn man Geld wie Heu hat, man kauft eben nicht spontan neue Schuhe, sondern eine verdammte Farm in Indien und damit noch mehr Leute, die man zu seinem Vergnügen unterdrücken und ausbeuten kann.

»Sohn«, sagt er mit seiner herrischen Stimme und nickt. Kein Lächeln, keine nette Begrüßung, kein »Wie geht's« oder »Schön, dich zu sehen«. Wie immer nennt er mich nicht einmal beim Namen. Aus Protest, weil er Zane nicht standesgemäß findet. Gut, dass sich in dem Fall Mom durchgesetzt hat, sonst würde ich jetzt Rupert oder Bertram oder noch schlimmer heißen.

»Dad«, gebe ich in gleicher Weise – komplett emotionslos – zurück. »Warum hast du mich herbestellt?«

»Lannister hat mich kontaktiert.«

Alles klar. Dummerweise ist Lannister Crowley, einer meiner Profs, ein alter Studienfreund von Dad. Als hätte ich nicht schon genug Probleme. Crowley ist erst letztes Jahr an mein College berufen worden. Wenn er von Anfang an dort gewesen wäre, hätte ich mir diese Uni nie ausgesucht. Fast viertausend Kilometer sind offenbar nicht genug, um den Krallen meines Erzeugers zu entkommen.

Ich antworte nicht. Dad wird mir ohnehin gleich eröffnen, was er will.

»Er informierte mich darüber, dass du dieses Semester statt durch gute Noten durch Abwesenheit geglänzt hast. Du hast deine Hausarbeit nicht termingerecht abgegeben und zu den Tests bist du gar nicht erst erschienen. Was hast du dazu zu sagen?«

Nichts. Also schweige ich weiter.

»Stattdessen treibst du dich sturzbetrunken auf Partys herum und schleppst ein Mädchen nach dem anderen ab.« Er schnaubt abfällig und verzieht das Gesicht, als wäre ich ein ekelhafter Wurm. »Wir Wellingtons machen so etwas nicht. Wir vögeln nicht herum oder saufen bis zur Besinnungslosigkeit. Wir lassen uns nicht von unseren Trieben leiten. Was macht das für einen Eindruck auf unsere Kunden?«

Keine Ahnung, wie Crowley an die Infos über mein Sexleben gekommen ist. Ich zucke die Schultern. Was will Dad denn hören? Er denkt doch ohnehin, dass er alles weiß. Ganz unrecht hat er ja nicht. Mir waren Partys und Frauen nun mal tatsächlich wichtiger als das Studium.

»Wir hatten einen Deal«, erinnert er mich kalt.

Als könnte ich den vergessen. Ich darf mir bis fünfundzwanzig die Hörner abstoßen, wie Dad es ausdrückt, um dann, folgsam und gesittet und endgültig in die Gesellschaft integriert, in die Firma einzusteigen und mich auf meine Rolle als Plantagenbesitzer vorbereiten zu lassen. Für mich gehört zum Ausleben aber auch, Spaß zu haben, auf jegliche Art. Ob ich überhaupt Dads Nachfolger werden will, stand nie zur Debatte. Ich habe keine eigene Meinung zu haben. Punkt. Nein, Ausrufezeichen! Was Master Wellington beschließt, ist Gesetz.

»Nur wegen deiner Mutter bin ich auf diese lächerliche Abmachung eingegangen. Ich hatte solche Privilegien nicht.«

Jetzt kommt die alte Leier, dass er bereits als Kind in die Firma eingebunden war, sogar eigenhändig beim Anbau und der Ernte geholfen hat, sein Studium in Rekordzeit mit Bestnoten abgeschlossen hat. Mom bereits mit einundzwanzig geheiratet hat. Blabla. Kotz. Ich muss ein Gähnen unterdrücken. Alles Fassade, mit der er zu vertuschen versucht, dass er ein verdammtes, selbstsüchtiges, emotionsloses Arschloch ist. Sein weiteres Gerede blende ich aus und höre erst wieder zu, als er zum Punkt kommt.

»Du hast nur noch drei Jahre. Wenn du weiter nur in der Gegend herumhurst und dein ohnehin mickriges Gehirn wegsäufst, wirst du dein Studium in der verbleibenden Zeit nicht schaffen. Wenn du dich bis zum Ende des Jahres nicht zusammenreißt und deine Pflicht erfüllst, ist unser Deal gestorben. Dann kommst du hierher zurück, machst hier deinen Abschluss und steigst sofort in Wellington-Soy ein. Dein Laissez-faire-Party-Gedöns dulde ich nicht weiter.«

»Aber Dad«, wage ich einen kläglichen Versuch, mich zu rechtfertigen, obwohl ich weiß, dass es keinen Sinn hat.

Er unterbricht mich mit einer wegwerfenden Handbewegung. »Haben wir uns verstanden?«

Dafür hat er mich hierher beordert? Hätte er mir das nicht am Telefon sagen können? Oder mir eine Mail schreiben? Oder mich einfach in Ruhe lassen?

»Haben wir uns verstanden?«, wiederholt er energischer in seinem Cheftonfall und verengt die Augen zu Schlitzen.

»Ja, Sir«, sage ich gezwungen und seufze innerlich. »War's das?«

Er wedelt einmal gnädig mit seiner Hand. Übersetzt heißt das, ich darf mich entfernen.

»Auf Wiedersehen, Mr Wellington«, verabschiedet mich Dads aktuelle Assistentin Linda und lächelt mich mitleidig und verständnisvoll an. Wir sitzen eben alle in einem Boot.

Linda ist erst seit zwei Monaten Dads Leibeigene. Sobald die Damen die ersten Falten bekommen, ersetzt er sie durch neue. Ihre Qualitäten als Büromanagerin sind dabei zweitrangig. Die wichtigen Arbeiten erledigt er ohnehin lieber selbst oder delegiert sie an einen seiner Speichellecker. Die Vorzimmerdamen sind dazu da, hübsch auszusehen, ihn zu umsorgen und anzuhimmeln und sich das Busengrapschen gefallen zu lassen. Augen auf bei der Berufswahl, würde ich sagen.

Im Foyer ignoriere ich das Rauchverbot und zünde mir eine Zigarette an. Dann bitte ich die Empfangsdame, mir ein Taxi zu rufen. Während ich warte, flirten wir ein wenig. Sie ist hübsch, nicht überragend schön, aber auf subtile Art attraktiv, wenn sie keine so spießige, hochgeschlossene Bluse tragen würde. Mit der richtigen Kleidung würden ihre Brüste viel besser zur Geltung kommen. Bevor ich gehe, steckt sie mir noch ihre Telefonnummer zu und zwinkert einladend. Vielleicht rufe ich sie später an. Ablenkung von Dad und Energieabbau schaden nie.

Im Taxi schreibe ich Mom eine Nachricht, dass ich in ein paar Minuten auftauchen werde. Dad kann mich mal. Aber notgedrungen muss ich mich ihm fügen, wenn ich weiter mein ausschweifendes Leben genießen will.

Natürlich öffnet Mom mir nicht selbst, sondern unsere Haushälterin Marita. Sie arbeitet schon ungefähr tausend Jahre bei uns und ebenso alt ist sie auch, kennt mich also, seit ich Windeln getragen habe. Oft hat sie die mir auch gewechselt. Wahrscheinlich hat sie meinen Schwanz häufiger gesehen als alle Frauen, mit denen ich Sex hatte, zusammen. Sie hat meine Tränen getrocknet, wenn ich mal wieder von Dad zur Schnecke gemacht wurde, hat stillschweigend meine mit was auch immer vollgesauten Laken gewechselt, hat mich ermutigt, weiterhin zu meinen Freunden zu stehen, wenn mich die anderen Upper Class Kids wegen Freak Ethan und Moppel Cole schnitten. Ich wandte mich bei meinem ersten Liebeskummer an sie, als ich dachte, ich müsste vor lauter Trauer sterben. Damals war ich dreizehn und verwechselte einen Ständer mit Liebe. Marita war immer für mich da. Und sie verurteilte mich nie. Für nichts. So ist es heute noch.

Manchmal habe ich den Verdacht, dass auch schon Maritas Vorfahren vom Wellington-Clan versklavt wurden, allerdings im weitaus wörtlicheren Sinn.

Marita drückt mich an ihren ausladenden Busen und übersät mein Gesicht mit einer Reihe feuchter Küsse. Lachend wische ich mir mit dem Ärmel über die Nase und die Wangen, greife ihr Gesicht mit beiden Händen und drücke ihr einen dicken Kuss auf die Lippen. Sie schubst mich quietschend weg und schlägt mir zur Strafe auf den Nacken, dass ich nach vorn stolpere. Ich liebe diese Frau!

»Oh, es ist so schön, dich zu sehen, Master Zane! Du solltest dich viel häufiger blicken lassen.«

Dass sie mich Master nennt, ist ein Insiderscherz zwischen uns, den sie tunlichst vermeidet, wenn Dad in Hörweite ist. Ihm ist zuzutrauen, dass sie ihn dann auch so nennen muss. Aber bei ihm wäre es nicht aus Spaß. Habe ich schon erwähnt, dass mein Dad ein manipulatives Unterdrückerschwein ist?

»Du hast Glück, der Apfelkuchen ist eben fertig geworden. Er muss nur noch abkühlen.«

»Muss er nicht«, widerspreche ich. »Du weißt, ich liebe es heiß.« Ich wackle anzüglich mit den Augenbrauen. Sie schlägt mir mit dem Geschirrhandtuch auf den Arm und tut so, als wäre sie entsetzt. In Wirklichkeit findet sie meine zweideutigen Späße witzig.

»Deine Mom ist im Damenzimmer. Geh schon mal hoch, ich bringe euch gleich zwei Stücke Kuchen.«

»Du bist ein Schatz.«

Sie wird tatsächlich ein wenig rot und wuselt zurück in die Küche.

Bevor ich den Treppenabsatz erreiche, erscheint Mom auf der Balustrade. Ja, wir haben eine Balustrade. Wir leben in einem unglaublich riesigen, angeberischen Herrenhaus wie in einem verdammten Südstaatenstreifen. Nur dass wir mittlerweile nicht mehr die lange Auffahrt entlangreiten, sondern fahren. Ich liebe es, reich zu sein, aber dieser zur Schau gestellte Prunk kotzt mich an.

Als Mom mich entdeckt, erscheint ein Lächeln auf ihrem perfekt geschminkten Gesicht. Ich kann mich nicht erinnern, meine Mutter jemals ohne Make-up erlebt zu haben. Meine Eitelkeit, die mir so oft vorgeworfen wird, habe ich eindeutig von ihr geerbt.

»Dachte ich mir doch, dass ich dich gehört habe.«

Wie die Diva und Hausherrin, die sie ist, schwebt sie die breite Treppe herunter. Ich kenne Mom nur akkurat gestylt. Selbst wenn sie krank ist, legt sie Wert darauf, gut gekleidet zu sein. Heute trägt sie ein beiges Ensemble aus einem Bleistiftrock und einem taillierten Blazer mit Dreiviertelärmeln, eine Goldkette und dazu passende Pumps. Die Haare sind zu einem komplizierten Gebilde aufgetürmt. Mit ausgebreiteten Armen läuft sie zu mir und umarmt mich. Allerdings weniger herzlich und stürmisch als vorhin Marita. Sie blickt mir von unten in die Augen und legt ihre Hände auf meine Brust.

»Kann es sein, dass du noch größer geworden bist?«

Ich greife ihre Finger und küsse ihren Handrücken. »Du schrumpfst wahrscheinlich, Mom. Ich bin seit Jahren nicht mehr gewachsen.«

Sie seufzt. »Wenn du häufiger nach Hause kommen würdest, würde ich nicht immer vergessen, wie erwachsen du schon bist.«

Nicht sie auch noch. Dabei wissen alle, warum ich mich möglichst fernhalte.

Sie greift mich am Handgelenk und zieht mich ins Speisezimmer, wo der dampfende Apfelkuchen bereits auf uns wartet. Gierig schaufle ich mir eine Gabel voll in den Mund, während Mom nur ein winziges Stückchen abpiekst und darauf herumkaut. Dad verlangt, dass Mom schlank ist, weshalb sie größtenteils auf alles verzichtet, was gut schmeckt, und sich nur von Salat, Gemüsesticks und Obst und so Kram ernährt. Dabei hat sie das überhaupt nicht nötig. Selbst wenn sie zwanzig Kilo mehr hätte, wäre sie immer noch eine Hammerfrau.

Ich setze einen strengen Blick auf und deute mit dem Zeigefinger auf ihren Teller. »Mom! Iss! Du bist viel zu dünn.«

»Sagen das normalerweise nicht die Mütter zu ihren Kindern?« Sie schmunzelt, sieht aber in Wahrheit traurig aus und isst dann gehorsam ein halbes Stück. Genüsslich schließt sie die Augen und brummt wohlig. Damit sagt sie alles, was man über Maritas Apfelkuchen wissen muss. »Hat dich Grant sehr in die Mangel genommen?«, will sie wissen und legt ihre manikürte Hand auf meine, die sich bei Dads Namen um die Gabel verkrampft.

Warum fragt sie überhaupt? Sie weiß ganz genau, wie er mich behandelt. »Nicht mehr als sonst auch.«

»Kannst du ihm nicht ein wenig entgegenkommen? Es ist ihm unangenehm, dass du dich auf keine Frau festlegen willst und das Studium derart vernachlässigst. Die Leute reden schon.«

Es ist ihm nicht unangenehm, es geht ihm um Kontrolle und Macht und dass jeder buckelt und tut, was er befiehlt. Alles, was nicht in sein eingeschränktes Weltbild passt, wird kompromisslos abgelehnt und verurteilt.

Ich entziehe ihr meine Hand. »Die Leute sind mir scheißegal, Mom.«

»Wortwahl, Darling«, rügt sie mich.

Marita kommt herein und räumt unsere Teller ab. »Darf ich Ihnen noch etwas bringen, Mrs Wellington?«

Mom lächelt ihr echtes Lächeln. Sie hat auch ein falsches, aber das benutzt sie in meiner und Maritas Gegenwart fast nie. »Ein Tee wäre nett, Marita. Danke.«

Marita wendet sich mir zu. »Ein kühles Bier, Mr Wellington?« Sie zwinkert mir zu.

»Es ist gerade einmal Mittag«, merkt Mom an, hindert aber weder mich noch Marita.

»Mom, mach dich locker. Es war deine Idee, dass ich bis fünfundzwanzig mein Leben voll auskosten und genießen soll. Als braver Sohn tue ich also nur, was du sagst.«

Sie presst die Lippen zu einem Strich zusammen. »Verstehe. Du hast nur so viele Freundinnen und feierst so viel, weil ich es dir aufgetragen habe?« Sie nimmt den Tee entgegen, den Marita ihr reicht, und nippt daran. »Gibt es denn bei den vielen Mädchen immer noch keines, mit dem du dir eine Beziehung vorstellen könntest? Wenn du möchtest, mache ich dich mit den Töchtern meiner Freundinnen bekannt.«

»Nope«, antworte ich knapp und öffne mein Bier.

Ich werde mit meiner Mom sicher nicht mein Liebesleben diskutieren. Außerdem kenne ich die meisten dieser Frauen bereits, zwei davon besser, als Mom wissen sollte. Sie sind nett und gebildet und attraktiv und die beiden haben mir – gemeinsam – eine wirklich heiße Nacht beschert, aber mehr ist nicht drin.

Also lenke ich ab und wechsle zu einem Thema, das immer zieht. Ihre Kinder. Also nicht ihre, ich bin ihr einziges, aber seit mittlerweile fast zehn Jahren engagiert sie sich ehrenamtlich in einem Kinderkrankenhaus. Irgendwann wurde ihr das nutzlose Hausherrin-Accessoire-Dasein zu langweilig. Mehrmals die Woche liest sie den Kindern vor, spielt mit ihnen und bringt ihnen Geschenke mit. Als ich sie auf ihre Schützlinge anspreche, leuchten ihre Augen und die nächste Stunde erzählt sie mir von den Fortschritten der Kinder, von dem Klinikclown, den sie organisiert hat, und von einem neuen Jungen, den sie besonders ins Herz geschlossen hat.

Hat sie sich jemals um mich so aufopferungsvoll gekümmert? Falls ja, habe ich es vergessen. Mom liebt mich, keine Frage, und ich sie, aber eine Vollblutmutter ist sie nie gewesen. Nicht wie Coles Glucken-Mom und nicht einmal so wie Ethans durchgeknallte Heavy-Metaller-Eltern.

Wir plaudern noch eine Weile, dann verabschiedet sich Mom zu ihrer Gymnastikstunde und ich verziehe mich mit einem weiteren Stück Apfelkuchen und einer Zigarette in mein altes Zimmer, um mein heutiges Date klarzumachen.

Lennon

Mom öffnet mir in ihrer Schürze mit dem nackten Mann darauf, die ich ihr zum Geburtstag geschenkt habe, die Tür. Ihre Hände streckt sie von sich, als wären sie radioaktiv, weil Teig an ihren Fingern klebt. Ohne mich zu umarmen, küsst sie mich auf beide Wangen und winkt mich mit dem Ellbogen herein.

»Warum benutzt du nicht deinen Schlüssel?«

»Weil ich nicht mehr hier wohne, Mom. Und außerdem spontan vorbeigekommen bin.« Diese Diskussion haben wir schon tausendmal geführt. Ich finde es schlicht unhöflich, irgendwo ungefragt hineinzuplatzen, auch wenn es das Elternhaus ist.

»Ja, schon, aber du bist kein Gast wie jeder andere, du bist mein Baby. Und immer herzlich willkommen. Auch unangekündigt.« Sie lächelt mich liebevoll mit ihrem unvergleichlichen Mom-Lächeln an. Das, das so viel Liebe und Wärme verströmt, dass man sich sofort geborgen und uneingeschränkt geliebt und in allen Facetten des Daseins akzeptiert fühlt.

»Ich bin achtundzwanzig, Mom«, sage ich schmunzelnd.

»Für mich wirst du immer mein Baby bleiben. Du bist eben mein Erstgeborener. Das verbindet auf ganz besondere Weise.«

Diese ganz besondere Verbindung versichert sie jedem ihrer Kinder. Mir als dem Ältesten, Ocean, weil sie ihr charakterlich so ähnlich ist – vom Aussehen her gleicht sie mehr Dad -, Gavin, weil er der Chaotischste von uns ist und ungefähr eine Million Mal aus irgendwelchen Schwierigkeiten gerettet werden musste. Autumn, weil sie so verletzlich und schutzbedürftig ist, und Eva, weil sie das Nesthäkchen ist. Wir alle wissen, dass sie niemanden bevorzugt. Genau wie Dad, der jetzt auch zu uns stößt, ein Glas Rotwein in der einen, einen Joint in der anderen Hand.

»Hi, Lennon, schön, dass du da bist.« Er stellt sein Glas auf der Kommode ab, steckt sich den Joint in den Mundwinkel und zieht mich in eine feste Umarmung. Der süßliche Rauch steigt mir in die Nase und reizt meine Augen, sodass ich husten muss. Dad lässt seine Hände auf meinen Oberarmen liegen, schiebt mich ein wenig von sich und mustert mich. »Du siehst müde aus. Du solltest nicht so viel arbeiten. Man lebt nur einmal.«

Ich seufze und hüstle. »Ich weiß, Dad. Das erzählt ihr uns ja, seit wir denken können.«

Warum ich sie spontan besuche, fragt keiner. Weil es nicht wichtig ist. Ich bin da, das genügt. Tatsächlich hatte ich auch keinen Grund, außer dem Bedürfnis, meine Familie zu sehen.

Dad zuckt die Schultern. »Stimmt aber«, nuschelt er mit der Kippe im Mund und inhaliert kräftig. Den Rest streckt er mir hin, aber ich lehne ab, weil ich nachher zurück in die Praxis gehe. Stoned kranke Tiere zu behandeln ist nicht empfehlenswert. Er hält seiner Frau den Joint an die Lippen, sie zieht einmal und verschwindet dann wieder in die Küche.

»Wann gibt's Essen?«, ruft er ihr nach. »Hunger!«

Moms Lachen weht herüber. »Kiff nicht so viel, dann hast du nicht so viel falschen Hunger, mein Lieber.«

Als Antwort grummelt Dad irgendetwas und verzieht sich ebenfalls.

Ich liebe meine Familie. Sie sind wunderbar seltsam, meine Eltern, Überlebende der Hippie-Kultur, und haben recht spät mit dem Kinderkriegen angefangen. Bei der letzten Geburt war Mom schon weit über vierzig, aber Eva war auch nicht mehr wirklich geplant. Moms lange Locken sind mittlerweile grau, auch Dad zeigt schon etliche Alterserscheinungen, aber ihre Lebendigkeit, ihre Kreativität und Lebensfreude haben sich beide erhalten.

Noch im Flur ziehe ich meine Schuhe aus, obwohl es Mom völlig egal ist, ob man beschuht oder barfuß oder in Socken durchs Haus läuft. Hier ist es ohnehin nie blitzsauber. Mit fünf Kindern ist das auch nicht anders möglich. Ocean und ich sind bereits ausgezogen, was aber die wohnliche Unordnung nicht verbessert hat.

In Socken schlendere ich zu Mom in die Küche, wo sie Gemüsestücke in Teig taucht und im Wok frittiert.

»Du kochst Mittagessen?«

Mom runzelt die Stirn und schlägt mir mit ihrer teigverschmierten Hand auf den Unterarm. »Jetzt tu nicht so, als würde ich sonst nie kochen.« Es spritzt, als sie ein weiteres Gemüseteil in den Teig gleiten lässt. »Ich fahre heute noch mit Autumn auf die Steinmesse. Nachschub für meinen Schmuck einkaufen. Und weil ich meine Familie nicht hungrig zurücklassen will, koche ich eben.« Sie wirkt tatsächlich ein wenig gekränkt.

»Reicht es für mich auch?«, frage ich und beuge mich über sie, um einen Karottenschnitz zu klauen.

»Natürlich. Zur Not kaufen Autumn und ich uns noch etwas auf der Messe.« Sie gibt das gebackene Gemüse in eine Schüssel und fängt an, Kräuterquark zuzubereiten. »Du kannst schon mal den Tisch decken.«

Eine halbe Stunde später sitzen wir um unseren eigentlich viel zu kleinen Esstisch. Wenn alle da sind, muss man sich regelrecht zusammenquetschen. Aber meine Eltern haben es nie auf die Reihe gekriegt, einen zu kaufen, der groß genug für mindestens sieben Personen ist. Wenn zusätzlicher Besuch da ist, müssen wir in Schichten essen oder ein Teil der Gäste muss mit dem Wohnzimmertisch vorliebnehmen.

Mittlerweile haben sich auch meine Geschwister zu uns gesellt. Gavin stopft sich eine Handvoll Gemüse in den Mund, schiebt Brot hinterher und spült alles mit einem Glas Saft hinunter. Schubladenessen nennen wir das. Als würde er selbst jetzt als Erwachsener noch Angst haben, nicht genug abzubekommen, um seinen ständigen Hunger zu stillen. Nach ein paar Minuten steht er, immer noch kauend, auf.

»Training«, nuschelt er mit vollem Mund, greift sich noch zwei Stücke Brot und haut ab.

Autumn erzählt Dad gerade von Coles Fortschritten bei der Reha, Eva Mom von einer neuen Mitschülerin und deren extravagantem Kleidungsstil. Ich sitze dazwischen und genieße die Gegenwart der Menschen, die ich am meisten liebe. Erinnerungen an meine Kindheit fliegen vorbei, Gefühle branden auf und ebben wieder ab. Man muss keine schlauen Bücher lesen oder teure Seminare besuchen, um zu lernen, wie man das Leben entschleunigt und sich dem Augenblick hingibt. Man muss sich einfach nur auf diese tollen Menschen um mich herum einlassen.

Mom streichelt Autumns Handrücken. »Ich freue mich so für dich, dass du Cole gefunden hast. So glücklich habe ich dich schon lange nicht mehr erlebt.«

Autumn strahlt, sie ist wirklich wahnsinnig verliebt. Das ist schön, denn was Mom sagt, stimmt. Nach ihrem letzten Idiotenfreund hatte sich Autumn zu sehr zurückgezogen.

»Wann bringst du denn endlich mal wieder jemanden mit?«, fragt Mom jetzt mich und reißt mich aus meinen Gedanken. »Seit Sandro ...«

»Ich will nicht über ihn reden, Mom«, unterbreche ich sie. Sandro hat mir nicht das Herz gebrochen, so tief waren unsere Gefühle nicht, aber er hat zumindest dafür gesorgt, dass ich vorerst die Schnauze voll von Männern und Beziehungen habe. Ich will einen Partner, der treu ist, und keinen, der sich durch sämtliche Betten San Franciscos schläft. Diesbezüglich sind Autumn und ich uns einig. Mit Männern hat sie in etwa die gleichen Erfahrungen gemacht wie ich. Offensichtlich ist es egal, ob schwul oder hetero, Arschlöcher gibt es überall.

»Nicht mal Sex?«, hakt Dad nach. Als gäbe es nichts Wichtigeres. Dabei wissen meine Eltern genau, dass ich nicht auf unverbindlichen

Sex stehe. Natürlich vermisse ich Nähe, mit einem Mann zu schlafen, aber auf eine schnelle Nummer mit einer Zufallsbekanntschaft habe ich schlichtweg keine Lust. Mom und Dad haben immer wieder andere Partner zusätzlich zu ihrem eigenen regen Sexleben, freie Liebe, Hippie-Kultur und so. Meins ist das nicht.

»Keine Zeit«, sage ich vage.

Autumns Blick geht zu mir. »Dann nimm sie dir«, sagt sie in ungewohnt strengem Ton. »Du hast es verdient, jemanden an deiner Seite zu haben, der dich liebt.«

»Hör auf deine kleine Schwester«, setzt Dad hinterher und gießt sich Rotwein nach. Als er mein Glas ebenfalls auffüllen will, lege ich die Hand darüber und schüttle den Kopf. »Wann warst du überhaupt das letzte Mal mit einem Mann aus?«

»Letzte Woche hatte ich ein Date«, gebe ich zu. Sie bohren ja ohnehin so lange, bis ich damit rausrücke. Dass ich schwul bin, war nie ein Thema bei uns. Meiner Familie ist es völlig egal, wen ich liebe. Das gilt für uns alle. Mit wem wir zusammen sind, spielt keine Rolle, Hauptsache, wir sind glücklich. Mom und Dad sind beide bi, auch Ocean sucht ihre Partner nicht nach dem Geschlecht aus. Gavin und Autumn leben strikt hetero, akzeptieren meine Homosexualität jedoch uneingeschränkt. Eva ist noch zu jung, um sich überhaupt für dieses Thema zu interessieren. Tatsächlich wusste ich bereits sehr früh, dass ich nie mit Frauen schlafen würde.

»Aber? Was war mit dem Date?«, fragt Mom. Sie stützt die Ellbogen auf den Tisch und das Kinn auf ihre Hände und schaut mich neugierig an.

Abwesend fahre ich mit dem Finger über den Glasrand, was ein leises Klingen erzeugt. »Nichts war damit.«

Das Date war okay, der Typ sympathisch, wir hatten einen netten Abend. Mehr ergab sich allerdings nicht, von beiden Seiten aus.

»Woher hattest du ihn denn? Vielleicht suchst du an den falschen Stellen«, merkt Mom an.

»Erstens suche ich nicht zwanghaft nach einem Mann. Wenn ich einen treffe, ist es gut.« Ich hasse es, bedürftig zu wirken. Deswegen habe ich mich nie auf den einschlägigen Datingplattformen angemeldet. Auch in Schwulenclubs gehe ich selten, weil es vielen dort hauptsächlich um Sex geht. Ich bevorzuge ein echtes Kennenlernen. »Zweitens hatte ich den nirgendwoher, er ist Pharmavertreter, der immer wieder die Praxis besucht. Wir kamen ins Gespräch, haben uns verabredet, uns nett unterhalten und gut gegessen. Es hat nicht gefunkt, fertig. Weder er noch ich heulen deswegen herum.«

Mom sieht nicht überzeugt aus. Dad leert seinen Rotwein und schaut mich mit hochgezogenen Augenbrauen über das Glas hinweg an. Eva hat sich verzogen, sie kann solche Gespräche nicht ertragen, und Autumn starrt betreten auf ihren Teller. Seit sie mit Cole zusammen ist, muss sie sich wenigstens nicht mehr Moms und Dads Liebesverhören aussetzen.

»Außerdem komme ich schon zurecht. Ihr müsst mir keine Tipps geben. Ich bekomme das schon alleine hin!«

»Offenbar nicht«, widerspricht Mom.

Dad nickt und schüttelt dann den Kopf. »Du bist jung. Wie kann man es ohne Sex bloß aushalten?«

Er tut ja gerade so, als würde ich wie ein Mönch leben. Drei Monate sind nun wirklich nicht die Welt. Außerdem ist er selbst kein Maß, er vergisst häufig, dass normale Menschen auch mal eine Zeit lang ohne Sex auskommen können.

»Können wir jetzt bitte das Thema wechseln? Sobald ich jemanden habe, werde ich euch als Erstes informieren. Okay?«

Mom seufzt und berührt meinen Unterarm. »Ich will doch nur, dass du glücklich bist.«

»Das bin ich, Mom. Alles gut.«

Das ist weder gelogen noch schöngeredet. Ich bin zufrieden. Meine Kleintierpraxis läuft gut und ich habe unheimlich Spaß an meinem Beruf. Wenn ich Gesellschaft will, besuche ich meine Familie oder treffe mich mit Freunden. Und was Orgasmen angeht, sind meine rechte Hand und ich ein gutes Team.

Mom lächelt ehrlich und drückt meine Finger. »Das ist schön, Lennon.« Dann wendet sie sich an Autumn. »Bist du fertig, damit wir loskönnen?«

Autumn nickt, steht auf und räumt das Geschirr zusammen.

»Ich mach das schon«, biete ich an, woraufhin Autumn den Teller wieder loslässt, zu mir herüberkommt, sich auf die Zehenspitzen stellt und mich auf die Wange küsst.

»Danke, Bruderherz.« Ich drücke sie kurz an mich und lege mein Kinn auf ihren Scheitel. »Dein Bart kratzt«, beschwert sie sich und löst sich von mir.

»Der Hund aus Coles WG kommt heute noch zum Impfen«, erzähle ich Autumn.

Autumns Augen leuchten. »Rose? Sie ist so putzig. Und so flauschig.«

Das ist sie wirklich. Ethan und Claire waren mit ihr bereits ein paarmal bei mir und ich freue mich jedes Mal wieder, das winzige Ding zu sehen. Selbst meine Katzen sind größer als Rose, weshalb sie den Namen Hund eigentlich gar nicht verdient hat, eher Wattebausch auf Beinen.

Ich wünsche Mom und Autumn viel Spaß auf der Messe und verabschiede mich dann ebenfalls, um wieder in die Praxis zu gehen.

Zane

Der Flug war nervig. Das Essen furchtbar. Die Empfangstussi hatte doch keine Zeit. Warum hat sie mir dann ihre Nummer gegeben? Selbst Mom war nach dem Abendessen schlecht gelaunt, weil sie durch den Tratsch bei der Gymnastikstunde zufällig herausgefunden hat, dass Dad mit seiner letzten Assistentin – Amber – nicht nur geschäftlich zu tun hatte. Außer seine Geschäfte beinhalten, sich von einem Mädchen in meinem Alter den runzligen Schwanz lutschen zu lassen.

Ich weiß nicht, warum Mom sich immer wieder so aufregt. Dad

fickt regelmäßig seine Mitarbeiterinnen. Das ist nichts Neues. Er ist keinen Deut besser, als er mir vorwirft. Nur dass ich nicht verheiratet oder in einer Beziehung bin. Und deswegen niemanden betrüge. Außerdem spiele ich immer mit offenen Karten. Die Frauen wissen genau, auf was sie sich mit mir einlassen. Also bin ich durchaus besser als er. Aber Mom liebt ihn und bleibt bei ihm, was mir völlig unverständlich ist.

Der ganze Trip war dermaßen unnötig, verlorene Zeit, die ich in die Hausarbeit hätte stecken können, die ich noch für Professor Crowley schreiben muss, wenn ich mein Studium irgendwann abschließen will.

Zu Hause lasse ich meine Tasche im Flur fallen und laufe ins Wohnzimmer, wo Cole und Ethan auf dem Sofa lümmeln und auf der Switch zocken. Coles Gesicht ist feuerrot. Er brüllt üble Schimpfwörter in Ethans Richtung, der nur grinsend dasitzt und stumm seine Überlegenheit genießt. Mit einem lauten Seufzen plumpse ich in den Sessel und lege meine Füße zu Coles auf den Wohnzimmertisch.

»Schuhe«, sagt Ethan, ohne mich anzusehen. Er ist quasi unsere Marita, aber nur, weil er kaum jemanden in seinem Revier ertragen kann und ich deswegen keine Putze zahlen darf. Und mit dem Unterschied, dass er uns nicht die Windeln wechselt oder unsere Auas wegpustet.

Kommentarlos stehe ich auf, schlappe in den Flur zurück und streife meine Boots ab. Fehlt nur noch, dass Ethan uns allen Filzhausschuhe besorgt oder so dämliche Plastiküberzieher, damit ja kein Staubkorn auf seinem geheiligten sauberen Parkett landet.

Auf dem Rückweg hole ich mir ein Bier aus dem Kühlschrank. »Sonst noch jemand?«, frage ich ins Wohnzimmer und beide nicken. Ich stelle die drei Flaschen auf den Tisch und öffne sie.

»AARRGGHH!«, brüllt Cole und schmeißt den Controller von sich. Er ist eindeutig sauer. So böse schaut er sonst nur, wenn er auf dem Footballfeld gleich einen Gegner in den Boden rammt oder wenn sein Team verloren hat.

Seit Cole die Knieoperation hatte, ist er oft schlecht gelaunt und reizbar. Ich vermisse meinen fröhlichen Freund, weiß aber auch nicht so recht, wie ich ihm helfen kann, außer seine unkontrollierten Wutausbrüche nicht persönlich zu nehmen. Ich kann ihm nun mal kein neues Knie zaubern, damit er wieder Football spielen kann. Momentan kann er noch nicht einmal ohne Hilfe oder Krücken laufen. Die Einzige, die es schafft, ihn aufzuheitern oder von seinem Frust abzulenken, ist Autumn. Aber wenn er mich braucht, bin ich da. Wir drei sind trotz Unterschieden seit der Junior High befreundet und können uns immer aufeinander verlassen. Neben Marita kennen nur Ethan und Cole mich wirklich. So wie ich sie.

»Scheiße, E-Man, musste das sein? Ich bin tot!«, brüllt Cole und leert in großen Schlucken sein Bier.

Ethan kichert und nickt heftig. »Ja, musste es. Wenn du so schlecht spielst ...«

Cole beugt sich mit erhobenem Arm zu Ethan hinüber, erwischt ihn aber nicht, weil Ethan aufspringt und lachend außer Reichweite rennt. Am Fenster bleibt er stehen, lehnt sich an und winkt Cole grinsend zu. Der gibt ein genervtes Geräusch von sich und trinkt aus Rache Ethans Bier aus.

Normalerweise ist Ethan der Ernste und Cole und ich sind diejenigen, die Witze auf Kosten anderer machen. Heute ist es umgekehrt. Cole und ich verbreiten schlechte Stimmung und Ethan ist albern und aufgedreht. Und wer ist schuld? Mein fucking Dad. Zumindest in meinem Fall.

»Wie war's in der alten Heimat?«, fragt Ethan und schlendert zu uns zurück, allerdings nicht ohne unseren angepissten Freund genau im Auge zu behalten, damit er nicht doch noch von seiner Panzerfaust getroffen wird. Gegen einen wütenden Cole ist der Hulk ein Dreck.

»Mein Dad ist ein verficktes Arschloch«, sage ich, als würde das Ethans Frage beantworten.

Cole lacht tonlos und schaltet den Fernseher aus. »Ist das etwas Neues?«

Nein, ist es nicht. Trotzdem tut es jedes Mal wieder gut, es so deutlich auszusprechen.

»Du besitzt einen freien Willen. Du musst nicht tun, was er will, oder dich zur Dollar-Prostituierten machen. Du könntest die Firmenübernahme ablehnen. Geh deinen eigenen Weg«, erinnert mich Klugscheißer-Ethan.

Das Thema hatten wir schon x-mal.

»Für dich ist alles immer so einfach«, motze ich. Das stimmt nicht. Ethan macht sich sein Leben verdammt schwer, weil er über jeden Furz viel zu viel nachdenkt und sich lieber an abstruse Theorien klammert, als seinem Gefühl zu vertrauen. Er zieht die Augenbrauen hoch und öffnet den Mund, setzt zu einem seiner üblichen Vorträge über Selbstbestimmung und Ratio und das Streben nach Glück und so Zeug an. Ich lasse ihn reden, lehne mich auf der Couch zurück und drücke die kühle Bierflasche an meine heiße Schläfe.

»Halt die Klappe, E-Man, und verschone uns mit deinem Philosophengeschwätz.« Cole seufzt und patscht mir unbeholfen auf den Oberschenkel. Damit will er mir vermutlich sein Mitgefühl über meine verkorkste Familie und meine vorbestimmte Zukunft ausdrücken. Wenn ich Ethan nicht so lieben würde, würde er mir verdammt auf die Nerven gehen. Tut er auch so, aber mit dem Wissen, dass er mich irgendwann in Ruhe lassen wird, ist es leichter auszuhalten. Cole deutet auf Ethan. »Dir sitzt ja auch kein Vermögen im Nacken. Und wir alle wissen, dass Zane ein genauso geldgeiles, rückgratloses Arschloch ist wie sein werter Erzeuger.«

Ganz unrecht hat Cole nicht. »Danke für das Kompliment.«

»Gern geschehen, Bro. Du weißt, wie ich es meine.«

Ja, das weiß ich. Die beiden wollen mich auf ihre seltsame Art ermutigen, mich nicht weiter unterdrücken zu lassen.

Ethan lehnt sich ein Stück vor. »Das Geld kann doch nicht der einzige Grund sein, warum du immer noch vor ihm buckelst.«

»Was sollte ich deiner Meinung nach tun? Es ist eben nicht so leicht. Es ist nicht nur das Geld, das mich an Wellington-Soy bindet. Ich kann meine Zukunft nicht einfach ablehnen wie ein Eis, das mir nicht schmeckt, oder einen Blowjob. Jeder erwartet von mir, dass ich irgendwann den Laden übernehme. Mein Dad, meine Mom, mein toter

Granddad, die gesamte Sippschaft, die Ahnen, wahrscheinlich jede einzelne verfickte Sojapflanze. Seit Generationen wird der Vorsitz an die Söhne weitergegeben. Wir besitzen das Land in Louisiana seit den Gründervätern. Wenn ich mit der Tradition breche, würde ich alles verlieren. Das verdammte Geld, um das es mir echt leidtäte, meinen Dad, dem ich keine Sekunde nachtrauern würde, den Rest meiner Familie, mein Ansehen, mein gesamtes Leben.«

»Um das Ansehen scherst du dich sonst auch nicht. Also lass stecken. Außerdem kannst du Soja nicht ausstehen«, merkt Cole an.

»Ach, wirklich?«, ätze ich. Tatsächlich hasse ich dieses ekelhafte Zeug, vor allem die schlabberige Konsistenz in asiatischen Gerichten.

Trotzdem habe ich nie etwas anderes in Betracht gezogen, als in Wellington-Soy einzusteigen, so zuwider es mir auch immer war. Ich wäre verstoßen, geächtet, verbannt. Dads Kontakte würden dafür sorgen, dass ich nirgends in den gesamten USA einen vernünftigen Job bekommen würde, er würde mich ohne Skrupel überall schlechtmachen und mir meine gesamte Zukunft verbauen. Nur aus Rache. Und weil er die hinterhältigste, selbstsüchtigste, sadistischste Ratte des Universums ist. Die Bezeichnung Mensch hat er nicht verdient, denn von dem, was man Menschlichkeit nennt, steckt null in ihm. Und letztendlich würde ich auch Mom verlieren, denn sie würde sich immer für Dad entscheiden. So ein Erbe kann man nicht einfach ausschlagen, nur weil man Soja nicht mag oder lieber feiert. Abgesehen von Dads Erpressermethoden ist mir meine Verantwortung durchaus bewusst. Ich bin ja nicht doof. Derartige generationenübergreifende Verpflichtungen kann man nicht ignorieren, selbst bei verständnisvolleren Eltern. So seltsam es für Außenstehende klingen mag, aber in so einem Imperium hat man eine Verantwortung den Vorfahren gegenüber. Trotzdem darf es mich ankotzen und ich mir ein anderes Leben wünschen.

Dass ich meine Zukunft derart hasse, wissen nur Cole und Ethan, und Marita vermutlich auch, ohne dass ich es ihr gegenüber jemals aussprechen musste. Die anderen sehen in mir nur, was ich nach außen hin zeige: den reichen, attraktiven Schönling, der das Leben nie ernst nimmt, auf Konventionen scheißt und regelmäßig neue Frauen abschleppt.

Sollen sie denken, was sie wollen.

»Übrigens: Kann einer von euch zufällig mit Rose zum Arzt fahren? Sie muss noch einmal geimpft werden. Ich muss arbeiten. Eigentlich wollte Claire das machen, aber die hat eine fiese Magen-Darm-Grippe erwischt und liegt flach.«

Das erklärt auch, warum sie nicht da ist, denn Ethan und Claire sind selten getrennt. Rose ist Claires Hund, trotzdem wohnt sie die meiste Zeit bei uns. Anfangs ging mir das hibbelige kleine Fellding tierisch auf die Eier, mittlerweile mag ich sie echt gern. Auch wenn ich das nicht gern zugebe. Es reicht, wenn sie von Ethan und Cole umsorgt wird.

Cole zieht eine Augenbraue hoch und hebt sein lädiertes Bein. »Ich bin raus. Und Autumn ist mit ihrer Mom auf so einer Stein-Eso-Messe.«

Ethan wendet sich mir zu und setzt seinen Hundeblick auf. Der ist ja schlimmer als Rose.

»Okay, ich mach's«, sage ich und werfe die Arme in die Luft, als würde ich mich ergeben. »Wo muss ich hin?«

Geschäftig eilt Ethan in sein Zimmer und kommt mit einem Zettel zurück, auf dem in seiner kleinen, akkuraten Schrift eine Adresse am anderen Ende der Stadt steht.

»Das ist die Praxis von Lennon, Autumns und Gavins Bruder. Hast ihn bestimmt schon mal gesehen, bei einem der Footballspiele. Er kommt öfter mal.«

An einen Bruder kann ich mich nicht erinnern, aber auf Männer achte ich auch nicht. Auf Gavins andere Schwester Ocean dagegen schon. Sie lebt das Freie-Liebe-Erbe ihrer Hippie-Eltern voll aus. Mit ihr war ich sogar mehr als einmal im Bett. Ich war beinahe ein wenig traurig, als sie vor ein paar Monaten zu ihrem Auslandssemester abgereist ist. »Nö, ich kenne nur Ocean«, gebe ich zu und grinse vielsagend.

»Ja, kennen im biblischen Sinn, haha«, fügt Ethan hinzu und verdreht die Augen. »Klar, dass dir Ocean aufgefallen ist. Ist ja auch egal.

Der Termin ist um fünf. Der Transportkorb fürs Auto steht in meinem Zimmer. Und vergiss nicht, sie anzuschnallen.«

»Jaha! Ich weiß, was ich machen muss. Reg dich ab.«

Ethan runzelt die Stirn und schaut mich skeptisch an, als fragte er sich, ob er mir seine Prinzessin wirklich anvertrauen kann. Er sagt aber nichts weiter und nickt.

»Rose! Schätzchen, komm her«, ruft Ethan mit Zwitscherstimme und beinahe sofort kommt das Hündchen auf seinen kurzen Beinen angaloppiert. Sie bellt aufgeregt und schwänzelt um Ethan herum, hüpft an Coles Bein hinauf und lässt sich von ihm zwischen den Ohren kraulen. Mich ignoriert sie. Frauen.

Ethan nimmt Cole die Hundedame weg und hält sie vor sein Gesicht. »Onkel Zane bringt dich nachher zu deinem Freund Lenny. Schön brav sein, ja? Und nicht ins Auto kotzen.« Dann küsst er sie aufs Ohr und reicht sie mir. Erwartungsvoll schaut sie mich von unten an und hechelt, sodass mir ihr Hundefutteratem ins Gesicht weht.

»Kannst du nicht mal die Zähne putzen?«, jammere ich, aber Rose ist ihr Mundgeruch egal. Sie zappelt herum, bis ich sie absetze, dann rennt sie zurück zu Cole und lässt sich von ihm wieder hochheben und streicheln.

Schlimmer als ein Termin bei meinem Dad kann ein Tierarztbesuch auch nicht sein.

Lennon

Weil ich das Schloss bei meiner Familie vergessen habe, trage ich mein Mountainbike in den Raum neben dem Behandlungszimmer und lehne es dort an einen leer stehenden Käfig. In meinem kleinen Bad schaufle ich mir Wasser ins Gesicht und spüle meinen Mund aus. Dann greife ich mir in den Nacken, ziehe mein verschwitztes T-Shirt aus und sprühe Deo unter meine Achseln. Das muss reichen, zum Duschen ist keine

Zeit mehr, das Wartezimmer ist voll. Man sollte einfach nicht im Sommer durch die ganze Stadt radeln.

Es klopft und kurz darauf steckt Natalie, meine Sprechstundenhilfe, den Kopf herein. »Kann ich den ersten Patienten hereinschicken?«, fragt sie und reicht mir mein Praxis-Shirt. Meinen nackten Oberkörper ignoriert sie.

Sie hat mich schon in ganz anderen Situationen gesehen, also ist ein harmloser Oberkörper nichts, was sie aus der Ruhe bringt. Zu Anfang der Beziehung mit Sandro sind wir manchmal regelrecht übereinander hergefallen. Es konnte passieren, dass er mich von der Arbeit abgeholt hat und wir uns gleich auf dem OP-Tisch miteinander vergnügt haben. Mehr als einmal hat Natalie uns stöhnen gehört oder ist mittendrin reingeplatzt. Außer dass sie sich jedes Mal kaum einkriegte vor Lachen oder uns damit aufzog, ist nichts passiert. Im Gegenzug flirte ich ab und zu mit ihrem Mann, obwohl ich an George keinerlei Interesse habe, selbst wenn er nicht stockhetero wäre. Nach ein paar Monaten wurde ich Sandro zu langweilig. Er brauche Abwechslung, hat er mir schulterzuckend erklärt und mich kurzerhand verlassen. Wenigstens hatte er nichts mit anderen, während er mit mir zusammen war.

»Ich brauche noch drei Minuten, dann bin ich so weit«, antworte ich. Sie nickt und hastet hinaus.

Ich stelle mich ans offene Fenster und atme die frische Luft, die aus dem Garten hereinströmt. Meine Praxis liegt etwas abseits in einem Vorort, was zwar für die Verkehrsanbindung schlecht, für die Idylle aber gut ist. Die Praxis ist im Erdgeschoss eines alten Herrenhauses untergebracht und war ursprünglich die Allgemeinarztpraxis des Hausbesitzers. Vor zwei Jahren hat er sich zur Ruhe gesetzt und die Praxis an mich vermietet. Er winkt mir vom Garten aus mit seinem Buch zu und widmet sich dann wieder dem Lesen. Seine Frau schneidet an einem der unzähligen Rosenbüsche herum.

Nach einem weiteren tiefen Atemzug gehe ich zu Natalie an den Tresen. »Wer ist der Nächste?«, frage ich sie.

»Rose«, antwortet sie nach einem kurzen Blick in das Terminbuch.

Sie beugt sich ein Stück vor, sieht verstohlen hinter sich und senkt die Stimme. »Aber sie wird von einem anderen als sonst begleitet. So ein Sahneschnittchen wie dieser Typ aus den Dino-Filmen, nur in blonder.« Sie fächelt sich affig Luft zu. Wer nennt denn heutzutage noch heiße Typen Sahneschnittchen?

»Pass auf, gleich bekommst du noch Schnappatmung.«

»Wart's ab. Du wirst schon sehen. Er sagt, er heißt Zane.«

Jetzt muss ich auch schlucken. Ich kenne Zane natürlich vom Sehen und muss zugeben, dass Natalie bezüglich seines Aussehens nicht übertreibt, auch wenn er meiner Meinung nach nicht wie der Kerl aus Jurassic World aussieht. Zane ist eine eigene Kategorie Mann und schlichtweg heiß. Anders kann man ihn nicht beschreiben, noch dazu weiß er es genau. Er schaut Cole und Gavin oft bei Spielen zu, und das eine oder andere Mal – oder vielleicht auch öfter – habe ich ihn heimlich beobachtet, statt dem Spiel zu folgen. Er dagegen hat mich, soweit ich das beurteilen kann, noch nicht einmal registriert. Meistens ist er mit irgendwelchen Frauen beschäftigt, wobei ich ihn noch nie zweimal mit derselben gesehen habe. Wahlweise auch mit seinen Freunden oder mit Trinken oder allem zusammen. Wenn er schwul wäre, hätte ich ihn mir schon längst geschnappt. Aber weniger schwul als Zane kann man kaum sein, so, wie er die Frauen ansieht und an ihnen herumfummelt. Er liebt Brüste, keine Penisse, da bin ich mir mehr als sicher. In diesem Fall wünschte ich, dass ich selbst Brüste hätte, dann würde er mich begrapschen.

»Okay, alles klar.« Meine Stimme klingt ein wenig krächzend und ich räuspere mich. Natalie grinst, als wüsste sie genau, was in mir vorgeht.

»Du brauchst dich nicht zu schämen, wenn du ihn dir nackt vorstellst«, raunt sie und kichert. »Mach ich auch, seit er hier ist.«

Ich verdrehe die Augen. »Du sollst arbeiten, nicht die Kunden anhimmeln. Schick ihn einfach rein.«

Plötzlich bin ich aufgeregt. Ich drehe ich mich um und laufe zurück zum Behandlungszimmer, um die Impfung vorzubereiten. Je schneller Zane wieder draußen ist, umso schneller kann ich mich wieder der Realität widmen und nicht in Tagträumen an überzeugte Heteros versinken. Ich bin erwachsen, kein Teenager.

»Alles klar, Chef«, ruft sie mir lachend hinterher.

Zuerst kommt Rose hereingerannt und begrüßt mich bellend und mit dem Schwanz wedelnd. Ich hebe sie hoch und setze sie auf den Tisch, lasse sie aber nicht los. Weil sie so herumzappelt, habe ich Angst, dass sie sonst herunterpurzelt. Sie reibt ihren Kopf an meinem Unterarm und legt sich anschließend auf den Rücken, damit ich ihren Bauch kraule. Schmunzelnd komme ich ihrer Aufforderung nach.

Erst jetzt schlendert Zane in seinem üblichen Bad-Boy-Outfit herein. Ich frage mich, ob das wirklich sein Style ist oder ob er sich nur so inszeniert, weil die Frauen darauf stehen. Die eine Hand hat er in der Tasche seiner schwarzen Shorts vergraben, mit der anderen fährt er sich durch die Haare. Seine Unterarme spannen sich dabei an und sein rotes T-Shirt rutscht ein wenig nach oben, sodass ich ein Stück flachen Bauch erkennen kann.

Mist. Habe ich mir nicht vorgenommen, nicht zu schmachten? Ich sollte mich auf Rose konzentrieren statt auf einen Typen, den ich nie haben kann. Nicht auf die Art, die mir und meinem Schwanz vorschwebt.

Seine derben Bikerboots vervollständigen das Outfit. Ein richtiger Mann, und damit leider genau der Typ, der mir gefällt. Ja, auch Schwule stehen auf Bad Boys. Androgyne Männer oder Klischee-Tunten waren noch nie mein Fall. Ich will einen Kerl, keine Frau mit Penis. Sandro war diesbezüglich eine Ausnahme, er ist kein Bad Boy und kein Macho-Latin-Lover, sondern schmal, mit zarten Gliedmaßen und eher weichen Gesichtszügen.

Zane hat die wenigen Schritte zu Rose und mir zurückgelegt und bleibt vor uns stehen. Mir ist noch nie aufgefallen, wie groß er ist, wie auch, wenn ich ihn hauptsächlich aus der Ferne angehimmelt habe. Er ist vielleicht zehn Zentimeter größer als ich mit meinen unter eins achtzig und breiter, ohne dabei aufgepumpt zu wirken. Und er riecht gut, nach einem männlich herben, unaufdringlichen Duft, Duschgel vielleicht, oder Deo. Sein Gesicht ist glatt rasiert, die Frisur sitzt perfekt.

»Hi, ich bin Zane. Der Mitbewohner von Cole und Ethan und heute sozusagen der Ersatzpapa für dieses Miniding hier.« Mit dem Kinn zeigt er auf Rose und setzt ein professionelles, aber deswegen nicht weniger umwerfendes Charmebolzen-Lächeln auf. Für ein paar Schläge stolpert mein Herz. Mit diesem Gesicht kann er sicher alles erreichen, was er will, selbst die Weltherrschaft an sich reißen. Als Antwort bellt Rose ihn an, woraufhin er seine langen Finger auf ihren Bauch legt und sie herumrollt, als wäre sie ein Hefeteig. Aber es scheint ihr zu gefallen, denn sobald er aufhört, stupst sie mit ihrem Kopf an seine Hand und bedeutet ihm so, weiterzumachen.

»Doctor Green«, stelle ich mich vor. »Aber sag gerne Lennon.«

Unwillkürlich denke ich daran, wie sich seine Finger auf meinem Bauch anfühlen würden. Um professionell zu bleiben, wende ich mich ab und greife nach der vorbereiteten Spritze.

»Kannst du sie ablenken, damit sie die Spritze nicht so merkt?«, bitte ich Zane. Der nickt, beugt sich herunter und redet leise auf sie ein, während er mit beiden Händen zärtlich ihre Ohren rubbelt. Wäre Rose eine Katze, würde sie jetzt vermutlich schnurren. Mit geschlossenen Augen genießt sie seine Zärtlichkeiten und brummt wohlig, sodass ihr kleiner Körper leicht vibriert. Bei dem Piks in ihren Po zuckt sie bloß kurz, lässt sich aber nicht weiter stören.

»Autumns Bruder also«, sagt Zane schließlich in die Stille hinein. »Und Gavins.« Er mustert mich mit seltsamem Blick, während ich Rose' Po massiere, um die Flüssigkeit im Gewebe zu verteilen. »Denkt man gar nicht.«

»Gavin und ich sehen uns nicht sehr ähnlich«, gebe ich zu und entsorge die Spritze im Abwurfbehälter.

»Gott sei Dank«, platzt Zane heraus, hält aber inne, als hätte er etwas gesagt, was nicht geplant war. »Er ist ein verdammtes Tier«, fügt er hinzu. »Mehr Yeti als Mensch.« Ich pruste los. Mit dieser Beschreibung hat er meinen Bruder gut getroffen. Aber er ist nicht umsonst so ein guter Quarterback, an dem keiner vorbeikommt. Wenn er im Kampfmodus ist, walzt er alles nieder.

Eine kurze Pause entsteht, in der keiner etwas sagt.

»Bist du nie bei den Spielen? Ich hab dich noch nie im Stadion gesehen.« Wieder sieht er mich so komisch an.

Ich desinfiziere mir die Hände und halte Rose zur Belohnung für ihre Tapferkeit ein Leckerli hin. Sofort schnappt sie es sich und schluckt es hinunter, ohne zu kauen. »Doch. Oft sogar.«

»Hm«, sagt Zane bloß und runzelt die Stirn. Mit Daumen und Zeigefinger fährt er sich übers Kinn.

Wieder bleiben wir beide stumm. Ich streichle Rose, Zane verschränkt die Arme vor der Brust und sieht sich im Zimmer um. Seine Augen wandern überallhin, nur nicht wieder zu mir.

»Sind wir fertig?«, fragt er den Arzneimittelschrank.

Ich nicke, aber weil er das nicht sehen kann, sage ich: »Ja.«

»Gut, dann gehen wir mal wieder«, informiert Zane das Waschbecken. Und zur Decke gewandt fügt er hinzu: »Wo muss ich zahlen?«

Seltsamer Typ. Sexy, aber strange. Warum kann er mir nicht in die Augen schauen?

»Ich gebe Autumn die Rechnung mit.«

Zane nickt, geht aber nicht wie angekündigt.

Zane

Das Impfen ist erledigt. Also sollte ich Rose einpacken und gehen. Aber meine Füße gehorchen mir nicht. Stattdessen lungere ich hier in diesem neonbeleuchteten, nach Desinfektionsmittel und Hund riechenden Zimmer herum und bemühe mich, Lennon nicht zu offensichtlich anzustarren. Was schwer ist, weil er es irgendwie schafft, mit seiner Ausstrahlung den gesamten Raum auszufüllen.

Es rührt mich, wie dieser schöne Mann mit dem kleinen Hündchen umgeht. Während er Rose zärtlich streichelt und sie sich in seine Hand schmiegt, beobachte ich ihn verstohlen. Ein kleiner Schauer fährt mir die Wirbelsäule hinauf. Seit wann rührt mich so ein Anblick? Solche

Formulierungen kommen normalerweise nicht einmal in meinem Wortschatz vor. Genauso wie ich niemals einen anderen Mann als schön bezeichnen würde. Ich habe sicher viele Talente, aber als Feingeist oder Sensibelchen würde ich mich nicht bezeichnen. Andere wohl auch nicht. Bin ich plötzlich zur Tussi mutiert? Was ist nur los mit mir? Habe ich unbemerkt einen Schlag auf den Kopf bekommen? Oder bin ich aus Versehen in einer Paralleldimension gelandet? Wurde mein Körper unbemerkt von Aliens mit einem Virus infiziert, der mich plötzlich auch Männer anziehend finden lässt?

Eigentlich fühle ich mich wie immer. Zane Wellington, der vermutlich einfach mal wieder flachgelegt werden muss. Das letzte Mal ist schon fast eine Woche her, was für meine Verhältnisse wirklich ewig ist. Das ist alles Dads Schuld. Er regt mich so auf, dass ich völlig neben der Spur bin.

Lennon hebt Rose hoch und drückt sie an seine Brust. Aus dem V-Ausschnitt seines Arztkittels schauen dunkle Locken heraus und plötzlich habe ich Lust, ihn dort zu kraulen. Natürlich tue ich es nicht. Das würde er sicher höchst befremdlich finden. Ich im Übrigen auch.

Damit meine Hände etwas zu tun haben, halte ich mich am Untersuchungstisch fest. Die Muskeln an seinem Unterarm spannen sich an, als er Rose kitzelt. Meine Wangen werden heiß und meine Kopfhaut prickelt. Ein verdammter Backofen ist das hier drin.

Rose stützt sich auf Lennons Brust ab und knabbert an seinem Bart. Fühlt sich bestimmt lustig auf der Zunge an. Lennon schüttelt sich leicht und gluckst leise, Gänsehaut erscheint auf seiner nackten Haut.

»He, das kitzelt, Rose«, rügt er sie lachend und hält sie ein Stück von sich weg. Leider ertappt er mich, wie ich ihn mustere, aber als Reaktion zieht er lediglich einen Mundwinkel nach oben und lächelt schief.

Er ist verdammt sexy, schießt es mir durch den Kopf. Mir ist es sonst völlig schnurz, wie andere Männer aussehen, Hauptsache, ich komme gut an. Man wirft mir oft vor, ich sei arrogant und selbstverliebt, meine Frisur sei mir wichtiger als mein Umfeld. Aber was ist gegen gepflegte Haare einzuwenden? Frauen stehen auf Typen mit echten Frisuren und wollen keine ungekämmten Penner. Und warum sollte ich mich nicht eincremen? Weiche Haut ist einfach angenehmer als trockene, rissige.

Ich räuspere mich und strecke die Hände nach Rose aus. »Wir müssen los, ich hab noch einen Termin«, stammle ich wie ein Idiot. Ich habe überhaupt keinen Termin, aber ich muss sowieso gehen. Wir sind hier nicht zum Vergnügen, sondern beim Arzt.

»Klar, man sieht sich.« Lennons sanftes Lächeln, das seine Sensibilität zeigt, weicht einem neutralen, professionellen Ausdruck.

Aber statt endlich zu verschwinden, wippe ich auf Ballen und Fersen vor und zurück und drücke Rose viel zu fest, sodass sie jault. Ich überlege, was ich noch sagen könnte, damit ich noch eine Weile bleiben kann.

»Muss ich auf irgendetwas achten nach der Impfung?«, frage ich, als würde mich das Wohlbefinden des Hundes wirklich interessieren.

»Es könnte sein, dass sie schlapp ist oder Fieber bekommt oder dass sie zu brechen anfängt.« Lennon sieht mich an, öffnet den Mund, schließt ihn wieder, fährt sich mit der Zunge über die Lippen. Mein Mund ist verdammt trocken und unwillkürlich ahme ich seine Zungenbewegung nach. Er stockt, schluckt und atmet tief ein. »Ruf an, wenn was ist«, fügt er mit rauer Stimme hinzu. »Jederzeit.« Das Letzte hat er seltsam schnell und laut gesagt. »Ich gebe dir meine Privatnummer, dann kannst du mich immer erreichen.«

Er kritzelt etwas auf ein Post-it.

Ethan hat sicher seine Nummer und wenn nicht, dann Autumn. Warum sollte ich mich bei Lennon melden? Rose ist Claires Hund, ich bin also ab sofort raus. Trotzdem widerspreche ich nicht, nehme den Zettel entgegen, den er mir reicht, und lese. Die Ziffern verschwimmen vor meinen Augen, also stopfe ich das Papier in meine Hosentasche und gebe mich betont lässig.

»Okay, alles klar.«

Sein intensiver Blick macht mich nervös. Warum starrt er mich so an? Seine Pupillen sind riesig, als hätte er Drogen genommen oder als würde er auf eine Untersuchung beim Augenarzt warten, nachdem er diese schlimmen Augentropfen bekommen hat, die machen, dass man außer Schemen nichts mehr erkennen kann.

Rose windet sich und beinahe lasse ich sie fallen. Deswegen setze ich sie ab, sie wuselt zur Tür und kratzt daran. Sie will ebenso dringend hier weg wie ich. Hastig folge ich ihr nach draußen, nicke der Frau hinter dem Tresen zu und flüchte zu meinem Auto.

Was war das denn? Ich schwitze und als ich meinen Schlüssel aus der Hosentasche fummle, merke ich, dass meine Hände unkontrolliert zittern. Ich glaube, ich brüte etwas aus. Vielleicht hat mich Claire mit ihrer Grippe angesteckt. Mein Kreislauf macht schlapp, und ich muss mich ans Auto lehnen, weil ich plötzlich weiche Knie bekomme. Nach ein paar Augenblicken fange ich mich wieder, schließe die Fahrertür auf, verstaue Rose in ihrem Transportkorb und fahre los.

Zu Hause lasse ich Rose aus ihrem Gefängnis, gebe ihr etwas zu essen und setze mich dann auf die Couch und schalte den Fernseher ein. Mit Fernsehen kann ich mich am besten entspannen und ablenken. Und das ist momentan dringend nötig. Ich bin erschöpft, als hätte ich gerade eine von Ethans Ultralaufstrecken hinter mir, fünfzehn Kilometer ohne Pause.

Sogar zum Umschalten bin ich zu gelähmt, obwohl ein dämlicher Kinderkanal eingestellt ist. War bestimmt Cole, der steht auf so blöde Sendungen. Letztens habe ich ihn dabei ertappt, wie er sich eine Folge Teletubbies reingezogen hat. Ethan hingegen schaut ausschließlich intellektuelles Zeug, alles andere nur, wenn wir ihn dazu zwingen.

Von Cole ist nichts zu sehen oder zu hören. Auch wenn ich keine Ahnung habe, wie er alleine die Wohnung verlassen hat. Vielleicht ist Autumn ja doch nicht mit ihrer Mom weggefahren, sondern hat spontan ihren Lover abgeholt.

Nach einer Weile rauscht im Bad die Spülung, es poltert, ein lautes Fluchen folgt. Eindeutig Cole. Also ist er doch da.

»Alles klar?«, rufe ich vorsichtshalber.

»Zane, bist du das?«

»Nein, der Osterhase.« Wer soll es denn sonst sein? »Brauchst du Hilfe?«

»Ja, verdammt«, brüllt Cole und klingt genervt. Er kann froh sein, dass ich keine Lust darauf habe, ihn zu ärgern und noch ein wenig schmoren zu lassen. Kann schließlich auch sein, dass er sich als Teilzeitbehinderter ernsthaft verletzt hat, weil er den starken Macker spielen wollte und ohne Krücken losgehumpelt ist. Die sind nämlich ans Fensterbrett gelehnt.

Ich finde ihn eingeklemmt zwischen Badewanne und Kloschüssel, das geschiente Bein ausgestreckt, die Arme auf dem Wannenrand und der Klobrille abgestützt.

»Kann nicht besonders bequem sein«, merke ich an und muss mir ein Lachen verkneifen. Sieht aber auch zu komisch aus, wie er da liegt, Jogginghose und Shorts bis zu den Knien heruntergezogen, mit freiliegendem Schwanz, ein Stück Klopapier auf dem Bauch.

»Fuck, Mann, hör auf mit dem Scheiß! Kannst du mir nicht einfach bloß helfen?«

»Hier drin stinkt's wie in einem Affenstall«, informiere ich ihn. »Verfaulst du innerlich? Oder bist du schon verwest?«

»Und du riechst beim Scheißen nach Rosen, oder? Hilf mir oder lass es, aber spar dir deine Kommentare. War ja keiner da, deswegen musste ich alleine aufs Klo. Beim Aufstehen hab ich einbeinig das Gleichgewicht verloren.« Er strampelt mit seinem kaputten Bein. »Verficktes Knie!«, brüllt er und schlägt mit der Faust auf die Klobrille.

Jetzt muss ich doch lachen. Irgendwie ist es trotz der Tragik auch putzig, wie er sich abmüht und aufregt und sich nicht aus seiner blöden Lage befreien kann. »Aber dir den Arsch abwischen muss ich hoffentlich nicht?«

»Leck mich doch!«, blafft Cole und versucht, sich alleine aufzurappeln, was ihm aber wegen seiner Bewegungseinschränkung, und weil er richtig in dem Spalt feststeckt, nicht gelingt.

»Bloß nicht. Ich bin doch nicht pervers.« Ich lache und verziehe gleichzeitig angeekelt das Gesicht. »Ich schätze mal, du hast die Hände noch nicht gewaschen?«

»Wie denn, du Schlaumeier? In der Kloschüssel?« Gleich ist der Punkt erreicht, an dem er ausflippt. Deswegen lenke ich ein und reiche ihm meinen Arm.

Rose kommt angetrabt und schnüffelt neugierig an Cole herum und rupft an seinem Hosenbein. Mit vereinten Kräften und unter viel Stöhnen und Ächzen von allen Beteiligten schaffen Rose und ich es schließlich, den riesigen Kerl vom Boden hochzuhieven, ihm Unterwäsche und Hose hochzuziehen und ihn zum Waschbecken zu schleifen, damit er sich die Hände waschen kann.

»Ich kann dir ja eine Windel anziehen, dann musst du dich in Zukunft nicht allein zum Klo quälen«, schlage ich vor, als wir wieder auf dem Sofa sitzen. Die Zeichentrickserie von vorhin ist einer Doku über Landmaschinen gewichen. Zwei nervtötend wichtigtuerische Kinder interviewen gerade einen Farmer auf seinem Mähdrescher. Diesmal schalte ich wirklich um und bleibe an einer Wiederholung des Bachelors hängen, wo sich ein Dutzend Frauen im Bikini im und um einen Pool räkeln. Genau das, was ich jetzt brauche.

Cole ruckt mit einem Quietschen zurück und reißt die Augen auf. »Wie bist du denn drauf?«

Er wird doch meine doofe Aussage nicht ernst nehmen?

»Würde dir das nicht gefallen? Inklusive Popo eincremen und pudern und so? Ich könnte dir das Bauchi streicheln und dich im Kinderwagen spazieren fahren. Brei gibt's natürlich auch. Und dann leg ich dich über die Schulter zum Bäuerchenmachen.« Ich muss über Coles entsetztes Gesicht so lachen, dass mir die Tränen kommen.

»Wehe«, warnt er mich, aber ich sehe, dass er auch grinsen muss. Nach kurzer Zeit prustet er ebenfalls los und gemeinsam lachen wir uns über die Vorstellung von Cole als Riesenbaby schlapp.

»Mit so einer rosa Haube.« Ich kichere. »Mit Rüschen. Und riesigem Schnuller.«

»Wähwäh.« Cole macht Baby-Schrei-Geräusche, reibt sich mit den

Fäusten die Augen und lässt sich auf den Rücken fallen. Im Liegen strampelt er mit Armen und Beinen – beziehungsweise mit seinem gesunden Bein, das andere streckt er nur in die Luft – und kreischt: »Mama, Mama!«

»Wenn schon, dann Daddy«, berichtige ich ihn und tätschle wie eine Großmutter seine Wange. »Und dann verkaufen wir es als Daddy-Porn und werden reich.«

»Du bist schon reich, also übertreib's nicht.« Cole rappelt sich immer noch lachend auf und tatscht mir nun ebenfalls im Gesicht herum. »Na, gefällt dir das? Fühlt sich scheiße an, oder?« Er drückt meine Backen zusammen, sodass sich meine Lippen zu einem Fischmund formen.

»Ja, ischuper«, bestätige ich. Cole küsst mich ekelhaft feucht auf die Wange und nimmt endlich seine Griffel von mir.

»Was ist denn hier schon wieder los?«, fragt Ethan, der mit Rose im Schlepptau zu uns stößt und sich zwischen uns quetscht. Autoschlüssel und Geldbeutel wirft er achtlos auf den Tisch. Sogar seine Schuhe hat er noch an. Scheint eine anstrengende Schicht in der Bibliothek gewesen zu sein, wenn er zu fertig ist, seine Sachen in die dafür vorgesehenen Behälter zu legen. Ethan ist sonst der ordentlichste Mensch, den ich kenne. Er lehnt sich zurück, sein Kopf sinkt auf meine Schulter. So anhänglich ist er normalerweise nicht. Wenn er sogar vergisst, dass er eine Phobie gegen Berührungen anderer Menschen hat – außer Claire –, muss er echt müde sein. Zum Beweis gähnt er mit offenem Mund.

»Unser Zanilein steht neuerdings auf Männer«, beantwortet Cole Ethans Frage von vorhin.

Ich zucke zusammen. »Was? Wieso?«, platze ich heraus. Viel zu laut.

»Weil du dir plötzlich vorstellst, wie ich mit nacktem Arsch vor dir liege und du mir die Eier pudern darfst.«

Ich verdrehe die Augen, seltsam erleichtert, dass Cole nur unser Quatschgerede von vorhin meint.

Ethan, der es gewohnt ist, dass wir so absurde Gespräche führen, schnauft nur und gähnt wieder. »Erstens ist Pudern völlig out, weil das zusammen mit dem Schweiß krümelt und Intertrigo beschleunigt.«

»Interwhat?«, hakt Cole nach und kratzt sich am Sack, als wäre dieser tatsächlich wund.

»Intertrigo. Juckende, nässende Hautirritationen in Hautfalten, wenn etwas reibt oder feucht wird. In Pofalten, unter Brüsten und so.«

»Iiihhh. Was du immer alles weißt«, murmelt Cole. »Außerdem schwitze ich nicht am Hintern.« Er klingt beleidigt.

Ethan verdreht wie so oft die Augen. »Zweitens, was, wenn's so wäre, dass Zane schwul ist?« Er hebt Augenbrauen und Schultern. »Macht für mich keinen Unterschied, mit wem er rummacht. Hättest du ein Problem damit?«

»Was? Nein, natürlich nicht! Solange ich es nicht bin, den er vögeln will. Mein Körper ist für Autumn reserviert.«

Vermutlich wäre es meinen beiden besten Freunden wirklich völlig egal, wenn ich plötzlich schwul wäre. Oder ob irgendjemand anders schwul oder bi oder pan oder asexuell oder was auch immer ist. Aber bin ich ja nicht.

»Hat mit Rose alles geklappt?«, will Ethan jetzt wissen und setzt sich aufrecht hin.

»Ja, alles gut.«

Er nickt zufrieden und lehnt sich wieder zurück. »Lennon ist übrigens auch schwul«, informiert er mich ungefragt.

»Wieso *auch*?«, hake ich nach. Aber es würde erklären, warum er mich so intensiv gemustert hat. Er hat mich abgecheckt. Irgendwie macht mich das ein wenig stolz. Und verunsichert mich gleichzeitig ungemein. Hoffentlich will er mich nicht ins Bett kriegen. Das kann er vergessen.

»Wegen Coles blödem Witz, dass du neuerdings auf Männer stehst.«

Cole lacht. »Gib's zu, dieser Prachtkörper macht dich doch an.« Er wackelt mit den Augenbrauen und fährt sich wie ein Pin-up-Girl über seinen breiten muskulösen Footballerkörper. Ich stecke mir den Zeigefinger in den Mund und mache ein Würgegeräusch.

»Mein Arsch gehört mir!«, sage ich entschieden.

Cole grinst süffisant. »Und der von anderen?«

»Das ist nicht so meins«, gebe ich zu.

Cole reißt entsetzt die Augen auf. »Echt jetzt?«, brüllt er, als hätte er gerade erfahren, dass ich noch Jungfrau bin und bis zur Ehe mit dem Geschlechtsverkehr warten will. »Noch nie? Ich mag es. Abwechslung muss sein.«

Auch Ethan nickt mit einem wissenden Grinsen. Sogar er hat offenbar mehr Erfahrung mit Hintertüren als ich.

»Das ist mir zu schwul. Und irgendwie ... abnormal. Wofür hat Gott Muschis erfunden?«

»Entwickelst du dich gerade zu dem gleichen homophoben Arschloch wie dein Dad?«

»Nein! Spinnst du?« Ich dachte, Cole würde mich kennen. Was andere im Bett machen, interessiert mich nicht. »Ich habe eben keine Lust darauf. Ich habe da so eine Sperre. Das geht einfach nicht. Schon gar nicht, dass mich da jemand ... Jeder hat nun mal seine Grenzen«, versuche ich zu erklären, obwohl es die beiden einen Scheiß angeht. Das hat man davon, wenn man sich alles erzählt.

»Hm. Komisch eigentlich, wo du doch sonst so offen und experimentierfreudig bist.« Cole legt den Kopf schief und mustert mich. »Nicht mal selbst ausprobiert? Mit einem Finger oder so?«

Was meint er denn mit »oder so«? Hier tun sich ungeahnte Abgründe auf. Mir wird dieses Verhör langsam zu viel. Mein angeekeltes Gesicht und das vehemente Kopfschütteln reichen Cole offenbar nicht als Antwort, denn er hebt einen Finger und will noch etwas hinzufügen.

Ethan schüttelt den Kopf. »Zane würde nicht einmal schwul werden, wenn es auf einmal keine Frauen mehr auf der Welt gäbe. Er würde sich lieber eine Vagina schnitzen. Oder eine aus Baumharz kneten.«

Ganz genau. Ethan weiß Bescheid.

Cole runzelt die Stirn. »Och, wenn es gar keine Mädels mehr gäbe, würde ich durchaus darüber nachdenken. Besser als gar kein Sex, oder? So ein netter praller Hintern ... Ohne Haare natürlich.« Er gibt ein angewidertes Geräusch von sich. »Und euch Wichser sowieso nicht.« Wieder lacht er schallend, dann schaut er an die Decke und grinst. »War damals gar nicht so schlecht eigentlich.«

»Was?« Ich bin entsetzt. »Hattest du schon mal Sex mit einem Mann? Bitte sag, dass das nicht wahr ist. Du hast dich nicht in den Arsch ficken lassen.«

»Spinnst du? Mein Hintern ist rein wie die Jungfrau Maria. Da war so ein Typ, der mir mal einen geblasen hat. Auf irgendeiner Party. Ist ewig her.« Er sieht zwischen uns hin und her. »Habt ihr noch nie mit einem Kerl ...?« Den Rest des Satzes lässt er offen.

»Nein, danke, ich verzichte«, sage ich und verdeutliche meine Aussage, indem ich mit zwei Händen eine abwehrende Geste mache.

»Okay, Gedankenexperiment.« Klar, dass Ethan wieder mit so etwas ankommt. Cole nickt begeistert und verschränkt die Arme hinter dem Kopf. »Mal angenommen, wir würden in einer Welt ohne Frauen leben, in einer rein homosexuellen Welt und wir würden es auch gar nicht anders kennen.«

»Komm zum Punkt«, treibt Cole unseren Professor an. Ich schweige und warte ab, was kommt. Es gefällt mir nicht, in welche Richtung unser Gespräch gerade abdriftet. Ethan verzieht genervt das Gesicht, wie immer, wenn man ihn in seinen Ausführungen unterbricht.

»Also, angenommen, wir hätten nur gleichgeschlechtliche Personen zum Geschlechtsverkehr zur Verfügung«, wiederholt er. »Mit wem hättet ihr dann am liebsten Sex?«

Cole setzt sein Grübelgesicht auf. Geht er wirklich ernsthaft auf diesen Blödsinn ein? Wie im Comic, wenn dargestellt werden soll, dass jemand scharf nachdenkt, legt er den Finger ans Kinn. »Hm.« Er kratzt sich im Nacken. »Ich glaube, ich würde Gavin wählen.«

Wie bitte? Ich ziehe ungläubig und angeekelt die Augenbrauen hoch und rutsche ein Stück von ihm weg.

»Gavin? Im Ernst? Zwei Monster, die sich paaren? Das wäre, als würde Hulk Herkules ficken. Oder Godzilla King Kong.« Ethan kichert und Cole zuckt nur die Schultern. »Seit wann stehst du auf prollige Muskelprotze? Weiß Autumn davon, dass du ihren Bruder vögeln willst?«

»Ist doch nur ein Gedankenspiel. Rein theoretisch gesehen«, widerspricht Ethan. »Wir wissen natürlich alle, dass das in der Praxis nie passieren wird.«

»Ja, Gedankenspiel«, wiederholt Cole mit aufgesetzter Besserwisserstimme und wiegt affig seinen Kopf. »Was ist mit dir, Nerdie-Boy?« Ethan öffnet den Mund, aber Cole hebt einen Finger und stoppt ihn. »Keine Philosophen, weder tot noch lebendig. Auch keine anderen Denker, Wissenschaftler oder sonstige Freaks. Nur Leute, die wir auch kennen.«

Ethan scheint enttäuscht und stößt Luft aus, weil er sich offenbar wirklich umentscheiden muss. Wie kann man ernsthaft über so einen Scheiß diskutieren?

»Dann Lennon«, sagt er nach einer Weile.

Gute Wahl. Lennon sieht wahnsinnig gut aus, ist klug und nicht so kindisch und unreif wie die meisten unserer Freunde. Stopp! Was denke ich da eigentlich?

»Und warum?«, frage ich möglichst neutral.

»Weil er so ein nerdiger, ständig grübelnder Hungerhaken ist wie er selbst«, antwortet Cole und prustet los. »Gleich und gleich gesellt sich gern. Wie ich mit Gavin.« Er schlägt sich lachend auf den Oberschenkel.

»Lennon ist kein Hungerhaken. Ich finde, er hat eine top trainierte Figur. Er ist eben nur nicht so ein T-Rex wie du«, verteidige ich Lennon instinktiv und verdächtig schnell. Aber Cole bekommt davon offenbar nichts mit. Er zieht die Arme an, beugt sich in meine Richtung und wackelt mit seinen Stummeln. Dazu macht er dämliche Dinosaurier-Brüllgeräusche.

Können wir nicht endlich mit diesem Gespräch aufhören?

Ethan verdreht die Augen. »Lennon ist ein in sich ruhender, gefestigter Mann, der darüber hinaus auch noch attraktiv ist. Was aber nur ein angenehmer Nebeneffekt wäre, denn das Innere ist ja bekanntlich wichtiger. Man kann sich gut mit ihm unterhalten, über alle möglichen Themen«, erklärt er.

Cole grinst und lässt seine Arme wieder auf Normalgröße wachsen. »Wenn Autumn wüsste, dass wir gerade ihre Brüder untereinander aufteilen ...« Er wendet sich mir zu. »Was ist mit dir? Oder würdest du es genauso machen wie als Hetero und alles vögeln, was nicht schnell genug wegrennt?«

»Fick dich!«, knurre ich.

Cole fuchtelt mit seinem Wurstfinger vor meinem Gesicht herum. »Nein, das steht nicht zur Debatte. Ich habe ja schon Gavin. Und du weißt, ich bin treu.« Endlich nimmt er seinen Finger weg. »Trotzdem fühle ich mich natürlich geschmeichelt.« Er beugt sich zu mir und drückt seine Nase an meine Wange. Seine Hand wandert meinen Oberschenkel hinauf Richtung Schritt, dabei brummt er. Soll wohl erotisch klingen. Arme Autumn. An besseren Tagen würde ich auf Coles Witz eingehen und die rollige Dragqueen spielen, bis Ethan uns genervt bittet, mit unserem kindischen Theater aufzuhören. Heute bin ich jedoch nicht in der Stimmung.

»Lass das!«

Cole unterbricht sein Fummeln und mustert mich. »Oh, hast du etwa Migräne, Darling?«, fragt er mit Tuntenstimme.

Ich verschränke die Arme vor der Brust und antworte nicht.

»Nee, im Ernst. Alles in Ordnung?«, hakt er in normalem Tonfall nach.

Nö.

»Klar«, versichere ich. »Hab nur keinen Bock auf euer blödes Gedankenexperiment. Und ich mag es nicht, wie die immer schauen. Als würden sie einen abchecken.«

»Die«, betont Ethan und schaut mich streng an. »Du weißt schon, dass das ganz normale Menschen sind, oder?«

»Ich glaube, unser Zani hat Angst vor Schwulen.« Cole kichert.

»Nur weil er denkt, er ist so toll, dass alle mit ihm ins Bett wollen. Das ist ganz typisch unter Heteromännern. Weil Männer ständig an Sex denken, gehen sie davon aus, dass alle schwulen Männer ausnahmslos mit allen anderen Männern schlafen wollen.« Ethan schüttelt den Kopf. »Man will doch als Hetero auch nicht wahllos mit allen Frauen schlafen.«

Cole sticht mit seinem Wurstfinger in meinen Bauch. »Zane schon«, lacht er und tätschelt meinen Kopf.

Er nervt! »Nein, will ich nicht. Ich hab auch meine Ansprüche!«

Cole lacht schallend und Ethan zieht die Augenbrauen hoch. »Als ob!«

Arschkrampen!

Aber wie so oft hat Ethan so ziemlich genau das getroffen, was ich insgeheim denke. Es stimmt, dass ich immer ein wenig Angst habe, dass Schwule mich toll finden könnten, auch wenn es dafür keinen rationellen Grund gibt. Wahrscheinlich hat mich mein Erzeuger doch stärker negativ beeinflusst, als ich zugeben will.

»Homophobie, ob ausgelebt oder unterschwellig wie bei unserem Freund Zane, rührt oft daher, dass Männer sich in ihrer Rolle als Mann bedroht fühlen. Hat etwas mit der Angst vor Machtverlust zu tun. Tritt oft bei Leuten auf, die in patriarchalischen Gesellschaften aufgewachsen sind und die alten Rollenbilder noch stark leben. Der große, starke, beschützende Mann und die unterwürfige Frau.«

»Doktor Klugscheißer hat gesprochen.« Cole lacht und klopft auf mein Bein. Idioten!

»Ich bin nicht homophob, ihr Arschlöcher!«, wiederhole ich nachdrücklicher.

Um nicht weiter auf diesem Thema rumreiten zu müssen, greife ich nach der Fernbedienung, rufe eine Streamingplattform auf und gebe Godzilla vs King Kong in die Suchleiste ein.

»Keine Ahnung, warum ich plötzlich Lust auf den Film habe«, sage ich zu Cole und kann mir ein Grinsen nicht verkneifen.

Aber Cole nimmt einem nur selten etwas übel, deswegen erwidert er das Grinsen und lehnt sich mit zufriedenem Gesichtsausdruck auf der Couch zurück. »Hab ich dich wohl doch heißgemacht, oder?« Er schaut demonstrativ auf meinen Schritt und wirkt beinahe enttäuscht, weil sich da nichts regt. »Wenigstens mal keiner deiner scheiß Batman-Filme.«

Die Filme sind nicht scheiße. Sie sind Kult. Seit meiner frühen Kindheit bin ich fanatischer Batman-Fan, habe sie alle eine Million Mal gesehen.

»Aber wehe, du benutzt mich und Gavin als Wichsvorlage«, brummt er und lacht gleichzeitig.

Ethan schüttelt den Kopf und holt tief Luft. »Das muss ich mir nicht antun. Ich geh ins Bett.«

Er hebt die Hand und verschwindet in sein Zimmer, während Cole und ich uns bereits dem Vorspann widmen.

Lennon

Auf die restlichen Patienten kann ich mich nicht mehr wirklich konzentrieren. Ich sollte mir Zane aus dem Kopf schlagen, er ist nicht schwul. Vermutlich nicht einmal bi. Bisher habe ich ihn nur mit Frauen gesehen und Autumn hat auch nichts Gegenteiliges erzählt. Außerdem schlägt mein ansonsten gutes Schwulenradar bei ihm überhaupt nicht aus. In der Regel weiß ich auf den ersten Blick oder spätestens nach ein paar Minuten, ob ein Mann schwul oder hetero ist. Keine Ahnung, woran ich das festmache, es ist eher so ein Gefühl. Eine Intuition, die mich bis jetzt noch nie getäuscht hat.

Völlig abgekämpft komme ich zu Hause an. Mein Rad schiebe ich in die Garage, schließe das Tor und laufe zur Haustür. Bei jedem Schritt kommt eine meiner Katzen von irgendwoher angeflitzt und begrüßt mich maunzend, schnurrend oder motzend. Als Letztes schlendert Bob heran. Er ist bereits zwanzig und halbblind, sein Fell trotz regelmäßigem Kämmen zerzaust, und obwohl er immer noch viel draußen unterwegs ist, ist er ziemlich übergewichtig.

Er war mein erster Kater und schon weit über zehn, als ich ihn halb verhungert auf der Straße fand. Nach und nach folgten die anderen, allesamt ungeplant. Zurzeit wohnen zusätzlich noch fünf weitere Katzenteenager bei uns, die vor ein paar Wochen in der Praxis abgegeben wurden. Manchmal komme ich mir schon vor wie eine dieser verrückten Katzenladys, die von Dutzenden Tieren umgeben sind.

Mittlerweile sind vier der fünf Kitten vermittelt und werden uns demnächst verlassen. Eines davon, Pumuckl, ein pechschwarzer Kater, wird hierbleiben. Autumn hat mich überredet, ihn nicht abzugeben, weil sie sich vom ersten Augenblick an in ihn verliebt hat. Mom lehnt Tierhaltung als Tierquälerei rigoros ab, deshalb bleibt Pumuckl hier.

Sobald ich die Tür aufsperre, werde ich von den kleinen Fellknäueln überfallen. Ich begrüße jeden Einzelnen, bevor sie mit hoch erhobenen Schwänzen zu ihren Näpfen rennen. Die älteren Katzen folgen in gemächlicherem Tempo. Sie wissen, dass ich erst meine Schuhe ausziehe und aus meinen Praxisklamotten schlüpfen will.

Nachdem alle versorgt sind, mache ich mir etwas zu essen. Aus einem Rest Kartoffeln vom Vortag koche ich mit Karotten und Tomaten einen Eintopf, in den ich am Schluss noch zwei Tofu-Würstchen hineinschneide. Auch wenn ich sonst wenig von der Lebensweise meiner Eltern übernommen habe, ernähre ich mich vegetarisch. Die Vorstellung, täglich Tiere zu retten und sie dann trotzdem zu essen, finde ich absurd. Außerdem ekelt mich der Geruch von Fleisch an, vor allem roh, das Katzenfutter ist schon jedes Mal eine echte Herausforderung.

Dazu bereite ich mir eine Tasse Lungo, einen mit Wasser verlängerten Espresso. Vor ein paar Jahren habe ich mir eine echte italienische Gastro-Espressomaschine gegönnt. Seit meinem Trip durch Europa kann ich die Brühe, die man hier in den USA als Kaffee bezeichnet, nicht mehr ertragen, geschweige denn konsumieren. Die teure Maschine war das Erste, was ich mir von meinen Einnahmen als Tierarzt geleistet habe. Noch vor einem Sofa oder einem Flachbildfernseher.

Den Teller mit dem Gemüse stelle ich auf den Tresen und hole meinen aktuellen Roman, um nebenbei zu lesen. Doch nach ein paar Gabeln schiebe ich beides von mir. Weder habe ich Appetit, noch kann ich mich auf das Geschriebene konzentrieren. Immer wieder wandern meine Gedanken zu dem Mann, der heute Rose begleitet hat und der mich so fasziniert wie kein anderer.

Irgendetwas ist zwischen uns passiert. Das Knistern, das eindeutig vorhanden war, habe ich mir doch nicht eingebildet, oder? *Er ist nicht schwul, Lennon. Steigere dich nicht in etwas hinein, was nie sein wird. Auch wenn er noch so sexy ist.*

Ich klappe das Buch zu und wechsle ins Wohnzimmer. Dort setze ich mich auf die Couch und starre ins Leere. Nach einer halben Stunde erhebe ich mich wieder und wandere ziellos durchs Haus, unruhig und aufgewühlt. Um mich zu beschäftigen, stopfe ich Wäsche in die Waschmaschine, beziehe mein Bett neu und sortiere meine Bücher nach Farben, sodass mein Regal aussieht, als sei ein Regenbogen explodiert. Schwuler geht's nicht, oder?

Als das Telefon klingelt, bin ich so froh über Ablenkung, dass ich in den Flur zu meinem Handy renne und außer Atem auf den grünen Knopf drücke. Ich prüfe gar nicht, wessen Name auf dem Display steht, hoffe nur, dass es Zane ist, auch wenn die Wahrscheinlichkeit sehr gering ist. Warum sollte ausgerechnet er mich anrufen?

»Hi, hier ist Ethan. Rose' Herrchen«, sagt die Stimme in mein Ohr. Ich spüre Enttäuschung.

»Hi, Ethan«, sage ich trotzdem höflich und streiche mir mit der freien Handfläche übers Gesicht. Ich benehme mich wie ein verknallter Teenager, der sehnlichst auf ein Zeichen seines Schwarms wartet. Schrecklich.

»Sorry, dass ich dich so spät störe, noch dazu privat«, erwidert Ethan. »Aber Rose geht es nicht gut. Sie hat so schleimiges Zeug gespuckt und zittert und ist irgendwie seltsam.«

Sofort wechsle ich in den Arztmodus. »Wie seltsam? Kannst du es näher beschreiben?«

»Apathisch. Sie mag nichts essen, liegt nur rum, zuckt ab und zu mit den Beinen. Ich mache mir Sorgen.« Er atmet hörbar ein und klingt tatsächlich leicht panisch.

»Wahrscheinlich eine Impfreaktion.« Ohne nachzudenken, füge ich hinzu: »Ich komme vorbei.« Wirklich nötig wäre das vermutlich nicht, meist gibt sich das nach ein paar Stunden von selbst, aber so habe ich einen Grund beziehungsweise die Möglichkeit, Zane zu begegnen.

Ich bin erbärmlich.

»Danke«, sagt Ethan erleichtert ins Telefon. »Bis gleich.«

In der WG empfängt mich Ethan mit weit aufgerissenen Augen, seine Wangen sind rotfleckig, als hätte er geweint. Insgesamt wirkt er, als würde es ihm nicht gut gehen. Unter den roten Wangen ist er bleich, beinahe grünlich, und er hat die Hände auf seinem Bauch abgelegt.

»Gut, dass du endlich da bist.« Er winkt mich herein und deutet auf meine Schuhe, aber ich hätte sie auch ohne Aufforderung ausgezogen. Mit meiner Arzttasche folge ich ihm ins Wohnzimmer, wo Rose auf ein großes Kissen gebettet schläft. Unauffällig sehe ich mich um, aber außer Ethan scheint niemand da zu sein.

»Cole und Autumn sind schon im Bett«, informiert er mich.

Offenbar hat er meinen suchenden Blick bemerkt. War wohl doch nicht so unauffällig.

Ethan verzieht das Gesicht und malt zwei Anführungszeichen in die Luft. »Schlafen«, betont er und verdreht die Augen. So viele Infos brauche ich nun auch nicht über meine kleine Schwester. »Claire ist zu Hause, sie hat Magen-Darm-Grippe.« Hoffentlich hat er sich nicht angesteckt. »Ich fühle mich auch schon etwas flau«, murmelt er. Das erklärt, warum er sich den Bauch hält und eine Gesichtsfarbe wie ein Zombie hat.

»Und Zane?«, frage ich möglichst unbeteiligt.

Ethan zuckt die Schultern. »Keine Ahnung, ist vorhin einfach raus. Vermutlich zu irgendeinem Sexdate oder so.«

Ein unangenehmes Zucken durchfährt mich, wie ein kurzer Stromschlag, wenn man aus Versehen an einen elektrischen Weidezaun fasst. Aber Zane kann schließlich tun und lassen, was er will.

Ich nicke dümmlich und klatsche in die Hände. »So, dann schaue ich sie mir mal an.«

Ich knie mich vor Rose auf den Boden, fahre vorsichtig über ihren Körper, messe die Temperatur und gebe ihr schließlich eine Spritze. »Es wird ihr bald besser gehen«, beruhige ich Ethan, der erleichtert ausatmet. »Trotzdem sollte sie jemand im Auge behalten.«

Er nickt schnell. Auf einmal schlägt er die Hände vor den Mund, dreht sich um und spurtet los. Kurz darauf höre ich ihn würgen. Nach einiger Zeit kommt er zurück und plumpst mit einem jämmerlichen Stöhnen aufs Sofa. Mit den Fingern fährt er sich durch die Haare und lässt den Hinterkopf auf die Lehne sinken.

»Mist, ich glaube, Claire hat mich tatsächlich angesteckt. Mir ist so schlecht, dass ich gleich wieder kotzen könnte.« Er stößt auf, hält inne und lehnt sich dann wieder zurück. »Ich glaube, ich bin kein guter Aufpasser für Rose.«

Spontan fasse ich einen Entschluss. »Leg dich hin und ruh dich aus, ich bleibe bei ihr. Irgendwann werden Cole und Autumn ja fertig sein und dann können sie mich ablösen.«

»Danke, Mann, du hast was gut bei mir«, murmelt Ethan und erhebt sich schwerfällig. Meine helfende Hand lehnt er ab. »Geht schon.«

Das sieht zwar nicht so aus, denn er schwankt und muss sich am Sofa festhalten, damit er nicht umfällt, aber ich lasse ihn. Mit einer Hand hält er seinen Bauch, mit der anderen fuchtelt er in eine unbestimmte Richtung hinter sich. Er ist kreidebleich, Schweiß steht auf seiner Stirn.

»Bedien dich, wenn du was brauchst.«

»Soll ich nicht doch einen Arzt für dich anrufen?«, hake ich nach.

Ethan schüttelt den Kopf, verzieht schmerzvoll das Gesicht und winkt ab. Dann wankt er wie ein betrunkener Roboter los. Im Rausgehen greift er sich noch einen Abfalleimer und verschwindet in einem der Zimmer.

Ich bleibe allein mit der schnarchenden Rose zurück. Jetzt, wo es auf einmal so still ist, dringen eindeutige Geräusche aus dem hinteren Teil der Wohnung. Ich will meiner Schwester nicht beim Sex zuhören, kein Bruder sollte das müssen, also schalte ich mit der Fernbedienung, die auf dem Wohnzimmertisch unter einer Philosophiezeitschrift liegt, den Fernseher ein.

»Willst du etwas Bestimmtes anschauen, Rose?«

Doch sie antwortet nicht, wimmert nur leise vor sich hin und zuckt mit dem Vorderbeinchen. Ihre kleine Schnauze bewegt sich, als wäre sie einer Beute auf der Spur. Impfreaktionen sind bei kleinen Hunden nicht ungewöhnlich, aber auch nicht gefährlich. Spätestens morgen wird sie wieder die alte Rose sein.

Wahllos zappe ich durch die Programme, blättere in der Zeitschrift herum und versuche, einen unglaublich komplizierten und wahnsinnig langweiligen Text über radikalen Konstruktivismus zu lesen. Sicher Ethans Zeitung, dass Cole oder Zane sich für Erkenntnistheorien interessieren, kann ich mir nicht vorstellen. Weil ich nur einen Bruchteil des Inhalts verstehe, lege ich den Artikel genervt weg.

Ich war noch nie hier in der WG, deswegen gebe ich meiner Neugierde nach und sehe mich in der Küche und im Wohnzimmer um. Natürlich gehe ich nicht so weit und öffne Schränke, ich respektiere die Privatsphäre anderer Menschen, aber auch an den offensichtlichen Dingen in einer Wohnung kann man eine Menge über deren Bewohner erfahren. Das Regal neben dem Fernseher ist zum Beispiel voll mit DVDs und Blu-Rays, vorwiegend Action-Filme und, soweit ich das beurteilen kann, alle jemals erschienenen Marvel- und DC-Filme. Dazwischen haben sich ein paar andere verirrt, eine DVD über das Leben von Leonardo Da Vinci, ein abgegriffener Porno mit dem seltsamen, aber aussagekräftigen Titel *Aufruhr in Tittentown* und einer meiner Lieblingsdisneyfilme, *Bernard und Bianca – die Mäusepolizei*.

Kurz überlege ich, ob ich ihn in den DVD-Spieler schieben soll, entscheide mich aber dagegen. In regelmäßigen Abständen kontrolliere ich Rose' Zustand. Tatsächlich geht es ihr von Stunde zu Stunde besser. Mittlerweile ist es nach eins und in der Wohnung ist außer den leisen Fernsehgeräuschen nichts mehr zu hören. Ich klopfe die Kissen auf, hole mir die Decke vom anderen Ende des Sofas und stelle mich auf eine unbequeme Nachtschicht ein. Ich habe Ethan versprochen, gut auf Rose aufzupassen, also werde ich sie nicht allein lassen, auch wenn es medizinisch gesehen nicht unbedingt nötig wäre. Dass das nur eine doofe Ausrede ist, um vielleicht doch noch Zane zu begegnen, ignoriere ich.

Ich könnte ihn auch einfach fragen, ob er mit mir ein Bier trinken geht. Ganz harmlos unter Freunden. Männer tun so etwas ständig.

Ich lege meinen Kopf auf den Kissenberg, decke mich zu, verschränke meine Hände im Nacken und starre an die Decke.

Ein Rumpeln weckt mich und ich rucke hoch. Ein tiefes Fluchen folgt, dann ein hohes Kichern. Mit den Fingern reibe ich mir die Augen und setze mich aufrecht hin. Zane kommt mit einem Mädchen ins Zimmer gestolpert, ihre Gliedmaßen haben sie ineinander verknotet, als wären sie Schlingpflanzen. Sein Mund saugt an ihrem Hals. Dem Geräusch und der Intensität nach hat sie davon morgen sicher einen Knutschfleck.

Zane drängt die Frau rückwärts in Richtung der hinteren Zimmer, sie windet sich und stöhnt. Hört sich nicht besonders echt an, aber da ich noch nie mit einer Frau Sex hatte, kann ich das nicht qualifiziert beurteilen. Außerdem ist es nicht mein Problem, wenn sie ihm etwas vorspielt. Sie öffnet die bunt geschminkten Lider und entdeckt mich auf der Couch.

»Da sitzt jemand und beobachtet uns«, flüstert sie in Zanes Ohr, lässt mich aber nicht aus den Augen.

Zwar hört Zane auf, an seiner Begleiterin herumzulutschen, will aber offenbar nicht wissen, wen sie meint. »Mir egal«, nuschelt er an ihren Hals. »Meine Mitbewohner haben so was schon oft gesehen.«

Sie kichert zur Antwort, dann macht sie sich los und mustert mich mit gerunzelter Stirn. »Hast du nicht gesagt, ihr studiert zusammen? Der sieht nicht aus wie ein Student. Der ist viel älter.« Sie redet über mich, als wäre ich gar nicht anwesend.

Jetzt hält Zane doch inne und schaut zu mir herüber. Seine Augen werden groß und er schluckt. Hastig stößt er die Frau von sich, so fest, dass sie stolpert und beinahe umfällt. Im letzten Moment kann sie sich fangen, indem sie sich an einer Kommode abstützt.

»He, spinnst du?«, faucht sie ihn an. Doch Zane reagiert nicht auf sie, fixiert mich mit undeutbarem Blick und zupft seine zerknautschte Kleidung zurecht.

Keiner sagt etwas. Die Frau schaut sichtlich verwirrt zwischen uns hin und her.

»Wer ist das?«, will sie wissen. Weil Zane sie immer noch nicht beachtet, tippt sie ihm auf die Schulter. »Hallooo? Was ist denn auf einmal los?«

»Was machst du hier?«, fragt Zane, statt sich um seine Begleiterin zu kümmern. Sein Blick wandert zu meinem Unterkörper. Erst da merke ich, dass mein T-Shirt nach oben gerutscht ist und mein Bauch bis zu den Rippen freiliegt. Schnell bedecke ich mich.

»Rose hatte eine Impfreaktion. Ich behalte sie im Auge«, antworte ich mit plötzlich rauer Stimme und räuspere mich.

Zane nickt, geht die paar Schritte zu dem Hund und streichelt ihr zart über den Kopf. »Was machst du denn?«, wispert er, woraufhin sie die Augen aufschlägt und ihn mit übertrieben leidendem Hundeblick ansieht. »Geht es dir besser?« Er klingt ehrlich besorgt. Warum keiner seiner Mitbewohner Hundesitter spielt, fragt er nicht.

Ohne ihn und Rose aus den Augen zu lassen, erzähle ich in kurzen Worten, was passiert ist. Dann strecke ich mich und stehe auf. »Dann mach ich mich mal auf den Weg, wenn du jetzt da bist.«

»Nein!«, platzt Zane heraus und wirkt auf einmal erschrocken. »Ich weiß doch gar nicht, was ich tun soll, wenn sie einen Rückfall hat oder so.«

Sie wird keinen Rückfall haben, dessen bin ich mir sicher. Trotzdem widerspreche ich ihm nicht.

»Kannst du nicht noch ein wenig bleiben? Nur zur Sicherheit.«

Sehe ich da ein Flehen in seinen Augen? Oder hat er einfach zu viel getrunken? Sorgt er sich wirklich so um Rose? Wieder spüre ich diese Anziehung zwischen uns.

»Wird das heute noch was mit uns?«, mischt sich die Frau ein. Zane schaut sie an, als würde ihm jetzt erst wieder einfallen, dass sie existiert.

Er kaut auf seiner Unterlippe herum und schließt für einen Moment die Augen.

»Ich ruf dich an«, sagt er zu ihr. Er klingt unsicher und als wäre es ihm peinlich, dass sie hier ist.

Einen Augenblick wartet sie, dann zuckt sie die Schultern und läuft mit aufreizend wackelnden Hüften aus dem Zimmer. Ein paar Sekunden später fällt die Tür ins Schloss.

Zane

Wie zwei Fremde, die zufällig zusammen auf den Zug warten, sitzen wir auf der Couch. Extrem seltsame Situation. Aber ich wollte, dass er bleibt, damit wir gemeinsam auf Rose aufpassen. Jetzt muss ich da durch.

Lennon hat seine Hände auf den Oberschenkeln abgelegt und reibt sie hin und her. Nur das Schaben seiner Haut auf der Jeans, Rose' leises Schnarchen und ab und zu ein klägliches Wimmern sind zu hören.

Vermutlich ist es völlig übertrieben, die ganze Zeit neben dem schlafenden Hund auszuharren, noch dazu zu zweit. Sie wird schon nicht sterben. Aber aus unerfindlichem Grund will ich nicht, dass Lennon geht.

»Ich wollte dir nicht die Tour vermasseln«, sagt er auf einmal in die Stille hinein.

»Hast du nicht. Rose ist wichtiger.«

Bullshit! Wann habe ich mich jemals von möglichem Sex abhalten lassen? Aber sobald ich Lennon gesehen hatte, hatte ich plötzlich keine Lust mehr auf Charlotte. Ich wollte nur noch, dass sie aufhört, mich zu begrapschen, und verschwindet. Dabei ist Charlotte die ideale Sexpartnerin, weil sie keine Ansprüche stellt und akzeptiert, dass ich nur Spaß will, keine Beziehung. Beziehungen bringen nur Stress und halten mich vom Genießen ab. Ich werde früh genug bei meinem Dad in Fesseln liegen, da brauche ich keine Frau, die mich in irgendeiner Weise einschränkt. Wenn eine mehr will, mache ich ihr schnell klar, dass das nicht läuft. Liebe machen ja, Liebe geben und empfangen, nein. Einfache Regel. Wer die nicht akzeptiert, hat Pech. Charlotte ist diesbezüglich ähnlich gestrickt wie ich. Manche nennen sie eine Schlampe, ich dagegen sehe die Vorteile unserer sporadischen, völlig zwanglosen Treffen.

»Dunkel hier«, sage ich, ohne Lennon anzusehen, und reibe nun auch nervös meine Oberschenkel.

»Ja«, antwortet er leise und räuspert sich.

Nach dieser unheimlich geistreichen Unterhaltung sitzen wir wieder bewegungslos nebeneinander, als hätte jemand einfach unsere leeren Körperhüllen hier platziert. Ich höre, wie er atmet, und mir wird bewusst, wie unnötig nah wir nebeneinanderhocken. Das Einzige, was gerade nicht stillhalten will, ist mein Gehirn. Warum habe ich für diesen unbekannten Typen einen Orgasmus – oder vermutlich sogar mehrere – abgelehnt?

Als er sich bewegt, spüre ich seinen Oberschenkel, der meinen streift, die Härte seines Armes, seine Schulter, die leicht gegen meine stößt. Unwillkürlich erschaudere ich, aber so schnell es kam, ist es auch wieder vorbei.

Ohne aufzustehen, rutscht er vom Sofa auf die Knie und zu Rose' Sessel. Aus seiner Arzttasche, die mir vorher gar nicht aufgefallen ist, holt er ein Stethoskop und hört vorsichtig Rose' Unterseite ab. Es scheint alles in Ordnung zu sein, denn er nickt und steckt das Hörgerät zurück in die Tasche. Dann zückt er ein schmales Thermometer, beschmiert es mit Vaseline und hebt Rose' Schwänzchen. Langsam schiebt er das Thermometer in ihren kleinen Po. Sie jammert kurz und zuckt nach vorn, bleibt aber brav liegen.

Beruhigend redet er auf sie ein. »Du machst das gut, mein Mädchen, gleich ist es vorbei« und andere Sachen, die ein Hund ohnehin nicht versteht. Seine Fürsorge und Geduld sind echt und ehrlich, seine Ruhe überträgt sich auf magische Weise auf mich. Wieder ertappt er mich, wie ich ihn beobachte, und seltsam schüchtern lächeln wir uns an. Mein

Blick fällt auf seine Lippen. Ob sie sich wohl so weich anfühlen, wie sie aussehen?

Oh Mann, ich hätte wirklich Charlotte ficken sollen. Anscheinend habe ich es so nötig, dass ich schon Männerlippen schön finde. Das ist mir noch nie passiert. Ich habe nichts gegen Schwule, aber mich näher mit dem Thema Homosexualität zu beschäftigen, fand ich nie wichtig. Ich bin es nicht, das reicht. Was andere machen, mit wem sie schlafen oder wen sie lieben, ist mir egal. Das heißt ohnehin schon eine ganze Menge, weil ich in einer so homophoben Familie aufgewachsen bin, dass es ein Wunder ist, dass ich überhaupt eine eigene Meinung entwickelt habe. Oder dass ich nicht aus Trotz schwul geworden bin, nur um meinen Dad zu ärgern. Für ihn – und den Rest unseres Clans – ist Homosexualität etwas Abartiges, krank, widernatürlich, etwas, das nicht existieren darf. Hätte ich jemals auch nur daran gedacht, mich zusätzlich oder gar ausschließlich dem eigenen Geschlecht zuzuwenden, würde ich auf der Stelle enterbt und verstoßen. Da ich mich aber schon von früh an eindeutig für Frauen interessierte, kam zumindest dieser Konflikt nie auf. Dad und ich haben schon genug, was zwischen uns steht. Sicher ist sein Einfluss ein Grund, warum ich mich in Gegenwart von Schwulen immer ein wenig unwohl fühle.

Lieber wieder den Fernseher einschalten, als über die Lippen eines anderen Mannes nachzudenken. Während ich ein Programm suche, das mich bestmöglich ablenken kann, kommt Lennon zurück zu mir auf die Couch. Er stößt Luft aus, dehnt sich und gähnt mit geschlossenem Mund.

»Gut, dass morgen Samstag ist und ich ausschlafen kann. In meinem Alter sollte man einfach nicht mehr die Nächte durchmachen.«

Häh? Wie alt ist er denn? Fünfzig?

»Soll ich dir einen Kaffee machen, alter Mann?«

Er lacht. »Ja, danke, den könnte ich tatsächlich gut gebrauchen.«

In der Küche fällt mir ein, dass ich gar nicht weiß, wie unsere Kaffeemaschine funktioniert. Erbärmlich. Ich bin zweiundzwanzig und so unselbstständig, dass ich ohne Ethan oder Bedienstete nicht einmal einen simplen Kaffee zubereiten kann.

»Musst du die Kaffeebohnen erst ernten, oder warum dauert das so lang?«

Ich erschrecke mich so, weil Lennon plötzlich hinter mir steht, dass ich einen kleinen Satz mache und dabei mit dem großen Zeh gegen den Herd stoße. Automatisch rufe ich laut »Au« und fluche. In der Hoffnung, dass er dann weniger wehtut, schüttle ich den Fuß, aber natürlich hilft das nichts. Einbeinig humple ich rückwärts zum Tresen und ziehe mich auf einen der Barhocker.

»Lass mal sehen«, befiehlt Lennon im Arztton und lässt sich vor mir auf den Küchenboden sinken. Mit einer Handbewegung gibt er mir zu verstehen, dass ich ihm meinen Fuß reichen soll.

Zögerlich strecke ich ihn aus, er greift ihn und legt die Ferse auf seinem aufgestellten Knie ab. Die Socken streift er mir ab und fährt mit zwei Fingern vom Knöchel abwärts über den Rist hinunter bis zum Zeh. Ein angenehmes Kribbeln rauscht durch mich hindurch und – was noch erschreckender ist – mein Schwanz regt sich. Unauffällig richte ich ihn anders. Doch anstatt den Fuß wegzunehmen und mich so dieser verwirrenden Situation zu entziehen, lasse ich zu, dass Lennon mich beinahe zärtlich berührt, dass seine Finger meine Haut streicheln. Ich muss schlucken. Er hat den Blick auf meine Zehen gesenkt und untersucht sie konzentriert. Würde er geradeaus schauen, wäre sein Gesicht genau auf Höhe meines Schritts. Gut, dass er nicht mitbekommt, dass ich hart bin.

»Kannst du den Zeh bewegen?«, fragt er. Ich merke, dass er sich bemüht, neutral und professionell zu klingen, es aber nicht ganz schafft, denn seine Stimme zittert ein wenig.

Vorsichtig biege ich das Gelenk nach oben und unten. Es schmerzt, ist aber aushaltbar.

»Ich denke, es ist nichts gebrochen«, diagnostiziert er. »Ich mache dir Salbe drauf. Die für Pferde müsste auch dir helfen.« Er kichert, aber es hört sich überhaupt nicht albern an, sondern schön.

Soll ich beleidigt sein, dass er mich mit einem Pferd in eine medizinische Schublade steckt, oder doch lieber amüsiert? Im Grunde bin ich einfach nur froh, dass mein armer Zeh, der mittlerweile zu einer ekligen Kartoffel angeschwollen ist und heftig pocht, behandelt wird. Egal womit. Von mir aus könnte er auch einen Schamanentanz aufführen, Hauptsache, es tut nicht mehr so weh. Außerdem fühlt es sich gut an, wie er meinen Fuß hält wie einen kranken Spatz.

Er klopft mit der Handfläche auf mein Knie. »Lass mich mal aufstehen.« Weil ich nicht reagiere, hebt er meinen Fuß von sich herunter und rappelt sich auf. Kurz darauf kommt er mit seiner Arzttasche zurück und kramt eine Dose mit grünem Inhalt heraus. *Pferdebalsam*, steht da tatsächlich. Das Zeug stinkt furchtbar und ist eiskalt, hilft aber sofort. Wohlig stöhne ich.

»Bitte nicht aufhören, das tut so gut«, keuche ich, bevor ich darüber nachdenke, und merke zu spät, wie zweideutig es klingt.

Sofort hört er auf, rutscht ein Stück zurück und fummelt einen Verband heraus, den er mit plötzlich zittrigen Fingern um meinen Fuß wickelt. »Wenn du mir sagst, wo ich alles finde, mache ich mir den Kaffee selbst.« Er wischt sich die Finger an der Hose ab und steht auf.

»Ehrlich gesagt habe ich keine Ahnung«, gebe ich zu. Er sieht mich verwirrt und ungläubig an und auf einmal löst sich alle Spannung und wir prusten los.

Er kratzt sich im Nacken und wie vorhin auf dem Sofa wird beim Armheben ein Stück Bauch freigelegt. »Du wohnst hier und weißt nicht, wie man Kaffee kocht? Wie überlebst du denn? Hast du Bedienstete?«

Bis vor hundertfünfzig Jahren hatte meine Sippe sogar noch Sklaven. Aber das verschweige ich dem Sohn einer Gutmenschen-Hippie-Peace-Familie lieber.

»Ich habe einen Ethan«, erkläre ich schulterzuckend.

Immer noch glucksend und den Kopf schüttelnd sucht Lennon in unseren Schränken herum, bis er auf eine Dose Kaffeepulver stößt. Er runzelt die Stirn und begutachtet den Inhalt kritisch, riecht daran und scheint zu überlegen, ob wirklich das drin ist, was draufsteht.

»Das soll Kaffee sein?«, murmelt er vor sich hin.

Es folgt ein Vortrag über Kaffeeanbau und Qualität und dass die Amerikaner es nie geschafft haben, Kaffee richtig zuzubereiten, dass wir alle Banausen sind und noch viel mehr über Dinge, über die ich mir bisher keine Gedanken gemacht habe. Ich fand unseren Kaffee bisher immer in Ordnung.

Als sei es das Normalste auf der Welt, nachts in einer fremden Küche herumzuhantieren, befüllt er die Maschine mit Wasser, Filter und Pulver und schaltet sie ein. Ganz einfach eigentlich, das sollte sogar ich hinbekommen.

»Die Italiener lachen sich tot bei dem Spülwasser, das wir hier trinken.«

Ich stütze meine Ellbogen auf den Tresen. »Warst du schon mal dort?«

Er nickt und ein Strahlen tritt in seine Augen. »Alle Green-Kinder sind nach der Highschool in der Welt unterwegs. Unsere Eltern nennen das Initiationsreise. Um sich selbst zu finden und darüber nachzudenken, wie man sein Leben verbringen will. Mich hat's damals nach Europa verschlagen. Ich bin mit meinem ...« Er stockt. »... einem Freund von Norden nach Süden gereist. Schweden, Holland, Deutschland, Frankreich, bis runter nach Portugal, das ganze Programm. Wir waren fast ein Jahr unterwegs. Allerdings nicht die ganze Zeit gemeinsam. Nach ein paar Monaten ist ihm das Geld ausgegangen und wir uns gegenseitig auf die Nerven und er ist zurück in die Staaten. In Italien war ich dann allein. Da hat es mir am besten gefallen. Die lockere Lebensweise, die Liebe zum Leben, das Genießen, das unglaubliche Essen, der Wein, das Eis, die Landschaft, das Meer. Es gibt nichts Vergleichbares. Und nur die Italiener schaffen es, in Flipflops, Anzug und Pilotensonnenbrille souverän und seriös auszusehen. Ich habe selten so viele attraktive Menschen auf einem Haufen gesehen wie dort.« Er lächelt, als erinnere er sich bildreich daran.

Ich kenne Italien nur aus Filmen und ob das so repräsentativ ist, ist fraglich.

»Vor allem die Männer ...«, schwärmt er und seufzt. Sein sehnsüchtiger Blick lässt mich wünschen, ich wäre jetzt mit ihm dort, würde meine Pilotenbrille aufsetzen, in meine Flipflops schlüpfen, von mir aus auch in einen Anzug, und mit ihm am Strand Wein trinken. »Die hättest du mal sehen sollen. Diese Art von Sex-Appeal hat sonst keiner.« Verlegen räuspert er sich und stellt die Kaffeedose zurück an ihren Platz. »Drei Monate war ich dort«, lenkt er das Gespräch in eine weniger verfängliche Richtung. »Hauptsächlich in Rom. Da fällt man am wenigsten auf als ...« Er sieht mich seltsam an, als überlege er, ob er es sagen kann. »Als Homosexueller.«

Ich wusste es ja ohnehin schon, deswegen kommentiere ich sein Geständnis nicht. Spätestens nach seiner Lobeshymne auf die italienischen Männer hätte es selbst der Doofste geschnallt. Oder erwartet er von mir, dass ich etwas darauf antworte? Gibt es irgendwelche gesellschaftlichen Konventionen, wie man sich verhält, wenn jemand einem gesteht, dass er schwul ist?

»Und, hat es was gebracht?«

»Was meinst du?« Er hebt den Deckel von der Kaffeemaschine und schaut hinein.

»Hast du dich selbst gefunden?«

Er lehnt sich an die Arbeitsplatte und überlegt kurz. »Ich denke schon. Ich bin mit mir und meinem Leben im Reinen, habe meinen Traumberuf, verstecke meine Sexualität nicht.« Er bewegt die Lippen. »Ich bin die meiste Zeit glücklich«, fügt er in einem Ton hinzu, als wäre ihm diese Tatsache erst jetzt bewusst geworden. Beinahe verwundert.

Er lebt, wie er will. Seine eigenen Träume. Also das genaue Gegenteil von mir. Ich würde nie Tiere aufschneiden wollen, genauso wenig würde ich gern mit Männern schlafen, aber irgendwie bin ich neidisch auf ihn und sein Leben. Oder besser gesagt auf die Tatsache, dass er selbst darüber bestimmen kann.

Frustrierend. Deswegen lenke ich das Gespräch wieder auf ein unverfänglicheres Thema.

»Und die Italiener haben also den besten Kaffee?«

»Oh ja.« Er schließt die Augen und stöhnt tief. Er klingt, als hätte er gerade Sex. Seine Zunge fährt über seine Lippen, als schmecke er den Kaffee.

Die Kaffeemaschine blubbert und Lennon kehrt in die Realität zurück, schaltet unsere dilettantische Filtermaschine aus und nimmt zwei Tassen aus dem Schrank. Mein Fuß pocht immer noch, wenn auch nicht mehr so schlimm wie vorhin. Unauffällig reibe ich mir das Schienbein, was aber nicht hilft, weil ich dort ja gar nicht verletzt bin.

»Tut's noch weh?«

Ich schüttle den Kopf, was er aber, seinem kritischen Gesichtsausdruck nach zu urteilen, nicht glaubt. »Geh rüber und leg den Fuß hoch. Ich bringe den Kaffee dann mit«, schlägt er vor und stützt sich mit den Händen an der Arbeitsplatte hinter sich ab. Dabei schiebt er seinen Unterkörper leicht vor und ich erkenne die Beule in seiner Hose. Er ist hart. Höchste Zeit, diesem seltsamen Treffen ein Ende zu machen. Ich. Interessiere. Mich. Nicht. Für. Männer.

Beim Aufwachen bin ich allein. Eingewickelt wie eine Mumie liege ich seitlich auf der Couch, mein Kopf auf mehreren Kissen. Rose scheint es wieder gut zu gehen, denn sie begrüßt mich freudig und leckt über mein Gesicht.

»Hör auf«, brumme ich. »Das ist voll eklig.«

»Rose, stopp!« Ethans Stimme. Aber nicht so streng wie sonst, sondern lasch und lustlos. Er lümmelt im Sessel, in dem gestern noch Rose vor sich hinvegetiert hat, und sieht genauso elend aus wie sein Hund noch bis vor ein paar Stunden. Auf seinem Schoß steht ein Eimer, an dem er sich festklammert. Hat wohl Claires Magen-Darm-Grippe abbekommen.

»Wo ist Lennon?«, frage ich und hieve mich hoch. Der Fuß pulsiert nur noch ganz leicht, deswegen pfriemle ich den Verband ab und begutachte den Zustand darunter.

»Keine Ahnung, war schon weg, als ich aufgestanden bin.« Erschöpft keucht er. Gut, dass ich jetzt weiß, wie man Kaffee kocht, er ist momentan nicht dazu in der Lage.

Lennon ist verschwunden, ohne sich zu verabschieden. Wieso stört mich das?

»Auch Kaffee?«

Er würgt als Antwort und schüttelt mit angewidertem Gesicht den Kopf. »Bloß nicht. Ich bleibe bei Kamillentee.«

Wenn er sich nicht einmal wundert, dass ich mich selbst versorge, oder genauere Informationen über Lennons und mein Zusammentreffen wissen will, muss es ihm echt schlecht gehen.

Der Kaffee schmeckt nicht so gut wie der, den Lenny gekocht hat, ist aber trinkbar. Und weil ich gerade in fürsorglicher Stimmung bin, koche ich noch mehr Kaffee und gieße ihn in die Thermoskanne, wie es Ethan sonst immer macht. Cole und Autumn wollen später sicher auch einen.

Es ist schon fast Mittag, doch weil ich ohnehin nichts zu tun habe, oder auf das, was eigentlich wichtig wäre – Stichwort Seminararbeit -, keine Lust habe, verziehe ich mich mit meinem Kaffee in die Badewanne. Das College muss eben mal wieder warten, auch wenn ich Dad versprochen habe, mich mehr reinzuhängen. Ich habe ihm schon viel versprochen und das wenigste davon gehalten. Allerdings, wenn ich tatsächlich irgendwann mein Erbe antreten will – vor Master Wellington buckeln muss –, sollte ich mich endlich mehr reinhängen. Muss aber nicht gleich heute sein.

Während ich meine Brust und meinen Unterleib rasiere, denke ich über mein Leben nach. Das mache ich nicht besonders oft, weil mir sonst nur wieder bewusst wird, dass meine Schonfrist bald vorbei sein wird. Dann ist Schluss mit Party und Frauen und Ausschlafen und Spaß. Das ist echt scheiße. Lennon und unser gemeinsamer Abend kommen mir in den Sinn. Und leider auch die seltsamen Reaktionen, die er in meinem Körper auslöst. Allein beim Gedanken an ihn schießt mir Hitze in die Wangen und südlichere Regionen.

Was, wenn ich wirklich mit einem Mann zusammen wäre?

Dann könnte ich die Firma endgültig vergessen. Mein Dad ist das größte homophobe Arschloch des Planeten. Bevor er es akzeptieren würde, dass sein Sohn einen Mann datet, verschenkt er lieber sein Imperium, das seit Hunderten von Jahren in Familienbesitz ist. Nicht einmal jemanden umzubringen oder in den Waffenhandel oder andere illegale Sachen verwickelt zu sein, wäre so schlimm, wie schwul zu sein. Ersteres kann man mit Geld vertuschen, wäre nicht das erste Mal, dass er mich aus Problemen mit den Cops freikauft. Aber einen Mann zu lieben und vielleicht sogar mit ihm in die Öffentlichkeit zu treten – no way.

Aber ich muss darüber gar nicht weiter grübeln. Denn in diesem Fall kann ich ausnahmsweise mal das tun, was der große Grant Wellington verlangt, weil ich nämlich das Gegenteil von schwul bin. Und ich habe auch garantiert nicht vor, das zu ändern.

Erst als Ethan klopft, weil er dringend aufs Klo muss, steige ich aus der Badewanne, schlinge mir ein Handtuch um die Hüfte und verlasse das Bad. Sofort hastet Ethan hinein und verschließt die Tür.

Mittlerweile haben auch Cole und Autumn ihr Zimmer verlassen. Cole sitzt wie ein verdammter Buddha auf dem Sofa, das kranke Bein wie immer auf dem Wohnzimmertisch, Autumn hat die Beine untergeschlagen und kuschelt sich an ihn. Man könnte meinen, die beiden seien ein einziger Organismus.

»Hi, Süße, Hi, Hackfresse«, begrüße ich die beiden und laufe immer noch nass an ihnen vorbei. Das Wasser tropft von meinen Haaren auf den Teppich, aber das ist mir egal.

Autumn lächelt mich an. »Hi, Zane.«

Ich gieße mir einen frischen Kaffee ein und lasse mich mit der Tasse in den Sessel fallen. Es schwappt und zu den Wasserflecken auf den Armlehnen kommen nun auch Kaffeeflecken dazu.

»Mach mal deine Beine nicht so breit, Alter, ich will deine Eier nicht sehen«, beschwert sich Cole und Autumn wird rot und steckt ihre Nase in die Halsbeuge ihres Lovers.

»Dann schau nicht hin«, schlage ich vor, schließe meine Knie aber trotzdem ein wenig. Normalerweise würde ich ihm jetzt erst recht meinen Schwanz und alles drum herum präsentieren und dazu noch blöde Witze machen, aber ich bin nicht in der Stimmung dazu. »Geht ihr später mit zum Spiel?«, will ich stattdessen wissen.

Cole schüttelt den Kopf und brummt. In seinem vorherigen Leben war er vermutlich mal ein Grizzly. »Nö, keinen Bock. Das frustriert mich bloß wieder.«

Kann ich verstehen. Cole lebt für Football. Also nicke ich und trinke von meinem Kaffee.

»Was ist passiert?«, fragt Autumn und zeigt auf meinen lila Kartoffelzeh.

Ich erzähle von Rose und den Impfnebenwirkungen und dass Lennon und ich auf sie aufgepasst haben, dass ich meinen Zeh am Herd gestoßen habe und Lennon dann auch mich versorgt hat. Autumn legt den Kopf ein wenig schief und mustert mich.

»Hm«, meint sie bloß.

Was »hm«? Warum glotzt sie so?

»Normalerweise macht er keine Hausbesuche. Schon gar nicht nachts. Sein Feierabend ist ihm sehr wichtig.« Mir fällt ein, dass ich ihn gar nicht bezahlt habe. »Hat er bestimmt nur für Rose gemacht.«

»Weil du ihm anderenfalls ein schlechtes Gewissen eingeredet hättest, wenn du herausgefunden hättest, dass er es nicht getan hat. Hat ja nicht jeder so ein Helfersyndrom wie du.« Cole grinst seine Freundin an und küsst sie laut schmatzend auf die Wange.

»Ich kann auch gehen, wenn dich mein Helfersyndrom stört.« Autumn klingt ein bisschen beleidigt, dabei war es eindeutig, dass Cole sie nur ärgern wollte. Er ist einer der unkompliziertesten Menschen, die ich kenne, er würde andere nie bewusst verletzen. Hat sie das noch nicht mitbekommen? Sie rutscht ein wenig von ihm ab und verschränkt die Arme vor ihrem Busen.

»Nein, Baby, keiner kann mich so gut pflegen wie du. War doch nur Spaß«, schleimt Cole und greift nach ihrer Hand. Es gelingt ihm, ihre Verkrampfung zu lösen, und seufzend sinkt sie wieder gegen ihn.

Als die beiden zu knutschen anfangen, halte ich es nicht mehr aus und gehe ins Schlafzimmer. Das Handtuch lasse ich auf den Boden fallen und kicke es in eine Zimmerecke. Nackt stehe ich vor meiner Kommode und überlege, was ich anziehen soll. Ich entscheide mich für ein schwarzes T-Shirt ohne Ärmel und blaue Shorts. Dazu setze ich die SFSU-Cap und meine Pilotenbrille auf. Ich hasse es, wenn mir die Sonne das Gehirn wegbrutzelt, und im Stadion gibt es wenig Schattenplätze, zumindest nicht da, wo wir immer sitzen. Am Schluss stecke ich Zigaretten und Handy in die Hosentaschen, außerdem ein paar Dollarscheine. Weil mein Zeh immer noch ein wenig wehtut und ich Bedenken habe, ob er so angeschwollen in meine geliebten Boots passt, schlüpfe ich in meine Flipflops.

Ein wenig zu spät komme ich im Stadion an. Das Vorprogramm hat bereits begonnen, die Cheerleader hüpfen und tanzen und wedeln mit ihren Hintern und Pompons, die Collegeband spielt dazu, Spieler von beiden Teams wärmen sich am Spielfeldrand auf. Mein Stammplatz ist besetzt, also bin ich gezwungen, mich woanders hinzusetzen. Normalerweise bin ich in Begleitung, entweder ist die Clique dabei oder eine meiner Eroberungen oder beides. So allein ist es ungewohnt, aber nicht wirklich unangenehm. Ohne etwas Bestimmtes zu suchen, sehe ich mich im Stadion und auf den Tribünen um, kann aber niemanden entdecken, auf dessen Gesellschaft ich Lust habe.

Auf einmal spüre ich eine warme Hand auf meiner Schulter. Ein Schauer läuft meine Wirbelsäule hinunter und mir wird kurz schwindlig. Sicher die Hitze. Ich drehe meinen Kopf in die Richtung der Hand, wandere mit den Augen den Arm hinauf bis zum Gesicht. Lennon. Er strahlt mich an, seine Finger liegen noch immer auf mir. Als ich auf sie hinabblicke, zieht er sich schnell zurück und sein Lächeln verschwindet.

»Hi, lange nicht gesehen«, sage ich unbeholfen und grinse dämlich. Tatsächlich freue ich mich, ihn zu treffen. Dann bin ich wenigstens nicht mehr so erbärmlich allein. Nur Loser lungern allein bei einem Sportevent herum.

Lennon trägt ein Oberteil der SFSU-Footballmannschaft mit der Rückennummer seines Bruders und eng geschnittene, etwas zu kurze Jeansshorts, sodass mein Blick automatisch auf seinen Schritt gelenkt wird, weil ich mich unwillkürlich frage, ob die enge Hose nicht alles einquetscht.

»Bist du allein hier?«

Das zu leugnen, wäre albern. Also nicke ich.

»Wenn du magst, kannst du dich zu mir und meiner Familie setzen.« Er zeigt auf ein paar schwatzende Menschen in etwa zwanzig Meter Entfernung.

Besser als einsam. Ich nicke erneut und folge ihm.

»Das ist Zane, Coles Mitbewohner«, stellt er mich vor. »Zane, das ist meine Familie. Meine Mom Ambaya, mein Dad Nagaraj, meine Schwester Eva und ihre Freundinnen Nici und Aria.«

Was sind das denn für Namen? Heißen die wirklich so? Ich habe ja schon von den Hippie-Namen gehört, die alle in der Green-Familie tragen. Cole hat mir erzählt, dass Autumn nicht nur Autumn heißt, sondern noch drei weitere abgefahrene Namen mit tiefsinniger Bedeutung besitzt. Ebenso wie Gavin, der diese Tatsache verständlicherweise verheimlicht, und die anderen Geschwister. Welche Namen Lennon wohl bekommen hat?

Nacheinander deutet er auf die Personen, die mich anlächeln und mir wortlos zu verstehen geben, dass ich willkommen bin. Verstohlen mustere ich Lennons Eltern und versuche herauszufinden, wem er ähnlicher sieht. Aber er wirkt wie eine perfekte Mischung der beiden. Das kantige und trotzdem feine Gesicht seines Vaters, gepaart mit den wachen, leuchtend grünen Augen und den dichten Haaren seiner Mom. Trotz ihren eindeutigen Hippie-Frisuren, ihrer Hippie-Kleidung, ihrem seligen Hippie-Lächeln und ihrer leisen, bedächtigen Art zu sprechen wirken sie nicht aufgesetzt oder übertrieben. Zwischen diesen Menschen fühlt man sich vom ersten Augenblick an wohl. Erstaunlich, dass ein Prolet wie Gavin die gleichen Gene besitzt.

Eva ist eine pummelige weibliche Mini-Ausgabe von Lennon und scheint ein fröhliches, ausgeglichenes Kind zu sein. Oder ist sie schon ein Teenager? Keine Ahnung, ich kann das schlecht einschätzen. Autumn dagegen ist ihrer Mom wie aus dem Gesicht geschnitten, zumindest soweit ich das, ohne sie direkt live vergleichen zu können, beurteilen kann. Wenn ich mich richtig an Ocean, die fünfte der Geschwister, vom Alter her zwischen Gavin und Lennon, erinnern kann, schlägt sie mehr nach ihrem Dad. Aber ich muss zugeben, dass ich mich damals mehr für ihren restlichen Körper als für ihr Gesicht interessiert habe.

Lennons Familie stellt mir keine doofen Fragen, was ich studiere oder so, noch geben sie mir das Gefühl, nicht dazuzugehören. Meinem Dad wäre es verdammt wichtig, mit wem ich verkehre und dass es standesgemäß ist. Cole und Ethan hat er nie wirklich akzeptiert. Diese Familie ist anders. Ich werde einbezogen, als gehörte ich schon immer dazu. Das ist komisch, aber nicht auf negative Art, sondern ich fühle mich gut aufgehoben und irgendwie warm. Unauffällig schüttle ich mich und setze mich auf den freien Platz neben Lennon.

Er beugt sich zu mir herüber. Weil die Musik gerade besonders laut spielt, muss er direkt in mein Ohr sprechen, damit ich ihn verstehe. »Wie geht's Rose?«

Der Lufthauch, der dabei entsteht, kitzelt mich und ich kann riechen, dass er vor kurzem Kaffee getrunken und Kuchen gegessen hat. Eigentlich kann ich es nicht ausstehen, wenn Leute mir ihren Atem ins Gesicht pusten, aber bei ihm macht es mir nichts aus. Seine Haare berühren meine Wange, trotzdem rücke ich nicht von ihm ab.

»Es geht ihr gut«, sage ich in sein Ohr. Meine Lippen streifen dabei seinen Bart. »Danke, dass du für sie da warst.« Am liebsten würde ich ihn fragen, warum er ohne Verabschiedung abgehauen ist, verkneife es mir aber.

Lennon streicht wie zufällig meinen Handrücken, drückt meine Finger und deutet mit der anderen Hand auf den Rasen. »Gavin kommt her.«

In seinem Trikot trabt Gavin zu uns hoch und nimmt den Helm ab. »Hallo, Familie!« Er strahlt. »Schön, dass ihr da seid.« Dann entdeckt er mich, runzelt die Stirn und kratzt sich am Kopf. »Was machst du denn hier?«

»Dir beim Spielen zusehen? Tu doch nicht so, als wäre es das erste Mal.«

»Das nicht, aber nie alleine und du sitzt nie bei meiner Familie. Das ist irgendwie falsch.«

»Gar nichts ist hier falsch, Schätzchen«, wirft seine Mom, deren Namen ich spontan vergessen habe, ein. Lachend tritt sie zu ihrem Sohn, umarmt ihn und zieht ihn zu sich herunter, um ihn rechts und links auf die Wange zu küssen und ihm durch die Haare zu wuscheln. »Viel Erfolg, Großer. Ihr packt das!«

Anschließend klopft Gavins Dad ihm auf die Schulter und Eva und ihre Freundinnen umringen ihn zum Gruppenkuscheln. Gavin lässt das alles zu, grinst wie ein Idiot und erwidert die Liebesbezeugungen. Ich grinse ebenfalls, denn sonst kenne ich meinen Kumpel als abgebrühten, coolen Typen. Lennon streckt seine Hand aus und er und Gavin vollführen ein kompliziertes Bruder-Abklatsch-Faust-Faust-Bro-Ding, das mit einem brunftigen »Ahu!«-Schrei endet. Abgründe tun sich hier auf ... Seine Eltern verflechten ihre Finger miteinander und informieren uns, dass sie sich vor dem Spiel noch ein wenig die Beine vertreten wollen.

Gavin winkt ihnen, geht vor uns in die breitbeinige Hocke und stützt sich auf seinen Helm. »Woher kennt ihr euch denn? Hat er dich aufgerissen und abgeschleppt? Sein Beuteschema wärst du ja.« Er lacht brüllend. »Wenn ihr schon beim Händchenhalten angekommen seid ...«

Erst da merke ich, dass Lennons Finger immer noch auf meinen liegen. Die, die er nicht zum Bruder-Gruß gebraucht hat. Mit einem Ruck reiße ich meine Hand weg, verschränke meine Arme vor der Brust, schiebe meine Finger unter die Achseln und rutsche ein wenig weg. Lennon bewegt seine Finger, als wollte er sie lockern, und faltet sie dann in seinem Schoß. Gavins Geschwätz kommentiert er nicht.

»Hat dir jemand ins Hirn geschissen?«, blaffe ich Gavin an, der nur lacht und mir mit dem Helm auf den Oberschenkel schlägt.

»Zane, der tittensüchtige Weiberheld sitzt hier einträchtig mit meinem Schwuchtelbruder. Unglaublich.« Vor Lachen fällt er beinahe nach hinten um und muss sich an meinen Knien festkrallen. Hoffentlich steht Lennon nicht wirklich auf mich. Das muss er sich abschminken. Mich kann er nämlich nicht haben. »Sorry, war nur Spaß«, gluckst Gavin. »Damit du schwul wirst, muss erst die Hölle zufrieren. Vorher werde ich ja noch schwul.« Er überlegt kurz und gackert wieder los. »Nö, sicher nicht.«

»Ja, bitte verschone die homosexuelle Gemeinschaft von deiner Person«, bekräftigt Lennon kichernd. »Die werden ja alle aus Schreck hetero, wenn du antanzt.«

Gavin erhebt sich und fängt an wie eine Hula-Tänzerin mit den Hüften zu kreisen. »Ach Mann, wo ich doch so schön tanzen kann«, mault er gespielt.

Jemand ruft Gavins Namen und dass er seinen Arsch gefälligst aufs Spielfeld schaffen soll.

»Viel Spaß, Leute«, flötet er, macht mit erhobener Hand eine blöde Tuntenbewegung und rennt die Treppe hinunter.

Noch nie hatte ich so viel Spaß bei einem Footballspiel. Was zum einen wohl daran liegt, dass ich ausnahmsweise mal alles mitbekomme, weil mich kein Mädchen ablenkt, zum anderen an der Begeisterung und dem offensichtlichen Mitfiebern dieser Familie. Ich lasse mich von ihrer ausgelassenen Stimmung mitreißen und springe jubelnd bei jedem Punkt auf, brülle wie am Spieß, als Gavin einen Touchdown landet und bediene mich an den veganen Schokomuffins aus dem Picknickkorb der Greens.

Als Gavins – unser – Team gewinnt, fallen wir uns alle kreischend in die Arme und hüpfen wie Irre auf der Stelle im Kreis. Lennon kommt als Letzter dran. Ohne darüber nachzudenken, ziehe ich ihn wie vorher seine Mom an mich und drücke ihm einen Kuss auf die Stirn. Er versteift sich kurz, erwidert aber dann die Umarmung. Erst da registriere ich, was ich gerade tue. Ich presse meinen Körper an den eines bekennenden Schwulen. Länger, als es ein reiner Freudenausbruch rechtfertigen würde. Plötzlich wird mir bewusst, dass sich unsere Hosen an der Stelle berühren, an der sich unsere Schwänze befinden, und dass er eindeutig einen Ständer hat. Und ich auch. Wie schnell mein Herz in meiner Brust wummert und wie abgehackt ich nach Luft schnappe. Wie das Blut durch meinen Körper pumpt, heiß wie Lava. Erschrocken springe ich zurück. Für einen Moment blicken wir uns an und meine Verwirrung spiegelt sich in seinen Augen.

In der nächsten Sekunde kommt Gavin angesprintet und stößt mich versehentlich beiseite, sodass ich auf dem Plastiksitz lande. Steif bleibe ich sitzen und kriege nur am Rand mit, wie Gavin sich von seiner Familie feiern lässt, wie er Eva hochhebt und herumwirbelt, wie er sich Lennon krallt und um ihn herum einen Freudentanz aufführt. Der sieht sich über die Schulter zu mir um, während er von seinem Bruder wie eine Puppe dirigiert wird.

Die Einladung von Mrs Green zum Essen lehne ich ab.

November

Lennon

Seit unserer Begegnung im Stadion sind Zane und ich uns nicht mehr über den Weg gelaufen, weder zufällig noch absichtlich. Ist vermutlich besser so. Denn je öfter ich mit ihm zu tun habe, umso weniger kann ich mich gegen die Anziehung zwischen uns wehren. Ich bin drauf und dran, mich in ihn zu verlieben. Oder habe es schon. Aber da es aussichtslos ist, muss ich ihn mir aus dem Kopf schlagen. Ganz kalt habe ich ihn aber offenbar nicht gelassen. Als er mich im Überschwung und Siegestaumel an sich gerissen hat, konnte ich seine Erektion spüren und wie er sich versteift hat, als es ihm bewusst wurde. Ihm macht seine Reaktion auf mich Angst.

Nach der Arbeit hänge ich lustlos herum. Normalerweise ist mir nie langweilig. Ich habe mir eine Pizza bestellt und esse sie direkt aus der Verpackung, ohne Besteck und im Stehen. Zum Kochen kann ich mich nicht aufraffen.

Das Telefon klingelt und Sandros Name erscheint auf dem Display. Was will der denn? Seit unserer Trennung haben wir uns nicht mehr gesprochen. Keine Ahnung, warum ich seine Nummer nicht schon längst gelöscht habe.

»Hola«, begrüßt er mich auf seine übliche Art. Er klingt fröhlich, als hätten wir uns erst gestern getroffen und als hätte er mich nicht abserviert und monatelange Funkstille geherrscht. »Wie geht's?«

»Ganz gut«, sage ich unsicher, weil ich nicht genau weiß, wohin unser Gespräch führt. Seine Stimme zu hören, macht mich unruhig, aber nicht auf die positive Art. Weder lässt er mein Herz schneller schlagen, noch macht er meinen Mund trocken oder beschert mir gar ein Zucken in der Leistengegend. »Was gibt's?«

»Nichts Bestimmtes. Ich wollte mich nur melden. Vielleicht können wir uns mal verabreden? Einfach so, unter alten Freunden?«

»Einfach so gibt es bei dir nicht, Sandro.«

Er lacht. »Stimmt. Ich dachte mir, es wäre doch ganz nett, mal einen Kaffee zu trinken.«

Ich schiebe den Pizzakarton zur Seite und wische meine fettigen Finger an einem Küchentuch ab. »Du willst Sex.«

»Na gut, du hast mich ertappt.« Er klingt nicht so, als wäre ihm das peinlich.

»Hast du gerade Notstand oder warum rufst du dafür gerade mich an? Wir sind nicht mehr zusammen. Schon vergessen?«

»Na und? Im Bett waren wir immer ein super Team. Seit dir hatte ich keinen mehr, der so gut war. Dein Schwanz ist einzigartig. Ich vermisse ihn.«

Mich als Menschen wohl nicht. Typisch Sandro. Wenigstens lügt er mir nicht vor, dass er mich als Partner zurückhaben will, weil er mich noch liebt oder so einen Quatsch. Das hätte ich ihm ohnehin nicht abgenommen.

»Komm schon, was spricht dagegen, ein wenig Spaß zu haben?«

Dass ich keine Lust auf reinen Sex habe zum Beispiel, weil ich lieber mit jemandem schlafe, der *mich* und nicht nur meinen Penis will. Dass ich mir einen ganz anderen Mann im Bett wünsche.

»Du weißt, dass das nicht so meins ist«, winde ich mich heraus.

»Was meinst du genau? Sex? Das habe ich aber ganz anders in Erinnerung.« Er lacht. »Nein, verstehe schon. Keine Fickfreunde und so. Das akzeptiere ich.« Es entsteht eine kurze Pause. »Und wenn ich gar nicht dein Freund sein will, sondern nur den ersten Teil des Wortes haben will?«

Ich kann das Schmunzeln in seiner Stimme hören und jetzt kann ich mir ein Grinsen auch nicht mehr verkneifen.

»Mach's gut, Sandro«, sage ich, kann ihm aber nicht wirklich böse sein. »Und viel Erfolg bei deiner Suche nach einem Bettgefährten.«

»Oh, lange suchen muss ich nicht. Aber ich wollte eben dich.« Er macht ein Geräusch, das wohl Bedauern oder Resignation ausdrücken soll. »Schade. Das Angebot steht. Wenn du dich doch umentscheidest, ruf mich an.« Er verstellt seine Stimme und imitiert eine Sexhotline. Seine Handynummer folgt in demselben Ton.

Dann legen wir beide auf. Immer noch ungläubig den Kopf schüttelnd widme ich mich wieder meiner Pizza, aber die ist mittlerweile eiskalt, sodass ich sie angewidert in den Karton zurückfallen lasse. Außerdem bin ich mir nicht sicher, ob nicht eine der Katzen während meines Telefonats an meinem Essen geleckt hat.

Autumn ist bei mir, um sich von dem Letzten der Kittengang zu verabschieden. Dann haben alle ein neues Leben in einer tollen Familie. Ich werde sie vermissen, bin aber auch froh, dass wieder mehr Ruhe einkehren wird. Es ist ja nicht so, dass ich sonst keine Haustiere besäße.

Autumn schnappt sich ihren Kater Pumuckl und setzt sich mit ihm im Arm in den Sessel am Fenster. »Gut, dass du wenigstens noch da bist, mein Freund«, flüstert sie ihm in sein aufmerksam aufgestelltes Ohr. Als Antwort reibt er seinen Kopf an ihrem Bauch und schnurrt so laut, dass ich mich frage, wie dieser kleine Körper solche Töne produzieren kann. Autumn hebt ihren Kopf und setzt ihren berüchtigten Bedürftige-kleine-Schwester-Blick auf. »Kannst du mich zu Cole fahren? Im Dunkeln will ich nicht mehr Busfahren. Und kalt ist es auch.«

Wofür gibt es Jacken, Schwesterherz? Außerdem sind es sechzehn Grad, kalt ist anders. Eigentlich habe ich auch keine Lust, noch einmal rauszugehen. Deswegen bin ich versucht, ihr einfach mein Auto zu leihen. Aber weil ich morgen meinen Wagen selbst brauche, um die neuen Stühle für das Wartezimmer im Möbelhaus abzuholen, geht das nicht.

Ich hätte die Möbel auch liefern lassen können, wollte aber das Geld dafür sparen.

»Also gut. Ich will ja nicht, dass du erfrierst oder aus dem Bus entführt wirst«, lenke ich ein. Busfahren in meiner Gegend ist nicht gefährlich, aber meiner kleinen Schwester konnte ich noch nie etwas abschlagen.

Sie wirft mir ein Luftküsschen zu, hebt Pumuckl vorsichtig hoch, steht auf und bettet das Katzenknäuel auf die vorgewärmte Stelle im Sessel.

Je näher wir der WG kommen, umso aufgeregter werde ich. Dafür gibt es keinen Grund. Ich habe nicht vor auszusteigen, geschweige denn mit in die Wohnung zu kommen, werde Zane also nicht begegnen. Warum verkrampfen sich meine Hände dann so ums Lenkrad?

Autumns Handy brummt und nachdem sie die Nachricht gelesen hat, wendet sie sich mir zu.

»Planänderung. Die Clique ist in der Palace Lounge.« Sie schiebt die Unterlippe vor, senkt ihr Kinn und klimpert mit ihren Wimpern.

»Das ist am anderen Ende der Stadt«, motze ich.

Sie reißt die Augen auf, weil sie genau weiß, dass mich dieser Blick schwach werden lässt. »Bitte! Wie soll ich denn sonst hinkommen? Oder bekomme ich Taxigeld von dir?«

»Vergiss es!« Genervt stoße ich Luft aus, wende aber bei der nächsten Gelegenheit. Im Augenwinkel kann ich ihr befriedigtes Grinsen erkennen.

Fünfundvierzig Minuten später kommen wir endlich an und ich halte am Straßenrand. Cole und Gavin stehen vor dem Eingang auf dem Bürgersteig, jeder mit einem Cocktail in der Hand. Cole eilt zum Wagen, sein Gang ist immer noch unsicher. Wäre er ein Pferd, würde man es als Lahmen bezeichnen. Mit einem breiten Grinsen reißt er die Tür auf und zieht meine Schwester heraus. Ihre Beine baumeln in der Luft und sie küssen sich, als hätten sie sich wochenlang nicht gesehen. Gavin winkt mir mit dem Cocktail zu und kommt dann auch zu uns.

»Hinterm Haus ist ein Parkplatz. Stell den Wagen ab und komm rein, du Langweiliger. Du brauchst ein bisschen Spaß!«

Ich brauche keinen Spaß, ich will meine Ruhe.

»Oh ja, das wird lustig«, stimmt Autumn zu, die immer noch an Coles Hals hängt. Mit seinen großen Händen hält er sie an sich gepresst. Seine Muskeln treten hervor, aber es scheint ihn in keiner Weise anzustrengen, einarmig eine Sechzig-Kilo-Person zu tragen, noch dazu mit kaputtem Knie. Gleich wirft er meine Schwester noch über die Schulter und zerrt sie in seine Höhle.

Mir wäre Cole zu breit und zu muskulös und zu laut und zu kindisch. Aber mir muss er ja nicht gefallen. Wie Gavin ist er ein Footballer, wie man ihn sich vorstellt, perfekt dafür ausgestattet, alles umzurennen, was sich ihm in den Weg stellt.

Mit dem Kinn deutet Cole zur Eingangstür. »Ja, komm mit rein. Ich geb einen aus. Ethan und Claire sind auch drin.«

Und Zane?

»Okay«, entscheide ich spontan und Autumn quietscht vor Freude. Sie lässt sich an ihrem Freund herabgleiten und klettert zurück zu mir in den Wagen.

»Ich zeige dir, wo die Parkplätze sind.«

An der Hand von Autumn, als wäre sie mein Babysitter, betrete ich die Palace Lounge. Es ist laut, Musik dringt aus unzähligen Lautsprechern, Leute unterhalten sich, tanzen, trinken. Wir müssen uns durch die Menge drängeln, damit wir zu den anderen gelangen. Autumn wirkt dabei so souverän, dass ich mich frage, seit wann sie so furchtlos ist. Noch vor ein paar Monaten wäre sie bei so vielen Menschen vor Schreck erstarrt oder erst gar nicht aufgetaucht. Das ist zum großen Teil Coles Verdienst und sofort mag ich ihn noch ein Stück mehr. Er tut ihr mit seiner sorglosen, fröhlichen Art eindeutig gut.

Ich folge ihr zu einer Sitzgruppe in einer Nische. Hier ist es etwas leiser, sodass man sich sogar unterhalten kann. Mein Bruder hat diese Tatsache offenbar nicht mitbekommen, denn er brüllt seinen Nebenmann an, als wäre der taub.

Während Autumn sich auf Coles Schoß niederlässt und kurz darauf wieder zu knutschen beginnt, stehe ich unschlüssig herum, weil kein Platz auf den Sofas frei ist. Die meisten Leute kenne ich nicht oder nur vom Sehen, wie einige von Gavins und Coles Teamkollegen. Also schlendere ich zu Ethan und Claire hinüber und begrüße sie. Sie rutschen ein Stück zur Seite, sodass ich mich neben sie quetschen kann.

Sofort verwickelt mich Ethan in ein Gespräch über Impfreaktionen bei Hunden, über deren statistische Häufigkeit, Verschwörungstheorien der Impfgegner und darüber, dass er selbst gegen alles geimpft ist und dass das auf den Zeltplätzen, auf denen er aufgewachsen ist, auch nötig war. Ich höre nur mit halbem Ohr zu, weil ich nebenbei kontrolliere, ob Zane nicht doch zu uns stößt.

Gavin schleppt regelmäßig neue Shots und Cocktails und Krüge voller Bier an und ich trinke fleißig mit den anderen mit. Mittlerweile bin ich ziemlich beduselt, der Raum beginnt sich zu drehen, aber vielleicht bin es auch ich. Je länger ich trinke, umso redseliger werde ich.

Ethan und ich sind gerade mitten im Diskutieren, ob die Illuminaten tatsächlich die Impfstoffe kontrollieren, da entdecke ich Zane. Mit einer langbeinigen Rothaarigen im Arm betritt er die Szene. Sofort blendet mein Kopf alle Geräusche aus. Es kommt mir so vor, als würde die Welt plötzlich stillstehen. Vielleicht liegt es am Alkohol, vielleicht daran, dass ich so lange keinen Sex mehr hatte, vielleicht aber auch daran, dass Zane einfach nur verdammt sexy und schön ist.

Mein Blick fokussiert sich auf ihn und in meinem Mund sammelt sich Speichel. Wären wir in einem Film, würde er in hellem Licht und Weichzeichner erstrahlen. Seine Haare hat er heute seitlich nach hinten gestylt, das blaue Hemd ist lässig, aber nicht aufdringlich bis zur Brust aufgeknöpft, und er trägt eine unheimlich enge Jeans, in der sein Hintern und seine Schenkel zum Anbeißen aussehen. Dazu wieder diese derben Boots. Mist. Wenn ich auch nur einen Moment geglaubt habe, ich könnte mir die Besessenheit von ihm abgewöhnen, werde ich soeben eines Besseren belehrt. Das Einzige, was dieses perfekte Bild stört, ist die Frau an seiner Seite.

Er winkt mit einer ausholenden Bewegung in die Runde. Sein Blick wandert die Sitzgruppe entlang und er nickt jedem Einzelnen mit seinem strahlenden, alles einnehmenden Lächeln zu. Bei mir stoppt er. Erstarrt. Blinzelt nervös. Dann fängt er sich wieder und nickt mir ebenfalls zu, allerdings neutraler und emotionsloser als den anderen.

»Kannst du mir bitte ein Glas Champagner holen, Honey?«, fragt seine Begleitung und schmiegt sich gurrend an ihn. Solche Geräusche habe ich bei Frauen schon öfter gehört und ich frage mich, warum sie das tun. Finden Männer das sexy? Zane zumindest erwidert ihr Kuschelbedürfnis nicht. Ohne den Blick von mir abzuwenden, öffnet er langsam seine vollen Lippen.

»Klar, Champagner«, sagt er wie ein Roboter. In seinen Augen meine ich Verunsicherung zu lesen. Vielleicht täusche ich mich aber auch und es ist nur ein Wunschtraum, dass ich es bin, der ihn aus der Fassung bringt.

Er lässt die Frau los, dreht sich auf dem Absatz um und entfernt sich schneller als angemessen. Als wäre er auf der Flucht, drängt er sich durch die tanzenden und herumstehenden Leute zur Bar. Was Ethan zu mir sagt, bekomme ich nicht mit, erst als er mich in den Oberarm pikst, reagiere ich wieder auf ihn.

»Wie bitte, was hast du gesagt?«, frage ich fahrig und bemühe mich, einigermaßen interessiert und aufmerksam zu wirken. Ethan kann ja nichts dafür, dass Zane mich völlig aus der Fassung bringt.

»Autumn hat erzählt, dass sie sich entschieden hat, auch Tiermedizin zu studieren.«

»Ja, das finde ich eine sehr gute Idee. Sie kann mit Tieren großartig umgehen.«

»Hervorragend, dann könnt ihr eine Gemeinschaftspraxis eröffnen.«

»Hm«, antworte ich bloß.

Als einer von Gavins Freunden aufsteht, besetzt Zanes Tussi den Platz und schlägt aufreizend die langen Beine übereinander. Dummerweise wirkt sie sympathisch, viel lieber würde ich sie hassen.

Ethan lacht. »Sieht man ja an Cole, dass sie gut mit Tieren kann.«

Obwohl ich, seit Zane aufgetaucht ist, eher durch den Wind als fröhlich bin, muss ich auch grinsen. »Sie übt eben schon mal. Wobei ich in meiner Praxis ja mehr mit Kleintieren zu tun habe, weniger mit Stieren oder Hengsten.«

Ethan prustet los und spuckt dabei einen Mund voll Bier in Coles Richtung.

»He, du Sack! Was soll das?«, brüllt der Getroffene los. Sofort beginnt Autumn, an ihrem Freund herumzuwischen, als wäre er ein Baby und hätte sich mit Essen bekleckert. Gleich leckt sie noch ihren Finger ab und rubbelt ihm einen unsichtbaren Fleck vom Kinn. Wortlos lässt er es über sich ergehen und glotzt währenddessen auf ihre Brüste.

»Dein Bruder ist witzig«, ruft Ethan Autumn zu. Meine Schwester strahlt, als hätte Ethan ihr ein tolles Kompliment gemacht, und lächelt mich liebevoll an.

»Ich weiß. Und er ist noch viel mehr!«

»Wer ist was?«, will Zane wissen, der mit einem Glas Champagner und einem Whisky zurückkommt. Er reicht seiner namenlosen Begleiterin das Mädchengetränk, bedeutet ihr mit einem Finger aufzustehen und setzt sich dann auf ihren Platz. Zuerst steht sie etwas verloren herum, sodass sie mir beinahe leidtut. Aber als Zane ihr Handgelenk packt und sie auf seinen Schoß zieht, lächelt sie glücklich und lässt sich auf ihm nieder.

»Autumn schwärmt uns nur gerade von ihrem tollen Bruder vor«, antwortet Cole etwas verspätet auf Zanes Frage. Zanes Blick ruckt zu mir. Wird er etwa rot? Wegen des diffusen Lichts hier drin kann ich es nicht wirklich erkennen.

Je länger wir feiern und trinken, umso hingebungsvoller fummelt Zane an der Frau herum. Wenn sie sich küssen, sieht es fast so aus, als wolle er sie aufessen. Es ist eklig und faszinierend zugleich und ich kann nicht aufhören, die beiden zu beobachten. Trotzdem komme ich nicht umhin, mir vorzustellen, wie es wäre, wenn er mich so intensiv küssen würde, wenn er mich so halten und erregen würde.

Seine Hände wandern ihren Rücken hinab und bleiben auf ihrer Hüfte liegen. Sie stöhnt und presst ihre Brüste an seinen Oberkörper. Entweder haben die zwei vergessen, dass sie nicht allein sind, oder es ist ihnen egal, sonst würden sie nicht so ungeniert miteinander herummachen. Es ist, als wäre ich mitten in einem Pornodreh gelandet.

Irgendwann klettert sie rittlings auf ihn, legt den Kopf zurück und bietet ihm ihren Hals an, die Brust rausgestreckt, den Rücken durchgebogen. Ohne zu zögern, geht er auf das Angebot ein und küsst sich ihren Hals entlang zu ihrem Dekolleté. Sie krallt sich in seinen Haaren fest, während er ihre Pobacken packt und sie auf seinem Unterleib vor und zurück bewegt. Ich kann meine Augen nicht abwenden, obwohl mir bewusst ist, dass ich wie ein Spanner starre.

Mir ist schlecht. Eilig stehe ich auf, drängle mich an den anderen vorbei und haste zu den Waschräumen. Mit einem erleichterten Seufzen schließe ich die Tür hinter mir und sinke dagegen. Ich zittere, kalter Schweiß steht mir auf der Stirn.

Nach ein paar kontrollierten Atemzügen habe ich mich wieder einigermaßen im Griff und laufe die paar Schritte zum Waschbecken. Ich spritze mir Wasser ins Gesicht und rubble es mit einem kratzigen Papierhandtuch trocken. Aus dem Spiegel blickt mir ein müder, betrunkener Mann mit glasigen Augen und wirrem Haar entgegen. Zumindest gegen meine schlimme Frisur kann ich etwas tun und ich bringe sie mit den Fingern in Form, damit ich wenigstens äußerlich wieder wie ein Mensch aussehe.

Noch einmal atme ich tief ein, dann drehe ich den Griff und öffne die Tür. Doch statt zurück in unsere Lounge, haste ich zum Hinterausgang. Ich brauche dringend frische Luft, bevor ich mich in die Zane-Busentussi-Porno-Hölle zurückwage. Vielleicht sollte ich besser ein Taxi rufen und verschwinden.

Draußen empfängt mich wunderbare Kühle. Ich lege meinen Kopf in den Nacken und hole ein paarmal tief Luft, was mich augenblicklich beruhigt. Ich friere, weshalb ich meine Arme um mich schlinge und mit den Händen auf und ab reibe, um mich aufzuwärmen.

Als ich wieder nach drinnen gehen will, höre ich ein Geräusch. Stöhnen und Keuchen. Ein tiefes und ein hohes. Jemand hat Sex im Hinterhof einer Bar. Ich kann mir schönere Plätze vorstellen, aber da hatte es wohl jemand eilig. Wie hypnotisiert werde ich von den Stimmen angezogen. Ich habe das Gefühl, dass mir die tiefere irgendwie vertraut vorkommt. Wie von selbst bewegen sich meine Füße zwei Meter nach vorne, beugt sich mein Oberkörper vor und linsen meine Augen um die Ecke.

Ein knackiger Männerhintern stößt rhythmisch in eine Frau, die ihre langen Beine um ihn geschlungen hat. Mit beiden Händen hält er sie an sich gepresst, stützt sich mit ihr an der rauen Wand ab. Seine Pomuskeln sind angespannt, der Kopf nach vorn gebeugt. Die Hose ist bis zu den Knien heruntergeschoben, der Rock der Frau nach oben, ansonsten sind beide voll bekleidet. Es ist zu dunkel, um deutlich erkennen zu können, wer sie sind. Aber ich bin mir ganz sicher, die Boots und das dunkle, enge Hemd vor Kurzem erst gesehen zu haben. Die Bewegungen des Kerls werden schneller, er knurrt, drückt sein Gesicht an ihren Hals und stöhnt laut. Ein sexy Geräusch, das mich augenblicklich hart werden lässt.

»Ja, ja«, kreischt die Frau. »Genau da, das ist so gut, Zane!« Sie hechelt, als würde sie ein Kind gebären wollen.

Schnell ziehe ich mich zurück. Ich renne von der Szene weg, schließe mich in eine der Kabinen auf der Toilette ein und sinke auf die Brille. Mit den Handflächen reibe ich meine Stirn, kralle meine Fingernägel in die Kopfhaut.

Okay, Lennon. Du wusstest es ohnehin schon. Zane steht auf Frauen. Eindeutig. Schlag ihn dir endlich aus dem Kopf.

Trotzdem schmerzt es, diese Tatsache noch einmal so deutlich und vor allem bildreich bewiesen zu bekommen.

Spontan hole ich mein Handy aus der Hosentasche und scrolle durch die Anrufliste. Nach nur dreimal Klingeln hebt Sandro ab.

»Hast du es dir anders überlegt?« Ich kann das Schmunzeln in seiner Stimme hören.

»Kann man so sagen.« Ich lehne mich seitlich an die kalten Fliesen und schließe meine Augen. »Kann ich vorbeikommen?«

Jemand spült und wäscht sich die Hände, während ich auf Sandros Antwort warte.

»Jetzt?« Er klingt verwirrt, aber nicht abgeneigt. Hätte mich auch gewundert, schließlich hat er mir erst vor ein paar Stunden vorgeschlagen, ihn für eine schnelle Nummer zu besuchen. »Klar. Ich bin da.«

Ohne mich zu verabschieden, verlasse ich die Bar und steige in ein wartendes Taxi.

Sandro erwartet mich mit einem frechen Grinsen im Türrahmen, die Augen sexy auf Halbmast. Sein Schlafzimmerblick. Er trägt nur eine tief sitzende Jogginghose, sein schmaler Oberkörper und seine Füße sind nackt.

Ohne ihn zu begrüßen, stürme ich auf ihn zu, umfasse sein Gesicht mit meinen Händen und schiebe meine Zunge in seinen Mund. Er keucht überrascht auf, erwidert aber beinahe sofort meinen hungrigen Kuss. Seine Hände fahren rastlos meinen Körper entlang, landen auf meinen Pobacken, an denen er mich näher an sich zieht. Er murmelt etwas auf Spanisch – vermutlich einen Fluch oder irgendetwas Unanständiges – und reibt seinen Steifen an mir.

Ungeduldig dränge ich ihn nach drinnen und stoße mit dem Ellbogen die Tür zu. Noch im Gang entledigen wir uns unserer Kleidung. Als er mein Glied in die Hand nimmt und mich zu wichsen beginnt, stütze ich mich an der Kommode ab und schiebe meinen Unterkörper vor.

»Ich weiß zwar nicht, was deine Meinung geändert hat, aber ich bin froh, dass es passiert ist.« Er sinkt vor mir auf die Knie, hält sich an meinen Oberschenkeln fest und nimmt mich in den Mund. Er hat offenbar nicht vergessen, was mir gefällt. Ohne Eile saugt und leckt er mich, dann entlässt er mich aus seinem Mund und erhebt sich. Mit einer Kopfbewegung und einem verwegenen Grinsen bedeutet er mir, dass er ins Schlafzimmer wechseln will. Dort kniet er sich auf die Matratze und wackelt aufreizend mit seinem Po. Er lacht leise, bevor er sich vorbeugt und auf die Ellbogen stützt.

»Worauf wartest du?«, feuert er mich an. »Kondome sind im Nachtkästchen.«

Zanes perfekter Hintern erscheint vor meinen Augen und Wut und Schmerz, Trauer und Eifersucht steigen in mir auf. Zusammen mit meiner Erregung ergibt das eine explosive Mischung.

»Wow«, stößt er hervor, als wir danach keuchend auf dem Bett liegen. »Ein ganz neuer Lennon. So wild kenne ich dich gar nicht.«

Immer wieder ist das Bild von Zane mit der Frau im Hinterhof der Bar in meinen Gedanken aufgetaucht und jedes Mal habe ich noch kräftiger zugestoßen, meine Lust und meinen Frust hinausgeschrien, wusste nicht mehr, ob ich tatsächlich Sandro ficke oder doch den Geist von Zane.

Ich antworte nicht, weil ich ihm ja schlecht sagen kann, dass mich die Vorstellung von einem anderen Kerl so hemmungslos hat werden lassen.

Ich hebe das Kondom auf. »Ich entsorge das nur schnell.«

Er nickt und dreht sich auf die Seite und ich flüchte ins Bad. Das war nur eine Ausrede, um einen Augenblick alleine sein zu können. Dort werfe ich das Kondom in den Abfall und setze mich auf den Badewannenrand. Mit dem Gesicht in den Händen verharre ich einen Augenblick. Ich erkenne mich nicht wieder, habe Sex mit einem Kerl, um einen anderen zu vergessen. Um nicht an den zu denken, mit dem ich eigentlich schlafen will, den ich aber nicht haben kann.

»Bist du ins Klo gefallen?«, ruft Sandro vom Schlafzimmer.

»Nein, alles gut.« Ich drehe das Wasser auf, wasche mir die Hände und das Gesicht und gehe zurück zu meinem falschen Lover.

Der liegt seitlich auf seinen Ellbogen gestützt im Bett.

»Geht's dir gut?«, fragt er mit hochgezogenen Augenbrauen.

Ich nicke, um nichts sagen zu müssen.

»Hast du ein schlechtes Gewissen? Wir sind zwei erwachsene Männer, die einvernehmlichen Sex hatten, sehr guten übrigens. Keiner will mehr, also alles gut.«

»Ich weiß.« Aus Versehen seufze ich.

»Aber?«, hakt er nach. »Wo ist das Problem?«

Das Problem ist blond, hat einen wahnsinnssexy Körper und einen unglaublichen Arsch. Und er ist stockhetero.

Sandro streckt seinen freien Arm aus. »Komm her.«

Ich folge seiner Aufforderung und kuschle mich an ihn, stecke meine Nase in die Kuhle zwischen Hals und Kinn. Vielleicht weine ich sogar ein bisschen. Ganz leise und unauffällig, damit Sandro es nicht merkt. Es tut gut, gehalten zu werden.

Unglaublich. Ich bin fast dreißig und habe Liebeskummer wie ein Teenager und versuche, ihn mit Sex auszumerzen. Das kann doch gar nicht funktionieren.

»Also, spuck's aus. Wie heißt er?«, fragt Sandro sanft.

Ich tue unwissend. »Was meinst du?« Ich rutsche ein Stück von ihm weg, drehe mich auf den Rücken, halte aber seinem eindringlichen Blick stand. Er verdreht noch dramatischer als Ethan die Augen.

»Mein lieber Dr Lennon Green, wir waren mehrere Monate ein Paar. Ich weiß, wenn dir etwas in deinem hübschen Köpfchen umgeht.«

»Ich habe kein Köpfchen«, brummle ich.

Er tippt zuerst meinen Kopf an und küsst mich dann auf selbigen. »Du bist verliebt.«

»Bin ich nicht.«

»Doch, bist du. Als wir noch zusammen waren, hatten wir nie so wilden und zügellosen Sex. Außerdem bist du nicht der Typ für zwanglose Nummern. Das wissen wir beide. Du wolltest dich ablenken. Nicht, dass ich mich beschweren will, ich stelle mich gern als Sexobjekt zur Verfügung.«

Ich setze mich auf und umschlinge meine Knie, weil mir auf einmal kalt ist. »Bist du neuerdings Profiler?«

Er richtet sich ebenfalls auf und rutscht ans Kopfende, wo er sich anlehnt und die Füße überschlägt. »Nein, nur ein guter Beobachter.« Er grinst selbstgefällig und faltet die Hände auf dem Bauch. »Also? Wie heißt er?«

»Sein Name tut nichts zur Sache«, sage ich wie in einem schlechten Agentenfilm.

»Ist er es wenigstens wert, dass du dir wegen ihm das Hirn rausvögeln willst?« Er legt den Kopf schief und schaut mich ungewohnt ernst an. »Wo ist das verdammte Problem?«

Soll ich mich ihm anvertrauen? Ich beschließe, ihn einzuweihen. Jeder braucht schließlich mal jemanden, dem er etwas vorjammern kann.

»Er ist hetero. So hetero, wie man nur sein kann.« Ich starre an die Decke, als würde dort in Großbuchstaben die Lösung aufploppen. Zum Beispiel, wie man aus einem Hetero einen Mann zaubert, der auf Penisse statt auf Vaginen steht.

»Woher weißt du das so genau?«

Ich sehe ihn an, als wäre er dumm. »Weil er nur Frauen fickt?«

»Ganz sicher bist du dir also nicht.« Er lehnt seinen Kopf an die Wand und hebt die Arme, um sich zu strecken, sodass sein leichter Geruch nach frischem Schweiß zu mir herüberweht.

»Doch, bin ich.« Leider.

»Wenn du meinst. Manche braven Ehemänner sind eigentlich auch verkappte Schwule. Oder hätten zumindest nichts dagegen, mal mit einem Mann zu schlafen. Ob aus Neugierde oder aus versteckten Neigungen heraus. Vielleicht ist er ja bi und weiß es nur nicht. Oder sagt es dir nicht.«

»Er nicht.« Ich schäle mich aus dem Bett und suche im Flur nach meinen Klamotten. Mit ihnen im Arm kehre ich zurück ins Schlafzimmer.

»Mussten wir da nicht alle mal durch? Sich in einen Hetero zu verknallen, obwohl man weiß, dass es völlig aussichtslos ist?«, fragt er, während ich in meine Boxershorts steige.

Ich bin nicht verknallt. Ich befürchte, ich liebe ihn.

»Keine Ahnung.«

Er hebt einen Finger. »Dabei weiß man doch, Regel Nummer eins:

Verliebe dich niemals in einen Hetero. Hab Spaß mit ihm, aber verliebe dich nicht.« Er sieht mit einem nervigen Besserwisserblick zu mir hoch und verschränkt erneut Arme und Beine.

»Und Regel Nummer zwei?«

»Verliebe dich nie in einen Hetero.« Er zuckt die Schultern und schaut mich bedauernd an. »Ist so. Gibt nur Stress und Herzschmerz.«

»Ich weiß.« Erschöpft setze ich mich auf den Bettrand und seufze theatralisch. Sandro streichelt zärtlich meinen Rücken.

»Wenn du wieder Ablenkung brauchst, stelle ich mich gerne jederzeit zur Verfügung.«

Ich schnaube tonlos.

»Oder wenn du eine Schulter zum Ausweinen oder Reden brauchst.«

»Danke«, sage ich und meine es auch so. Seitlich sinke ich aufs Bett, ziehe die Beine an und lasse zu, dass Sandro sich hinter mich legt und mit mir Trost-Löffelchen spielt. Mit dieser spontanen Sexaktion wollte ich eigentlich erreichen, dass es mir besser geht, stattdessen hat es mich nur noch viel stärker in meine sinnlosen Gefühle katapultiert.

»Willst du heute Nacht hier schlafen?«, fragt Sandro nach einer Weile.

Ohne nachzudenken, nicke ich. Ich will heute nicht allein sein. Aber weil er es hinter mir nicht sehen kann, wiederhole ich: »Ja, gerne.«

Zane

Ich weiß ganz genau, dass Lennon mich beobachtet hat, wie ich Cassy hinter der Bar gefickt habe. Grundsätzlich geht es mir am Arsch vorbei, wer mich beim Sex hört oder sieht. In der WG sind wir diesbezüglich einiges gewöhnt. Aber als ich Lennon im Augenwinkel wahrgenommen habe, wie er bewegungslos dastand und sich nicht, was höflicher gewesen wäre, zurückgezogen hat, sind alle Sicherungen bei mir durchgebrannt. In mir war plötzlich ein Chaos, das ich nicht kannte. Das mir immer noch ein Rätsel ist. Ab dem Zeitpunkt seines Auftauchens konnte ich nicht schnell genug zum Ende kommen, seine Anwesenheit machte mich derart hart, als hätte ich mich seit Wochen nicht mehr erleichtert. Dementsprechend heftig fiel mein Orgasmus aus.

Cassy hat sich nicht beschwert, dass ich mich nur noch um mich gekümmert habe, sie kam schließlich auch auf ihre Kosten. Später, bei ihr, als wir noch einmal in bequemerer Stellung miteinander geschlafen haben, tauchte immer wieder ungewollt Lennons Gesicht vor mir auf wie ein verdammter Geist. Als würde er von Cassy Besitz ergreifen und ich ihn ficken statt sie. Sein Blick, als ich die Bar betreten habe, wie sich seine Augenbrauen zusammengezogen haben, als er Cassy musterte, hat mich verwirrt. Als wäre er eifersüchtig.

Und warum war mir das nicht komplett egal? Es ist ja nicht so, dass ich seine Freundin abgeschleppt hätte oder dass wir zusammen wären. Absurder Gedanke.

Über all das denke ich nach, während ich in Cassys Bett im Wohnheim liege und die kleine Spinne an der Decke beim Netzbauen betrachte. Cassy hat ein Einzelzimmer und Gott sei Dank ein großes Doppelbett, keins dieser schmalen Wohnheimbetten. So kann ich zu viel Körperkontakt vermeiden. Trotzdem rückt sie im Schlaf immer wieder an mich heran. Ihr Arm liegt schwer auf meinem Bauch, ein Bein über meinem. Natürlich hätte ich auch nach Hause fahren können, aber ich hatte keine Lust, mich der geballten Ladung Verliebtheit meiner Mitbewohner auszusetzen.

Es ist gerade erst hell geworden und obwohl ich müde bin, konnte ich die ganze Nacht über nicht schlafen. Normalerweise habe ich kein Problem damit, in fremden Betten zu pennen, erst recht nicht nach einer langen Sexnacht. Aber ich fühle mich unruhig und aufgekratzt, als hätte ich tausend Liter Red Bull getrunken. Cassy regt sich und gibt eines dieser süßen Mädchengeräusche von sich. Eine Mischung aus hohem Seufzen und leisem Stöhnen. Ihre Finger wandern ein Stück nach unten und stoppen auf meinem halb erigierten Penis. Bei ihren Berührungen wird er vollständig hart und zuckt ihr entgegen. Mit dem Knie drückt sie gegen meine Hoden.

Trotzdem schiebe ich ihre Hand beiseite und drehe mich herum, damit ich aufstehen kann. Aus Versehen trete ich in eins der gebrauchten Kondome, die neben dem Bett auf dem Boden liegen. Es bleibt an meiner Fußsohle kleben und angeekelt pflücke ich es ab und kicke es beiseite.

»Ich muss los.«

Cassy gähnt. »Jetzt? Ist doch erst halb sieben.« Mit den Fingern fährt sie sich durch die Haare. Ihre Brüste heben sich dabei aufreizend und harte Nippel blicken mir entgegen. Vielleicht sollte ich doch noch ein wenig bleiben.

»Frühvorlesung. Ich will vorher noch duschen und mich umziehen. Außerdem habe ich meine Unterlagen nicht dabei.«

Wir wissen beide, dass das nur eine lahme Ausrede ist, trotzdem versucht Cassy nicht, mich zum Bleiben zu überreden, oder will von mir wissen, wann wir uns wiedersehen. Gut. Zwar stimmen die meisten zu und versichern, dass sie es verstanden haben, wenn ich ihnen meinen Standpunkt bezüglich Sex ohne Verpflichtungen erläutere, aber einige erhoffen sich danach dennoch mehr. Cassy offenbar nicht.

»Noch eine letzte Runde?«, fragt sie neckisch und räkelt sich im Bett wie ein Pornostar. Mein Schwanz hätte eindeutig nichts dagegen, trotzdem lehne ich ab. Auf einmal will ich nur noch hier weg. Allein sein.

In Rekordzeit ziehe ich meine Unterhose und die Jeans an, schlüpfe in mein T-Shirt und schnappe mir Jacke und Boots. Noch mit offener Hose verabschiede ich mich flüchtig und verlasse Cassy mit seltsam schlechtem Gewissen, von dem ich nicht weiß, woher es kommt.

Vor der Tür sinke ich an die Wand und atme mit geschlossenen Augen tief ein und aus. Was ist nur los mit mir? Ich glaube, ich werde krank. Grippe vielleicht. Oder Syphilis. Oder irgendeine Geisteskrankheit. Tatsächlich fühle ich mich, als wäre ich nicht Anfang zwanzig, sondern Ende achtzig.

Ein Student, den ich aus einem meiner Seminare kenne, schlendert nur mit einer Pyjamahose bekleidet vorbei und grüßt mich beiläufig, als wäre es das Normalste der Welt, dass ein Typ barfuß und mit offenem Hosenlatz auf dem Gang herumlungert. Ist es wahrscheinlich auch.

In den letzten Tagen habe ich mich für meine Verhältnisse sehr in mein Studium reingehängt, bin sogar so diszipliniert zu meinen Vorlesungen gegangen, dass Ethan und Cole schon gefragt haben, ob ich durch einen Streber-Doppelgänger ersetzt worden bin. Aber irgendwann muss ich ja mal lernen, damit wenigstens die Möglichkeit besteht, dass ich meinen Abschluss schaffe. Spaß macht es mir trotzdem nicht.

Heute musste ich eine wichtige Hausarbeit abgeben und ich hoffe, dass sich die anstrengende und unglaublich langweilige Plackerei wenigstens gelohnt hat. Jetzt bin ich froh, dass bis nach Weihnachten erst einmal nichts mehr ansteht.

Ich treffe mich mit Cole in der Cafeteria. Ausnahmsweise ist er einmal ohne Autumn unterwegs. Dafür sitzt er zwischen seinen Teamkollegen und lässt ihre Heldentaten über sich ergehen. Je länger sie auf ihn einreden, umso sichtbarer wird seine schlechte Laune, aber sie schonen ihn nicht. Wenn sie nicht bald aufhören, flippt er aus. Es belastet ihn, momentan nicht spielen zu können.

»Ich weiß nicht, wann ich wieder zurück ins Team komme. Wenn der Doc mir grünes Licht gibt eben!«, blafft er einen Kerl an, dessen Namen ich vergesse habe.

Der zuckt zurück, als hätte Cole ihn geschlagen. Bei seinem Gesichtsausdruck hätte ich auch Angst. Nur weiß ich im Gegensatz zu dem Typen, dass Cole niemanden verprügelt. Wenn er nicht gerade von seiner Lieblingsbeschäftigung – Football – abgehalten wird, ist er friedlich wie eine Hummel. Falls die friedlich sind. Der Vergleich ist mir nur wegen der ähnlichen Körperformen eingefallen.

»Und du?« Mit seinem Finger zeigt er auf Gavin. »Bist doch sowieso froh, dass du allein als Starquarterback den Ruhm einheimsen kannst. Ohne den verfickten Vize.«

Das ist nicht fair. Gavin mag nicht die hellste Kerze auf der Torte sein, aber er ist loyal und immer ein guter Freund und Teamkollege.

»Komm mal runter, Alter. Wir alle vermissen dich im Team«, gibt er Cole Kontra. Dabei beugt er sich bedrohlich über den Tisch. Die beiden wirken wie zwei sprechende Bulldozer oder wie zwei Monstertrucks. »Lass deine Verschwörungstheorien stecken.«

Ich bin ein furchtbarer Freund, denn im Moment habe ich keinen Nerv für Coles schwarze Aura, wie Autumn es ausdrücken würde. Ein guter Freund würde ihm beistehen und ihm helfen, sich zu beruhigen, ihn ablenken und dafür sorgen, dass es ihm besser geht. Momentan kann ich mich aber nicht auch noch um die Befindlichkeiten anderer kümmern. Also lasse ich Cole motzen und mache mich auf den Weg zu meinem Wagen.

Ethan macht sich gerade für seine Laufrunde fertig, als ich die Tür aufsperre.

»Wartest du noch fünf Minuten? Dann komme ich mit«, bitte ich ihn spontan. Ich gehe nicht wie Ethan regelmäßig laufen oder wie Cole ins Fitnessstudio, aber ab und zu brauche ich es, mich mit etwas auszupowern, das nichts mit Sex zu tun hat.

»Kann ich schon, aber ich wollte die große Runde machen. Nur zur Info, damit du dich nicht wieder beschwerst.«

Ethan ist eine verdammte Maschine, wenn es ums Joggen geht. Und seine sogenannte lange Runde ist ungefähr so weit wie von San Francisco nach Alaska. Trotzdem nicke ich. In meinem Zimmer tausche ich meine Jeans gegen eine Jogginghose und ziehe mein Hemd aus. Es dauert eine Weile, bis ich meine Nikes in dem Chaos im Schrank gefunden habe. Ein letzter Blick in den Spiegel, ob meine Frisur sitzt und ob ich mein Smartphone eingesteckt habe, dann gehe ich zu Ethan in den Flur.

Kurz darauf laufen wir los. Ethan legt von Anfang an ein schnelles Tempo vor und wie immer habe ich Mühe, ihm zu folgen. Seine Kopfhörer hat er zwar dabei, sie hängen aber stumm um seinen Hals. Eine Weile rennen wir schweigend, Ethan locker und regelmäßig atmend, als mache er einen gemütlichen Sonntagsspaziergang. Ich dagegen schnaufe schon nach wenigen Blocks wie ein Asthmatiker kurz vor dem Abkratzen.

Mit zwei Händen mache ich das Zeichen für Time-out und bleibe stehen. Ich beuge mich vornüber, stütze mich auf die Knie und versuche verzweifelt, Luft in meine Lungen zu pressen. Ethan joggt mit den Armen wackelnd im Stehen weiter und wartet geduldig, bis ich wieder einigermaßen atmen kann.

»Weniger rauchen, weniger saufen, mehr trainieren«, meint er ungerührt.

»Haha«, keuche ich. Als wüsste ich das nicht selbst.

Er deutet auf eine Bank in ein paar Metern Entfernung und dankbar schleppe ich mich hin und lasse mich darauf fallen. Mit ausgestreckten Beinen lümmle ich mehr, als dass ich sitze, während Ethan weiter seine Arme und Beine schüttelt. Er sieht aus, als müsste er dringend pinkeln.

»Wie läuft's eigentlich mit Claire?«

Das Laufen hat wie gehofft mein Hirn gelüftet, sodass ich wieder besser in der Lage bin, mich anderen Menschen zu widmen. Außerdem kamen wir in letzter Zeit nicht mehr oft dazu, als Dreierteam Zeit miteinander zu verbringen. Cole ist mit Unzufriedensein, Reha und Autumn beschäftigt, Ethan und Claire müssen beide viel arbeiten, um ihr Studium zu finanzieren, die restliche Zeit verschanzen sie sich in Ethans Zimmer oder in Claires Wohnheim oder sind mit Rose unterwegs. So wirklich auf dem aktuellen Stand bin ich also nicht.

Ethan hüpft auf und ab und stößt jedes Mal, wenn er landet, Luft aus. Dann streckt er seine Arme aus und dreht seinen Oberkörper hin und her. Hin und her. Hin und her. Hin und her. Das nervt.

»Kannst du mal aufhören mit Rumzappeln?«

»Das ist eine Mobilisationsübung. Das Schwingen lockert das Qi und macht die Hüfte und die Schultergelenke beweglich. Man sollte es mindestens dreihundertmal machen, damit es nachhaltig wirkt.«

»Kannst du dein Qi nicht ein anderes Mal lockern?«

»Nein, kann ich nicht.«

Was solche Dinge angeht, ist Ethan ziemlich eingeschränkt. Also lasse ich ihn, weil es ohnehin keinen Sinn hat, ihn aufzuhalten, wenn er eine Mission hat. Ich fummle mein Handy aus der Hosentasche und spiele Bubble Shoot, bis Ethan endlich aufhört seine Arme um sich herumzuschwingen wie ein verdammter Affe auf Koks. Leise zählt er mit. Ich muss mich zusammenreißen, ihn nicht absichtlich mit blöden Bemerkungen abzulenken, damit er sich verzählt. Er würde sonst nur von vorne anfangen und ich müsste noch länger warten, bis er mit seinem komischen Qi-Ding fertig ist.

Vier Levels Kugelabschießen später ist sein Qi endlich gelockert und er setzt sich neben mich auf die Bank.

»Zu deiner Frage von vorhin.«

Welche Frage?

»Mit Claire läuft es hervorragend.«

Ach so, das meint er.

»Ich überlege, den nächsten Schritt zu gehen.« Sein Gesicht wird knallrot und er reibt unruhig seine Oberschenkel.

»Du willst dich endlich von ihr entjungfern lassen?« Natürlich weiß ich, dass Ethan keine Jungfrau mehr ist und dass er und Claire häufig Sex haben, aber es macht einfach so viel Spaß, ihn zu ärgern. Weil es so leicht ist. Und wie erwartet bläst er die Wangen auf und schnaubt genervt.

»Gibt's für dich nur ein Thema?«

»Yep.« Ich lache. Ethan verdreht demonstrativ die Augen. »Okay, der nächste Schritt«, überlege ich und lege geziert einen Finger an die Stirn. »Du willst ihr einen Heiratsantrag machen.«

Mein bester Freund zuckt zurück und reißt die Augen auf. Sein Panikgesicht.

»Bist du wahnsinnig? Die Ehe ist eine Institution, die völlig überbewertet wird.« Er setzt zu einem Vortrag an, aber ich stoppe ihn, indem ich eine Hand hochhalte und ihm die Handfläche zeige.

»Das weiß ich alles, du Freak. Sag mir lieber, was der nächste Schritt für dich ist. Haus kaufen? Kinder kriegen? Ihr deine Plattensammlung zeigen? Eine Liebeserklärung auf Altgriechisch verfassen?«

»Du bist doof«, sagt er und schiebt die Unterlippe vor. Ethan ist schnell eingeschnappt, kriegt sich aber genauso schnell wieder ein.

»Nein, ich überlege, mit ihr zusammen Weihnachten bei ihrem Dad und seiner neuen Frau zu verbringen.«

Ich nicke anerkennend. Es hat schon mehrere Monate gedauert, bis Ethan es mit sich vereinbaren konnte, Claire seinen durchgedrehten Eltern vorzustellen. Dabei sind die die lässigsten Menschen ever. Nicht so fürsorglich wie Coles und die meiste Zeit auf irgendwelchen Festivals unterwegs, aber sie lieben sich und ihn und freuen sich, dass ihr Nerdsohn es geschafft hat, seine Gefühle zuzulassen. Mit Fremden hat sich Ethan schon immer schwergetan, Claires Dad kennenzulernen kostet ihn viel Überwindung. Deswegen klopfe ich ihm zur Beruhigung, und weil ich insgeheim stolz auf ihn bin, auf den Schenkel.

»Das schaffst du, E-Man.«

Er seufzt lautlos und nickt, als müsste er sich vergewissern.

»Was sagen deine Eltern dazu, dass du über die Feiertage nicht nach Hause kommst?«

Er hebt nur die Augenbrauen. Ethans Eltern sind Feiertage so egal wie dem Papst der Ramadan.

»Heavy-Metal-Festival?«

»Irgendwo in Kanada. Ich habe keinen Überblick darüber, wo sich meine Eltern wann rumtreiben.«

Ein paar Minuten sitzen wir einfach nur da. Mit Ethan kann man hervorragend schweigen. Im Gegensatz zu Cole, der muss immer seine Klappe aufreißen, selbst wenn nur Blödsinn herauskommt. Ich mag beides. Blödsinnreden mit Cole, Nichtstun mit Ethan. Praktisch, wenn man zwei so unterschiedliche beste Freunde hat, so hat man für jede Stimmung einen.

»Und bei dir so?«, fragt Ethan irgendwann in die Stille hinein. »Gibt's was Neues?«

»Ich habe endlich diese fuck Hausarbeit abgegeben.«

Er lächelt wie eine Fußballmama. »Das ist gut. Wirklich.«

Mehr gibt es zum Studium nicht zu sagen. Ich gehe ja kaum hin. Ethan ist der Streber von uns, nicht ich.

»Du wirst auch noch jemanden finden.« Er sieht mich von der Seite an. Bis vor Claire war er doch derjenige, der Liebe aus abstrusen Gründen kategorisch abgelehnt hat. Was will er denn jetzt von mir?

»Wer sagt, dass ich das will?«

»Ich mein ja nur«, brummelt er. »Ist eben auch schön, jemanden zu haben, der ...« Er zuckt die Schulter. »Ich hör ja schon auf«, fügt er schnell hinzu, als er meinen bösen Blick bemerkt. »Aber ...«

Kann er nicht aufhören?

»Gibt es denn gar keine Frau, die dein Herz zum Beben bringt?«

Ich pruste los wegen seiner antiquierten Ausdrucksweise. »Nein, es gibt keine Frau, die mein Herz zum Beben bringt.«

Er rutscht hin und her, als jucke sein Hintern. »Und auch sonst niemanden?«

»Häh?«

»Du weißt, dass Cole und ich dich nie verurteilen würden, wenn ...«

Was meint er? Reden die etwa heimlich über mich? Keiner kann wissen, dass ich einen schwachen Moment hatte und einen Mann anziehend fand. Aber das ist längst überwunden. Es ist ja nicht so, als hätten wir eine heimliche Affäre. Ich liebe immer noch Frauen. Keine Männer.

»Wenn was?«, frage ich unfreundlicher als beabsichtigt.

Er schnauft. »Vergiss es.«

Schnell steht er auf und beginnt wieder, auf der Stelle zu tippeln. Also erhebe ich mich ebenfalls und ohne das Thema weiter zu vertiefen, laufen wir die restlichen Kilometer unserer Runde.

Völlig geschafft kommen wir zu Hause an. Besser gesagt, nur ich bin hinüber, Ethan schwitzt nicht einmal besonders. Ich hasse ihn.

In der Dusche fasse ich an meinen Penis und überlege kurz, ob ich mir einen runterholen soll. Aber selbst dazu bin ich zu träge. Trotzdem fühle ich mich einigermaßen erfrischt, als ich das Bad verlasse. Nackt laufe ich in die Küche, wo Ethan am Herd steht und kocht. Es riecht lecker, in einem Topf brodeln Nudeln, in der Pfanne brutzelt Ethans legendäre Tomaten-Erbsen-Soße.

»Das ist unhygienisch. Bitte zieh dir etwas an«, befiehlt er mit seiner Klugscheißerstimme.

»He, ich bin frisch geduscht!«, beschwere ich mich. »Alles sauber. Also reg dich ab.«

Cole kommt aus seinem Zimmer. Ebenfalls nackt bis auf die Schiene um sein Knie.

»Bin ich im FKK-Club oder auf einer verdammten Swinger-Party?«, jammert Ethan. »Ihr seid solche Proleten.«

Cole und ich heben gleichzeitig die Arme, lassen synchron unsere Unterkörper kreisen und ziehen für Ethan eine Schwanz-Tanzshow ab. Der wendet sich schnaubend ab und verdreht die Augen.

»Kindergartenniveau«, murmelt er, aber so laut, dass wir es natürlich hören können. Er wusste von Anfang an, auf was er sich einlässt, als er mit uns zusammengezogen ist. Keiner hat ihn gezwungen.

»Was gibt's zu essen?«, brummt Cole und humpelt zu Ethan.

Der schlägt Coles Finger weg. »Das ist nicht für euch. Das ist für das Praxisfest.«

Welches Praxisfest?

»Gehst du nicht mit Autumn hin?«, fragt Ethan Cole.

»Logisch gehen wir hin. Was denkst du, warum sie nicht da ist? Sie hilft ihrem Bruder bei den Vorbereitungen.« Cole wendet sich mir zu. »Lennon feiert das zweijährige Jubiläum seiner Praxis.«

Aha.

»Woher soll ich denn wissen, dass sie nicht da ist?«, beschwert sich Ethan. »Du bist nackt, also bin ich davon ausgegangen, dass sie in deinem Zimmer ist.«

»Nö.« Cole hebt die Schultern. »Ich hatte nur keinen Bock, mich anzuziehen. Du weißt doch, ich mag's bequem.«

»Ja, leider«, sagt Ethan, stöhnt tonlos und rührt weiter in der Soße herum.

»Es gibt sogar eine Hüpfburg«, verkündet Cole und strahlt. Er sieht aus wie ein riesiges Kleinkind.

»Ich bezweifle, dass du mit deinen mehr als hundert Kilo da reindarfst. Außerdem ist das Springen sicher nicht förderlich für die Heilung deines Bänderrisses«, mahnt Spaßbremse Ethan.

Cole schiebt das Kinn vor, kräuselt die Nase und bewegt die Lippen, dazu brummt er irgendwas Unverständliches. Ich bin mir sicher, dass es nichts Freundliches ist. Ethan schüttet völlig ungerührt die Nudeln in ein Sieb und schreckt sie mit kaltem Wasser ab.

»Nehmt ihr mich mit?«, frage ich aus einem Impuls heraus. Dabei interessiere ich mich weder für Tiere noch für Hüpfburgen.

Cole faltet die Hände, als würde er beten, und schaut mich flehend an. »Ja, bitte, komm mit. Mit dem Langweiler alleine ist es nur halb so spaßig.«

Der Garten hinter der Praxis ist voller Menschen und Tiere. Hunde in allen möglichen Größen, Farben und Formen tollen über die Wiese und spielen. Leute sitzen an Biertischen, Kinder rennen einem Fußball hinterher, die Blumen blühen. Arztserienidylle.

Auf einem Zaunpfosten thront eine kleine schwarze Katze, die mich mit genauso schwarzen Augen anglotzt und alle meine Bewegungen verfolgt. Das ist gruslig, Katze, das weißt du, oder? Ein paar Meter weiter liegt ein unglaublich dicker Flauschberg in einem gepolsterten Rattansessel und lässt sich von dem Chaos um sich herum nicht beim Schlafen stören. Weiter hinten im Garten entdecke ich sogar einen umzäunten Holzstall und Hühner. Ist ja wie in einem verdammten Zoo hier.

Alle sehen fröhlich aus, die Stimmung ist entspannt. Gartenfeste bei meinen Eltern sind eine ganz andere Liga. Selbst der Gedanke an Lachen oder Spaß ist verboten.

Cole macht sich sofort auf die Suche nach Autumn, Ethan und Claire plaudern mit Lennons Sprechstundenhilfe – Natalie? -, ich stehe dumm herum. Ein schüchtern dreinsehender Typ mit Brille und Ziegenbart steht neben der mutmaßlichen Natalie und hält selig grinsend ihre Hand. Er ist ein paar Zentimeter kleiner als seine Frau und wirkt, als habe er gerade erst die Highschool beendet. Ganz anders als sie, sie ist eher der selbstbewusste, starke Typ. Die beiden passen so gar nicht zusammen, erinnern eher an einen schlechten Domina-Sub-Porno. Aber jedem das Seine.

Mit den Händen in den Hosentaschen schlendere ich unschlüssig über das Grundstück, greife mir von einem Tisch ein Bier und begutachte die Sachen am Buffet. Es gibt eine Unmenge an verschiedenen Salaten und Gemüsezeug. Fleisch kann ich nirgends entdecken, obwohl Lennons Dad gleich daneben einen Grill bedient. Mit der Grillzange winkt er mir zu und ich laufe zu ihm, um zu schauen, ob er das Fleisch bei sich lagert. Doch leider nicht. Allerdings liegen auf dem Rost eine Reihe Burgerpattys und meine Hoffnung auf etwas Richtiges zu essen steigt.

»Tofuburger?«, fragt Lennons Dad und zeigt auf das Ding, das sich als Hackfleisch tarnt. Entsetzt schüttle ich den Kopf. Er lacht. »Fleischfan?«

Ich nicke.

»Tja, da wirst du heute Pech haben. Nur Veggie.« Er zuckt entschuldigend mit den Schultern. »Und, was machst du sonst so, wenn du nicht gerade auf Grillpartys herumhängst oder meinen Sohn beim Footballspielen anfeuerst?«

»Ich studiere International Business Management.«

Lennons Dad verzieht die Lippen, nickt und sieht nicht so beeindruckt aus, wie es mein Dad angemessen finden würde.

»Respekt«, sagt er nur kurz und wendet die Pattys. Ich schaue ihm zu und trinke von meinem Bier. »Macht's Spaß?«

Nope. Ich hasse es. Es ist langweilig und schrecklich und trocken und alles, was ich nie freiwillig tun würde. Dad wollte, dass ich das wähle, um gut auf meine Rolle als Plantagenbesitzer vorbereitet zu werden. Kotz.

»Passt schon«, antworte ich vage.

Er schaut mich skeptisch an. »Passt schon reicht nicht. Das weißt du hoffentlich?«

Ich zucke die Schultern. Es gab nie eine Diskussion darüber, was ich tun würde, es war von Anfang an geregelt. Aber ich werde diesem zwar netten, aber trotzdem fremden Mann nicht meine Lebensgeschichte auf die Nase binden. Dass er als Althippie den Trip fährt, man solle sich selbst verwirklichen, ist klar. Aber es ist nicht immer alles so einfach, wie es scheint.

»Zane!«, rettet mich eine dröhnende Stimme davor, doch noch über mein Scheißleben nachdenken zu müssen. Gavin kommt mit einem Bier in der Hand zu mir und seinem Dad herüber. Er klopft mir mit seiner Pranke so fest auf den Rücken, dass ich stolpere und beinahe mit der Nase im Grill lande. »Was führt unser Prinzesschen denn auf das Praxisfest meines Bruders?« Er wackelt mit den Augenbrauen. »Hattest du Sehnsucht nach ihm?«

Ich schnaube genervt. Gavin ist echt eine Plage. »Habe Ethan und Cole hergefahren. Und gerade nichts Besseres zu tun.«

»Und da dachtest du, du gehst auf ein dröges Familienfest?« Er zieht den Kopf zurück und schaut mich an, als hätte ich ihm verkündet, ich wolle den Mormonen beitreten.

»Ist doch schön, dass er da ist, Gavin. Musst du immer alle Menschen blöd anmachen?«, rügt ihn sein Dad.

»Yep. Muss ich. Ist so ein Zwang.« Gavin grinst und hält mir sein Bier zum Anstoßen hin. Es klirrt, als sich unsere Flaschen treffen. »Gib's zu, du bist nur wegen der Hüpfburg da, oder?« Er stößt mir den Ellbogen in die Seite und ich krümme mich. Cole und Gavin vergessen gern mal, wie stark sie sind. Selbst jetzt mit über zwanzig scheinen sie ihre Kräfte nicht immer ganz unter Kontrolle zu haben. Komisch, dass Autumn nicht voller blauer Flecken ist.

»Stimmt«, gebe ich zu und lache.

Gavin zieht eine Schnute. »Lennon hat uns verboten, sie zu benutzen. Der Arsch. Er sagt, wir machen nur alles kaputt.« Er klingt tatsächlich beleidigt.

»Zu Recht«, mischt sich Gavins Dad wieder ein. »Kannst du dich an letztes Jahr erinnern? Fünf Minuten mit euch Berserkern und das Ding hatte ein Loch.«

Gavin grinst stolz, als wäre es eine Riesenleistung, ein Spielgerät zu zerstören.

Wortlos sehen wir uns an. Unser Grinsen wird immer breiter. Ich weiß, dass wir dasselbe denken. Gavin macht nur eine kleine Kopfbewegung in Richtung Hüpfburg, ich stimme ebenso unauffällig zu, dann spurten wir beide mit einem Kampfschrei los und rempeln uns gegenseitig an, weil jeder der Erste sein will. Ein paar Mütter und Väter zerren mit schreckgeweiteten Augen ihre Kinder heraus. Würde ich auch, wenn zwei Typen heranrasen, der eine groß und muskulös wie ein ausgewachsener Grizzly und ebenso furchterregend brummend, mit irrem Gesichtsausdruck, der andere nicht ganz so groß und mit weniger Muskeln, aber dafür umso lauterem Indianergeheul.

Gavin springt mit einem Hechtsprung mitten auf das Luftkissen, ich werfe mich rücklings hinein. Er rappelt sich hoch und hüpft so kräftig, dass ich in die Luft geschleudert werde und seitlich wieder aufschlage. Wir versuchen uns gegenseitig zu Fall zu bringen, schubsen uns gegen die Wände und auf den Boden, kichern wie zwei Psychopathen, die zu viele Tabletten genommen haben. Es ist ein Heidenspaß.

Ethan steht mit verschränkten Armen vor der Hüpfburg und verzieht wie eine angepisste Mom die Lippen. »Ihr seid so peinlich, Jungs. Seid ihr fertig, damit die Kinder wieder spielen können?«

Ja, wir sind peinlich. Sehr gut! Wo ist überhaupt Cole? Er würde verstehen, dass das hier wahnsinnig Spaß macht.

Gavin grapscht sich meine Hände und wie bei Ringelreihen hüpfen wir im Kreis und brüllen: »Pein-lich, pein-lich, pein-lich.«

Nach ein paar Minuten sind wir beide nassgeschwitzt und vom Lachen und Springen fix und fertig. Nebeneinander lassen wir uns auf den Boden fallen und schnappen nach Luft, als hätten wir gerade wilden Sex hinter uns.

»Nix kaputt. Schade eigentlich«, keucht Gavin und grinst. Seine Augen leuchten wie bei einem Kind an Weihnachten. Oder wie nach einem Sieg im Football. Auch ich fühle mich zum ersten Mal an diesem Tag fröhlich.

Immer noch atemlos rutschen wir aus dem Kinderspielgerät, ignorieren die empört dreinsehenden Eltern und Ethan und stolpern Arm in Arm zu Gavins Dad zurück.

Der empfängt uns grinsend. Mein eigener Dad wäre ausgeflippt bei so einer kindischen Aktion. Gavins Dad dagegen wirkt eher, als wäre er ein wenig neidisch.

»Machst du mir mal so ein Ding?«, fragt Gavin seinen Dad. Der nimmt zwei der Pattys und drapiert sie auf einem Brötchenunterteil. Das Oberteil legt er daneben.

Gavin grapscht sich den Teller, nickt mir noch einmal zu und verschwindet zum Buffet, wo er sich bergeweise Salat auftürmt. Mit einer Menge, die einen ausgewachsenen Blauwal satt machen würde, setzt er sich zu zwei Männern an einen der Tische. Erst jetzt sehe ich, dass einer der beiden Lennon ist. Er hat mir den Rücken zugewandt, seine Schultern beben, als lache er über etwas. Gegenüber von ihm sitzt ein Typ, den weichen Bewegungen nach eindeutig klischeeschwul, und redet gestikulierend auf Lennon ein. Immer wieder betatscht er ihn oder streicht ihm Haare aus der Stirn.

Ein Stich durchfährt mich. Ist das sein Freund? Von selbst setzen sich meine Füße in Bewegung, aber ich kann nicht einfach da auftauchen und mich dazusetzen. Also lade ich mir etwas von den Salaten und Ethans Nudelpfanne auf einen Teller. Ich entscheide mich für die, die am wenigsten nach Bio aussehen. Damit laufe ich zu Gavin und seinem Bruder und dem seltsamen Antonio-Banderas-für-Arme-Verschnitt.

Bei meinem Anblick stutzt Lennon kurz, als wundere er sich über mein Auftauchen, lächelt mich dann aber breit an. Vorsichtig lächle ich zurück. Und wieder überfällt mich die schon bekannte Verwirrung und Anziehung und was auch immer, wenn ich in Lennons Nähe bin.

»Hi«, begrüßt er mich.

»Hi.« Ich versuche ein lässiges Grinsen, aber es gelingt mir nicht, deshalb hebe ich unbeholfen meinen Teller und winke damit. Vielleicht hätte ich mich besser an meinen Physikunterricht erinnern sollen – Stichwort: schiefe Ebene -, denn ein Teil meines Essens rutscht herunter und landet auf dem Boden. Ich tue so, als wäre nichts passiert. Und Gott sei Dank kommentieren auch die anderen meinen Unfall nicht.

»Wie geht's dem Zeh?«

Gut, ist schließlich lange genug her. Ich hebe meinen Fuß und wackle damit hin und her. Muss unheimlich blöd aussehen, wie ich einbeinig wie ein verdammter Flamingo dastehe und meinen Fuß herumschlenkere. Schnell höre ich wieder auf und rutsche neben Lennon auf die Bierbank.

»Schön hier«, sage ich, als würde ich aus einem Small-Talk-Ratgeber vorlesen, und mache mit meiner Gabel eine ausladende Bewegung. Wo ist der souveräne, coole Zane? Ich benehme mich wie der letzte Idiot.

Um meine Verlegenheit zu verbergen, schaufle ich mir Essen in den Mund und kaue konzentriert. Gavin scheint von der komischen Stimmung zwischen Lennon und mir nichts mitzubekommen, er redet und mampft ungerührt weiter. Ich bin froh, dass Gavin zwar ein guter Sportler ist, aber Empathie nicht zu seinen Stärken zählt. Ist alles schon seltsam genug, da brauche ich nicht auch noch seine dummen Sprüche. Seine Anspielungen sind nicht ernst gemeint, er will mich mit den Schwulenwitzen nur ärgern, trotzdem treffen sie mich. Weil sie etwas in mir auslösen, mit dem ich nicht umgehen kann.

Lennon sieht mich immer noch an. Unsere Füße berühren sich unter dem Tisch, nur ganz leicht, was mir aber trotzdem so deutlich bewusst ist, als würde ein Elefant auf meinen Zehen stehen. Erst als der Latino-Schwuli sich räuspert, erwachen wir beide aus unserer Starre. Unbehaglich rutsche ich auf der Bank herum, Lennon fährt sich mit beiden Händen durch die Haare, wischt dann fahrig mit den Handflächen über die Oberschenkel und wackelt leicht mit dem Oberkörper vor und zurück. Schnell leere ich mein Bier und stopfe mir noch mehr Essen in den Mund. Außer Ethans Nudeln schmeckt alles fürchterlich langweilig und gesund. Trotzdem schaufle ich, als wäre ich kurz vor dem Verhungern.

Der Typ schaut auffällig zwischen Lennon und mir hin und her. Er sieht nicht sauer oder eifersüchtig aus, wie man es von einem Freund erwarten würde – falls er denn Lennons Lover ist. Eher nachdenklich und irgendwie amüsiert. Ich kann den Kerl nicht ausstehen.

Gavin deutet auf Lennon und dann auf den anderen. »Seit wann vögelt du und Sandro eigentlich wieder?«

Lennon, der gerade von seinem Kaffee trinkt, hustet und verschluckt sich so sehr, dass ich ihm auf den Rücken klopfen muss.

»Ihr hattet doch Schluss gemacht.«

Weil Lennon immer noch nach Luft ringt, antwortet der Typ – Sandro, was für ein affiger Name – für Lennon. »Tja, ich bin eben unwiderstehlich.«

Er lacht und zwinkert mir zu. Vergiss es!

Gavin legt den Kopf zurück und lacht lauthals. »Ja, wenn man auf Bubis steht.« Dann wird er plötzlich ernst. »Aber mach meinen Bruder nicht wieder unglücklich. Sonst bekommst du es mit mir zu tun.« Er setzt sein bedrohliches Quarterback-Gesicht auf, woraufhin Sandro zurückzuckt und vorsorglich ein Stück abrückt.

»Hör mit deinem Bullen-Gehabe auf«, motzt Lennon seinen Bruder an. »Wir sind nur Freunde. Und selbst wenn, würde es dich nichts angehen, mit wem ich ins Bett gehe. Ich rede dir auch nicht in dein Sexleben rein.«

Da würde er ja auch nicht mehr fertig werden, bei Gavins Frauenverschleiß. Dummerweise bin ich erleichtert, dass Lennon nicht mit Sandro schläft. Wobei, das hat er ja nicht gesagt. Er hat gesagt, sie seien Freunde, das könnte auch Freunde mit besonderen Vorzügen bedeuten. Geht mich alles nichts an. Ich bin der Letzte, der sich über das Sexleben von irgendjemandem aufregen darf.

»Ja, Freunde«, wiederholt Sandro, betont das Wort aber seltsam und sieht mich dabei noch seltsamer an. Ich weiß nicht, was er mir damit sagen will. Will er sein Revier verteidigen? Sieht er mich als Konkurrenz? Vielleicht sollte ich klarstellen, dass ich keine Gefahr bin, bevor er Lennon noch anpinkelt.

Lennons Wangen werden immer röter, verstohlen huscht sein Blick zu mir und wieder weg. Irgendwas in dem Nahrungsdurcheinander hat mir nicht gutgetan, denn auf einmal habe ich Bauchweh.

»Wo ist die Toilette?«

Lennon öffnet den Mund, aber Gavin kommt ihm zuvor. »Ich zeig sie dir. Ich muss sowieso pissen.«

Danke für die Info, Gavin.

»Darfst auch mein Schniedelchen halten, wenn du magst.« Er lacht sein gackerndes Brülllachen und Sandro fängt ebenfalls an zu kichern. Der Typ wird mir immer unsympathischer.

»Sorry, hab meine Pinzette vergessen«, kontere ich schulterzuckend.

Gavins Miene verfinstert sich. Er sagt nichts, stößt mich aber an der Schulter von der Bank herunter, sodass ich auf dem Hintern lande. Von unten grinse ich ihn an und lehne mich auf die Ellbogen.

»Bequem hier im Gras.«

Gavin brummt nur und stapft davon. Muss ich das Klo eben allein finden.

»Austeilen konnte er schon immer, einstecken dafür umso weniger«, sagt Lennon entschuldigend. Dabei bin ich weder sauer noch beleidigt, ich kenne Gavin lange genug.

Lennon hält mir seine Hand zum Aufstehen hin, aber ich ignoriere sie und rapple mich allein hoch, klopfe mir Gras und Staub von der Hose und hebe mein Handy auf, das bei meinem Sturz aus der Tasche gefallen ist. Unschlüssig verschränke ich die Hände vor meiner Brust, löse sie wieder, stecke sie in die Hosentasche, ziehe sie wieder heraus, richte meine Frisur, trommle mit den Fingern auf meine seitliche Hosennaht. Weiter dumm rumstehen mag ich nicht, weggehen aber auch nicht. In Lennons Nähe verhalte ich mich wie ein Idiot. Irgendwas hat er an sich, was mich wahnsinnig verunsichert. Das kenne ich nicht von mir.

Sandro zeigt nach drinnen. »Im Gang vor der Praxis, zweite Tür rechts, ist das Männerklo.«

»Nimm mein privates«, unterbricht ihn Lennon. »Hinter dem Behandlungsraum.«

Sandro grinst. Was ist jetzt wieder so lustig?

Um zu Lennons Bad zu kommen, muss ich den schon bekannten

Behandlungsraum durchqueren. Der, in dem ich ihm zum ersten Mal begegnet bin. Auch heute riecht es nach Hund und Desinfektionsmittel, aber zusätzlich glaube ich, einen Hauch von Lennons Aftershave wahrzunehmen. Von draußen dringt gedämpft das Lachen und Reden der Leute herein und plötzlich bin ich froh, mich ein wenig zurückziehen zu können. Ich schlüpfe durch die Tür an der hinteren Wand, schließe sie hinter mir ab und lehne mich dagegen.

Hier in dem winzigen Raum überfällt mich Lennons Geruch geradezu. Neben dem Waschbecken hängt ein graues Sport-Shirt. Ich nehme es vom Haken und stecke meine Nase in den Stoff, sauge den Duft nach Schweiß und Mann und Weichspüler ein. Dann registriere ich, dass ich mich wie ein besessener Stalker verhalte und hänge es schnell zurück. In Rekordzeit pinkle ich und wasche meine Hände. Ich will so schnell wie möglich wieder hier raus.

Es ist schon dunkel, als die letzten Gäste gehen. Außer Lennon und seiner Familie sind nur noch Cole und ich da. Claire und Ethan sind mit Rose bereits nach Hause gegangen. Auch Sandro ist verschwunden. Gott sei Dank. Der Typ hat mich dermaßen aufgeregt, dabei hat er mir gar nichts getan.

Lennon sieht erschöpft aus. Kein Wunder, den ganzen Nachmittag ist er zwischen den Gästen herumgesprungen, hat mit seinen Patienten gespielt, mit den Besitzern geplaudert, Getränke verteilt, alles, was einen guten Gastgeber eben ausmacht und was ich nie tue, wenn wir eine Party veranstalten. Meine Gäste sind alle erwachsen, ich muss nicht dafür sorgen, dass sie sich amüsieren oder nicht verdursten. Ich will schließlich selbst Spaß haben.

Mit abwesendem Blick sitzt Lennon allein an einem der Biertische, die Arme auf der Tischplatte ausgestreckt. Er lässt den Kopf hängen und gähnt ausgiebig. Jemand sollte ihm einen Kaffee bringen. Oder einen Energydrink. Oder Koks.

Eine der Katzen springt auf den Tisch, sodass er wackelt und Lennon vor Schreck hochschreckt. Ich dachte, Katzen sind geschmeidig, aber dieses fette Ding hat gerade das Gegenteil bewiesen. Es stolziert zu Lennon hinüber und reibt seinen haarigen Kopf an seiner Stirn. Lennon bewegt ebenfalls seinen Kopf. Viel anmutiger als die Katze übrigens. Er flüstert dem Tier etwas zu, was ich aber wegen der Entfernung nicht verstehen kann. Das sieht so schön aus, dass mir warm wird und ich mir wünsche, ich würde auf dem Tisch sitzen und so von Lennon liebkost werden.

»Gehören die ganzen Tiere Lennon?«, frage ich niemanden Bestimmten.

»Nicht alle. Manche wohnen hier nur, haben sich hier eingenistet und lassen sich von Lennon durchfüttern. Sind eigentlich Straßenkatzen«, erklärt Gavin. »In seinem Haus hat er noch vier oder fünf oder vielleicht auch hundert weitere Katzen. Ich verliere da echt den Überblick. Er ist ein bisschen fanatisch, was diese Viecher anbelangt.«

Er zuckt die Schultern und schaut zu seinem Bruder hinüber. Gemeinsam beobachten wir, wie Lennon den Schädel der dicken Katze lächelnd in beiden Händen hält und zärtlich mit den Daumen die Backen massiert. Die Katze sieht aus, als würde sie gleich einen Orgasmus bekommen. Die beiden sind völlig in ihrer eigenen Welt versunken.

»Die Hühner sind vom Vermieter. Oder von seiner Frau. Was weiß ich.«

Damit ist für Gavin das Thema erledigt. Er greift sich sein fast leeres Bier, trinkt es in einem großen Schluck leer und rülpst donnernd. Der Typ ist manchmal so ekelhaft.

»Ich pack's dann, hab noch eine Verabredung«, ruft er in die Runde, klopft auf den Tisch und stapft davon.

»Sollen wir dir noch aufräumen helfen, Schätzchen?«, fragt Lennons Mom.

Der schüttelt erneut gähnend den Kopf, während die Katze ihm sein Hinterteil hinstreckt und sich trollt. »Geht ruhig. Ihr habt so viel geholfen heute, ich schaff das schon.«

Er steht auf, kommt zu ihr herüber und umarmt sie von hinten. Sie lehnt sich an seine Brust und schließt die Augen, als er sie aufs Haar küsst.

»Danke für die Salate, Mom.« Und an seinen Dad gewandt: »Danke fürs Grillen.«

Beide Eltern erheben sich, umarmen Lennon liebevoll und küssen ihn auf die Wangen. »Die Schüsseln hole ich die Tage ab. Ruh dich aus. War ein schönes Fest«, sagt seine Mom und berührt seine Oberarme. »Ich bin so stolz auf dich und was du für eine tolle Praxis auf die Beine gestellt hast.« Sie lächelt strahlend.

Lennon wird ein wenig rot. »Danke«, flüstert er und zieht sie noch einmal an sich.

Sein Dad kommt dazu, klopft ihm auf den Rücken und legt seine Arme um das Mutter-Sohn-Sandwich. So verharren sie eine Weile. Autumn stützt den Kopf auf die Hand und betrachtet grinsend ihre Familie. Cole interessiert sich gar nicht für die rührselige Szene, sondern tippt ungerührt auf seinem Handy herum.

Ich kann mich nicht erinnern, dass mein eigener Dad mich jemals umarmt hätte oder mir gesagt hätte, dass er stolz auf mich sei. Aber wofür auch? Ich vermassle mein Studium, vögle mich durch die Betten San Franciscos, vertrödle mein Leben mit Partys und Rumhängen und Fernsehen und viel zu viel Rauchen und Trinken. Das ist tatsächlich nichts, worauf man als Eltern stolz sein könnte. Aber sollten Eltern nicht auch so stolz sein? Ohne Leistung? Einfach, weil man existiert?

Ethan und Cole haben beide ein gutes Verhältnis zu ihrer Familie, auch wenn es nicht immer leicht ist. Aber sie wissen beide, dass sie geliebt werden, egal was passiert. Mein Dad würde mich ohne Skrupel fallen lassen und wegkicken wie ein gebrauchtes Taschentuch. Manchmal denke ich, es ist nur Mom zu verdanken, dass er sich nicht schon längst einen anderen, weniger missratenen Nachfolger gesucht hat.

Nach einer Ewigkeit lösen die drei sich voneinander, lächeln sich liebevoll an und verabschieden sich.

»Sorry, Mann, ich würde ja helfen, die Biertischgarnituren aufzuräumen, aber …« Cole streckt sein Bein unter dem Tisch hervor und deutet auf sein geschientes Knie.

Lennon schüttelt den Kopf. »Ist okay. Ich mach das einfach morgen.«

»Nichts da«, mischt sich Autumn jetzt ein. Sie deutet zuerst auf mich, dann auf ihren Bruder. »Wenn wir zusammen anpacken, sind wir schnell fertig. Ihr zwei räumt die Tische und Bänke weg, ich spül das Geschirr ab. Cole, du kannst abtrocknen, dafür brauchst du dein Knie nicht.«

Das sind ungewohnt strenge Töne von der sonst so zurückhaltenden Autumn. Cole verdreht ein wenig die Augen, wahrscheinlich hat er gehofft, weiter faul rumsitzen zu können wie zu Hause auch, nickt aber ergeben. Mit übertriebenem Ächzen hievt er sich hoch und hinkt betont langsam zum Buffet, wo er Teller aufeinanderstapelt und sie brummelnd nach drinnen trägt. Autumn folgt ihm mit einem weiteren Turm aus Schüsseln und Geschirr.

Ich klopfe mir auf die Oberschenkel und mache doofe Geräusche mit meinen Lippen, indem ich Luft zwischen Oberlippe und Zähnen sammle und ausstoße. Pft, pft, pft, so lange, bis es mich selbst nervt.

»Wo kommt das alles hin?«, frage ich schließlich.

Lennon deutet in den hinteren Bereich des Gartens, wo neben dem Hühnerstall ein gelbes Gartenhaus steht.

»Alles klar«, sage ich geschäftig und mit einer Stimme, die sich anhört, als hätte ich noch gar keinen Stimmbruch durchlebt. Fehlt nur noch, dass ich mir in die Hände spucke. Bis jetzt wusste ich nicht, dass ich mich so affig verhalten kann.

Lennon schluckt und nickt. Aber statt aufzuhören, wackelt er immer weiter mit dem Kopf wie ein Gif in Dauerschleife. Wenigstens bin ich nicht der einzige Freak hier. Würde einer meiner Freunde sich so benehmen, würde ich ihn gnadenlos verarschen. Gut, dass es keiner mitkriegt.

Ohne Vorwarnung dreht sich Lennon um und eilt zu dem Tisch, der am weitesten von uns entfernt ist. Aber warum hätte er sein Weggehen auch erklären oder ankündigen sollen? *Achtung, Achtung, Dr Lennon Green wird sich jetzt von Mr Zane Wellington fortbewegen, um Tische aufzuräumen. Sie können jetzt wieder in Ihren Normalzustand zurückkehren.*

Ich überlege, ob ich ihm folgen soll, entscheide mich aber dann, mich um die Garnitur direkt vor mir zu kümmern. Die Bank lege ich mit der Sitzfläche nach unten auf den Tisch, entriegle das Scharnier und klappe die Metallbeine auf der einen Seite zusammen. Der zweite Schnapper klemmt und beim Rumfummeln klemme ich mir den Daumen ein.

»Fuck«, brülle ich und stecke mir den Finger in den Mund und sauge daran.

Sofort kommt Lennon angerannt. »Hast du dir wehgetan? Was ist passiert?«

»Das Scheißding da!« Ich trete mit dem Fuß gegen den Tisch, leider genau mit dem vor Wochen schon verletzten Zeh, weshalb es jetzt oben und unten gleichzeitig schmerzt. Ich tue mir selbst sehr leid und wimmere jämmerlich. Lennon schmunzelt.

»Warum grinst du so dämlich?«, schnauze ich ihn an.

»Weil du so putzig aussiehst, wie du mit dem Daumen im Mund auf einem Bein rumhüpfst und wie ein Baby jammerst.«

»Haha«, motze ich, muss aber selbst grinsen und ziehe meinen Daumen aus dem Mund. »Ich bin eigentlich nicht so ungeschickt.« Mir ist es plötzlich wichtig, dass Lennon das weiß. Ich will, dass er den echten Zane kennt. Den souveränen, coolen Zane, der immer einen Witz auf den Lippen hat, den andere Leute veräppelnden, lebenslustigen Zane, nicht den linkischen, tollpatschigen Typen, der in Lennons Gegenwart zum Vorschein kommt.

Er streckt seine Hand aus. »Zeig mal.«

Zögerlich halte ich Lennon meinen Finger hin. Der nimmt ihn vorsichtig zwischen seine eigenen und streicht mit seinem Daumen langsam darüber. Sofort pocht es weniger. Hat er magische Heilerhände? Die sollte er sich patentieren lassen. Kein Wunder, dass seine Praxis immer so voll ist.

Dann führt er den Finger zu seinen Lippen. Nur ganz leicht saugt er daran. Als seine Zunge meine Haut berührt, fährt ein Stromstoß durch meinen Körper, direkt in meinen Unterleib. Die ganze Zeit fixiert er mich mit seinen braunen Augen. Seine Pupillen sind groß und dunkel, in seiner Iris sind kleine grüne Sprenkel zu erkennen.

»Geht schon wieder«, wispere ich. Lauter kann ich nicht sprechen. Er schaut mich weiter mit diesem durchdringenden, unergründlichen Blick an und lässt meine Hand los.

Schweigend machen wir uns wieder an die Arbeit, klappen alle Tische und Bänke zusammen – diesmal unfallfrei – und lehnen sie an das Geländer der Terrasse. Ich kann meine Aufmerksamkeit nicht von Lennons Unterarmen abwenden, werde wie magnetisch von dem Spiel seiner Muskeln angezogen. Seit wann finde ich Unterarme so faszinierend? Vor allem männliche?

Lennon klemmt sich unter jeden Arm je eine Bank und läuft voraus zum Schuppen. Ich folge ihm mit einem Tisch. In dem Holzhäuschen ist es dunkel und stickig, aber erstaunlich aufgeräumt. Metallregale stehen an den Wänden, Gartengeräte, Pflanzgefäße, Dünger und anderes Zeug lagern darin. Nacheinander stellt Lennon die Bänke an die freie Wand. Ich warte hinter ihm und ertappe mich dabei, wie ich seine Rückseite bewundere. Lennon hat einen schönen Hintern, klein und fest und knackig. Wie er sich wohl anfühlt? Ich schüttle meinen Körper, wie es Ethan zum Qi-Lockern macht und kreise mit meinen Schultern, um wieder zu Sinnen zu kommen.

Abrupt dreht sich Lennon herum und ich reiche ihm den zusammengeklappten Tisch, den er mühelos zu den anderen Sachen trägt. Obwohl er schlank ist, scheint er kräftig zu sein. Nicht so hulkmäßig wie Gavin oder Cole, oder so roboterlike wie Ethan. Eher wie von guten Genen, gesunder Lebensweise und täglicher, ehrlicher Arbeit. Riesige Hunde auf den Behandlungstisch zu wuchten ist offenbar ähnlich effektiv wie Hanteltraining. Das Bild eines nackten Lennons, der seine sehnigen Muskeln spielen lässt, erscheint vor mir. Plötzlich ist mein Hals trocken, und ich muss mich räuspern.

Die erste Garnitur ist aufgeräumt und eigentlich könnten wir den engen Schuppen jetzt wieder verlassen. Aber ich bewege mich nicht. Lennon bittet mich auch nicht, zur Seite zu treten, obwohl er quasi zwischen mir und der hinteren Wand eingesperrt ist.

Wir sehen uns an. Mein Körper gehorcht mir nicht mehr, meine Hand hebt sich automatisch, als würde sie von unsichtbaren Fäden gezogen. Ich will gehen, aber meine Beine sind gelähmt, haben sich in bewegungsunfähige Gummidinger verwandelt. Meine Fußsohlen sind auf dem staubigen Holzfußboden festgewachsen. Ist ein Eimer mit Superkleber umgefallen?

Meine Finger wollen unbedingt diesen fantastischen Unterarm berühren. Meine Hand führt immer mehr ein Eigenleben und bewegt sich zentimeterweise näher zu Lennon. Und ebenso langsam und in winzigen Schritten kommt er mir entgegen, bis uns nur noch wenige Zentimeter trennen. Unsere Finger finden sich und streichen kaum merklich und unheimlich zart übereinander. Meine Fingerspitzen kribbeln und ein wohliger Schauer wandert meinen Arm hoch und breitet sich über meinen ganzen Körper aus. Diese eigentlich harmlose Berührung ist verwirrend intim und zärtlich. Mein Herz wummert gegen meine Brust, Lennons Blick brennt sich in meinen. Es ist so leise hier drin, dass ich fürchte, er könnte meine Angst hören. Denn die habe ich. Ich habe verflucht Angst. Nicht Horrorfilm-Angst oder Ich-schaffe-die-Klausur-nicht-Angst, sondern eine ganz existenzielle, tief sitzende Angst, von der ich nicht weiß, woher sie auf einmal kommt.

Immer noch quälend langsam fahren meine Finger Lennons Handrücken entlang nach oben, über sein Handgelenk zu seinem Unterarm. Streichen darüber, prüfend, suchend, erkennend. Dann immer weiter, über den Ellbogen, den Bizeps, die Schultern, das Schlüsselbein, den Hals.

Lennon zittert, Gänsehaut bildet sich auf seiner Haut. Er fühlt sich ungewohnt an, haariger als Frauen, aber nicht so rau wie gedacht. Bewegungslos lässt er mich gewähren, sein Brustkorb hebt und senkt sich, sein warmer Atem streift meine Wange. Zögernd überbrückt er die letzte Distanz, bis sich unsere Körper bei jedem unserer schweren Atemzüge berühren. Die Finger meiner einen Hand sind mit seinen verflochten, zart, als hielten wir eine Feder. Meine andere Hand liegt seitlich an seinem Hals.

Ich kann seinen harten, schnellen Puls und das Kratzen seines Barts an meiner Handfläche spüren. Mein Blick wird von seinem leicht geöffneten Mund angezogen. Neugierig streife ich mit dem Daumen darüber. Der Schmerz von vorhin ist längst vergessen. Seine Lippen sind weich und warm und einladend schön. Das Bedürfnis, ihn zu küssen, ist beinahe unerträglich. So ein Gefühl hatte ich das letzte Mal bei ... noch nie.

Noch nie war die Anziehungskraft zu einem Menschen so stark. Ich habe schon heftige Leidenschaft erlebt, aber nie so. Nie so, als würde mein Leben davon abhängen, mich mit diesem einen Menschen zu verbinden.

Mein Körper übernimmt die Kontrolle und dann tue ich es einfach. Ich beuge mich ein winziges Stück vor und lege prüfend meine Lippen auf seine. Er stöhnt leise auf, bewegt sich aber nicht.

»Zane«, flüstert er an meinen Lippen. Noch immer will ich weg, noch immer will ich bleiben, will alles von ihm und nichts. Ich bin nicht schwul. Ich stehe nicht auf Männer. Ich küsse keine Männer.

Auf einmal verstärkt er den Druck, seine Zunge tastet sich vorsichtig vor, bittet mich um Einlass und um so viel mehr. Von selbst öffnet sich mein Mund, schließen sich meine Augen, und ich lasse mich küssen, von einem Mann. Genieße seinen Geschmack nach Kaffee und Kuchen und nach etwas Unbekanntem, das ich nicht einordnen kann. Etwas Aufregendem, etwas, das eindeutig nicht Frau ist.

Ich küsse einen Mann. Ich küsse einen Mann! Unsere Zungen spielen miteinander, unsere Körper drängen sich aneinander. Er hat eine Erektion.

Fuck.

Ich auch.

Ich will weg.

Ich will bleiben.

Ich will, dass er mich anfasst, will, dass das Pochen in meinem Schwanz aufhört, will mich erleichtern, will mich an ihm reiben. Will nicht hier sein, will nicht, dass es ein Mann ist, will nicht, dass es Lennon ist, der diese heftigen Gefühle in mir weckt, will nicht, dass er etwas auslöst, was völlig neu und aufregend und erregend und beängstigend und furchtbar ist.

Seine Hand krallt sich in meinen Nacken, mit der anderen presst er mich am Steiß noch näher an seinen Unterleib. Unsere Schwänze reiben sich durch die Hosen aneinander, begrüßen sich. Auf einmal dreht er sich mit mir herum und drückt mich gegen den dort aufgestellten Tisch und küsst mich wild. Ich klammere mich an ihm fest, sein harter Körper ist gegen meinen gepresst, zeigt mir deutlich, wie sehr er mich begehrt.

Es poltert. Durch unsere ruckartigen Bewegungen bringen wir das Regal zum Wackeln. Etwas fällt heraus und landet scheppernd auf dem Boden.

Das bringt mich mit einem Schlag ins Jetzt zurück. Ich reiße die Augen auf und registriere schmerzlich bewusst, was hier gerade passiert. Ich mache mit einem Mann herum. Ich küsse einen Mann, einen schwulen Mann, lasse zu, dass er seinen Schwanz an mir reibt.

Schwer atmend ziehe ich meinen Kopf zurück. Lennon sieht mich fragend an, flehend, seine Lippen sind vom Knutschen rot und geschwollen.

»Ich«, stammle ich und schlinge die Arme um mich, rücke von ihm ab, so weit es der enge Raum zulässt, krieche beinahe zwischen Tisch und Wand. »Ich bin nicht schwul. Ich stehe nur auf Frauen.«

Er hebt die Hände, als bedrohte ich ihn mit einer Kalaschnikow, und tritt einen Schritt zurück. Schnell schlüpfe ich an ihm vorbei, renne aus der Tür, durch den Garten.

Ich bin nicht schwul.

Ich.

Bin.

Nicht.

Schwul.

Nicht einmal bi oder was auch immer.

Ich bin hetero.

Ausschließlich.

Frauen bescheren mir Erektionen, nicht ein anderer Schwanz.

Cole und Autumn räumen gerade am Buffettisch die letzten Schüsseln zusammen. Sie sehen mich verwirrt an, als ich an ihnen vorbeistürme.

Dezember

Lennon

Wieder ist er weggerannt. Dieses Hin und Her ist so zermürbend. Zwischen uns ist eindeutig eine Verbindung, eine Anziehung, die er nicht leugnen kann, so sehr er sich dagegen wehrt. Da kann er noch so oft behaupten, er sei nicht schwul. Unser Kuss war der Wahnsinn. Und er ging nicht von mir aus, sondern von ihm. Was beweist, dass ich ihn nicht kaltlasse. Man küsst nicht einfach so aus einer Laune heraus einen anderen Mann, wenn man – angeblich – ausschließlich Frauen will. Wovor hat er solche Angst? Was ist so schlimm daran, einen Mann zu begehren? Ich habe ihn als offenen Typen eingeschätzt, auch Sex gegenüber. Offenbar täusche ich mich.

Wenn er nur endlich aus meinem Kopf verschwinden würde. Noch nie ist es mir so schwer gefallen, einen Typen abzuhaken. Als Sandro mich verlassen hat, habe ich mir eine Runde Selbstmitleid gegönnt, doch nach ein paar Tagen war alles vorbei. Zane und ich waren nicht einmal zusammen und trotzdem fühlt es sich an, als hätte ich meine große Liebe verloren. Dabei war es nur ein einziger Kuss.

Gut, dass ich übermorgen auf diesen Pferde-Kongress nach Los Angeles fahre. Ich brauche Ablenkung. Autumn wird mich begleiten. Sie hat sich endlich entschieden, was sie mit ihrer Zukunft anfangen will, nämlich wie ihr großer Bruder Tiermedizin studieren. Obwohl uns acht Jahre trennen, standen wir uns innerhalb der Familie immer schon am nächsten. Ich bin ihr Vertrauter, ihr Ratgeber, ihre Stütze, früher in ihrer schlimmen Zeit genauso wie heute. Und sie ist meine beste Freundin.

Seit sie mit Cole zusammen ist, ist unsere gemeinsame Zeit allerdings weniger geworden. Natürlich gönne ich ihr das Verliebtsein, aber manchmal vermisse ich sie eben. Meine anderen Freunde haben mittlerweile fast alle Ehefrau und Kinder und zu viel geballte Familienidylle verkrafte ich schlichtweg nicht. Der einzige Freund, der noch keine solchen Verpflichtungen hat, macht seit Monaten Urlaub auf Hawaii, genießt den Strand, das Nichtstun und die Frauen und verprasst sein Geld. Manchmal denke ich, ich hätte mich vielleicht doch mehr in die Homoszene in San Francisco integrieren sollen, dann müsste ich nicht so viele meiner Abende allein mit meinen Katzen verbringen. Autumns und Gavins Versuche, mich dazu zu animieren, sie zu begleiten, wenn sie sich mit der Clique treffen, lehne ich mittlerweile fast jedes Mal ab. Die Gefahr, Zane zu begegnen, ist zu groß.

Mein Koffer liegt leer und aufgeklappt auf meinem Bett, Bob zusammengerollt darin. Er füllt beinahe den ganzen Platz aus. Als ich ihn herausscheuchen will, faucht er mich an und schlägt mit ausgefahrenen Krallen nach mir, also lasse ich ihn und lagere meine Klamotten auf dem Bett. In meinen Kulturbeutel stecke ich mein Duschgel, Shampoo, Zahnbürste und Aftershave. Außerdem mein Bartöl. Ich hasse es, wenn mein Bart juckt. Am Schluss richte ich noch meinen Reader samt Ladekabel her und lade mir drei neue Bücher herunter.

Fast zeitgleich mit meiner Praxisgründung bin ich auf meinen ersten Fantasy-Wikinger-Roman gestoßen und lese seitdem fast nichts anderes mehr. Ich liebe die düstere Stimmung und die wilden, etwas verlotterten, aber heißen Wikingerkerle. Kurz stelle ich mir Zane oben ohne vor, nur mit Lendenschurz und Wikingerhelm bekleidet, mit langen Haaren und Vollbart und über und über mit Runen tätowiert. Ein letztes Mal versuche ich, Bob aus meinem Koffer zu vertreiben, dann gebe ich auf und beschließe, die restlichen Sachen morgen einzupacken.

Weil ich durch das viele Nachdenken über Wikinger plötzlich Lust auf einen Film mit sexy blonden Kerlen habe, wechsle ich auf die Couch und rufe ein Streamingportal auf. Nach wenigen Klicks finde ich die Serie, die ich letztens mit Autumn begonnen habe, und drücke auf Play. Ich schüttle zwei Sofakissen auf, stopfe mir eins in den Rücken und lege das andere für meine Füße auf den Couchtisch.

Nur wenige Minuten später klingelt es an der Tür Sturm. Eigentlich habe ich keine Lust auf Besuch, also ignoriere ich das nervige Geräusch, aber der Klingler hört nicht auf. Ich drücke auf Pause, rapple mich auf und schlappe zur Tür.

»Cole?«

Was will der denn hier? Er war noch nie ohne Autumn bei mir. Geschweige denn, dass wir uns freiwillig getroffen hätten. Ich mag ihn und man kann eine Menge Spaß mit ihm haben, aber ich hätte ihn mir nicht selbst als Freund ausgesucht. Dazu ist er mir zu laut und zu körperlich und zu sehr ... Cole. Auch Zane würde ich nicht als todernsten Menschen bezeichnen, eher als jemanden, der das Leben voll auskostet. Aber hinter dem ganzen Player-Schönling-Everybody's-Darling-Gehabe schimmert etwas durch, das mich reizt zu entdecken. Cole hat so gar nichts Geheimnisvolles an sich. Er ist, wie er ist. Ehrlich, treu, lustig, aber sicher nicht tiefgründig.

»Ist was mit Autumn?«

»Nein«, versichert er mir mit seiner Brummstimme und schüttelt mit gerunzeltem Gesicht den Kopf, als hätte ich ihm ein unsittliches Angebot gemacht. »Ich wollte dich was fragen.« Er kratzt sich am Hals und wackelt hin und her, als wäre ihm unbehaglich. »Wegen Autumn.«

»Okay, komm rein.« Ich trete zur Seite und er quetscht sich an mir vorbei. Als würde er schon immer hier wohnen, läuft er ins Wohnzimmer und plumpst auf die Couch.

»Wahnsinnsserie.« Er zeigt auf den Fernseher, wo der Wikingerchef gerade seine Frau mit einer anderen betrügt. Sein nackter Hintern füllt beinahe das ganze Bild aus. Es wirkt, als hätte ich mir einen Porno angesehen, aber das wäre Cole vermutlich egal. »Nur die Pferdegesicht-Tussi ist furchtbar.« Er schüttelt sich. »Wie kann man nur mit der ...«

Er verzieht angeekelt das Gesicht. Ist sie das? Da ich Frauen ohnehin nicht anziehend finde, kann ich das nicht qualifiziert beurteilen. Deshalb zucke ich die Schultern.

»Also, was wolltest du jetzt fragen?«

Er sieht mich an, als habe er vergessen, warum er hier ist. »Ach ja. Morgen. haben Autumn und ich Viermonatiges. Ich wollte sie überraschen. Irgendwas, was ihr Spaß macht. So in der Art.«

Sollte er das nicht selbst wissen?

»Hast du denn gar keine Idee?«

»Doch«, druckst er herum und grinst zweideutig. »Schon. Aber das hat was mit Sex zu tun. Und ich will zusätzlich noch was Schönes, was nichts mit meinem Schwanz zu tun hat.«

Das war mir zu viel Information. Ein großer Bruder sollte über das Sexleben seiner Schwester am besten gar nichts erfahren.

»Sie mag das Meer«, sage ich. »Und Ausflüge. Strand. Picknick. Blumen.«

Er nickt konzentriert und seine Augen bewegen sich, als schreibe er eine imaginäre Liste. »Okay, daraus lässt sich was machen.«

Das war's schon? Ich hoffe für Autumn, dass er sich etwas Romantisches ausdenkt. Sie hat es verdient, auf Händen getragen zu werden.

Er greift sich die Fernbedienung, studiert sie kurz und drückt dann einen Knopf. Sofort vögelt der Kerl auf dem Bildschirm die Frau weiter. Sein knackiger Hintern bewegt sich rauf und runter, vor und zurück, die Beine der Frau sind um seine geschlungen.

»Kannst du dir das anschauen? Ich meine, mit so nackten Frauen und Heterosex und so?«

Meint er die Frage ernst? Ich muss mir ein Lachen verkneifen. »Du hast seltsame Vorstellungen von Homosexuellen. Nur weil ich nicht mit Frauen schlafen will, heißt das doch nicht, dass ich kotzen muss, wenn ich das sehe. Wäre sehr unpraktisch. Außerdem ist so ein Frauenkörper ja auch etwas ungemein Ästhetisches. Du findest doch auch nicht alle Männer eklig, oder?«

»Hm. Stimmt«, murmelt er nachdenklich. »Hab mir noch nie wirklich Gedanken darüber gemacht.« Er betrachtet weiter das Geschehen auf dem Fernseher. Mittlerweile ist die Frau oben und beide kommen offenbar gerade zum Schluss. »Aber eigentlich schaust du dir doch den Kerl an«, stellt er mehr fest, als dass er fragt.

So wie er sich die Frauen ansieht. Ich stoße tonlos Luft aus. »Willst du das wirklich wissen?«

»Eigentlich nicht«, gibt er zu und starrt gebannt auf die Frau, die splitternackt durchs Bild läuft und in einen Umhang schlüpft. »Hast du zufällig Bier da?«

Wie lange will er denn noch bleiben? Ich stehe auf und hole uns aus dem Kühlschrank zwei Flaschen. Eine reiche ich ihm, die andere stelle ich ungeöffnet auf den Wohnzimmertisch. In langen Schlucken trinkt er die Hälfte aus. Sein Adamsapfel hüpft auf und ab. Mit dem Unterarm wischt er sich einen Tropfen vom Mundwinkel.

»Apropos schwul«, sagt er und stößt leise auf, vermeidet es aber, in meine Richtung zu schauen. Er zappelt nervös mit dem Fuß und zupft am Etikett seiner Flasche herum. Nach einer Weile hebt er den Blick und sieht mir direkt und prüfend in die Augen. »Was hast du bei dem Praxisfest mit Zane gemacht? Warum ist er weggerannt, als wäre er auf der Flucht?«

Nichts habe ich getan. Er hat *mich* geküsst. Nicht umgekehrt.

»Was denkst du denn, was passiert ist?«, frage ich vorsichtig.

»Das frage ich ja gerade dich. Immer wenn ihr euch begegnet, ist es komisch. So …« Er wedelt mit der Hand in der Luft herum. »… komisch eben. Zane ist dann gar nicht Zane.«

Aha, und was ist er dann? Ich bemühe mich um einen neutralen Gesichtsausdruck.

»Ich bin nicht so ein Proll, der nicht mitbekommt, was um ihn herum vor sich geht. Für Gavin mag das zutreffen, für mich nicht.«

Okay. Habe ich etwas anderes behauptet? Aber ich muss zugeben, dass ich ihn tatsächlich mit meinem Empathiekrüppel-Bruder in einen Topf geworfen habe.

»Und was willst du mir jetzt damit sagen?«

Cole seufzt tief. Dann trinkt er noch einen Schluck von seinem Bier.

»Keine Ahnung.« Er stützt seine Ellbogen auf die Knie und sein Kinn auf die Fäuste und mustert mich. »Zane ist nicht schwul.«

»Ich weiß.«

Er nickt. »Dann ist es ja gut.«

»Hättest du denn ein Problem damit, wenn er es wäre?«

Er tippt sich mit dem Finger auf die Brust. »Ich?« Energisch schüttelt er den Kopf. »Fuck, Nein. Mir doch egal, mit wem er schläft. Gegen dich habe ich ja auch nichts.« Ein »Pfft« folgt. »Das ist es nicht.«

»Was dann?«

Wieder zuckt er die Schultern. »Er ist nur irgendwie durch den Wind. In letzter Zeit hat er kaum noch Mädchen mitgebracht. Hängt zu Hause rum. Zieht sich einen Batman-Film nach dem anderen rein, raucht wie ein Schlot, säuft schon vormittags. Okay, das macht er alles sonst auch, aber nicht so exzessiv und in Dauerschleife. Ich mache mir Sorgen.«

Ich ziehe eine Augenbraue nach oben. »Und du denkst, ich bin schuld?«

»Bist du es?«, fragt er, statt seine Meinung zu sagen.

Ich schweige.

»Ich fänd's schön, wenn er sich endlich auch mal verliebt. Aber ...«

Aber nicht ausgerechnet in mich? Ist es das, was er mir mitteilen will?

»Er hat schon genug Scheiße am Hals«, beendet Cole den Satz.

Was denn? Dass er sich nicht entscheiden kann, welche Frau er als Nächstes poppt? Dass seine Frisur nicht sitzt? Oder wofür er sein Geld ausgibt?

»Was erwartest du konkret von mir, Cole?«

»Ich erwarte gar nichts. Es steht mir gar nicht zu, etwas zu verlangen. Ich sehe nur, dass mein bester Freund verwirrt ist, nicht mehr er selbst. Und dass es angefangen hat, als er mit Rose bei dir in der Praxis war. Ich weiß, dass er bis jetzt das Gegenteil von schwul war, soweit es so etwas überhaupt gibt. Und so, wie du ihn ansiehst, würdest du ihn nicht von der Bettkante stoßen. Er gefällt dir.« Weil ich ihm nicht widerspreche, nickt er und redet weiter. »Vielleicht würde es ja helfen, wenn ihr darüber sprecht.« Er trinkt sein Bier aus. »Vielleicht auch nicht.« Wieder seufzt er tief. »Keine Ahnung«, wiederholt er. »Ich weiß nicht, warum ich dir das überhaupt erzähle. Ich bin echt kein Experte in so Liebessachen.«

Tja, das weiß ich auch nicht. Für mich hat dieses Gespräch alles nur noch komplizierter gemacht.

»Ich hau ab. Muss noch Sachen für morgen vorbereiten.«

Wir stehen beide auf. Mit einem Arm drückt mich kurz an sich und klopft mir mit der anderen Hand auf den Rücken.

»Danke für das Bier, Bro.«

Jetzt sind wir also Bros?

Ich bringe ihn zur Tür und verabschiede mich. Noch lange stehe ich mit der Hand auf dem Türgriff da und lasse nachwirken, was Cole mir erzählt hat. Im Prinzip war es nicht besonders viel Information, nur die Tatsache, dass Zane komisch drauf ist und dass Cole vermutet, dass es etwas mit mir zu tun hat. Alles andere war eine wirre Mischung aus seltsamen Andeutungen und offenen Fragen.

Was wollte Cole mir *eigentlich* sagen? Dass Zane an seiner Sexualität zweifelt? Dass er in mich verliebt ist?

Ich gehe ins Bad, streife meine Klamotten ab, lasse sie entgegen meiner Gewohnheit achtlos auf dem Boden liegen und steige in die Dusche. Während ich darauf warte, dass das Wasser heiß wird, lehne ich mich an die kalten Fliesen, schlage zuerst leicht, dann immer fester meinen Kopf dagegen, bis mir auffällt, wie übertrieben dramatisch ich mich benehme. Also richte ich mich auf, recke mein Kinn nach oben, wische – ein wenig jammernd – über meine schmerzende Stirn und trete unter den Wasserstrahl.

Ein Rumms lässt mich aufschrecken. Dann noch einer und ein Wummern an der Tür. Kurze Pause, dann hämmert es weiter, laut und aufdringlich. Sturmklingeln folgt.

Sind heute alle übergeschnappt? Es ist fast zwei. Nur weil ich nicht will, dass die Nachbarn noch die Polizei rufen oder mich wegen nächtlicher Lärmbelästigung anzeigen, steige ich aus der Duschkabine, nehme meinen Frotteebademantel vom Haken und schlüpfe noch nass hinein. Mit einer Hand halte ich ihn vorne zu, während ich zur Tür schlurfe. Sicherheitshalber schaue ich vorher durch den Spion. Um diese Zeit weiß man ja nie, wer sich so alles rumtreibt. Aber ich sehe nichts, es ist zu dunkel.

»Mach auf, ich weiß, dass du da bist!«, brüllt der Klopfer.

Zane?

Als ich die Tür öffne, stolpert er herein und kracht gegen mich. Nur mühsam schafft er es, sich wieder aufzurichten. Schwankend und mit glasigem Blick steht er vor mir und funkelt mich an. Wären wir in einem Comic, würden Laserstrahlen aus seinen Augen schießen.

»Du!«, schreit er und sticht mir mit dem Finger in die Brust. »Du bist schuld!«

Seine Stimme ist verwaschen, er ist eindeutig betrunken. Sehr betrunken. So betrunken, dass ich mich frage, ob ihm bewusst ist, was er hier veranstaltet. Woher weiß er überhaupt, wo ich wohne? Er fuchtelt so dicht vor meinem Gesicht herum, dass ich automatisch einen Schritt zurücktrete. Doch er folgt mir, schnaufend und mit geballten Fäusten.

»Du bist schuld, dass ich keinen mehr hochkriege. Seit Tagen! Wochen! Du verdammtes Arschloch!«, brüllt er mich an. »Du.« Wieder wedelt er vor mir herum, fährt in der Luft meinen Körper auf und ab. »Du und dein verdammter Kuss!«

Er hat angefangen, aber solche Details wären vermutlich gerade zu kompliziert.

Seine Finger patschen auf meine Lippen, streichen grob darüber, fahren über mein Kinn, wo sie liegen bleiben. »Fuck!«

Er weicht zurück, als hätte ich ihn angespuckt, und entfernt sich rückwärts ein paar Schritte. Ich verharre regungslos, lasse ihn wüten, völlig von der Situation überfordert. Statt sauer auf ihn zu sein oder Angst zu haben, dass er endgültig ausflippt und mich verprügelt, bekomme ich einen heftigen Ständer. Das ganze Testosteron, das Adrenalin, sein männlicher, entschlossener und doch verwirrter und verletzter Blick sind unglaublich heiß.

Ich muss schlucken. Meine Hand lockert sich und der Bademantel öffnet sich ein Stück. Meine Erektion ragt ein wenig heraus, aber ich kann sie nicht verdecken. *So reagiere ich nun mal auf dich, Zane.* Sein Blick geht zu meinem Unterleib und saugt sich dort fest. Er keucht und schnauft pumpend. Nach ein paar Sekunden reißt er sich los, tigert unruhig und die Finger verkrampfend hin und her.

»Fuck! Fuck! Fuck!« Er rubbelt sich über das Gesicht und durch die Haare und zerstört dabei seine Frisur.

»Zane«, sage ich leise, um ihn zu beruhigen, und strecke meine Hand aus.

Er kaut auf den Fingernägeln seiner Hand herum und schwankt vor und zurück wie ein übergeschnappter Bär in einem viel zu kleinen Käfig. Die andere Hand krallt er in seinen Oberschenkel. Mit dem Fuß tritt er so kräftig gegen meine Haustür, dass die Katze auf der Kommode daneben kreischt, senkrecht nach oben springt und ihn mit aufgestelltem Fell und Schwanz anfaucht. Mit dem Rücken drückt er sich an die Tür, die Handflächen an das Holz gepresst. Sein Atem geht stoßweise und er schaut mich mit so einem gequälten Ausdruck an, dass er mir leidtut. Er ringt mit sich. Warum wehrt er sich derart? Ist es so schlimm für ihn, sich zu einem Mann hingezogen zu fühlen?

In einer beschwichtigenden Geste hebe ich meine Hände und bewege mich langsam auf ihn zu. Seine Augen werden groß und dunkel und sind voller Angst. Und noch etwas anderem. Erregung?

Mit einer Armlänge Abstand bleibe ich vor ihm stehen. Ich will ihn nicht bedrängen. Vorsichtig lege ich meine Handfläche auf seine Wange. Er stöhnt gequält und schließt die Augen, schmiegt sich aber leicht in meine Hand. Ein paar Atemzüge halten wir inne, sehen uns nur an, schweigen, versuchen herauszufinden, was gerade passiert.

Auf einmal knurrt er, packt mich am Kragen und reißt mich an sich. Grob presst er seine Lippen auf meine, schiebt seine Zunge in meinen Mund. Nicht tastend und fragend wie beim letzten Mal, sondern fordernd und wild und auf eine erregende Weise aggressiv. Mit der gleichen Ungeduld erwidere ich seinen Kuss, schlinge meine Arme um ihn und halte ihn. Ruhelos reibt er seine harte Erektion an mir, stöhnt, löst sich nach Atem ringend von mir.

Nur kurz lässt er mich Luft holen, dann verschlingt er mich erneut, drängt mich rückwärts ins Wohnzimmer zur Couch. Zusammen fallen wir darauf und hören dabei keine Sekunde auf, uns zu küssen. Zane zwängt mich in die Kissen, schiebt ein Bein zwischen meine und stützt sich über mir ab, damit er nicht mit seinem ganzen Gewicht auf mir liegt. Ich bin kein Mädchen, er muss nicht vorsichtig sein. Ich bin ein Mann, ich kann einiges aushalten. Aber gerade, dass er so ganz anders agiert als die Männer vorher, macht mich ungemein an. In seinen Augen kann ich Unsicherheit und Verwirrung lesen.

Er ist betrunken, Lennon, er weiß nicht, was er tut. Nutz seine Schwäche nicht aus, ruft mein Gewissen. *Es ist unmoralisch und selbstzerstörerisch.*

Ich weiß, dass ich die Kontrolle behalten sollte und dass sie mir gerade entgleitet. Aber ich ignoriere es. Es ist zu gut. Er fühlt sich zu phänomenal an, schmeckt zu fantastisch. Nach Wodka und Mann und Zane. Selbst wenn das hier etwas Einmaliges bleiben wird, will ich es. Dringend. Dringender, als ich jemals irgendetwas oder irgendjemanden wollte.

Mein Schwanz ist so hart, dass er beinahe explodiert. Zanes Hand fährt in meinen Schritt, umfasst mit festem Griff meinen Ständer und fängt an, mich zu befriedigen. Falls er das wirklich noch nie bei einem anderen Mann gemacht hat, ist er eindeutig ein Naturtalent.

»Du bist so ein verdammtes Arschloch! Ich bin nicht schwul!«, keucht Zane, während er immer weiter fieberhaft meinen Schwanz reibt, sich an mich drängt und mir zeigt, wie hart er selbst ist. »Was machst du mit mir?«

Momentan macht vor allem *er* etwas. Ich schiebe seine Finger beiseite und umfasse sein Gesicht.

»Alles ist gut«, flüstere ich und küsse ihn sanft und zärtlich. »Lass es zu.«

Er sieht mich fragend an. Gequält presst er die Lider aufeinander und verzieht das Gesicht. Schüttelt den Kopf. Eine Träne löst sich aus seinem Augenwinkel und fließt die Wange hinunter.

»Du bist so ein Arsch!« Er schnieft. »Ich wollte doch nur Sex mit ihr. Aber es geht nicht mehr. Verstehst du? Es geht nicht mehr! Er lässt mich im Stich! Mein verdammter Schwanz lässt mich im Stich!«

Aktuell tut er das garantiert nicht, sondern verrichtet brav seinen Dienst.

»Alles wegen dir! Ich hasse dich!«

Ich widerspreche ihm nicht. Er würgt, als müsse er gleich kotzen. Schluchzt, stöhnt und presst wieder seinen Mund auf meinen.

Ich schiebe ihn ein Stück von mir weg und setze mich auf. »Komm«, sage ich zärtlich und reiche ihm meine Hand. Zögernd ergreift er sie und lässt sich von mir ins Schlafzimmer führen.

Den Koffer auf meinem Bett stelle ich auf den Boden, die Kleidung wische ich achtlos herunter. Mit hängenden Armen wartet Zane verloren vor dem Bett und beobachtet mich, wie ich meinen Morgenmantel hinabgleiten lasse. Ohne mich aus den Augen zu lassen, schnürt er seine Boots auf und kickt sie beiseite. Greift sich in den Nacken und zieht sein Shirt aus. Öffnet seinen Gürtel und schiebt seine Jeans samt Unterhose herunter und steigt heraus.

Nackt stehen wir voreinander, bestaunen uns wortlos. Sein Körper ist genauso schön, wie ich ihn mir vorgestellt habe. Schlank und sehnig-muskulös, glatt rasiert und durchgehend gebräunt, seine Arme und ein Stück der Brust mit verschiedenen Motiven tätowiert. Sein Schwanz zuckt groß und prall an seinem Bauch. Auf Höhe des Bauchnabels prangt ein kleines Batman-Symbol.

Ich sinke vor ihm auf die Knie, streiche seine Schenkel hinauf und lege meine Hände auf seine festen Pobacken. Er atmet zischend ein, seine Beine zittern, aber er hält mich nicht auf. Mit einem Blick nach oben versichere ich mich ein letztes Mal, dann greife ich nach seinem Penis und schließe meine Lippen um ihn. Als Reaktion gibt Zane einen tiefen, lang gezogenen Laut von sich und lässt den Kopf nach hinten fallen. Ich fahre mit der Zunge die Ader an seinem Schaft entlang, stecke die Spitze in das kleine Loch an der Eichel und lecke den ersten Lusttropfen ab.

»Oh Gott, Lennon, was machst du da?«, stößt er hervor. Aber weil das vermutlich eine rhetorische Frage ist, antworte ich nicht, sondern mache weiter und nehme ihn bis zum Anschlag in den Mund. Mit einer Hand halte ich mich an ihm fest, mit der anderen fahre ich über meinen eigenen Ständer.

»Nicht aufhören«, fleht er.

Das habe ich nicht vor, ich sauge und lecke noch intensiver, drücke seine Hoden und spüre, wie sie sich immer fester zusammenziehen. Plötzlich krallt er seine Finger in meine Haare und dirigiert mich, bestimmt den Rhythmus und stößt ungezügelt in meinen Mund. Seine Bewegungen werden schneller und mit einem Schrei kommt er in heftigen Schüben, spritzt sein heißes Sperma in mich und ich schlucke alles voller Hoffnung auf eine plötzlich mögliche Zukunft. Seine Oberschenkel zittern und er taumelt, schnappt lachend und stöhnend nach Luft. Ich entlasse ihn, fahre mir mit der Zunge über meine feuchten, geschwollenen Lippen und koste seinen Geschmack aus.

Er wankt rückwärts zum Bett und lässt sich keuchend darauf fallen. Seinen Blick kann ich nicht deuten. Flippt er gleich aus, weil ihm ein Mann einen geblasen hat? Unschlüssig knie ich am Boden und betrachte ihn, warte auf ein Zeichen von ihm.

Wie selbstverständlich schlüpft er unter die Decke, dreht sich auf die Seite und benutzt seine verschränkten Finger als Kissen. Offenbar will er bleiben. Also lege ich mich zu ihm. Jetzt, nachdem der erste Rausch vorbei ist, klopft das schlechte Gewissen an, weil ich seine Unzurechnungsfähigkeit schamlos ausgenutzt habe. Doch als er anfängt, mich zu küssen und mit seiner Hand meinen Körper zu erforschen, schiebe ich mein Gewissen erneut beiseite und genieße einfach.

Zart kreist er um meine Brustwarzen, spielt mit den Haaren auf meiner Brust, legt den Kopf schief, als wundere er sich. Tut er vermutlich auch. Anfangs sind seine Berührungen noch zögernd und tastend, fragend und beinahe ängstlich, dann werden sie immer sicherer. Zielstrebig rückt er näher an mich heran und drückt seinen Schwanz an meine Hüfte, reibt sich an mir. Seine Finger um meinen Penis sind warm und weich und fest, seine Bewegungen langsam, als wolle er jeden Moment hinauszögern. Sein Daumen streicht über die empfindliche Haut meiner Eichel und entdeckt die Feuchtigkeit daran. Mit einem frechen Grinsen führt er seinen Finger zum Mund und leckt meinen Lusttropfen ab. Kurz schaut er skeptisch, dann lächelt er.

»Gar nicht mal so schlecht. Vielleicht ein bisschen salzig«, gibt er zu und sein Geständnis lockert die Stimmung sichtlich. Wir grinsen beide.

»Hast du noch nie dein eigenes Sperma probiert?«

»Was? Wieso sollte ich?«

Ich lache. »Weil das viele Jungs machen? Neugierde?«

»Echt jetzt? Das ist krank!« Er schüttelt sich. Ich spüre seinen vibrierenden Körper an meinem.

Erneut greife ich seine Hand und platziere sie wieder auf meiner Erektion. Wenn ich nicht bald kommen darf, platze ich. Ich biege mich ihm entgegen und er folgt meiner Aufforderung und pumpt. Meine Stirn sinkt an seine. Wir atmen beide stoßweise, inhalieren die Luft des anderen, ich stöhne, er brummt, ich brumme, er stöhnt. Ich tue es ihm gleich, meine Hand findet seine Erektion und gemeinsam bringen wir einander zum Höhepunkt. Mein Becken zuckt unkontrolliert, als ich mich über seine Hand und auf seinen Bauch ergieße. Kurz darauf folgt er mir, drückt seine Lippen an meinen Hals und saugt sich daran fest. Sein Sperma tropft auf das Laken, aber das ist mir egal. Er ist bei mir.

Zum ersten Mal seit Monaten fühle ich mich befriedigt und glücklich. An den nächsten Tag und daran, was sein wird, wenn er wieder nüchtern ist, will ich nicht denken.

Gegenwart

Zane

Nach meiner überstürzten Flucht fahre ich durch die Gegend. Was habe ich verdammt noch mal getan? Ich erinnere mich vage, betrunken an seine Tür geklopft zu haben. Dass ich ihm Vorwürfe gemacht habe. Ihn beschimpft habe. Aber er kann nichts dafür. Zu keinem Zeitpunkt, weder gestern noch davor, hat er mich zu irgendwas gedrängt.

Stück für Stück setze ich den gestrigen Abend zusammen. Ich habe mich mit Melissa getroffen. Wir hatten Spaß und haben ein oder zwei oder vielleicht auch mehr Cocktails getrunken. Sie hat mich mit zu sich nach Hause genommen. Dort wollte sie mit mir schlafen und hat mir einen geblasen. Anfangs war noch alles okay, dass ich nicht ganz hart wurde, habe ich auf den Alkohol geschoben. Unmotiviert habe ich sie gefickt, sie hat sich wirklich Mühe gegeben, aber ich kam einfach nicht zum Schuss. Es funktionierte nicht.

Das war nicht das erste Mal. Jedes verdammte Mal in den letzten Wochen, seit diesem verfluchten Kuss mit Lennon in dem Gartenschuppen, habe ich versagt. Hat mein Schwanz mich im Stich gelassen. Wenn mir eine Frau einen runterholte, dachte ich daran, wie sich wohl Lennons Hände anfühlen würden. Fragte ich mich, ob der Sex mit Schwulen besser ist, weil sie ja – da selbst Schwanzträger – genau wissen, was sich gut anfühlt. Wenn ich die Brüste einer Frau leckte, kamen mir Lennons Brusthaare in den Sinn und ob er es wohl genießen würde, wenn ich ihn dort mit meiner Zunge reize. Wenn ich in eine Frau eindrang, stellte ich mir vor, es wären Lennons Beine, die mich umschlingen. Ich glaube, ich drehe durch.

Ich erinnere mich, wie Melissa vermeintlich verständnisvoll reagiert hat, mich aber in Wahrheit als das verurteilt hat, was ich bin: ein verdammter Versager, der wie ein Opa keinen mehr hochbekommt. Erbärmlich. Hoffentlich spricht sich das nicht rum. Ich habe schließlich einen Ruf zu verlieren.

Nachdem ich sie verlassen hatte, habe ich mir eine Flasche billigen Schnaps gekauft, mich in meinem Wagen verschanzt und fast die ganze Flasche allein geleert. Ich wollte vergessen. Das Nächste, was ich weiß, ist, dass ich plötzlich vor Lennons Haus stand. Dass ich wie ein Irrer an seine Tür gedonnert habe. Und dass er mir halbnackt, nur mit diesem hässlichen Altmännermorgenmantel bekleidet, die Tür geöffnet hat. Dass mich sein Schwanz angestarrt hat, dass ich urplötzlich hart wurde und dass dann alle Sicherungen durchbrannten. Und ich erinnere mich an das Gefühl, wie er mir den Blowjob meines Lebens beschert hat, wie er mich berührt hat, an die neue, aufregende, nie gekannte Wucht und Heftigkeit des Orgasmus, an den Geschmack seines Schwanzes, seines Spermas und dass es mich nicht ekelte, sondern verflucht nochmal so erregte wie nichts anderes zuvor. An seinen Blick, die Liebe, die aus seinen Augen strömte, sein Verständnis, seine Geduld, seine Lust, sein Selbst.

Aber ich will mich an das alles nicht erinnern. Will mich nicht daran erinnern, wie es war, in seinen Armen einzuschlafen. Haut an Haut, Körper an Körper, Seele an Seele. Denn ich bin nicht schwul. Ich weiß nicht, was es war, aber es war ein einmaliges Ereignis und wird nie wieder passieren. Eine Phase, woher auch immer die kam, ein Ausrutscher. Lieber sollte ich mich an das Gefühl am Morgen danach halten. Das Entsetzen, der Schreck, die Erkenntnis, dass es ein Fehler war. Einer, der nötig war, um wieder zu mir selbst, zu meinem eindeutigen Hetero-Ich zu finden. Je öfter und energischer ich mir versichere, dass es nur ein One-Night-Stand war, wenn auch ein anderer als die Millionen Male zuvor, umso mehr ebbt die Panik ab. Ein Experiment, mehr war es nicht.

Viele Männer probieren aus Neugierde einmal Sex mit einem Mann aus. Ich sollte Ethan fragen, ob er eine Statistik darüber zur Hand hat. Na und? Habe ich es eben auch mal getan. Was ist dabei?

Warum glaube ich mir dann selbst nicht?

Ich muss es abhaken und zur Tagesordnung übergehen. Aber es will mir nicht gelingen. Immer wieder tauchen Bilder in meiner Fantasie auf, wie es wäre, mit Lennon eine Beziehung zu führen. Zusammen aufzuwachen, gemeinsam zu frühstücken, zu duschen, Ausflüge zu unternehmen, zu essen, normale Dinge zu tun. Aber ich führe überhaupt keine Beziehungen, ich liebe mein Singleleben. Ich brauche die Abwechslung und die Frauen und den hemmungslosen Sex ohne Verpflichtungen. Ich werde noch früh genug eingesperrt. Und schon gar nicht führe ich eine Beziehung mit einem Mann. Pah! Absurde Vorstellung. Dad würde mich hochkant rausschmeißen. Ich wäre für ihn endgültig gestorben. Wie würde ich vor meinen Freunden dastehen? Zane, der Weiberheld, eine Schwulette? Never! Keiner hätte mehr Respekt vor mir. Zwar kommt es mir nicht so vor, als würde Lennon nicht respektiert, aber er hat ja auch eine chillige Hippie-Familie.

Aaahhg! Was für ein Fuck! In meinem versoffenen, gehirnvernebelten Zustand habe ich mir eingebildet, dass es endlich vorbeigeht, wenn ich mich dem Drang, Lennon anzufassen, hingebe. Aber so war es nicht. Und es war auch nicht der wahre Grund, warum ich ihn aufgesucht und regelrecht überfallen habe. Ich wollte ihn sehen. Ich wollte ihn spüren. Ich wollte mich wehren, wollte weg, aber konnte nicht. Ich musste zu ihm. Musste ... Ich weiß es nicht. Ich weiß gar nichts. Nur, dass ich mich fernhalten muss. Dass ich wieder normal werden muss.

Nach stundenlangem sinnlosen Herumfahren ist mein Tank leer. Meine Brieftasche habe ich bei Lennon vergessen. Oder besoffen verloren. Auf jeden Fall ist sie nicht da. Wenigstens habe ich noch mein Handy. Den Pick-up lasse ich am Straßenrand stehen. Ich habe keine Ahnung, wo zur Hölle ich eigentlich bin, auf jeden Fall irgendwo außerhalb von San Francisco an der Küste. Meine Kippen habe ich alle aufgeraucht.

Ohne abzusperren, laufe ich von meinem Wagen in Richtung Meer. Wenn jemand die Karre klauen will, soll er. Wegfahren kann er ohnehin nicht damit, außer er bringt zufällig auch einen vollen Benzinkanister mit. Ich klettere über eine kleine Mauer und rutschige Felsen und stapfe durch den Sand. Es ist kalt, sicher nur zehn Grad oder noch weniger. Der Pullover liegt im Auto und in dem zu kleinen Shirt friere ich erbärmlich. Trotzdem laufe ich weiter, ziehe sogar meine Stiefel aus und wate in die Wellen. Außer mir ist kein Schwein hier. Natürlich, es ist Dezember, noch dazu wochentags. Die Leute arbeiten oder sind zu Hause, lesen am Kamin oder spielen mit ihren Kindern, backen Plätzchen, whatever. Was normale Menschen eben so tun.

Das kalte Wasser umspült meine nackten Füße, was wehtut und mir fast die Zehen abfriert, andererseits ist es seltsam beruhigend. Wie die Zen-Meditationen, von denen Ethan immer schwärmt. Zivilisation ist nirgends zu entdecken, nicht einmal ein Fisch. Ich fühle mich, als wäre ich auf einem einsamen Planeten zurückgelassen worden.

Plötzlich habe ich wahnsinnig Sehnsucht nach meinem Zuhause. Nicht das in New Orleans, sondern mein echtes. Nach Ethan und Cole. Aber Cole ist mit Autumn zu einem Super-Vier-Monats-Überraschungsevent unterwegs. Was er genau vorhat, wollte er nicht verraten, seinem Grinsen nach zu urteilen beinhaltet es aber eine Menge Körperkontakt. Sicher wird er heute nicht mehr heimkommen.

Nach dem ersten Klingeln geht Ethan ans Telefon.

»Kannst du mich bitte abholen?« Meine Stimme klingt piepsig und mein Hals schnürt sich zu, als würde ich gleich zu heulen anfangen. *Reiß dich zusammen, Zane.*

»Ähm, wo bist du denn? Bist du nicht mit dem Auto unterwegs?«

»Benzin ist alle«, sage ich, als würde das alles erklären.

»Okay.« Ethan fragt nicht nach, was los ist, hält mir keine Vorträge oder nervt mich anderweitig. Wir kennen uns so lange, dass wir genau wissen, wann die Scheiße am Dampfen ist und wann wir die Schnauze halten müssen. Auch ohne genauere Informationen. »Ich habe nur kein Auto hier.«

»Nimm ein Taxi, ich zahle. Bring die Ersatzkreditkarte mit, ich habe irgendwo meinen Geldbeutel verloren. Die müsste in meiner Kommode sein.«

»Okay«, wiederholt er. »Jetzt muss ich nur noch wissen, wo du überhaupt bist.«

»Keine Ahnung«, schniefe ich und komme mir vor, als wäre ich ein von aller Welt verlassenes Kind.

»Ruf deine GPS-Daten auf und lies sie mir vor«, weist er mich an. Ich befolge seine Anweisungen und gebe ihm meine aktuellen Koordinaten durch. »Das ist drei Stunden entfernt, Alter! Warum bist du denn so weit gefahren? Wo wolltest du denn hin?«

»Nirgends«, murmle ich. »Kannst du jetzt bitte kommen?«

Es raschelt, dann höre ich seine Stimme verzerrter und blecherner. Wahrscheinlich ist er im Treppenhaus oder im Lift. Hauptsache, er kommt mich abholen.

»Bin auf dem Weg, Batman.« So hat er mich als Teenager immer genannt, wenn ich mal wieder total deprimiert wegen meines Dads war. Ich soll stark sein, will er damit sagen. »Bis gleich.«

»Ethan«, halte ich ihn auf und er macht ein Geräusch, das mir zeigen soll, dass er noch dran ist. »Bitte bring Claire nicht mit.«

»Natürlich«, versichert er, dann legt er auf.

Um mich warmzuhalten und zu vertuschen, dass ich ein fremdes Männershirt trage, laufe ich zurück zum Auto, schlüpfe nun doch in meinen stinkenden Pulli und rolle mich auf dem Beifahrersitz zusammen, die Arme um die Knie geschlungen.

So findet mich Ethan Stunden später. Zwar mustert er mich erschrocken mit seinem ernsten Sorgenblick, stellt aber keine Fragen, nimmt mich nur an die Hand und führt mich wie ein verlorenes Kind zu dem wartenden Taxi. Er stopft mich ins Innere und klettert dann hinterher.

»Na, das Prinzesschen gefunden?«, feixt der Taxifahrer.

»Schnauze!«, blaffe ich ihn an.

»Verdammte Schwuchteln«, höre ich ihn murmeln, bevor er endlich losfährt. Er soll sich um seinen eigenen Scheiß kümmern. Mein Kopf sinkt auf Ethans Schulter und er lässt es zu, tätschelt sogar leicht meine Hand.

»Willst du drüber reden?«, fragt er leise, nachdem wir sicher schon eine Stunde gefahren sind.

Ich setze mich auf, rutsche ein Stück von ihm weg und sehe demonstrativ aus dem Fenster. »Worüber denn?«, frage ich die Landschaft draußen. Langsam kommen wieder Häuser in Sicht.

»Cole und ich, wir machen uns Sorgen.«

»Müsst ihr nicht.« Ich bin nur besessen von einem Kerl und hatte Sex mit ihm. Haha. Ich sehe ihn sauer an. »Redet ihr hinter meinem Rücken über mich?«

»Zane«, setzt Ethan an.

Doch ich unterbreche ihn. »Nicht jetzt. Lass es bitte.«

Er nickt langsam, der besorgte Ausdruck bleibt aber.

»Hast du Lust, mal wieder eine Party zu schmeißen?«, plappere ich plötzlich los. Partys sind eine hervorragende Methode, um sich abzulenken. Ich kann ja nicht die ganze Zeit so lächerlich deprimiert herumhängen. Und Mädels. Partys und Mädels. Und Alkohol. Viel Alkohol. »Wenn Cole wieder da ist, fahren wir zur Tanke und besorgen uns Benzin. Dann holen wir meinen Pick-up und auf dem Rückweg kaufen wir ein. Das wird super. Cole soll dem Team Bescheid sagen, je mehr Leute, desto besser. Dann hängt er nicht so rum, weil sein Schatzi die ganzen nächsten Tage weg ist.« Ich rede und rede, was wir alles kaufen werden und wie toll das alles wird und welche Musik wir auflegen werden. Ich höre mich an, als würde ich meine erste Pyjamaparty planen.

Ethan widerspricht mir nicht. Ich sehe ihm aber an, dass er sich seinen Teil denkt. Er respektiert eher als Cole, dass ich nicht über meine Gefühle reden will.

»Du kommst mir vor wie ein Manisch-Depressiver. Hast du auf einmal eine Bipolare Störung entwickelt?«

Kann sein. So fühlt es sich zumindest an. Und wenn schon. Immer noch besser als schwul. Für psychische Erkrankungen gibt es wenigstens Medikamente, die glücklich machen. Wenn man sich in das falsche Geschlecht verliebt, nicht. Aber das behalte ich lieber für mich.

Habe ich tatsächlich gerade ans Verliebtsein gedacht? Ich bin grundsätzlich nie verliebt. Ich weiß gar nicht, wie sich das anfühlt. Wenn man zu so hörigen, eierlosen Mäuschen mutiert wie Ethan und Cole, will ich das schon gar nicht.

Nein, ich bin nicht verliebt. Das gestern war eine sexuelle Verirrung. Eine Erfahrung, die man nicht mehr rückgängig machen kann, aber die ich jetzt endlich vergessen werde. So wie manche eben aus einer Laune heraus Heuschrecken essen oder Fallschirm springen, habe ich mir von einem Mann die Eier lecken lassen.

Ich darf nicht vergessen, genug Gras für die Party morgen zu besorgen. Irgendwo muss ich noch die Nummer von meinem Dealer haben. Wie komme ich nun unauffällig an meinen Geldbeutel mit den Kreditkarten?

»Ach, übrigens. Deine Geldbörse war im Briefkasten«, unterbricht Ethan meine imaginäre Einkaufsliste.

Okay, nicht reinsteigern, Zane. Du weißt, du neigst zu Übertreibungen. Zu viel Party, zu viel Alk, zu viele Frauen, zu viel Hass deinem Erzeuger gegenüber. Jetzt hattest du eben mal einen Mann im Bett. Was ist schon dabei?

Ich tue einfach so, als wäre das nie passiert. Niemand wird je davon erfahren. Wenn ich nach jedem One-Night-Stand so einen Aufstand veranstalten würde wie heute, würde ich ja nicht mehr fertig werden.

Trotzdem verschwinden die Bilder nicht, so sehr ich es auch versuche. Schieben sich immer wieder vor meine Augen. Lennons knackiger Hintern, der sich so anders und doch so verdammt gut angefühlt hat. Das raue Kratzen seines Barts auf meiner Haut. Seine Zunge, die mit meiner spielt. Seine Lippen, die viel weicher sind, als ich es mir bei einem Mann vorgestellt habe. Sein glatter, seidiger, harter Schwanz. Der Geruch nach Moschus und Sex. Sein tiefes Stöhnen. Die Sehnsucht und die Lust in seinem Blick. Sein Saft auf meinen Fingern und meinem Bauch.

Ich schlucke hart und rutsche auf dem Sitz herum.

Das muss aufhören! Das muss verdammt noch mal aufhören!

Entschlossen ziehe ich mein Handy aus der Hosentasche und scrolle durch meine Kontakte. Wer von den Mädels könnte mich heute am besten ablenken? Ich werde meinem Penis – und mir – beweisen, dass wir immer noch ausschließlich auf Frauen stehen. Dass er sich gefälligst auf seine wahre Bestimmung konzentrieren soll.

März

Zane

»Du hast *was?*«

Ich starre Cole entsetzt an. Die letzten Monate habe ich erfolgreich verdrängt, was in dieser einen verfluchten Nacht mit Lennon passiert ist. Habe mein altes Leben wieder aufgenommen, mich durch die – ausschließlich Frauen gehörenden – Betten gevögelt, meinem Schwanz gezeigt, dass Vaginen viel besser sind als Schwänze. Als dieser eine bestimmte Schwanz. Sex ist zum Spaß erfunden worden, nicht, um für Chaos zu sorgen.

Seit meinem Aussetzer mit Lennon habe ich nicht mehr allein mit ihm geredet, habe alle Situationen, in denen ich ihm begegnen könnte, möglichst vermieden. Hatte immer irgendwelche fadenscheinigen Ausreden, wenn ich wusste, dass er auch in die Bar kommen würde oder zu einer Party oder einem Footballspiel. Wenn wir uns doch zufällig über den Weg gelaufen sind, habe ich ihn ignoriert. Wenn es sich gar nicht vermeiden ließ, mich mit ihm zu befassen, habe ich ihn behandelt wie jeden anderen flüchtigen Bekannten auch. Betont locker, durch und durch der souveräne, lässige Frauenaufreißer wie vorher.

Bis auf diesen einen Tag im Stadion, als Cole das große, völlig überzogene Ich-will-Autumn-beweisen-dass-ich-sie-liebe-Kitsch-Ding arrangiert hat. Als Lennon mich berührte, ob zufällig oder bewusst, war es, als bekäme ich Fieber, mir wurde heiß und kalt zugleich. Ich konnte nichts mehr sagen, wurde angezogen von seiner Stimme, seinem Geruch, seinem Körper. Es war wahnsinnig anstrengend, ihm zu widerstehen und mich nicht wie eine rollige Katze an ihm zu reiben. Aber ich habe es geschafft. Ich war so stolz auf mich. Gleich danach habe ich Cassy oder Tina oder wen auch immer angerufen und meinen Schwanz daran erinnert, wo wir hingehören.

Und jetzt *das.*

Cole zuckt die Schultern. »Ich habe Lennon zu deinem Geburtstag eingeladen. Was ist dabei? Je mehr Leute, umso witziger. Deine Worte. Platz ist genug auf der Hütte und Autumn freut sich schon. Du weißt ja, wie nahe sich die beiden stehen. Gavin hat auch nichts dagegen, dass sein Bruder mitfährt.«

»Ihr habt also schon alles beschlossen, ohne vorher mit mir zu reden, ob mir das überhaupt recht ist? Es ist *mein* Geburtstag. Und *meine* Hütte.«

»Genau genommen gehört die Hütte deinem Dad«, wirft Ethan ein. »Wo ist denn das Problem?«

Lennon ist das Problem! Aber das kann ich ja schlecht zugeben. Selbst beste Freunde müssen nicht alles wissen. Wenn ich mich noch weiter wehre und mich aufrege, werden sie nur misstrauisch. Also lenke ich ein. Ich habe ohnehin keine andere Wahl. Resigniert werfe ich die Arme in die Luft.

»Okay, soll er eben mitfahren.«

Cole und Ethan sehen sich seltsam verschwörerisch an und grinsen.

»Autumn und ich werden dieses Jahr beide nicht Ski fahren, ich wegen des Knies und Autumn traut sich nicht. Sie hat Angst, dass sie hinfallen könnte und was passiert. Wäre gerade nicht so gut.«

Ja, ist wohl besser so in ihrem Zustand. Autumns Schwangerschaft war nicht geplant und hätte die beiden fast auseinandergebracht. Mittlerweile freuen sie sich jedoch auf das Baby, auch wenn noch vieles offen ist, zum Beispiel wo die drei zukünftig wohnen werden.

»Du brauchst doch jemanden, den du im Lift nerven kannst. Und der mit dir die schwarzen Pisten fährt«, fährt Cole fort. »Autumn meint, ihr Bruder sei ein hervorragender Skifahrer. Besser gesagt, Boarder.« Er klopft mir auf die Schulter.

In was habe ich mich da nur wieder reingeritten? Das wird garantiert eine verdammte Katastrophe!

Jedes Jahr zu meinem Geburtstag verschanzen wir uns für ein paar Tage auf der Hütte meiner Familie in den Bergen rund um Lake Tahoe, feiern, fahren Ski, verbringen Zeit miteinander. Ich liebe dieses Skigebiet, in dem zu dieser Jahreszeit zuverlässig Schnee liegt. Von San Francisco aus sind es außerdem nur vier Stunden mit dem Auto.

Normalerweise ist unsere Truppe größer, aber diesmal sind die meisten anderweitig beschäftigt, mit Prüfungen, Hausarbeiten, Arbeit, Haarefärben, Igelretten, whatever. So bleiben neben Cole und Autumn nur Ethan und Claire. Ethan kann und will allerdings nicht Ski fahren. Dabei trainiert Skifahren alle Muskelgruppen, was Ethans Grundsatz »Gesunder Körper – gesunder Geist« ja eigentlich entgegenkommen müsste. Keine Ahnung, was da schon wieder mit ihm los ist. Wahrscheinlich hat er mir seine Gründe irgendwann mal ausführlich mitgeteilt, aber ich habe sie wieder vergessen. Er redet so viel wirres Zeug, das ich mir beim besten Willen nicht alles merken kann. Claire kann wohl theoretisch Ski fahren, hat aber ihre Ausrüstung nicht in San Francisco und will Ethan auf der Hütte Gesellschaft leisten. Sogar Rose wird uns diesmal begleiten. Ethan hat für sie extra einen rosa Hundemantel gekauft, damit sie nicht friert.

Gavin bringt Franny mit, die ebenso doof ist wie ihr Name, aber Wahnsinnsbeine und -titten hat. Gavin stellt bezüglich der Intelligenz seiner Freundinnen keine besonders hohen Ansprüche, Reden ist ihm nicht so wichtig, und ich glaube, es ist ohnehin besser, wenn sie nichts sagt. Ihre nervtötend hohe Stimme könnte Gläser zerschneiden. Hoffentlich kreischt sie beim Sex nicht das ganze Ferienhaus zusammen. Franny hat auf jeden Fall noch nie auf Skiern gestanden, muss aber trotzdem unbedingt mitfahren, weil sie von Gavin keine Sekunde getrennt sein will. Er hat sich zu ihrem persönlichen Skilehrer ernannt, weswegen die beiden vermutlich die meiste Zeit auf dem Babyhügel verbringen werden.

Das war's dann auch schon mit Hüttenkollegen. Ich habe weder Lust, mich den ganzen Tag mit einem absoluten Anfänger und einem hormongesteuerten Gavin zu langweilen, noch bin ich heiß darauf, ganz allein zu fahren. Insofern ist es vielleicht doch ganz okay, wenn Lennon mitkommt. Wobei ich mich schon frage, was das größere Übel ist: Lennon nah zu sein, noch dazu ohne Freunde, sprich Puffer, um uns herum, oder einsam zu fahren. Ich könnte mir ja auch ein Urlaubs-Skihäschen aufreißen, wäre nicht das erste Mal.

Aber jetzt wird er nun mal mitkommen. Ich stelle mich viel zu sehr an. Wir hatten ein einziges Mal Sex, ich kann ihn schlecht für den Rest unseres Lebens meiden. Ich werde mir auf keinen Fall meinen Geburtstag von der Vergangenheit verderben lassen. Wenn ich mit einem Mädchen geschlafen habe, benehme ich mich danach ja auch ganz normal und nicht so extrem bescheuert.

»Kannst du ihm alle Infos geben?«, bitte ich Cole. Hoffentlich merken Ethan und er die Unsicherheit in meiner Stimme nicht.

Normalerweise reisen wir gemeinsam an, allerdings in getrennten Autos. Ich lade die Ausrüstung in meinen Pick-up, weil der schlichtweg die größte Ladefläche hat, und meist nehme ich noch einen Beifahrer mit, damit die Fahrt nicht so langweilig ist. Mein Pick-up ist nur ein Zweisitzer, deswegen fährt der Rest mit Gavins Van.

Cole nickt. »Klar, aber wäre es nicht besser, wenn du ihn abholst? Dann muss er nicht mit seinem ganzen Krempel erst einmal zu uns.«

Nein, wäre es nicht, das ist mir zu viel Lennon auf einmal. Trotzdem nicke ich automatisch.

Ein paar Tage später parke ich in Lennons Einfahrt und versuche krampfhaft, mein wummerndes Herz zu beruhigen. Das Haus ruft mir alles in Erinnerung, was ich unbedingt vergessen wollte. Es ist erst sechs Uhr morgens und noch dunkel und ich schalte die Scheinwerfer aus, um noch ein paar Augenblicke unbemerkt hier stehen zu können und zu mir zu kommen.

Mit Daumen und Zeigefinger drücke ich meine Nasenwurzel, atme tief ein und aus und greife nach dem Türgriff. In dem Moment, in dem ich aussteige, öffnet sich das Garagentor. Das Licht fällt von hinten auf Lennons Gestalt, sodass er nur als gesichtsloser Schemen zu erkennen ist. Allerdings einer, dessen Konturen echt heiß sind. Bei unserem ... Sexding ... ist mir gar nicht aufgefallen, wie breit seine Schultern und wie schmal seine Hüften sind. Aber vielleicht liegt es auch nur an seiner dicken Winterjacke, dass er auf einmal so muskulös wirkt.

In der einen Hand hält Lennon ein Snowboard, in der anderen seine Stiefel. Kurz hält er inne und schaut zu mir herüber, dann reckt er sein Kinn in die Höhe und läuft auf mich zu. Wir begrüßen uns nur mit einem Nicken.

Beim Aufladen seiner Ausrüstung berühren sich unsere Finger und ein Blitz durchzuckt mich. Als hätte ich mich an einem Teppich aufgeladen. Aber hier gibt es nur Beton und Rasen. Entweder hat Lennon es nicht gemerkt, oder er ignoriert es, schiebt seine Ausrüstung nach hinten auf die Ladefläche und wendet sich dann ab. Mit schnellen Schritten läuft er zum Haus, schließt das Garagentor und kommt mit einer Sporttasche zurück. Seine Snowboardhose hängt über dem Arm, ein Helm mit Handschuhen darin baumelt am Handgelenk. Er trägt eine dieser fellgefütterten Fliegermützen, deren Seitenteile herunterhängen wie bei einem Hund mit riesigen Schlappohren. Der Kragen seiner Jacke ist aufgestellt. Hier ist es doch gar nicht so kalt, sicher acht Grad oder mehr, kein Grund also, sich so dick einzumummeln.

»Du weißt, dass ich eine Heizung im Auto habe?« Ich grinse ihn an, im Versuch, die seltsam gehemmte Stimmung, die sich natürlich auch diesmal zwischen uns ausbreitet, aufzulockern.

»Man muss auf alles vorbereitet sein«, gibt er zurück.

Wir sind zwei Scherzkekse, das hält ja keiner aus.

Seine Tasche legen wir ebenfalls zu den anderen Sachen, ziehen die Plane über die Ladefläche und befestigen sie.

»Magst du noch mit reinkommen und einen Kaffee trinken?«, fragt er beinahe schüchtern. »Oder treffen wir uns mit den anderen?«

Wir stehen unbeholfen jeder auf einer Seite des Kofferraums und fummeln an den Verschlüssen der Plane herum, obwohl sie schon längst bombenfest sitzt.

»Die sind schon losgefahren. Wir treffen sie dann direkt auf der Hütte.«

»Ah, okay.« Er senkt seinen Blick auf die Abdeckung. Mit einem Finger fährt er darüber und umkreist einen Fleck, als wolle er ihn markieren.

»Machst du mir einen Kaffee mit deiner tollen original italienischen Maschine?«

Er nickt und grinst breit. »Klar.«

Gleichzeitig lösen wir uns vom Wagen und laufen zur Tür. Lennon sperrt auf und tritt dann zur Seite, um mich zuerst eintreten zu lassen. Sofort nach dem ersten Schritt ins Innere überfällt mich der Geruch von Lennons Haus. Nach Katzen und Weichspüler, nach seinem fantastischen Aftershave, nach ihm. Unauffällig schließe ich die Augen und atme tief ein, während er die Tür hinter uns schließt und in die Küche vorgeht. Seine Jacke und Mütze zieht er im Laufen aus und legt sie auf einen Stuhl.

Von seiner Wohnung habe ich damals außer Flur und Schlafzimmer nichts wahrgenommen, deswegen sehe ich mich neugierig um. Die Einrichtung ist überhaupt nicht schwul, aber auch nicht betont männlich wie bei uns in der WG, wo die Möbel hauptsächlich schlicht und dunkel sind und die Wände kaum dekoriert. Typische Männer-WG eben. Was habe ich denn erwartet, wie er wohnt? Mit goldenem Nippes und Blümchen und Walt-Disney-Kram? Ich sollte dringend über meine Vorurteile nachdenken. Vorsichtshalber lasse ich meine Jacke an, obwohl ich bereits nach kurzer Zeit ziemlich schwitze.

»Kann man dich und deine Kaffeemaschine auch mieten? Daran könnte ich mich morgens gewöhnen«, stöhne ich mehr, als dass ich spreche, und schlürfe genüsslich aus der Tasse. Zu spät registriere ich, wie zweideutig das klingt.

»Kommt auf die Bezahlung an.« Lennons Stimme ist belegt, aber er grinst und hebt eine Augenbraue. Kaum merklich verändert er seine Position und beugt sich zu mir herüber. Nur so weit, dass es auch als Zufall interpretiert werden kann.

Mir wird noch heißer, als mir ohnehin schon ist, und mein Hals wird trocken, trotz des Speichelflusses, der gerade unkontrolliert einsetzt. Schnell trinke ich meinen Kaffee aus, springe auf und spüle die Tasse aus. Ich spüre, wie Lennon hinter mich tritt und ebenfalls seine Tasse unter das Wasser hält. Ich bin zwischen seinen Armen gefangen. Wenn ich mich nur ein wenig bewegen würde, könnte ich mich an ihn schmiegen. Der Drang, es tatsächlich zu tun, ist unheimlich stark, ich schaffe es kaum, mich zu beherrschen.

»Wir sollten dann lieber mal los«, krächze ich.

Nicht einmal meine Stimme bleibt mir treu. Was ist mit ihm, dass er mich jedes Mal derart aus der Bahn wirft? Wir sind zwei Männer, die gemeinsam Ski fahren wollen und vorher zusammen einen harmlosen Kaffee trinken. Ethan und Cole bin ich oft so nah und da regt sich nichts in meinem Unterleib. Und schon gar nicht in meinem Herzen, das klopft wie nach einem Mörderorgasmus. Da läuft doch etwas verdammt schief, dass mein Körper so auf ihn reagiert.

Linkisch zwänge ich mich an Lennon vorbei und haste durch die Tür nach draußen. Dort sauge ich gierig die kalte Morgenluft in meine Lungen und stecke mir eine Zigarette an. Inhaliere tief und schiebe eine Hand in die Jackentasche, spiele den coolen Zane, der lässig auf einen Kumpel wartet.

Lennon folgt mir, schließt leise die Tür und sperrt sie ab. Dann läuft er wortlos zur Beifahrerseite und setzt sich in den Wagen. Ich schnippe meine Kippe in eine Pfütze, wo sie zischend verlischt, und steige ebenfalls ein.

Die erste halbe Stunde fahren wir schweigend. Immer wieder linst Lennon zu mir herüber, lässt mich aber in Ruhe vor mich hinbrüten.

»Sollen wir vielleicht drüber reden?«, fragt er schließlich. »Über das, was passiert ist?«

»Wozu?«, frage ich und gebe mich fröhlich und locker. »Wir hatten Sex, es war toll, das war's. Wir sind erwachsen, wen kümmert's?«

Schon die Tatsache, dass es toll war, hätte ich besser weggelassen.

»Mich kümmert es«, sagt er leise. »Du weißt genauso gut wie ich, dass es nicht nur Sex war.«

Du hast es erfasst. Genau das ist das Problem, Lennon. Doch ich schweige.

»Warum verleugnest du das, was zwischen uns ist?«

Weil da nichts ist. Weil da viel zu viel ist. Weil da etwas ist, das ich nicht einordnen kann. Das mir Angst macht. Das ich nicht will. Das in meiner Welt keinen Platz hat.

Meine Hände zittern und ich bin kaum in der Lage, weiter das Lenkrad auf Spur zu halten.

»Was macht das für einen Unterschied?« Meine Stimme bricht. »Ich bin nicht schwul.«

»Ach ja? Bist du das nicht? Was ist so schlimm daran, sich einzugestehen, dass man sich in einen Mann verliebt hat? Ist doch völlig egal, wie man das nennt!«

»Weil es nicht so ist, verdammt!«, brülle ich und schlage gegen das Lenkrad.

Er reagiert nicht, schaut mich nur weiter an, aber ich erwidere seinen Blick nicht. Ich habe Angst vor dem, was ich darin lesen könnte, und starre stur auf die Straße vor uns. Ich fahre viel zu schnell und überhole fluchend einen Schweinelaster. Lennon krallt sich am Haltegriff über dem Fenster fest, kommentiert mein rasantes Beschleunigen aber nicht.

»Wie würdest du denn definieren, was zwischen uns ist? Du spürst die Anziehung doch auch.«

»Was weiß denn ich?«, schreie ich noch lauter, dabei sitzt Lennon gerade mal einen Meter von mir entfernt und das Radio läuft auch nicht.

Ein Speicheltropfen landet auf der Scheibe. »Geilheit? Hormonelle Verirrung? Alkohollaune?«

»Ist es dir peinlich, dich zu einem Mann hingezogen zu fühlen? Du bist doch ein sexuell neugieriger Mensch, oder täusche ich mich?«

»Klar bin ich neugierig. Aber nur bei Frauen. Es ist ...«

Endlich werde ich wieder langsamer und Lennon entspannt sich sichtlich.

»Was?«, fragt er so sanft, dass es mich noch wütender macht.

»Ich bin nicht schwul! Kapier das endlich! Ich will nicht in den Arsch gefickt werden! Ich will ...«

Dich.

Ich will dich.

Diese Erkenntnis flammt auf einmal so klar und so deutlich und übermächtig in mir auf, dass ich keine Luft mehr bekomme. Wieder schlage ich gegen das Lenkrad, reiße das Fenster auf und lasse die kalte Luft mein Gehirn lüften und meine Lungen füllen. Es riecht nach Schnee und Benzin und Verzweiflung.

»Das bedeutet es für dich, einen Mann zu lieben? In den Arsch gefickt zu werden?« Das Letzte spuckt Lennon so abfällig aus, dass ich ein schlechtes Gewissen bekomme. »Liebe ist so viel mehr als nur roher Sex.«

Was faselt er da von Liebe? Er ist ja schlimmer als ein Mädchen, das denkt, wenn man einmal miteinander im Bett war, liebt man sich und heiratet.

»Du sendest widersprüchliche Signale aus, Zane. Willst mich im einen Moment und dann doch nicht. Lockst mich an und stößt mich weg. Kommst zu mir und lässt dir von mir einen blasen, bevor du am nächsten Tag panisch wegrennst und mich dann wieder monatelang meidest. Bist eifersüchtig, wenn ich mit anderen Männern spreche, sagst mir aber bei jeder Gelegenheit, dass du nicht auf Männer stehst.«

Woher weiß er, dass ich eifersüchtig war?

»Wenn du mich nicht willst, musst du mir zugestehen, dass ich nach vorn schaue. Ich will nicht einem Phantom oder einer Fantasie nachrennen.«

»Können wir bitte das Thema wechseln?« Plötzlich fühle ich mich unheimlich erschöpft. Dieses Gespräch führt zu nichts. Nur dazu, dass ich einen Unfall baue. Oder ihn aus dem Auto schmeiße.

Lennon seufzt lange und laut, ist nicht zufrieden mit meiner Antwort. Ich allerdings auch nicht. Aber was soll ich auch sagen?

Dann schweigen wir beide. Ich höre sein Atmen, bin mir seiner Präsenz extrem bewusst. Er hat seine Finger in den Schoß gelegt und gibt vor, ruhig und beherrscht zu sein. Aber seine Daumen zucken und pressen sich immer wieder übereinander. Ich habe keinen blassen Schimmer, wie ich die nächsten Tage unbeschadet überstehen soll.

Die Hütte ist nicht mehr weit entfernt, vielleicht noch dreißig Minuten bei freier Fahrbahn. Es hat angefangen zu schneien. Dicke Flocken fallen stumm und friedlich vom Himmel. Tun so, als wäre alles Friede-Freude-Eierkuchen-Einhorn-Idylle. Sie haben keine Ahnung! In kürzester Zeit sind die Scheibe und die Straße voller Schnee, sodass ich das Tempo drosseln muss, um nicht im Graben zu landen. Es schneit immer heftiger, trotz Scheibenwischer kann ich kaum noch etwas erkennen.

Mein Handy klingelt und ich drücke auf den Knopf für die Freisprecheinrichtung. Coles Stimme dringt blechern und überlaut aus dem Lautsprecher.

»Wo bleibt ihr, Mann? Wir sind schon ewig da. Hier geht gerade die Welt unter. Die Straße hoch zur Hütte ist kaum noch befahrbar.«

»Noch zwanzig Kilometer, dann sind wir unten im Dorf«, informiere ich ihn. »Aber bei dem Schnee brauchen wir ewig. Für die letzten zehn Kilometer haben wir geschlagene eineinhalb Stunden gebraucht.«

Cole gibt ein erschrockenes Geräusch von sich. »No way, Alter. Bis ihr endlich da seid, ist die Straße endgültig dicht.«

Je weiter wir fahren, umso deutlicher wird mir bewusst, dass Cole recht hat. Die schmale unbefestigte Straße zur Hütte hochzufahren, wäre bei diesem Wetter glatter Selbstmord. Mittlerweile hat sich das friedliche Schneien zu einem ausgewachsenen Schneesturm ausgeweitet. Ich hasse so ein Wetter.

»Fuck!«, fluche ich. »Wir müssen uns unten im Ort ein Hotelzimmer nehmen und kommen dann morgen nach, wenn die Straßen hoffentlich wieder befahrbar sind. Habt ihr oben alles, was ihr braucht?«

»Die Koffer und die Essenskiste hast du ja, aber wer braucht schon Klamotten?«, feixt Cole und lacht. Gavins dröhnendes Gackern stimmt aus dem Hintergrund mit ein.

»Wir können uns schon beschäftigen. Wir haben ja die Mädels dabei«, ruft er von irgendwoher.

Ich kann mir ein Augenverdrehen nicht verkneifen. »Ich meinte eher, etwas zu essen.«

»Ach so, ja, die Schränke sind voll mit Dosensuppen und Zwieback. Ist doch cool, wie früher im Ferienlager.« Wieder lacht Cole. Wenigstens haben sie Spaß. Ich dagegen habe eine Heidenangst, weil unser ungeplanter Zwischenstopp bedeutet, dass ich weitere Stunden mit Lennon alleine sein muss.

Karma ist eine Bitch. Denn natürlich gibt es in dem ganzen verdammten Kaff und auch in allen anderen im Umkreis kein freies Hotelzimmer mehr. Nicht ein einziges. Nicht einmal ein Hinterzimmer oder eine Abstellkammer. Selbst mit der goldenen Kreditkarte meines Dads zu winken hat keinen Sinn.

»Seit Stunden versuchen wir, ein Zimmer zu bekommen. Wir können doch nicht bei dem Wetter im Auto schlafen. Sie sind schuld, wenn wir erfrieren!«, brülle ich das arme Mädchen hinter dem Tresen an. Dabei kann sie gar nichts dafür. Sie ist ja nicht Petrus und hat den Schneesturm bestellt. Das zwanzigste Hotel, und alles ausgebucht. Ich kotze gleich.

Lennon legt mir beruhigend die Hand auf den Unterarm. Ich will mich aber nicht beruhigen, verdammt! Wenn wir nicht gleich ein Zimmer bekommen, bringe ich jemanden um. Oder miete mir ein Schneemobil und fahre damit zur Hütte hoch.

»Gibt es denn gar keine Möglichkeit, Ma'am?« Lennon setzt ein breites Verführerlächeln auf. Holla! Das ist quasi genau mein Gesichtsausdruck, wenn ich eine Frau rumkriegen will.

Sie senkt den Kopf und kichert. Funktioniert hervorragend, Dr Green. Irgendwie bin ich stolz auf ihn. Wenn du wüsstest, Süße, dass er auf Schwänze steht, nicht auf dich.

Hektisch tippt sie auf ihrem Computer herum, die Wangen gerötet, weil Lennon sich über den Tresen beugt und ihr etwas ins Ohr flüstert. Dafür, dass er stockschwul ist, ist er Profi im Frauenanbaggern. Vermutlich ist das Flirten mit Männern gar nicht viel anders. Mein Blick wird von seinem Rücken angezogen. In dieser vorgebeugten Stellung kommt sein Hintern fantastisch zur Geltung. *Konzentration, Zane.*

Lennon bettet sein Kinn in die Hände, die Ellbogen verflucht nah neben der Empfangstussi aufgestützt, und sieht sie mit sexy trägem Schlafzimmerblick an.

Sie räuspert sich. »Ich hätte da vielleicht was. Allerdings mit nur einem Einzelbett.« Sie verzieht entschuldigend ihre rot geschminkten Lippen.

»Das wäre wunderbar.« Lennon starrt auf ihren Busen. Nein, auf ihr Namensschild, denn er fügt mit Verführerstimme hinzu: »Megan. Wenn Sie uns eine zweite Garnitur Decken und Kissen ausleihen, schlafe ich auf dem Boden. Ich mag es gern etwas härter.«

Sie wird rot und kichert hinter vorgehaltener Hand, dann beugt sie sich über den Tresen. »Aber nicht verraten. Es ist der Raum, in dem wir Mitarbeiter uns während der Nachtschicht ausruhen dürfen. Es gibt sogar ein kleines Bad. Aber wenn das rauskommt, bin ich meinen Job los«, wispert sie und unwillkürlich erinnert sie mich an den Typen aus der Sesamstraße, der immer heimlich Dinge unter seinem Mantel hervorzieht.

Lennon verschließt seine Lippen mit einem imaginären Reißverschluss. »Das bleibt natürlich unter uns, versprochen, Megan. Sie retten uns zwei vor einem fürchterlichen Kältetod«, raunt er. »Wie kann ich mich erkenntlich zeigen?«

Sie reißt die Augen auf. Ich kann nur staunen, wie professionell er seine Show abzieht. Besser hätte ich es auch nicht hinbekommen. Auf eine kranke Art macht mich sein aggressives Flirten ziemlich heiß.

»Vielleicht mit Ihrer Telefonnummer?«, piepst sie.

Mit einem süffisanten Grinsen langt Lennon über die Theke nach einem Stift. Dann nimmt er ihre Hand und schreibt eine Nummer auf ihren Unterarm. Es ist nicht seine. Sie mustert die Zahlen auf ihrer Haut und strahlt übers ganze Gesicht, als habe sie soeben den Hundert-Millionen-Dollar-Jackpot gewonnen.

Wir folgen Megan durch die Katakomben des Hotels zu einer Tür am Ende eines dunklen Ganges.

»Respekt«, flüstere ich Lennon im Gehen zu und klopfe ihm auf die Schulter. Er grinst schüchtern und stolz zugleich.

Mit einer Magnetkarte öffnet Megan die Tür. »Wenn Sie rausgehen, müssen Sie darauf achten, dass die Tür nicht zufällt. Sonst kommen Sie ohne meine Karte nicht mehr hinein.«

Drinnen erwartet uns ein Bett, das schmaler ist als eine Gefängnispritsche. Der ganze Raum ist insgesamt nicht viel größer als mein eigenes Kingsize-Bett zu Hause und zudem auch noch fensterlos, nur eine mickrige Lampe strahlt gelbliches Licht aus. Es gibt eine kleine Ablage mit zwei Büchern, einen Spiegel und eine Tür, die vermutlich zu dem vorhin erwähnten Bad führt. Aber besser, als die Nacht im Auto verbringen zu müssen. Es riecht sauber, das leise Surren einer Lüftung ist das einzige Geräusch, ansonsten ist es beinahe gruselig still.

Megan zieht eine Box unter dem Bett hervor und holt eine zweite Decke und ein Kissen heraus, die sie Lennon reicht. Ich bin sicher, sie müsste ihn dabei nicht anfassen, aber er wehrt sich nicht. Eine Welle der Eifersucht durchfährt mich und ich überlege, ob ich meine Hand auf seinen Po legen soll, um mein Revier zu markieren. Aber er gehört mir nicht.

Megan lächelt noch einmal und ich drücke ihr zum Dank einen Fünfzigdollarschein in die Hand. Dann ist sie weg.

Unschlüssig stehen wir in größtmöglichem Abstand in dem winzigen Zimmer herum. Was bedeutet, dass ich mich an die Wand lehne, Lennon dagegen im Türrahmen verharrt.

»Lass uns schlafen, es ist schon spät«, sage ich lahm. Dabei ist es erst kurz nach sieben. Wir sind doch keine Kindergartenkinder. Aber verlassen können wir dieses Loch ja ohnehin nicht. Da ist schlafen immer noch besser als vielleicht wieder reden zu müssen. Dazu habe ich momentan keinen Nerv. Lennon überbrückt die zwei Schritte zum Bad und schlüpft hinein. Die Tür lehnt er nur an. Ich höre ihn pinkeln, dann die Spülung und Wasserrauschen.

»Es gibt nur ein Handtuch«, sagt er, als er zurückkommt. »Und das ist offensichtlich nicht frisch.« Er verzieht angeekelt das Gesicht, hebt seinen Arm und riecht unter der Achsel. Offenbar ist der Geruch aushaltbar, denn er zuckt die Schultern und scheint zufrieden. »Sorry, mit Handtüchern, die nicht meine sind, bin ich etwas eigen. Ich werde also das Duschen ausfallen lassen.«

»Passt schon. Ich auch.«

Wir grinsen uns dämlich an. Ich benutze auch keine fremden Handtücher. Und außerdem habe ich keine Lust, mich jetzt nackt auszuziehen. *Er wird dich schon nicht vergewaltigen, Zane. Komm mal runter!*

Wie selbstverständlich nimmt sich Lennon das Ersatzbettzeug und bereitet sich damit ein Nest auf dem Boden.

»Ich kann auch auf dem Boden schlafen«, biete ich an. Doch er besteht darauf, also lasse ich ihn.

Komplett angezogen legen wir uns auf unsere Lager. Das Licht flackert unangenehm, aber es zu löschen, würde komplette Dunkelheit bedeuten. Ich verschränke die Hände im Nacken und starre an die Decke, Lennon rutscht herum, bis er eine bequeme Stellung gefunden hat, und rollt sich auf die Seite. Seine Finger steckt er unters Kissen. Wieder schweigen wir und hängen unseren Gedanken nach.

»Meine erste Wohnung war auch in etwa so. Vielleicht noch ein bisschen kleiner.« Lennon lacht. Was ist daran witzig, in einer Streichholzschachtel zu wohnen? »Was Besseres konnte ich mir nicht leisten.«

Solche Probleme kenne ich nicht. Ich hatte immer genug Geld und werde mir nie Gedanken darüber machen müssen, etwas nicht bezahlen zu können.

»Wart ihr so richtig arm?« Obwohl ich schon lange mit Gavin befreundet bin, habe ich noch nie mit ihm über solche Themen geredet. Eigentlich über gar nichts Ernstes, wenn ich genauer darüber nachdenke. Ich drehe mich auch auf die Seite und schaue Lennon von oben an. Das ist komisch, weil es auf unangenehme Art unsere Stellung in der Gesellschaft widerspiegelt. Der reiche Schnöselsohn, der von oben herab auf die arme, kinderreiche Familie blickt. Doch Lennon scheint das nicht zu stören. Er kichert. Cole kichert auch oft, bei ihm hört sich das dämlich und kindisch an, bei Lennon irgendwie schön.

»Wir waren nicht arm. Nur nicht reich. Ganz normal eben. Meine Eltern konnten nicht allen das College bezahlen. Dafür hat jeder eine Reise bekommen. Wir hatten alle Stipendien. Oder haben, wie Gavin.« Er dreht sich auf den Rücken und verschränkt die Arme hinter dem Kopf. »Natürlich hätte ich mir manchmal mehr Luxus gewünscht. Aber im Grunde hatte ich alles, was ich zum Glücklichsein brauchte. Eine tolle Familie mit manchmal seltsamen und exzentrischen, aber großartigen Eltern, wunderbaren Geschwistern und einem Leben, das mir Freude macht und mich ausfüllt.«

Wenn es immer so einfach wäre ... Ich muss mir eingestehen, dass ich auf gewisse Weise neidisch auf ihn bin. Er ist frei. Wenn ich das Leuchten seiner Augen sehe, wenn er über sein Leben spricht, würde ich mein ganzes verdammtes Geld hergeben, nur um einmal das Gleiche zu fühlen. Aber ich habe keine tolle Familie, die mir hilft, mich zu entfalten. Ich habe Grant Wellington und eine Mutter, die mich zwar liebt, der aber ihre Maniküre schon immer wichtiger war als ihr einziges Kind.

Lennon dreht sich auf den Bauch und stützt sein Kinn auf die gefalteten Hände. »Ich bin auch jetzt nicht reich. Will es auch gar nicht sein. Muss anstrengend sein, so viel Geld zu haben.«

Das Licht flackert und verlischt. Na toll. Es ist dunkel und still. Trotzdem fühle ich mich ihm unendlich nahe, obwohl wir uns nicht bewegt haben. Und obwohl wir aus völlig verschiedenen Welten stammen. Nach wenigen Sekunden springt das Licht mit einem Schnarren wieder an. Wegen der plötzlichen Helligkeit muss ich blinzeln.

»Erzähl mir von deiner Familie«, bittet Lennon und stützt sich auf seine Ellbogen, als wolle er Liegestützen machen. Er sieht ehrlich interessiert aus.

Ich zucke die Schultern. »Da gibt es nicht viel zu erzählen. Mein Dad ist ein Arsch, meine Mom lässt sich von ihm unterdrücken und verprasst sein Geld. Er hat einen Arsch voll Kohle und ich werde die Firma übernehmen. Das war's.«

Lennon lässt sich auf den Rücken fallen. »Willst du das denn?«

»Was?«

»Die Firma übernehmen?«

Ich lasse meinen Arm aus dem Bett baumeln und spiele mit einer Staubmaus. »Was ich will, steht nicht zur Debatte. Stand es nie. Die Jahre auf dem College sind quasi meine Schonfrist.« Außer Ethan und Cole ist er der Erste, dem ich das erzähle.

»Und was würdest du tun, wenn du die Wahl hättest?« Lennon setzt sich auf, zieht die Beine an und schlingt die Arme um sie, sein Kinn bettet er auf die Knie. Jetzt sind wir auf Augenhöhe. Seine grünbraunen Augen mustern mich und sein Blick dringt in mich ein, als könne er bis in mein Innerstes sehen.

»Ich habe mir noch nie wirklich Gedanken gemacht, was ich will. Weil es nie Thema war. Ich wüsste auch gar nicht, was ich machen könnte. Ich kann eigentlich nichts. Ich bin nicht so schlau wie Ethan oder so sportlich wie Cole. Ich habe keine Geschwister, an denen ich mich orientieren kann, die mir helfen, mich zu finden, wie in deiner Familie.« Ich lache tonlos. »Das Einzige, was ich kann, ist Frauen aufreißen und mich betrinken.« So deutlich habe ich es noch nie ausgesprochen. Ich bin ein verdammter Versager.

»Jeder kann irgendwas besonders gut«, widerspricht Lennon.

»Ich nicht.«

»Doch, auch du. Du bist ein wundervoller Mensch. Wenn du so ein

152

nutzloser Arsch wärst, wie du dich beschreibst, wären Ethan und Cole sicher nicht mit dir befreundet. Und ich hätte ...« Er unterbricht sich und wendet den Blick ab.

»Was?«, flüstere ich. Ich ahne, was die Antwort ist, aber ich will sie aus seinem Mund hören.

»Ich hätte mich nie in dich verliebt«, bestätigt er noch leiser.

Fuck. Er darf sich nicht in mich verlieben. Weil wir nie ein Paar sein werden. Nur unser Atmen und das leise Surren der Klimaanlage sind zu hören.

»Ich kann nicht«, sage ich, versinke in seinen Augen, sehe den Schmerz und die Fragen, die darin liegen.

»Warum? Warum fällt es dir so schwer, dir einzugestehen, dass du auch etwas für mich empfindest?«

»Ich weiß es nicht.« Das ist die Wahrheit. Und ich habe eine fucking Angst, dass meine Gefühle noch tiefer werden könnten. Es geht nicht, meine Zukunft gibt es nur ohne ihn. Nichts anderes würde mein homophober Arschlochdad zulassen. Ich würde alles verlieren.

Lennon atmet hörbar aus, wirkt so traurig, dass ich ihn am liebsten in den Arm nehmen und trösten will. Aber ich befürchte, dass ich ihn dann nicht mehr loslassen würde. Je länger wir in diesem kleinen Raum eingesperrt sind, umso mehr überrollen mich meine Gefühle. So viele unterschiedliche Gefühle. Angst. Bedauern. Erregung. So viele Fragen. Ablehnung. Sehnsucht. Und das Schlimmste: die Erkenntnis, dass er recht hat. Es war nicht nur Geilheit. Nicht nur ein belangloser One-Night-Stand, der längst abgehakt ist. Es war so viel mehr.

Das Wort *Liebe* blinkt in Leuchtbuchstaben vor meinen Augen und lacht mich aus. Ich habe mich noch nie verliebt. Natürlich war ich schon verknallt. Aber nichts war wie das, was er in mir auslöst. Trotzdem bin ich nicht bereit, es zuzulassen. Weil er ein Mann ist? Weil ich meinem Dad höriger bin, als ich zugebe? Weil ich Geld über Liebe stelle? Weil ich gar nicht weiß, wie man eine Beziehung führt?

Ich habe keine Ahnung von Liebe, schon gar nicht zu Männern. Und ich bin nicht schwul. Ich will nicht schwul sein. Doch meinem Körper und meinem Herzen ist es egal, was ich will. Sie wissen beide nur, dass die eine Nacht mit Lennon besser und verändernder war als alles, was ich bisher erlebt habe. Obwohl im Grunde gar nicht viel passiert ist. Wir haben uns gegenseitig befriedigt. Sonst nichts. Wie muss dann erst richtiger Sex mit ihm sein?

Lennon hebt die Hand und bewegt sie zu meiner, lässt sie aber dann wieder sinken. »Empfindest du denn gar nichts für mich?«

Doch, das tue ich. Genau das ist ja das verdammte Problem.

»Lennon«, beginne ich, weiß aber nicht, was ich sagen soll.

»Es ist kein Verbrechen, sich in einen Mann zu verlieben.«

»Ich weiß. Aber ich ...« Wieder beende ich den Satz nicht. »Unsere gemeinsame Nacht war kein Fehler. Ich bereue keine Sekunde davon«, sage ich, ohne darüber nachzudenken.

Er lächelt, aber es sieht traurig aus. »Ich würde mir wünschen, dass du irgendwann für dich eine Antwort findest, ob du mutig genug bist, dich deinen Gefühlen zu stellen, und ob du mit mir zusammen sein möchtest.«

Ich hätte jetzt so gern eine Zigarette. Aber erstens sind die im Auto und zweitens würden wir innerhalb von wenigen Minuten hier drin ersticken.

»Bis du weißt, was du willst, werde ich dich nicht mehr bedrängen oder auf dieses Thema ansprechen.« Lennon lächelt wieder, diesmal zaghafter. »Kannst du damit leben? Du denkst nach und ich warte.«

Ich schnaube. »Zwei Dinge, die wir nicht besonders gut können, schätze ich.«

Aber das stimmt nicht. Mittlerweile wartet er wirklich schon ewig. Von Minute zu Minute in seiner Gegenwart bröckelt meine Abwehr. So nah bei ihm zu sein, macht es mir verflucht schwer, bei mir zu bleiben.

»He, es ist zwölf«, sagt Lennon auf einmal in die Stille hinein. »Du hast Geburtstag.«

Eigentlich kein Grund zum Feiern, denn es bringt mich nur näher an den Abgrund. Noch zwei Jahre bis zur Hölle.

»Alles Gute, Zane.« Er springt auf. »Warte.«

Aus seiner Jacke fummelt er sein Handy und tippt darauf herum. Die Melodie von »Happy Birthday« erklingt und Lennon singt mit erstaunlich klarer Stimme den Text dazu. Als er fertig ist, hält er mir das Display hin. Darauf ist ein Kuchen mit einer einzigen Kerze zu sehen.

»Ausblasen und etwas wünschen«, befiehlt er.

Zwar komme ich mir ein wenig albern vor, auf ein Handy zu pusten, tue es aber trotzdem. Sofort geht die virtuelle Kerze aus. Ich lache erschrocken und amüsiert.

»Die App hat mir Ocean zu meinem Geburtstag geschickt. Cool, oder?«

Ich nicke begeistert und grinse breit. Ich glaube, das ist der schönste Geburtstag meines Lebens.

»Was hast du dir gewünscht?«

Ein Leben, in dem ich ich sein darf. In dem ich mir eingestehen kann, einfach so, dass ich möglicherweise in einen Mann verliebt bin. Und ich habe mir gewünscht, dass er wieder diese Sache mit seiner Zunge an meinem Schwanz macht. Aber Wünsche auszusprechen bedeutet, dass sie nicht wahr werden. Deswegen grinse ich nur süffisant.

Lennon

Irgendwann sind wir anscheinend doch eingeschlafen. Das Licht brennt noch und blendet mich, als ich mühsam meine Augen öffne. Mein ganzer Körper tut weh. Man sollte eben nicht die ganze Nacht auf dem Boden verbringen.

Erst jetzt registriere ich, dass ich im Schlaf so nah ans Bett gerutscht bin, dass ich mit dem Kopf an einen der Pfosten stoße. Zane liegt ebenfalls ganz am Rand, auf dem Bauch, seine Schulter inklusive Arm hängen schlaff herab über meiner Hüfte, als wollte er mich umarmen. Das Gesicht ist mir zugewandt, seine Züge entspannt. Damit ich ihn nicht wecke und noch eine Weile betrachten kann, bewege ich mich nicht, genieße seine Berührung, von der ich nicht weiß, ob sie nur aus Versehen passiert ist oder weil er meine Nähe sucht.

Zane schnarcht mit geöffnetem Mund leise vor sich hin, sein Atem regelmäßig. Seine ansonsten so perfekte Frisur ist komplett zerstört und eine Strähne hängt ihm in die Augen. Vorsichtig streiche ich sie weg. Seine Stirn zuckt und er grummelt, wacht aber nicht auf. Stattdessen wird sein Griff fester, seine Hand wandert unter mein T-Shirt und bleibt dort liegen.

Wären wir in einer Liebesschnulze, würde er jetzt im Traum meinen Namen sagen. Er würde aufwachen, meinem Blick begegnen und wir würden uns küssen, bis uns schwindlig wird. Aber das hier ist leider nur die Realität.

Die meisten tun sich schwer, sich zu outen. Das ist ganz normal, schließlich weiß man nie, wie das Umfeld reagiert. Selbst im 21. Jahrhundert noch. Damit kann nicht jeder gleich gut umgehen. Wird man gemieden? Ausgestoßen? Begafft? Oder doch akzeptiert? Selbst vermeintlich tolerante Menschen können sich plötzlich seltsam benehmen. Meiner Familie war es von Anfang an völlig egal, sie hat mich nie für meinen Lebensstil verurteilt. Aber – man kann es nicht schönreden – als Homosexueller ist man immer noch in gewisser Weise ein gesellschaftlicher Sonderling. So traurig das ist, selbst in einer Stadt wie San Francisco.

Trotzdem, wie Zane sich anstellt, ist nicht normal. Seine vehemente Ablehnung ist schon fast krankhaft übertrieben. Ich habe Hemmungen und Ängste bei Männern, die ihre homosexuellen Seiten und Wünsche entdecken, schon erlebt, aber nie so extrem. Man könnte meinen, er hätte so exzessiv Frauen nachgejagt, um ja nicht darüber nachdenken zu müssen, ob er nicht vielleicht etwas anderes will. Er klammert sich so sehr am angeblich Normalen fest, dass er keine Möglichkeit sieht, jemals davon abzurücken.

Ich sollte ihn vergessen. Es ist *sein* Problem, dass er sich seine Neigungen nicht eingesteht, nicht meins. Aber im Grunde ist es eben doch meins, weil ich mich nun mal in ihn verliebt habe. Wenn ich nicht alle

Hoffnung aufgeben will, muss ich ihm die Zeit lassen, die er braucht. Nur weiß ich nicht, wie lange ich das Warten noch durchstehe.

Kapiert er nicht, dass es nicht darauf ankommt, welches Geschlecht der Mensch hat, den man liebt? Er ist doch nicht pädophil oder bricht nachts in die Gerichtsmedizin ein, um Sex mit Leichen zu praktizieren. Hoffe ich doch mal. Er ist schlicht und einfach schwul. Oder bi. Oder verliebt. In einen Typen. In mich.

Jemand klopft. »Lennon? Zane? Sind Sie wach?«, höre ich gedämpft durch die Tür. »Ich komme jetzt rein.«

»Wer stört?«, grummelt Zane und zieht sich mit der Hand, die nicht unter meinem T-Shirt steckt, das Kissen über den Kopf.

Ein paar Augenblicke später steht Megan vor uns. Ihr Blick ruckt zu Zanes Hand und zu meinem halbnackten Bauch. Meine Morgenlatte registriert sie vermutlich auch.

»Sie müssen jetzt gehen, die Tagschicht kommt gleich und darf Sie hier nicht finden«, sagt sie zickiger als gestern noch. Entweder ist sie müde oder angepisst oder beides. Bei Frauen weiß man ja nie so genau, warum sie gerade schräg drauf sind. »In fünf Minuten müssen Sie weg sein.«

Sie rauscht hinaus und lässt die Tür offen stehen.

Vorsichtig berühre ich Zane an der Schulter. Ich könnte ihn auch wachküssen, aber das wäre zu aufdringlich. Ich habe mir schließlich vorgenommen, darauf zu warten, dass er den nächsten Schritt macht. Weil er nicht reagiert, rüttle ich stärker, was ihn zwar endgültig aufweckt, aber auch dafür sorgt, dass er seine Hand unter meinem Shirt hervorzieht, um sich auf den Ellbogen abzustützen. Mit den Handflächen reibt er sein Gesicht und gähnt ausgiebig.

»Wir müssen verschwinden«, informiere ich ihn. Während ich mich anziehe und unsere herumliegenden Sachen einsammle, schlurft er ins Bad. Dann hockt er sich zurück aufs Bett und beobachtet mich unter halb geschlossenen Lidern, wie ich hektisch mein Handy in die Jackentasche stopfe und die Decke zusammenfalte.

»Warum hetzt du denn so?«

»Wir haben Megan versprochen, dass wir bei Schichtwechsel abhauen.«

»Du hast das versprochen.« Zane gähnt mit offenem Mund. »Ich hatte gar nichts zu melden, Mister Frauenaufreißer.« Er grinst, muss aber sofort wieder gähnen.

Er ist unheimlich süß, wenn er so verschlafen ist. Ich kann nicht anders, ich muss ihn einfach berühren. Also nehme ich sein Gesicht in meine Hände, streife mit den Daumen über seine Augenringe und küsse ihn leicht auf die Stirn. Er versteift sich kurz, schließt jedoch die Lider und kommt mir etwas entgegen. Als ich mich löse und aufrichte, greift er nach meinem Handgelenk und zieht mich wieder zu sich herunter.

»Worüber wir gestern geredet haben und dass ich mir das mit uns überlege und so, das bleibt aber unter uns, ja?« Er schaut mich so flehend an, dass ich automatisch nicke.

»Denkst du nicht, dass Ethan und Cole Verständnis dafür hätten?«

Er atmet stoßweise aus und lässt mich los. »Lass uns einfach hier abhauen und zu den anderen fahren, okay?«

»Okay.«

Warum muss er nur so verdammt engstirnig sein? Aber es muss schon ein großes Zugeständnis für ihn sein, dass er darüber nachdenken will, was er fühlt und wie er zu mir steht. Hoffentlich ist das kein leeres Versprechen und er tut es auch.

Das Wetter ist aufgeklart, sogar die Sonne scheint, obwohl es noch früh ist. Die Straßen sind weitgehend frei. Zane versucht, jemanden auf der Hütte zu erreichen, aber offenbar schlafen alle noch. Würde ich auch, wenn ich nicht von einer Angestellten rausgeschmissen worden wäre.

»Ich brauche erst einmal einen Kaffee. Vielleicht finden wir in der Zwischenzeit auch raus, ob die Straße zur Hütte wieder passierbar ist.« Zane schnüffelt an seinem Pulli, rümpft die Nase, zuckt dann die Schultern und grinst. Ich rieche vermutlich auch nicht besser, aber auf der Straße oder im eiskalten Wagen werde ich mich sicher nicht umziehen. Duschen und Zähneputzen müssen bis zur Hütte warten.

Wir steuern das Café auf der anderen Straßenseite an, von dem Zane behauptet, dort gäbe es die besten Pancakes der Welt. Noch besser als die von seiner Haushälterin Marita. Dachte ich mir schon, dass er mit Angestellten aufgewachsen ist.

»Guten Morgen, Zane«, wird er drinnen herzlich von der Bedienung begrüßt. »Lange nicht mehr gesehen.«

»Tja, Süße, habe eben so viele Verpflichtungen.« Er zwinkert ihr zu. Sie ist sicher schon vierzig oder noch älter, aber so vertraut, wie die beiden miteinander umgehen und wie sie ihm ihre Brüste entgegenstreckt, ist die Wahrscheinlichkeit groß, dass sie ihm auch in anderen Bereichen zu Diensten war. Ich mag sie nicht.

»Seid ihr oben auf eurer Hütte?«

Zane nickt. Die beiden plaudern eine Weile, bis ich sie unterbreche.

»Kann ich jetzt bitte bestellen?«, blaffe ich sie an. Sie hebt eine Augenbraue und tippt mit dem Stift auf ihren Block.

»Wer ist denn dein miesepetriger Freund?«, fragt sie Zane und zeigt mit dem Kuli auf mich.

Miesepetrig? Im Ernst? Pass auf, du Landschnepfe, dass ich dir den Stift nicht ins Auge ramme. *Durchatmen, Lennon. Ihr seid nicht zusammen, du hast kein Recht auf ihn allein.*

»Süß ist er ja schon irgendwie, aber an seiner Freundlichkeit könnte er noch arbeiten.« Sie zieht beleidigt eine Schnute. Von Minute zu Minute wird sie mir unsympathischer. Wenn der Kaffee jetzt genauso schmeckt, wie sie blöd ist, muss ich jemanden ermorden. Vorzugsweise sie.

»Wir hatten wegen des Mistwetters eine harte Nacht. Sorry, Süße. Kannst du uns beiden bitte Kaffee bringen und zwei Teller eurer legendären Pancakes?«

Sie nickt und tippelt davon, nicht ohne mir vorher noch einen eindeutig strafenden Blick zuzuwerfen.

»Hast du sie gevögelt?«, frage ich, sobald sie weg ist. Ich kann es mir nicht verkneifen.

Zane spielt mit dem Salzstreuer, dreht ihn hin und her und schüttet eine schmale Salzstraße auf den Tisch. Mit den Fingern malt er darin Kreise und Linien.

»Ist schon ewig her. Da war ich noch mit meinen Eltern hier.«

Ein paar Augenblicke schweigen wir, sehen beide bewusst in unterschiedliche Richtungen. Er kaut auf dem Nagel seines kleinen Fingers herum.

»Wieso willst du so etwas wissen?«, fragt er plötzlich ungewohnt sanft.

Weil ich mich selbst quälen will?

Über den Tisch hinweg greift er nach meiner Hand. »Denk nicht drüber nach.«

Er nimmt seine Hand wieder weg und wartet, während die Bedienung unsere Bestellung auf dem Tisch abstellt. Diesmal beachtet er sie nicht, murmelt nur ein kurzes Danke, ohne sie anzusehen, und schüttet Milch und Zucker in seinen Kaffee. Natürlich schmeckt der genauso ekelhaft wie befürchtet. Aber ganz ohne stehe ich den Tag nicht durch. Vor allem nicht in Zanes Anwesenheit.

»Ich habe mein ganzes Leben lang Frauen gevögelt«, platzt er heraus, ohne dass ich danach gefragt hätte. »Ich habe nie auch nur einen einzigen Gedanken daran verschwendet, mit Männern ...« Er senkt den Kopf und zerhackt seine Pancakes mit der Gabel in winzige Stücke. »Ich war so mit den Mädels beschäftigt, dass ich überhaupt nicht auf die Idee kam, dass es noch etwas anderes geben könnte. Und es war ja nicht so, dass ich mich zu Sex mit ihnen zwingen musste oder es keinen Spaß machte.« Er grinst zweideutig.

»Wir müssen nicht weiter darüber sprechen. Ich halte mein Wort und warte, bis du eine Entscheidung getroffen hast. Und egal welche, ich werde sie akzeptieren. Auch wenn es mir schwerfällt und wenn ich immer noch nicht weiß, was dich nun wirklich davon abhält. Denn wenn ich dein Verhalten richtig deute, liegt dir etwas an mir. Du fühlst dich sowohl menschlich als auch sexuell von mir angezogen. Dir hat es gefallen, was wir miteinander getrieben haben, und da ist etwas zwischen uns. Etwas, das sich nicht so einfach ignorieren lässt. Also gibt es rational gesehen keinen Grund, sich so extrem zu wehren.« Ich hebe einen Finger, um ihn zu stoppen, weil er etwas erwidern will. »Geh in dich und werde dir darüber klar, was du willst. Mich oder eben nicht mich. Dein eigenes Leben oder das, was dir vorgeschrieben wird. Wenn du zu dem Entschluss kommst, dass es nur ein einmaliges Irgendwas war, muss ich damit leben, aber ich will endlich Klarheit. Dieses ewige Hin und Her ist so anstrengend. Ich kann das nicht mehr lange.« Während ich rede, hat er seinen Blick auf den Teller gerichtet und schiebt seine Frühstücksfetzen zu einem Vulkan zusammen. »Ich weiß genau, was ich will. Ich will dich. Auch wenn du ein verdammtes homophobes Arschloch bist, das seit Monaten um mich herumschwänzelt und mich trotzdem am ausgestreckten Arm verhungern lässt.« So deutlich habe ich es noch nie ausgesprochen. Aber er widerspricht nicht, also kann ich nicht ganz so falschliegen. »Entscheide dich endlich für eine Richtung. Mit mir oder ohne mich. Aber sag's endlich. Dann kann ich meinen eigenen Weg weitergehen.«

Von der langen Rede habe ich einen ganz trockenen Mund. Deswegen stürze ich gierig meinen Ekelkaffee hinunter. Hunger habe ich keinen mehr, trotzdem zwinge ich mich, wenigstens ein paar Gabeln Pancakes zu essen. Ich weiß, dass mein Kreislauf sonst spätestens in einer Stunde schlappmacht. Unterzuckert bin ich nervlich noch labiler, als mich Zane ohnehin schon sein lässt.

Zane hebt sein Kinn und sieht mir ernst in die Augen. »Okay.« Er nickt. »Du hast mit allem, was du mir vorwirfst, recht. Und das verwirrt mich.« Er schluckt und senkt seinen Blick, bohrt mit dem Ende der Gabel ein Loch in die Vulkanspitze und gießt Ahornsirup hinein. Stumm beobachten wir, wie die zähe Flüssigkeit wie Lava an den Seiten herunterrinnt. »Für mich ist das alles auch nicht leicht. Ich werde darüber nachdenken«, wispert er und schiebt den Teller von sich. Er schaut zu mir auf. »Versprochen.«

Ohne weitere Worte sitzen wir uns gegenüber. Immer wieder blickt die Bedienung zu uns herüber. Man sieht ihr an, dass sie sich fragt, was zwischen uns läuft. Auch wenn es mich beinahe zerreißt, muss ich ihm jetzt Zeit zugestehen. Aber zumindest habe ich meinen Standpunkt noch einmal deutlich gemacht. Er soll wissen, woran er ist. Es reicht, wenn einer seinen Gefühlen aus dem Weg geht.

Fast gleichzeitig klingeln unsere Handys.

»Autumn«, lese ich vor.

»Cole«, sagt Zane.

Beide drücken wir den grünen Knopf und nehmen das Gespräch an. Zane steht auf und geht ein paar Schritte zur Seite, während ich am Tisch sitzen bleibe und meine Schwester auf den neuesten Stand bringe. Allerdings nur bezüglich unseres nächtlichen Schlafplatzes und dass wir gerade frühstücken und dann zur Hütte hochfahren wollen. Alles andere lasse ich aus. Sie hat derzeit schon genug mit sich selbst zu tun. Außerdem habe ich Zane versprochen, dichtzuhalten.

Gerade als ich auflege, kehrt auch Zane an unseren Tisch zurück.

»Die Straße nach oben ist frei, sagt Cole.«

Ich nicke. »Ich weiß.«

»Wollen wir los?« Er klingt unsicher.

»Willst du denn noch, dass ich mitkomme? Oder möchtest du lieber ... ohne mich nachdenken?«

Aus seiner Hosentasche fischt er zwanzig Dollar und legt sie auf den Tisch. »Ich habe vor allem keinen Bock, allein Ski zu fahren. Deswegen gibt es gar keine Diskussion.« Er lacht, diesmal sein gelöstes, fröhliches, offenes Zane-Lachen. Wenn er das benutzt, kann man ihm ohnehin nichts abschlagen. »Also, kneifen ist nicht.«

Er streckt mir seine Hand hin und zieht mich hoch. Dann nimmt er meine Jacke, lädt sie mir auf den Arm und schiebt mich hinaus.

Die Fahrt hinauf zur Hütte verläuft weitgehend schweigend. Die Landschaft um uns herum ist wunderschön. Die Bäume sind voller Schnee, der in der Sonne glitzert, und ab und zu rieselt etwas auf die Scheiben. Beinahe kitschig. Zane summt ein Lied aus dem Radio mit und trommelt dabei den Rhythmus auf dem Lenkrad.

»Wir sind da.«

Ich war so in Gedanken, dass ich gar nicht gemerkt habe, dass wir angehalten haben. Vor uns steht eine riesige Blockhütte in Luxusversion, mit einer Veranda, die sich ums ganze Gebäude zieht, und einem Balkon mit Blick aufs Tal.

Wir sind noch gar nicht ausgestiegen, da kommen die anderen aus dem Haus. Cole trägt Autumn huckepack, was er wegen seines Knies besser lassen sollte. Doch beide lachen so glücklich, dass ich meine Arzt-Klugscheißer-Gedanken beiseiteschiebe. Ethan hält Claire an der Hand und trägt Rose unter dem Arm, die einen rosa Mantel anhat. Gavin schlendert mit den Händen in den Hosentaschen hinterher, seine Freundin wartet mit zickigem Gesichtsausdruck auf der Veranda. Cole lässt seine Liebste den Rücken hinuntergleiten und zieht Zane und mich nacheinander in eine Umarmung. Dabei quetscht er mich so fest, dass ich keuchen muss und er mir beinahe die Rippen bricht. Dann klopft er mir so heftig auf den Rücken, dass ich gegen das Auto stolpere. Hoffentlich ist er bei Autumn ein wenig vorsichtiger.

Gavin gackert dämlich. »Mein Bruder hält nichts aus. Pussy!« Auch er umarmt mich, allerdings nur einarmig. Ethan gibt mir wie immer förmlich die Hand und Claire berührt mich an den Oberarmen und haucht mir rechts und links ein Küsschen auf die Wangen. Als Letztes rennt Autumn auf mich zu, springt in meine Arme und schlingt ihre Beine um meine Hüfte. Zane ergeht es nicht besser. Wir werden begrüßt, als wären wir wochenlang im Wald verschollen gewesen.

»Dr Green, willkommen in der Casa Wellington«, sagt Zane mit gespielt hochnäsiger Stimme und zeigt mit einer ausladenden Handbewegung auf die Hütte. »Darf ich Sie und die anderen Herrschaften hereinbitten?«

Ich deute eine Verbeugung an und grinse zurück. »Aber gerne doch, Mr Wellington.«

Autumn kichert, Cole runzelt die Stirn und sieht zwischen uns hin und her. Gavin ist zu seiner Freundin zurückgegangen und führt sie nach drinnen. Ethan und Claire beschäftigen sich mit der zitternden Rose, die vor Aufregung in den Schnee auf der Veranda gepinkelt hat.

Gemeinsam laden wir das Gepäck aus, Zanes Ski und mein Snowboard stellen wir in den Schuppen neben dem Wohnhaus. Drinnen empfängt uns eine wohlige Wärme, das Kaminfeuer prasselt. Ich komme mir vor wie an einem Filmset.

»Wehe, einer von euch schläft in meinem Zimmer!«, droht Zane den anderen und setzt eine böse Miene auf.

Ethan schüttelt mit geschlossenen Augen den Kopf. »Natürlich nicht. Würden wir nie wagen.«

»Ich schon«, gackert Cole. »Aber ich bin ja brav.« Er lacht laut, als hätte er einen wahnsinnig tollen Witz gemacht, und Autumn haut ihm tadelnd auf den Arm. Als Reaktion zieht er sie an sich und küsst sie ausgiebig. Ich sehe, wie Autumn rot wird, trotzdem schmiegt sie sich in seine Arme und erwidert seinen Kuss ebenso stürmisch. Gavin ist mit seiner Freundin irgendwohin verschwunden.

»Ich muss erst mal eine rauchen.« Zane kramt seine Schachtel und ein Feuerzeug heraus und geht noch einmal hinaus in die Kälte.

Ethan bedeutet mir, ihm zu folgen. »Komm, ich zeig dir, wo du schlafen wirst.«

Mit meiner Tasche trotte ich ihm in den ersten Stock hinterher. Nacheinander deutet er auf die Türen rechts und links des Ganges. »Gavin und Franny, Cole und Autumn, unseres, Master Bedroom, sprich, Zanes Heiligtum, und hier ist dein Zimmer.« Er öffnet die letzte Tür. »Das kleinste, aber dafür mit tollem Ausblick.«

Das ist nicht gelogen. Von meinem Fenster aus kann man die verschneiten Berge erkennen, die Sonne scheint direkt herein und zaubert schillernde Muster auf Tagesdecke und Fußboden. Sofort durchfluten mich Wärme und allumfassende Ruhe, wie man sie nur an solch abgelegenen, stillen Orten findet.

Ich lasse meine Tasche auf das Bett fallen und sehe mich im Zimmer um. Es ist tatsächlich klein, vielleicht zehn Quadratmeter, aber funktional und geschmackvoll eingerichtet. In der Mitte steht ein Doppelbett, auf jeder Seite ist an der Wand ein Holzbrett angebracht, das als Ablage dient. Die Bettwäsche ist genau wie die Vorhänge orange-blau kariert, während die kleine Kommode und das Bett aus dunklem Holz sind.

»Es gibt ein Bad in Zanes Zimmer und ein weiteres, das wir anderen uns teilen müssen. Seines ist strengstens verboten.« Ethan verdreht die Augen und stößt Luft aus. »Unten ist das Wohnzimmer, das kennst du ja schon, dann noch Küche und Abstellraum.«

»Du kennst dich hier offensichtlich gut aus.«

»Cole und ich sind fast jedes Jahr dabei, seit wir Zane kennen. Es hat auch praktische Seiten, einen arroganten reichen Sack als Freund zu haben.« Er grinst.

»Ich glaube, ich will als Erstes duschen. Die Nacht war echt heftig«, sage ich. Ethan nickt. Er öffnet den Mund, klappt ihn zu und öffnet ihn wieder, wie ein Fisch, der nach Luft schnappt.

»War alles okay zwischen euch?«, fragt er dann seltsam steif. Verlegen kratzt er sich am Ohr. Was meint er denn?

»Ja, klar. Wieso?« Ahnt er etwa was? Die drei sind seit Ewigkeiten befreundet, es wäre nicht verwunderlich, wenn Ethan und Cole merken, dass etwas im Busch ist. Vielleicht unterschätzt Zane das.

»Nur so«, wiegelt Ethan ab.

Nur so gibt es bei Ethan nicht, so gut kenne ich ihn mittlerweile. Er soll nicht so blöd rumdrucksen, sondern mit dem rausrücken, was er eigentlich sagen will. Tut er aber nicht, weil er viel zu höflich dafür ist. Langsam habe ich das Gefühl, dass alle außer Zane kapieren, dass da etwas zwischen uns existiert. Und Zane weiß es vermutlich auch, will es nur nicht zugeben.

Ich habe gerade geduscht und stehe nackt nach Unterwäsche suchend in meinem Zimmer, als jemand hereinplatzt.

»Sorry, ich hätte anklopfen sollen«, murmelt Zane. Sein Gesicht ist hochrot und er starrt unverhohlen auf meinen Unterleib. Bei seinem durchdringenden Blick werde ich hart. Mein Schaft pulsiert und richtet sich auf, als wolle er Zane zeigen, was er verpasst. »Ich wollte nur sagen, dass Claire gekocht hat, Chili, mit und ohne Fleisch, weil ihr, also du und Autumn, ihr esst ja kein Fleisch, deswegen ohne, und für uns andere mit, also mit Fleisch, und dass ich danach auf die Piste will. Ski fahren meine ich. Also eigentlich wollte ich fragen, ob du auch mitkommst. Zum Essen und zum Skifahren.«

Irgendwie ist es putzig, wie er herumstammelt. Obwohl er das alles zu meinem Penis gesagt hat, bin ich mir sicher, dass er mich als ganzen Menschen dabeihaben will. Wobei so ein Penis auf einem Snowboard sicher lustig aussehen würde, mit Mütze und Wollpulli. Ich kichere dämlich.

»Okay, ich zieh mich noch an.«

»Wäre aus mehreren Gründen besser«, sagt er, endlich zu meinem Gesicht.

»Zum Beispiel?«, hake ich mit dunkler Stimme nach. Ich kann es mir nicht verkneifen, ihn ein wenig aus der Reserve zu locken. Wäre ich ein Mädchen, hätte er mich schon längst vernascht. Sein Blick und sein nervöses Herumzappeln schreien geradezu »Fick mich!«. Aber ich werde nichts unternehmen, bis er nicht den ersten Schritt macht. Trotzdem, ein bisschen Spielen ist erlaubt.

»Zum Beispiel, dass du als Nacktboarder vermutlich verhaftet werden würdest«, sagt er leise und räuspert sich.

Ich hatte mir eine andere Antwort erhofft. Aus meiner Tasche hole ich eine lange Unterhose und schlüpfe hinein, während Zane mich beobachtet. Wie so oft kaut er auf dem Nagel seines kleinen Fingers herum. Wie eine Übersprungshandlung. Obwohl die Situation echt schräg ist und ich hier einen umgekehrten Striptease vollführe, noch dazu in biederer Funktionsunterwäsche, schicke ich ihn nicht weg. Vielleicht hilft ihm mein Anblick ja beim Nachdenken und Entscheidungentreffen. Die dicken Socken lasse ich vorerst weg, bedecke nur meinen Oberkörper mit dem passenden Funktions-Longsleeve. Zane schließt die Augen und holt tief Luft. Dann dreht er sich um und rennt geradezu aus dem Zimmer.

»Hey, schick, schick«, begrüßt mich Gavin, als ich unten aufschlage, und lacht brüllend los. »Lange Unterhosen sind so hässlich, Bruder, das weißt du doch, oder?«

»Einen schönen Menschen kann nichts entstellen.« Ich hebe meine Arme und drehe mich wie ein Model um meine eigene Achse.

»Pfff.« Gavin schnaubt nur und tippt an seine Schläfe.

»Eigentlich war ich nur zu faul, um mich nachher nochmal umzuziehen, wenn wir zum Skifahren aufbrechen«, schiebe ich hinterher. »Ich muss dann nur noch die Schneehose drüberziehen.«

»Schneehose«, äfft mich mein Bruder nach. »Kleine Kinder tragen Schneehosen.«

»Und du fährst in der Jogginghose, oder was? Ich dachte, ihr wollt auch?«

»Werden wir auch, lieber Bruder. Trotzdem belästigen wir unser Umfeld nicht, indem wir in schlimmer Unterwäsche zum Essen erscheinen.«

»Weil du ja so ein feiner Mensch bist, der immer auf die Bedürfnisse anderer achtet«, mischt sich Autumn ein und spricht damit aus, was ich mir denke. Gavin sind seine Mitmenschen in der Regel völlig schnurz.

»Schau weg, wenn‘s dir nicht passt«, sage ich schulterzuckend zu Gavin und setze mich demonstrativ neben ihn an den großen Esstisch. Jemand hat bereits gedeckt und Claire bringt einen großen Topf aus der Küche, den sie in der Mitte des Tisches platziert.

»Haut rein, Leute! Das ist mit Fleisch. Das ohne kommt gleich. Lasst es euch schmecken«, sagt sie und setzt sich ebenfalls.

Ethan folgt mit einem zweiten Topf. Haben die noch jemanden eingeladen? Eine Busladung ausgehungerter Footballspieler zum Beispiel? Oder sollen wir uns die nächsten Tage ausschließlich von Chili ernähren? Kurz darauf betritt auch Zane den Raum. Ebenfalls in Funktionsunterwäsche, allerdings der Marke nach in dreifach so teurer wie meine. Gavin verzieht das Gesicht, stützt die Stirn in seine Hände und gibt ein gequältes Geräusch von sich.

»Was denn?«, fragt Zane und schiebt sich auf den Stuhl neben mir. Er greift zwischen seine Beine und rückt den Stuhl näher an den Tisch.

Dabei berühren sich unsere Knie, was Zane entweder nicht auffällt oder ignoriert. Auf jeden Fall zieht er sein Bein nicht zurück, drückt es vielleicht sogar einen Tick zu lange an meines.

Gavins Freundin legt den Kopf schief. »Muss ich denn auch so eine doofe lange Unterhose anziehen?«

Zane zeigt mit der Gabel auf sie. »Musst du nicht, Schätzchen, aber ohne frierst du dir deinen Hintern ab.«

Ich glaube, sie ist tatsächlich nicht die Hellste.

»Aber wie sieht das aus?«, quengelt sie.

Gavin tätschelt ihren Unterarm. »Sieht doch niemand, Bunny, und ich weiß ja, wie heiß du drunter bist.«

Cole steckt sich den Zeigefinger in den Mund und macht ein Würgegeräusch, woraufhin Gavin ihn sauer anfunkelt. Gavin und Franny diskutieren noch eine Weile, während Claire den Fleischessern und Ethan uns Vegetariern Chili auflädt.

»Schön, dass du auch dabei bist«, wendet sich Claire an mich und strahlt. In ihrer Gegenwart kann man sich nur wohlfühlen. Sie strahlt so viel Wärme und Lebensfreude aus, dass man automatisch angesteckt wird.

»Danke, dass ihr mich mitgenommen habt.«

»Du gehörst doch quasi zur Familie«, antwortet sie und schöpft gleichzeitig Ethan eine weitere Portion Chili auf. »Außerdem bin ich froh, dass endlich mal jemand dabei ist, mit dem man sich unterhalten kann und der nicht nur Blödsinn redet.«

Cole lacht so plötzlich auf, dass ihm Chilistückchen aus dem Mund spritzen. »Sie meint dich, E-Man!«

»Ich rede doch keinen Blödsinn. Nur die Wahrheit«, widerspricht Ethan.

»Doch, manchmal schon«, sagt Claire leise und kichert. Im nächsten Moment legt sie dem beleidigt dreinschauenden Ethan eine Hand auf den Unterarm und küsst ihn auf das Kinn. Er grummelt noch ein wenig, schiebt sich den Löffel in den Mund und kaut extra lange herum.

Claire ignoriert die Laune ihres Freundes und dreht sich wieder in meine Richtung. »Wie lange fährst du schon Ski?«

»Seit ich zehn bin oder so. Ich weiß gar nicht mehr genau. Vor ein paar Jahren bin ich allerdings aufs Snowboard umgestiegen. Ich brauchte neue Ski und habe spontan gewechselt. War anfangs ungewohnt, aber mittlerweile macht es mir sogar mehr Spaß als Skifahren.«

»Boarder sind Poser«, mischt sich mein Bruder ein.

»Nur weil du es nie auf die Reihe gekriegt hast«, erinnere ich ihn und setze mein gemeines Ich-könnte-auch-Geheimnisse-ausplaudern-also-hör-auf-zu-nerven-Grinsen auf. Er versteht und hält sofort den Mund, kann sich aber ein Augenverdrehen nicht verkneifen.

»Meine gesamte Ausrüstung ist zu Hause.« Claire klingt ein wenig traurig. »Dad will sie nicht rausrücken. Er meint, er will mein Lotterleben nicht unterstützen.«

»Kenn ich von irgendwoher«, brummelt Zane und schiebt seinen Teller von sich. Auf einmal wirkt er sauer.

»Ich freue mich, dass ich nicht mit den beiden allein hier eingesperrt sein muss.« Autumn zeigt mit dem Kinn nacheinander auf Ethan und Cole. Ihr Blick allerdings ist so liebevoll, dass ihre Beschwerde nicht ernst gemeint sein kann.

Cole erwidert ihr Lächeln so intensiv, dass mir kurzzeitig ganz wehmütig wird und ich verstohlen zu Zane hinüberluge. Doch der rollt so konzentriert mit seiner Gabel eine einzelne Bohne auf seinem Teller herum, als könnte er daraus die Zukunft lesen.

»Uns wird bestimmt nicht langweilig«, brummt Cole und wackelt so auffällig mit den Augenbrauen, dass wir alle kapieren, was er damit andeuten will. Wie auf Kommando bekommt meine Schwester knallrote Wangen und trinkt hastig einen Schluck Wasser.

Zane ist ein hervorragender Skifahrer. Wie ein Profi carvt er über die Hänge, mal in großen, ruhigen Bögen, mal wedelt er in kleinen, schnellen Bahnen, mal rast er vor Freude strahlend im vollen Schuss hinunter. Obwohl ich häufig zurückbleibe, wartet Zane immer auf mich.

»Na, du Schnecke, auch schon da?«, begrüßt er mich und pikst mir mit dem Stock in den Bauch, als ich mit einem Schwung neben ihm anhalte. »Lust auf ein Wettrennen? Ich lasse dir auch Vorsprung.« Er wackelt mit den Augenbrauen, als hätte er mir gerade vorgeschlagen, mitten auf der Piste Sex zu haben. Na ja, der Mann ist purer Sex. Egal, was er tut.

Ohne zu antworten, hüpfe ich mein Board in Richtung Hang und fahre los, schneide einem viel zu langsamen Anfänger den Weg ab, sodass dieser unter Fluchen nach hinten kippt, und gehe weiter in die Knie, um noch mehr Tempo aufzunehmen. Über die Schulter blicke ich zu Zane, aber er ist nirgends zu sehen. Auf einmal rauscht er jauchzend an mir vorbei, die Stöcke rechts und links eng an den Körper gepresst.

»Loser«, schreit er mir lachend zu. Er geht in die Hocke und lässt die letzten Meter auslaufen. Als ich nur wenige Augenblicke später ebenfalls ankomme, liegt er im Schnee, die Skienden aufgestützt, eine Hand hinter dem Kopf als Kissen, und schaut demonstrativ gähnend auf eine imaginäre Uhr.

»Ich dachte schon, du kommst gar nicht mehr.« Er grinst frech.

»Ich muss mich ausruhen«, stöhne ich übertrieben und plumpse auf seinen Bauch. Er gibt ein ersticktes Geräusch von sich, kann sich aber wegen seiner aufgestellten Skier nicht so weit bewegen, dass er sich wehren kann. Ich ruckle ein wenig auf seinem Bauch hin und her. »Erstaunlich bequem.«

Ich lache, er ächzt. Nach kurzer Zeit erlöse ich ihn, hieve mich hoch und strecke ihm meine Hand hin, um ihm hoch zu helfen. Doch er lehnt ab und funkelt mich an. Ist er sauer?

Mühsam rappelt er sich hoch, klopft sich den Schnee von der Kleidung und schlüpft in die Schlaufen seiner Stöcke. Wortlos stößt er sich ab und fährt davon.

Es ist schon später Nachmittag und dementsprechend wenig los auf den Pisten. Zu zweit sitzen wir in dem Vierersessellift, beide am äußeren Rand. Mit den Skistöcken klopft Zane auf seine Schuhe und baumelt mit den Beinen hin und her.

»Wie war das damals bei dir so?«, fragt er in die Stille hinein.

»Was meinst du?«

»Als du dein, na ja, wie hast du gemerkt, dass du schwul bist?« Er dreht sich halb im Sitz, lehnt sich an die Seitenstrebe und sieht mich an.

»Ich wusste eigentlich schon immer, dass ich nicht auf Mädchen stehe.«

»Hm«, macht Zane bloß und reibt mit der Stockspitze an seinem Ski herum, malt Striche in den Schnee darauf. »Mich haben Jungs nie interessiert.«

»Es ist ja nicht so, dass man alle toll findet. Du fandst vermutlich auch nicht alle Mädchen toll, oder?«

»Doch, eigentlich schon.« Er lacht.

Der Bügel des Lifts öffnet sich und wir steigen aus und rutschen ein Stück vom Ausstieg weg. Zane stützt sich auf seine Stöcke und mustert mich, während ich meine Schuhe enger zurre.

»Wie war es dann, als du es deinen Eltern gesagt hast? War das schwer?«

»Nicht wirklich«, gebe ich zu und richte mich auf. »Im Grunde wussten sie es schon. Mein offizielles Outing war quasi nur die Bestätigung.«

»Du hast ja auch eine tolle und lockere Familie«, murmelt er und stößt sich ab. Er fährt so schnell los, dass ich Mühe habe, ihm zu folgen.

Stimmt, meine Hippie-Familie hat es mir sicher leichter gemacht, zu mir zu stehen. Und dass ich in San Francisco aufgewachsen bin, auch. In einem so konservativen Südstaat wie Louisiana ist es garantiert um einiges schwerer, sich zu outen. Homophobie ist dort noch viel weiter verbreitet als in Kalifornien. Aber Zane lebt nicht mehr dort.

Nach ein paar hundert Metern bleibt Zane stehen und wartet auf mich. »Hat es dich nie gestört, nicht normal zu sein?«

Ich lasse mich rückwärts in den Schnee fallen. Zane sieht mich von oben an. »Nein, wieso? Was ist schon normal? Wer definiert das?« Ich setze mich auf. »Weißt du, es ist wirklich nervig und außerdem sehr verletzend, dass Homosexualität etwas so Abartiges für dich ist. Ein Wunder, dass du mit mir überhaupt noch reden kannst, ohne Ausschlag zu kriegen«, spucke ich ihm entgegen.

Dann hieve ich mich hoch und diesmal fahre ich ihm davon. Ich weiß nicht, ob er mir folgt, aber kurze Zeit später hat er mich eingeholt und reißt mich herum. Ich schlage seine Hand weg. Meine Augen sind feucht. Vor Kälte oder vor Tränen. Vielleicht beides. Wir stehen uns gegenüber und starren uns an.

»Ich finde dich nicht abartig«, brüllt er. »Ich …« Er zerrt einen Handschuh herunter und reibt sich übers Gesicht. »Ich neige dazu, mich in Dinge hineinzusteigern.« Diesmal ist seine Stimme leiser.

Ach ja? Erzähl mir etwas Neues.

»Ich trinke zu viel, rauche zu viel, habe zu viele verschiedene Frauen im Bett, lehne Beziehungen ab, hasse meinen Dad mehr, als es für uns beide gesund ist, feiere exzessiv. Ich bin ein Arschloch.«

»Was willst du mir eigentlich sagen?«, blaffe ich ihn an und stoße mit beiden Händen gegen seine Brust. »Dass du dich in deine vermeintliche, ach so eindeutige Heterosexualität reinsteigerst? Oder dass du mit deiner Abneigung gegen das Schwulsein übertreibst? Dass dein ewiges Hin und Her ein wenig zu lange dauert? Was?«

»Ja, all das vermutlich. Keine Ahnung. Mach es mir doch nicht so schwer.« Sein Blick ist flehend, seine Körperhaltung komplett ohne Spannung. Dagegen bin ich umso geladener.

»Ich mache es dir schwer? Ernsthaft?« Ich lache so hysterisch, dass eine Familie mit drei Kindern entsetzt zu uns herüberschaut. »Schon mal daran gedacht, dass deine extreme Angst vor dem Schwulsein, vor mir, auch davon kommen könnte, dass es etwas in dir weckt, was du bisher nicht kanntest? Was du bisher abgelehnt hast? Vergraben? Verleugnet? Irgendwas, was ganz tief in dir drin ist? Die Wahrheit über dich?«

»Was weiß denn ich?«, brüllt er jetzt. Ich baue mich vor ihm auf, stemme meine Hände in die Hüften, wie er es samt Stöcken ebenfalls tut. »Für dich ist alles so einfach!« Er wedelt in der Luft herum und ich muss ein Stück zurückweichen, damit er mich nicht mit seiner Stockspitze ins Auge trifft. »Na und, dann bin ich eben schwul, meine Familie hat mich trotzdem lieb«, ahmt er mich nach. Seine Stimme ist übertrieben hoch und tuntig. So klinge ich sicher nicht. »Aber so einfach ist es nicht! Ich hätte dann schlichtweg keine Zukunft mehr. Keine Familie, kein Geld, gar nichts. Nichts mehr hiervon.« Er macht eine ausholende Bewegung. »Verstehst du? Gar nichts!« Er schnieft. Weint er? Mit dem Ärmel wischt er wütend über die Augen. »Gar nichts! Außerdem war ich nie schwul! Nie! Ich liebe Titten und Muschis. Du hast davon nichts. Du hast einen Schwanz! Verstehst du? Einen Schwanz! Einen gottverdammten Penis!«

Zane bricht zusammen und landet kraftlos im Schnee. Mit einem wütend knurrenden Geräusch reißt er so lange an der Bindung herum, bis seine Ski aufgehen. Wie ein Rocker seine Gitarre donnert er einen Ski auf den harten Schnee. Dann kippt er nach hinten und bleibt regungslos liegen, die Unterarme über dem Gesicht. Seine Brust hebt und senkt sich.

»Warum tust du mir das an?«, fragt er leise und setzt sich auf. Sein Kopf sinkt auf seine aufgestellten Knie.

Unschlüssig stehe ich herum und weiß nicht, was ich tun soll. Schließlich steige ich aus meiner Bindung und sinke neben ihn in den Schnee. Vorsichtig lege ich meine Arme um ihn und ziehe ihn leicht an mich. Er lässt es zu, wird weich und lehnt sich an mich. So sitzen wir eine Weile, bis wir beide zittern. Mein Hintern ist nass und kalt.

»Lass uns zur Hütte zurückgehen.«

Er nickt an meiner Schulter und löst sich von mir. Ohne ein weiteres Wort stemmt er sich hoch, schnallt seine Ski an und wedelt davon.

Zane

Als wir bei der Hütte ankommen, bin ich nicht nur wegen der Minusgrade total durchgefroren. Eine Kälte, die sich von meinem Inneren aus durch meine Eingeweide frisst, lässt mich zittern. Das ist allein Lennons Schuld. Und Coles, weil der Arsch ihn eingeladen hat. Nachdem wir meine Ski und Lennons Snowboard im Schuppen verstaut haben, trotten wir einige Metern voneinander entfernt ins Haus.

Gavin lungert auf dem Sofa herum und spielt mit seinem Handy, seine Freundin sitzt vor ihm auf dem Boden und lackiert ihre Zehennägel. Beide schauen bei unserem Erscheinen nur kurz auf und beschäftigen sich dann wieder mit ihren wichtigen Dingen. Cole und Ethan hängen auf dem zweiten Sofa herum, Ethan liest, Cole schaut in die Gegend und trommelt auf seinen Oberschenkeln. Claires und Autumns Stimmen höre ich aus der Küche. Eine vertraute und deswegen unheimlich beruhigende Szene.

Ethan legt sein Buch beiseite. »Und? Wie war's?«

Lennon sieht mich verstohlen an. »Gut«, sagen wir synchron. »Die Pisten sind fantastisch«, fügt Lennon schnell hinzu. Er schlüpft aus seiner Jacke und hängt sie über einen Stuhl vor dem Kamin. Mit einem hinreißenden Lächeln wendet er sich an Cole und anschließend an mich. »Danke, dass ihr mich eingeladen habt.«

Damit keiner merkt, dass ich völlig von der Rolle bin, setze ich mein Zane-bricht-die-Frauenherzen-Lächeln auf. Wie zwei übergeschnappte Drogensüchtige stehen Lennon und ich mitten im Zimmer und Grinsen übertrieben.

»Wie war dein erstes Mal?«, fragt Lennon Franny.

Statt zu antworten, sieht sie Gavin an. Der holt tief Luft. »Sie hat andere Qualitäten als Skifahren.«

Dachte ich mir schon. Besonders sportlich schien sie mir von Anfang an nicht.

»Wenn es morgen immer noch nicht vorangeht, lass ich sie hier auf der Hütte und fahre mit euch. Der Babyhügel ist die Hölle.«

Lennon und ich nicken. Wieder gleichzeitig. Ist ja kaum auszuhalten.

Claire kommt mit zwei dampfenden Tassen aus der Küche und reicht sie uns. »Ich habe euch Tee gekocht, ihr könnt bestimmt etwas Warmes gebrauchen.«

Mit einem gemurmelten Danke nehme ich ihr die Getränke ab. Ich hasse Tee, ein heißer Grog wäre mir lieber gewesen, aber ich will heute ausnahmsweise nicht unhöflich sein. Trotzdem trinke ich nicht sofort davon, sondern stelle die Tasse auf den Kaminsims. Lennon dagegen nippt mit geschlossenen Augen daran und gibt ein wohliges Stöhnen von sich.

»Das tut gut! Danke, Claire. Du bist die Beste!«

»Gern geschehen. Ich will ja nicht, dass ihr krank werdet.« Sie zwinkert mir zu und lächelt. Nur wenige Menschen haben so ein ehrliches Lächeln wie sie.

Autumn hat sich mittlerweile zu uns gesellt und kuschelt sich zu Cole auf das Sofa. Die paar Kilo mehr stehen ihr, fällt mir zum ersten Mal bewusst auf. Sie wirkt ausgeglichener, zufriedener, gesünder. Glücklich. Auch Cole strahlt und zieht sie in seine Arme. Sofort sind sie in ihrer eigenen Welt. Ein kurzer Stich durchfährt mich und ohne mein Zutun erscheint ein Bild vor meinen Augen, wie Lennon und ich so verbunden auf der Couch sitzen.

Schnell schüttle ich mich. Solche Gedanken will ich nicht. Zwar habe ich Lennon versprochen, über uns nachzudenken, aber eigentlich wollte ich mich vergewissern, dass ich mich in die Anziehung zu ihm nur hineingesteigert habe. Mich daran erinnern, dass ich ausschließlich Frauen will. Doch mein Hirn – und vor allem mein Körper und mein Herz – machen mir einen deutlichen Strich durch die Rechnung.

Die nasskalten Klamotten ziehe ich gleich im Wohnzimmer aus und hänge sie zum Trocknen vor den Kamin. Nur in Unterhose stehe ich davor und reibe meine Hände, um mich aufzuwärmen.

Lennon räuspert sich und wendet sich ab. »Muss jemand noch ins Bad? Sonst würde ich jetzt baden«, fragt er in die Runde.

Niemand meldet sich, also hastet Lennon aus dem Raum. Es wirkt ein wenig wie Flucht.

»Heute Abend wird Geburtstag gefeiert!«, kündigt Cole an. Ich habe keine Lust auf Party, was ich gar nicht von mir kenne. Gleichzeitig kann ich schlecht meine eigene Geburtstagsfeier verweigern. Das wäre zu auffällig, schließlich ist Feiern mein zweitliebstes Hobby.

»Klar. Das ist der Plan«, sage ich und bemühe mich um ein Grinsen. »Ich geh mich anziehen. Stellt schon mal das Bier kalt.«

»Schon erledigt«, brummt Gavin, zieht Franny zu sich hoch und betatscht sie ungeniert.

Claire verzieht sich wieder in die Küche, wo ich sie werkeln höre. Hoffentlich kocht sie wieder etwas Leckeres, nach dem langen Skitag habe ich echt Kohldampf.

In meinem Zimmer setze ich mich aufs Bett und starre unschlüssig aus dem Fenster. Beobachte die Schneeflocken, die langsam herabfallen und auf dem Fensterbrett landen. Ich schiebe das Fenster nach oben und strecke meine Finger aus, fange eine der dicken Flocken und sehe zu, wie sie in meiner Hand schmilzt. Es ist scheiße kalt, meine Brustwarzen und meine Eier ziehen sich zusammen, also schließe ich das Fenster wieder. Vielleicht bin ich weniger unruhig, wenn ich mir einen runterhole?

Ich suche mein iPad aus der Tasche, wähle mich in das WLAN der Hütte und rufe eine Pornoseite auf, klicke auf meine übliche Kategorie und starte einen Clip. Aber er langweilt mich. Der nächste auch, ebenso der übernächste. Mein Finger scrollt in den Genres hin und her und landet auf Gay. Spontan tippe darauf und eine Reihe Fenster mit Vorschaubildern erscheint. Aber auch da ist nichts dabei, was mich auch nur annähernd anmacht. Frustriert schalte ich mein iPad aus und werfe es neben mich auf das Bett. Es kann doch nicht sein, dass ich von den guten alten Pornos keinen hochkriege. Das funktioniert sonst immer zuverlässig.

Verfluchter Lennon!

Erst bei seinem Bild in meinem Kopf werde ich hart. Fuck. Das war nicht mein Plan. Trotzdem erlaube ich mir, weiter an ihn zu denken. Schließlich muss ich ja endlich mal zu einer Entscheidung kommen. Meine Hand wandert zwischen meine Beine und in meine Shorts. Umschließt meinen Schwanz, der nun immer härter und größer wird. Ich stelle mir Lennon vor, nackt in der Badewanne, nur wenige Meter entfernt, wie er vielleicht gerade das Gleiche macht. An sich Hand anlegt und von mir und meinem Körper fantasiert. Das macht mich noch härter. Ich hebe den Hintern und schiebe meine Unterhose herunter, schlüpfe heraus und kicke sie mit dem Fuß weg. Dann spreize ich meine Beine weiter und bearbeite mit einer Hand meinen Schwanz, mit der anderen suche ich auf der Matratze Halt. Erinnere mich daran, wie sich Lennons Finger angefühlt haben, stelle mir vor, dass er es ist, der mich Richtung Abgrund treibt.

Es dauert nicht lange, bis ich mich heftig über meine Hand ergieße. Ein paar Augenblicke lang verharre ich bewegungslos, den schlaffer werdenden Penis immer noch umklammert, und warte darauf, wieder normal atmen zu können. Ich stütze meine Ellbogen auf die Knie, mein Kopf sinkt auf meine Hände. Ich glaube, ich drehe durch. Eigentlich wollte ich mir beweisen, dass ich nicht schwul bin, stattdessen fabriziert mein krankes Hirn einen Porno mit Lennon und mir in den Hauptrollen.

Nach einer ausgiebigen Dusche fühle ich mich ein wenig besser, schlüpfe in eine Jogginghose und ein langärmeliges T-Shirt und gehe zurück zu meinen Freunden. Lennon ist noch nicht wieder da. Entweder badet er noch oder er hat sich in seinem Zimmer verschanzt. Wahrscheinlich will er mich einfach nicht sehen.

Ich kann es ihm nicht verdenken. Ich bin ein Arsch, der ihn hinhält und einfach nicht weiß, was er will. Ich sollte ihm endlich klipp und klar sagen, dass aus uns nie etwas werden wird, und keine verwirrenden Signale mehr senden. Dabei war mir gar nicht bewusst, dass ich das tue. Das Dumme ist, ich bin mir überhaupt nicht mehr sicher, dass ich ihn nicht will. Ich will ihn nämlich schon. Aber ich will nicht, dass ich will. Ich will weiter mein bisheriges Leben führen, Frauen als Wichsvorlage verwenden, nicht ihn. Will mir nicht wünschen, dass er mich küsst. Das ist falsch. Nicht grundsätzlich für alle. Sondern für mich. Nur leider fühlt es sich überhaupt nicht falsch an, mit ihm Zeit zu verbringen. Auch seine Küsse und seine Berührungen fühlen sich nicht falsch an, sondern richtiger als bei sämtlichen Frauen zuvor. Das ist das verfluchte Problem.

Ich setze mich zu Cole an den Esstisch, der gerade Karotten in Scheiben schneidet. Ethan kommt mit einem Brettchen mit Paprika aus der Küche und hockt sich ebenfalls zu uns. Die beiden Mädels kichern in der Küche. Gavin und seine Tussi sind verschwunden. Akkurat schneidet Ethan die Paprika in perfekte Würfel, gibt sie zu Coles ungleich dicken Karotten und trägt beides in die Küche. Kurz darauf kommt Autumn ins Esszimmer.

»Wo ist Lennon?«, frage ich Cole. Ich vermisse ihn regelrecht.

»Er hat sich hingelegt, muss Schlaf nachholen, sagt er«, informiert er mich, während er Autumn auf seinen Schoß zieht. »Wegen eurer beschissenen Nacht gestern.« Ich nicke, bin mir aber nicht sicher, ob das der wahre Grund ist, dass er sich zurückzieht. Vielleicht geht er mir einfach nur aus dem Weg. »Wir sollen ihn zum Essen wecken.«

Während Claire und Ethan das Curry zubereiten – wieder in zwei Varianten, einmal mit Fleisch, einmal ohne – und Reis kochen, spiele ich mit Cole und Autumn im Wohnzimmer Karten. Cole ist ein verdammt schlechter Verlierer und regt sich übertrieben oft und maßlos über alles auf. Autumn lacht nur, sie kennt die Launen ihres Lovers schon. Genau wie ich, schließlich sind wir seit hundert Jahren befreundet. Außerdem macht es Spaß, Cole auf die Palme zu bringen. Und es lenkt mich von Lennon ab. Wütend knurrend wirft er seine Karten auf den Tisch, seine Bierflasche fällt um und rollt ein Stück weg.

»Ich hab keine Lust mehr, wenn ihr mich die ganze Zeit abzockt«, brummt er und verschränkt die Arme vor seiner breiten Brust.

Ich sammle die Karten ein und schiebe sie zu einem Stapel zusammen. »Sollen wir dich wie ein Kleinkind absichtlich gewinnen lassen?«

Autumn tätschelt ihm tröstend den Arm.

»Du kannst dich schon mal dran gewöhnen, wie das in ein paar Jahren sein wird«, raune ich ihr zu. »Wenn sein Kind so wird wie er, dann viel Spaß!«

»Unsere Kinder werden wunderbar«, widerspricht Autumn und küsst Cole auf den Bizeps.

Sein Kopf ruckt herum. »Kinder? Mehrzahl? Muss ich irgendetwas wissen?«

Autumn lacht. »Nein, alles gut. Es wird nur eins.«

Er entspannt sich.

»Warum hast du eigentlich diesmal kein Mädchen mitgenommen?«, will er wissen und schaut mich mit einem seltsam prüfenden Blick an.

»Weil ich mich auf euch konzentrieren wollte.«

»Aha«, sagt er mit einem ebenso seltsamen Unterton. »Ich frage mich nur, was los ist. Du bringst kaum noch jemanden mit heim. Wo ist der alte Zane geblieben?«

Was will er hören? Die Wahrheit? Dass ich keine Lust mehr auf Sex mit Frauen habe, seit mir sein zukünftiger Schwager einen geblasen hat? Das kann ich nicht zugeben, nicht einmal ihm gegenüber.

»Ich wollte euch schonen, wegen Autumns Schwangerschaft und so. Wenn das Kind erst einmal da ist, kann ich ja auch nicht mehr jeden Tag eine andere anschleppen. Ich übe eben schon mal. Darum gehe ich lieber mit zu den Frauen.« Ich zucke unbeteiligt mit den Schultern.

»Aha«, wiederholt mein penetranter Freund, sieht aber nicht überzeugt aus.

»Wegen mir musst du dich nicht zurückhalten«, mischt sich jetzt Autumn ein. »Mein Leben soll nicht dein Problem werden.«

»Passt schon«, weiche ich aus. Ich will das jetzt nicht weiter ausführen. Gut, dass in dem Moment Ethan hereinkommt und uns bittet, den Tisch freizuräumen, damit er ihn decken kann. Autumn holt zwischenzeitlich ihre beiden Brüder.

»Du weißt, dass du mit uns immer über alles reden kannst«, sagt Ethan leise, während er mir einen Teller und Besteck hinstellt.

Ich springe auf und stoße dabei den Teller vom Tisch. Scheppernd fällt er zu Boden. »Was wollt ihr denn die ganze Zeit von mir?«, brülle ich Ethan an.

Ihre Antwort bleibt mir erspart, weil Claire hereinrennt, um zu schauen, was passiert ist. Wortlos verschwindet sie und kommt mit

Schaufel und Besen wieder zurück. Sie kniet sich neben mich und beseitigt kommentarlos mein Chaos.

»Essen ist gleich fertig«, sagt sie von unten und benutzt meine Knie als Aufstehhilfe.

Mit einem Ruck packe ich sie an der Taille und ziehe sie an mich. Sie kreischt und wehrt sich spielerisch, trommelt auf meinen Arm, aber ich bin stärker. Ich halte sie auf meinem Schoß fest und drücke ihr einen Kuss auf die Wange. Ethan funkelt mich böse an, dabei weiß er, dass Claire und ich nur Freunde sind. Ich würde sie nie mit Hintergedanken anfassen. Aus Rache rubbelt sie mir mit dem Besen über den Kopf.

»Wie E-Man immer schaut, wenn man sein Heiligtum berührt«, sagt Cole lachend. Ich stimme in sein Lachen mit ein und lasse Claire los. Immer noch mit Schaufel und Besen bewaffnet, eilt sie zu Ethan, küsst ihn innig und verlässt dann kichernd den Raum.

Mit ihren beiden Brüdern und Franny im Schlepptau kommt nun auch Autumn zurück. Lennon wartet, bis sich alle gesetzt haben, und rutscht dann neben mich auf den einzigen freien Platz. Seinem Blick nach wäre er lieber woanders. Tja, mein Lieber, das Leben ist eben kein Ponyhof.

Die Stimmung während des Essens ist ausgelassen, alle reden durcheinander, nur zwischen Lennon und mir ist weiterhin diese unangenehme Spannung. Als wir gleichzeitig zur Sojasoße greifen, treffen sich unsere Finger und wir ziehen so schnell unsere Hände zurück, dass die Flasche umfällt und die braune Brühe sich über den Tisch ergießt. Sofort springt Lennon auf und tupft hektisch mit seiner Serviette auf dem Fleck herum, was natürlich die Sauerei nur noch verschlimmert. Erst als wir alle unsere Servietten drauflegen, wird alles aufgesaugt.

Sicher hat jetzt auch noch der letzte Idiot mitbekommen, dass Lennon und ich uns seltsam benehmen. Doch alle essen weiter, als sei nichts passiert. Nur Cole mustert mich über den Rand seines Glases. Ich dagegen tue so, als wäre alles normal und schiebe mir einen Löffel voll Curry in den Mund. Es schmeckt fantastisch, Claire und Ethan können wirklich hervorragend kochen.

Nach dem Essen lehne ich mich satt und zufrieden zurück und verschränke die Hände auf meinem vollgefressenen Bauch.

»Geschenke!« Claire klatscht in die Hände und hüpft aufgeregt auf und ab, woraufhin Rose ebenfalls zu zappeln und bellen anfängt.

Alle laufen in ihre Zimmer, sogar Lennon. Kurz darauf stehen sechs Päckchen vor mir auf dem Tisch, mehr oder weniger schön verpackt.

»Das ist von mir«, brummt Gavin und zeigt auf ein Ding, das notdürftig mit Alufolie umwickelt ist. Sieht verdächtig nach einer Flasche aus. Alkohol vermutlich. So ist es auch. Schottischer Whisky. Lecker. Auch wenn mit Sicherheit ein großer Teil Eigennutz dabei war, weil er genau weiß, dass wir den Alk heute Abend noch vernichten werden.

»Von uns beiden«, fügt Franny schnippisch hinzu.

Ich bedanke mich und wende mich dem nächsten Geschenk zu, einem roten Umschlag mit goldener Schleife.

»Von mir.« Cole grinst und reibt sich die Hände.

In dem Umschlag ist ein Foto mit einer halbnackten Frau darauf. Darunter steht in Coles krakeliger Schrift: *Gutschein für eine Stripperin.* »Ich konnte sie ja schlecht hierher bestellen. Das hätten die Mädels nicht so toll gefunden. Stimmt's, Baby?« Er legt seinen Arm um Autumn und grapscht ihr über die Schulter an den Busen. Sie verdreht die Augen und schiebt seine Hand beiseite.

»Äh, danke«, sage ich und kratze mich unsicher am Hals. Lennons Blick brennt mir in den Rücken. Schnell stecke ich den Gutschein zurück in den Umschlag.

Ethan reicht mir ein Päckchen in der Größe einer Pralinenschachtel, sauber in blaues, glänzendes Papier eingepackt und mit einer farblich passenden Schnur umwickelt. Unter dem Papier finde ich eine Schachtel und in dieser ein graues Funktions-Laufshirt. Fragend sehe ich meinen Freund an.

»Es ist echt peinlich, wenn du immer oben ohne mit mir laufen gehst.«

Typisch Ethan. Aus Rache umarme ich ihn, küsse ihn auf die Wange und drücke meinen Körper extra fest gegen seinen. Er keucht erschrocken, klopft mir zweimal auf den Rücken und macht sich dann los. Cole kichert und patscht Ethan auf die Schulter. Mit genervtem Blick hastet dieser zu seinem persönlichen Schutzort Claire, die ihn lachend empfängt und zum Trost übertrieben tätschelt. Ethan ist ein Freak, und Claire akzeptiert das vorbehaltlos. Dafür liebe ich sie, denn trotz seiner schrägen Eigenheiten ist Ethan neben Cole mein bester Freund.

»Jetzt ich.« Claire schlüpft unter Ethans Arm heraus, nimmt ein in rosa Glanzpapier gewickeltes Paket vom Tisch und drückt es mir in die Hand.

»Rosa?«

Ihr Gesicht nimmt die Farbe des Geschenkpapiers an. »Sorry, ich hatte gerade kein anderes da. Aber es zählen ja die inneren Werte.« Es ist immer wieder erstaunlich, wie der fanatisch organisierte und strebsame Ethan Claires Planlosigkeit aushält.

Fassungslos starre ich den Inhalt an. »Du schenkst mir eine Großpackung Kondome?«

Noch dazu eine mit Gummis in unterschiedlichen Farben und Geschmacksrichtungen. Sogar genoppte und geriffelte sind dabei. Cole und Gavin prusten gleichzeitig los, beugen sich vor Lachen vornüber, selbst Ethan schmunzelt.

Claire zuckt die Schultern, macht große Augen und grinst unschuldig. »Na ja, ich dachte mir, was machst du am liebsten? Da war die Lösung gar nicht mehr schwer.«

Unauffällig blicke ich zu Lennon. Sein Gesicht ist versteinert, keine Gefühlsregung ist darin zu erkennen. Claire hat bei den Kondomen sicher nicht daran gedacht, dass man sie nicht nur bei Frauen benutzen kann. Bei dem Gedanken an Lennons Penis mit Bananengeschmack regt sich mein Schwanz. Hoffentlich muss ich in den nächsten Minuten nicht aufstehen. Ich schiebe die Kondompackung so weit wie möglich von mir und trinke, um meine Verlegenheit zu überspielen, ein ganzes Glas Wasser in einem Zug. Dass mir Dinge, die mit Sex zu tun haben, peinlich sind, ist eine völlig neue Erfahrung für mich.

Lennon tritt einen Schritt näher. Er ist der Einzige, der sein Geschenk die ganze Zeit im Arm gehalten hat. Auf einmal sieht er schüchtern aus und überreicht mir eine lange Röhre, die in silber-schwarz gemustertes Papier verpackt ist. Neugierig fummle ich das Papier herunter und öffne die Papprolle, ziehe den Inhalt heraus und entfalte ihn.

Unglaublich! Ich bin sprachlos. Es ist ein Filmplakat des allerersten Batman-Films, dem Zustand und dem Papier nach zu urteilen ein Original. Darauf haben nicht nur die damaligen Hauptdarsteller unterschrieben, sondern dazu noch alle anderen, die jemals Batman gespielt haben.

»Der glotzt das Ding an, als wäre es der verdammte heilige Gral«, höre ich Gavin gackern. Ich ignoriere ihn, fahre ehrfürchtig mit den Fingern über die Gesichter und die Unterschriften.

»Ich habe gehört, du magst Batman«, sagt Lennon leise.

»Mögen? Ich bin der verflucht größte Batman-Fan ever ever ever! Das ist perfekt!«, schreie ich. Ich liebe es. Das Verlangen, ihn zu umarmen und zu küssen, überrollt mich und ich muss mich zusammenreißen, damit ich ihm nicht wirklich um den Hals falle. »Wo hast du das bloß her?«

»Das ist mein Geheimnis«, raunt er und zwinkert.

Röte steigt mir ins Gesicht. Nervös rubble ich mir mit dem Zeigefinger unter der Nase herum und räuspere mich.

»Lass mal sehen.« Cole reißt mir das Plakat aus der Hand und studiert es ausgiebig, auch Autumn, Ethan und Claire beugen sich darüber. Gavin ist schon wieder mit seiner Freundin beschäftigt.

Das ist das beste Geschenk meines Lebens. Besser noch als die Kerzen-App gestern Abend, besser als mein fünfter Geburtstag, an dem mir Marita ein eigenes Batman-Kostüm genäht hat. Besser als der Pick-up, den Dad mir zum Führerschein geschenkt hat. Und besser als jeder Fick meines Lebens. Ich liebe dieses Plakat. Und ich liebe Lennon.

Was? Nein, nicht so. Einfach, weil er sich so viele Gedanken gemacht hat, wie er mir eine Freude machen kann. So wie man sagt: »Ich liebe meinen Metzger, weil er die besten Steaks der Stadt verkauft.«

Aber tief in mir drin drängt etwas hoch, das ich nur noch mit Mühe zurückhalten kann.

Autumn hastet aus dem Raum und kommt einen Augenblick später mit einem Teller und der schwanzwedelnden Rose zurück. Der Inhalt ist mit einer großen silbernen Servierhaube abgedeckt.

»Ich habe dir etwas gebacken. Was zu kaufen ist momentan leider nicht drin. Ich muss sparen.« Sie stellt das Tablett ab und streichelt liebevoll über ihren Bauch.

»Du musst mir nichts kaufen«, versichere ich und meine es auch so. Es reicht mir, dass sie Cole glücklich macht. Aber das behalte ich für mich, das wäre mir zu kitschig. Stattdessen hebe ich den Deckel hoch. Zum Vorschein kommt ein Kuchen in Fledermausform mit einem Überzug in Schwarz und Gelb. *Batzane* ist mit Lebensmittelfarbe darauf geschrieben. Daneben stecken zwei Kerzen, eine zwei in Gelb und eine drei in Blau.

»Du wirst schon zweiunddreißig?«, fragt Franny entsetzt.

Keiner verbessert sie, dass ich dreiundzwanzig werde. Vermutlich sind die anderen von ihrer überschäumenden Intelligenz genauso geplättet wie ich.

»Ich liebe diesen Kuchen!«

Autumn strahlt und gibt Cole ein Zeichen, dass er die Kerzen anzünden soll.

»Blasen! Blasen!«, rufen meine Freunde im Chor und klatschen in die Hände. Wie im Comic fülle ich meine Backen mit Luft und puste die Kerzen aus. Jubel und erneuter Applaus folgen, als wäre ich gerade zum Präsidenten der Vereinigten Staaten ernannt worden.

Auf einmal ist mir alles zu viel. »Sorry, Leute, ich muss dringend eine rauchen«, presse ich hervor, weil ich merke, wie mir Tränen in die Augenwinkel steigen.

Draußen zünde ich mir erleichtert eine Kippe an und inhaliere mit geschlossenen Augen. Mit den Unterarmen stütze ich mich auf das Verandageländer und blicke in die Dunkelheit.

»Ist alles in Ordnung?«, fragt eine leise Stimme. Lennon.

Kann er mich nicht in Ruhe lassen? Trotzdem ist seine Gegenwart beruhigend und tröstend.

»Keine Ahnung«, gebe ich zu. »Ich musste einfach mal raus. Zu viele Emotionen vielleicht. Mit Gefühlen kann ich nicht so gut umgehen.«

»Was du nicht sagst ...« Er stößt tonlos Luft aus, tritt neben mich und nimmt die gleiche Pose ein. Ich biete ihm eine Zigarette an, aber er lehnt ab. Die abgebrannte Kippe schnippe ich in den Schnee, wo sie zischend verglüht. Unsere Unterarme berühren sich, ich spüre seine Wärme durch den Stoff meines Pullis. Mein Kopf sinkt auf seine Schulter, seine Wange auf meinen Scheitel.

»Beeil dich bitte mit Nachdenken«, flüstert er. Ich atme seinen Geruch ein, der sich mit dem des Schnees und der Nacht vermischt.

Ein Poltern und das unsanfte Aufreißen der Haustür durchbricht die Stille. Erschrocken fahren wir auseinander. Ich lehne mich rückwärts ans Geländer, Lennon beugt sich mit dem Oberkörper vor und sammelt eine Handvoll Schnee ein.

»Kommt ihr irgendwann auch mal wieder rein oder steigt die Party jetzt draußen?«, fragt Cole und fügt hinzu: »Scheiße, ist das kalt.«

Verstohlen blinzelt mich Lennon an, ein freches Grinsen im Gesicht. Im Augenwinkel kann ich erkennen, dass er einen Schneeball formt. Ohne Vorwarnung richtet er sich auf, dreht sich blitzschnell herum und schleudert meinem Mitbewohner den Schneeball mitten ins Gesicht.

»Volltreffer!«, juble ich und steige sofort ein, hole mir ebenfalls eine Ladung Schnee und balle ihn in meiner Hand.

Cole schüttelt sich und wischt sich den Schnee von Wangen und Hals. »Das gibt Rache«, brummt er und stapft breitbeinig in unsere Richtung. »Schneeballschlacht!«, ruft er über die Schulter nach drinnen.

Gavin und Ethan kommen dem Ruf nur wenige Sekunden später nach, die Mädels folgen in sicherem Abstand und bleiben in der Tür stehen.

Die Schneeballschlacht wird innerhalb weniger Minuten zu einem

Krieg und ebenso schnell sind wir alle bis auf die Unterwäsche nass. Zuerst kämpft jeder gegen jeden, doch nach ein paar Würfen entwickeln sich zwei Fronten. Lennon und ich gegen Gavin und Cole. Ethan hat aufgegeben und feuert uns von der Veranda aus an.

Obwohl Cole als Footballer ein viel besserer Werfer ist, werde ich kaum getroffen. Ich bin schlichtweg schneller und flitze um ihn herum, bis ihm schwindlig wird und er ächzend in den Schnee plumpst. Gavin liefert sich zwischenzeitlich einen Battle mit seinem Bruder. So zielstrebig, wie die beiden aufeinander losgehen, merkt man, dass sie nicht zum ersten Mal etwas körperlich miteinander ausfechten. Ein Wunder, dass der schlanke Lennon überhaupt eine Chance gegen Monstergavin hat.

Cole merkt, dass ich abgelenkt bin, auch wenn er nicht weiß, dass ich auf Lennons Hintern starre, als hätte ich noch nie einen Männerarsch gesehen, pirscht sich an und stürzt sich mit einem Brüllen auf mich und begräbt mich unter seinem massigen Körper. Er reibt mir eine Ladung Schnee ins Gesicht und kichert dabei so sehr, dass er sich verschluckt und husten muss. Das nutze ich aus, winde mich unter ihm heraus und flüchte auf die Veranda, wo ich den Schnee von der Brüstung herunter direkt auf ihn wische. Er flucht und spuckt und lacht gleichzeitig und rappelt sich ächzend auf. Nur weil ich erschrocken feststelle, dass er sein Knie reibt und humpelt, beende ich unsere Schlacht. Mit einem Satz springe ich die Stufen hinunter, gehe die paar Schritte auf ihn zu und Arm in Arm kehren wir auf die Veranda zurück.

»Idiot!«, beschwert er sich.

»Vollpfosten!«, kontere ich.

Auch Gavin und Lennon haben aufgehört, sich mit Schnee zu bombardieren, und kommen zu uns zurück.

Wir finden die Mädchen friedlich auf den Sofas sitzend, die Beine nach rechts übergeschlagen und in ihrer linken Hand ein Glas, als würden sie für einen Wettbewerb im Synchronsitzen trainieren. Ethan, Cole und Gavin stürmen sofort auf ihre Freundinnen zu, und ziehen sie an sich. Diese wiederum kreischen gleichzeitig los, weil ihre Männer so kalt und nass sind. Lennon und ich grinsen uns an und kauern uns nebeneinander vor den Kamin, um uns aufzuwärmen. Erst als wieder ein wenig Leben in meine steif gefrorenen Hände zurückgekehrt ist, verlasse ich das Wohnzimmer, um heiß zu duschen und mich umzuziehen.

Den restlichen Abend sitzen wir zusammen, unterhalten uns, machen Späße und erzählen uns Anekdoten aus unserem Leben.

»Kannst du dich erinnern, als Zane mal vom Dach der Schule springen wollte?« Cole gluckst und rüttelt an Ethans Arm.

Der prustet in sein Glas, Rotwein spritzt heraus und landet auf seinem Pullover. Ganz entgegen seiner Gewohnheit ignoriert er den Fleck und stimmt in Coles Lachen ein.

»Oh ja, er dachte, er kann fliegen. Weil er sein Batman-Kostüm anhatte.«

Gavin lässt sein Glas sinken. »Batman-Kostüm? Wie alt warst du denn, Alter?«

»Es war Halloween«, sage ich, als würde das alles erklären.

Claire schlägt die Hände vor den Mund. »Hoffentlich ist nichts passiert. Du bist doch nicht wirklich gesprungen, oder?«

Ich grinse nur und zucke die Schultern. Cole und Ethan kichern noch lauter.

»Echt jetzt? Du hast es getan? Ohne Scheiß?«, brüllt Gavin und reißt die Augen auf.

»Aus dem dritten Stock, nicht vom Dach«, berichtige ich. Die Geschichte ist peinlich, aber irgendwie bin ich auch stolz.

»Ist voll mit dem Gesicht in den Mülltonnen gelandet. Wir mussten ihn an den Füßen rausziehen. Ganz voller Bananenschalen war er. Sogar eine Käsescheibe klebte an seiner Backe. Und geheult hat er.« Cole lacht.

»Ich hatte keine Bananenschalen auf dem Kopf«, motze ich. »Es war die Altpapiertonne.«

»Wähwäh, warum hat es nicht geklappt«, äfft Cole mich nach. So quäkend habe ich nie geredet.

Autumn sieht mich mitfühlend an. »Hoffentlich war nichts gebrochen.«

»Nur Prellungen. Bin weich gelandet.«

Den Ärger, den ich damals von meinem Dad bekommen habe, weil er wieder mal ins Direktorat beordert wurde, lasse ich aus. Kann sein, dass er mir damals sogar eine gescheuert hat.

»Warum habt ihr ihn nicht aufgehalten?«, will Lennon jetzt wissen. Gute Frage.

»Ethans Gerede ging mir so auf den Sack, dass ich noch schneller springen wollte, und bis sich Cole – damals noch Fettsack – die Stufen hochgehievt hatte, war's zu spät.« Ich lehne mich zurück, trinke einen Schluck von meinem Geburtstagswhisky und grinse in mein Glas.

»Haha«, brummelt Cole.

»Kann sein, dass auch Drogen im Spiel waren«, gebe ich zu.

»Kann sein?« Ethan hebt die Augenbrauen. Zu der Zeit haben wir ziemlich viel gekifft und eine Menge anderer Sachen ausprobiert. Ethan saß mit seinen Eltern quasi an der Quelle.

»Drogen sind blöd«, mischt sich jetzt Franny ein.

Gavin tätschelt ihr wie einem Kleinkind den Schenkel. »Natürlich sind sie das, Sweetie.«

Der muss reden. Wenn sein Coach wüsste, was sein Quarterback alles konsumiert, könnte er sich sein Stipendium in die Haare schmieren. Aber das ist nicht mein Problem.

Cole und Autumn ziehen sich als Erste zurück. Ich bin sicher, Cole hätte noch länger durchgehalten, aber in der letzten halben Stunde hat Autumn mindestens einmal pro Minute gegähnt. Und allein wollte er sie nicht ins Bett schicken. Ob aus Fürsorge oder weil er schon wieder scharf auf sie ist, will ich nicht wissen.

Ethan und Claire beschließen, mit Rose noch einen Nachtspaziergang zu unternehmen, um den Mond und die Sterne zu genießen. Warum man unbedingt bei der Arschkälte noch einmal raus muss, ist mir schleierhaft. Rose könnte auch einfach hinters Haus oder von mir aus auch auf die Veranda pinkeln.

Gavin ist mit meiner Whiskyflasche in der Hand auf dem Sofa eingeschlafen. Sein Kopf ist nach hinten auf die Lehne gefallen, sein Mund steht offen und er sabbert tatsächlich ein bisschen. Franny hockt mit angepisstem Gesichtsausdruck auf dem Sessel und starrt ihren schnarchenden Freund an, als könnte sie ihn mit ihrem Laserblick aufwecken.

»Wie soll ich ihn denn jetzt ins Bett kriegen? Er wiegt mindestens eine Tonne.«

Lennon und ich sehen uns an, verziehen beide synchron die Lippen und nicken. Ohne Absprache stehen wir auf, nehmen Gavin in unsere Mitte und schleppen ihn in sein Zimmer. Dort werfen wir ihn aufs Bett.

»Ausziehen musst du ihn selber. Ich steh nicht so auf nackte Schwänze«, sage ich zu ihr.

Lennon zuckt zusammen. Es war nur ein harmloser Witz, trotzdem habe ich ein schlechtes Gewissen.

Franny verdreht die Augen und seufzt theatralisch, dann verschwindet sie und ich höre die Badezimmertür zuschlagen. Mein Blick fällt auf ihren knallroten Lippenstift auf dem Nachtkästchen. Grinsend greife ich ihn mir und male dem pennenden Gavin ein Clownsgesicht auf.

»Hör auf«, wispert Lennon und zerrt an meinem Arm. »Wenn er aufwacht, bringt er dich um.«

»Sei kein Spielverderber. Hast du deinen Bruder noch nie geärgert? Oder er dich?«

Ungerührt schmiere ich weiter in Gavins Gesicht herum. Auf einmal schnappt Lennon sich den Eyeliner und vervollständigt das Bild mit einer riesigen runden Brille, einem Hitlerbärtchen und einer dicken Monobraue. Wir treten ein Stück zurück, begutachten unser Werk und klopfen uns so stolz auf die Schultern, als hätten wir gerade einen internationalen Kunstpreis gewonnen.

»Spinnt ihr? Der Lippenstift war echt teuer!«, kreischt Franny, die unbemerkt wieder hereingekommen ist. Sie eilt zu uns und reißt uns ihr Make-up aus der Hand, dreht den Lippenstift aus seiner Hülle und fängt an zu jammern, als sie merkt, dass er fast leer ist.

»Ich kauf dir einen neuen«, verspricht ihr Lennon, was sie ein wenig beruhigt.

»Schlaf gut, viel Spaß beim Ausziehen deines Freundes«, flöte ich und winke wie ein Kleinkind. Lenny streicht Gavin zum Abschied noch seine Haare zum Mittelscheitel, dann stolpern wir kichernd aus dem Zimmer.

Draußen im Gang stehen wir plötzlich wieder verlegen herum. Alle Türen sind geschlossen, die Lichter im Haus aus. Wir sehen uns an und dann in alle möglichen Richtungen, als würden wir beide darauf warten, dass der jeweils andere etwas sagt oder tut. Aber nichts passiert. Ein paar Minuten vergehen, in denen man nur die Sexgeräusche aus Coles und Autumns Zimmer, Gavins Schnarchen und das Knarren der Dielen unter unseren Füßen hört.

»Gute Nacht, Zane«, flüstert Lennon. »Happy birthday noch mal.« Er hebt die Hand und streicht zart mit zwei Fingern über meine Augenbraue, die Schläfe hinunter und über meinen Hals, wo er einen Augenblick innehält. Mein Puls pocht hart gegen seine Fingerspitzen.

»Gute Nacht, Lennon«, sage ich ebenso leise. Dann löst er sich von mir und sofort wünsche ich mir, er würde mich weiter berühren.

Ich sehe ihm nach, wie er seine Tür öffnet und ins Zimmer schlüpft. Dann schließt sich die Tür von innen. Auf einmal bin ich unendlich traurig und einsam.

Ich liege in meinem für eine Person viel zu großen Bett und starre an die Decke, weil ich nicht einschlafen kann. In diesem Moment treffe ich eine Entscheidung.

Ich atme tief ein und steige aus dem Bett. Wenn ich es nicht sofort tue, werde ich Feigling doch noch kneifen.

Vorsichtig linse ich auf den Gang. Leer. Alles ruhig. Die paar Meter zu seiner Tür kommen mir wie Lichtjahre vor. Ich lege die Finger auf den Türgriff. Mein Herz schlägt so laut, dass es ein Wunder ist, dass nicht alle davon aufwachen. Langsam drehe ich den Knopf und husche in sein Zimmer.

Lennon ist ebenfalls wach. Das kleine Licht über dem Bett brennt, die Vorhänge sind offen, sodass der Mond hereinscheint und die verschneite Landschaft schemenhaft zu erkennen ist. Als er mich bemerkt, legt er sein Buch auf die Ablage an der Wand. Er sieht mich mit seinem intensiven Blick an.

»Ich habe nachgedacht«, wispere ich und erkenne meine Stimme kaum wieder.

Immer noch sagt er nichts, bewegt sich aber, sodass die Decke ein Stück herunterrutscht und zeigt, dass er nackt ist. Sein straffer, wunderbarer Körper.

»Ich will es.« Meine Stimme stockt. Es fällt mir so schwer, es auszusprechen. »Das mit uns.«

Ein kleines Lächeln stiehlt sich in sein Gesicht, aber hauptsächlich lese ich dort Skepsis.

»Zeig mir, dass es richtig ist. Dass ich trotzdem normal bin.« Ich knete meine Finger, traue mich nicht, näherzutreten. »Aber gib mir bitte Zeit. Lass uns sehen, wie es sich entwickelt. Ich bin noch nicht so weit, es öffentlich zu machen. Auch nicht vor Cole oder Ethan, schon gar nicht vor Gavin. Das schaffe ich noch nicht. Aber ich will dich. Ich wollte dich von Anfang an. Ich …«

Statt zu antworten, hebt er die Decke ein Stück hoch und lädt mich stumm ein, darunter zu schlüpfen. Bevor ich es mir doch noch anders überlege, setze ich mich in Bewegung und krieche zu ihm. Noch berühren wir uns nicht, drehen uns beide auf die Seite und sehen uns in die Augen.

»Damit kann ich leben«, flüstert er. »Vorerst. Bis du bereit bist, zu mir zu stehen. Mit allen Konsequenzen. Ich werde nicht für immer dein schmutziges Geheimnis bleiben. Das kann ich nicht.«

Ich nicke.

Er lächelt.

Ich lächle.

Er nickt.

Auf einmal bin ich wieder gehemmt, wie vor meinem ersten Kuss mit zwölf. Obwohl ich ihn so wahnsinnig gern berühren würde, fühle ich mich wie gelähmt. Habe eine Scheißangst. Was mache ich hier eigentlich? Bin ich komplett übergeschnappt?

Lennon bemerkt mein Zögern, denn sein Blick verändert sich und er zieht sich ein wenig zurück. Alle möglichen Regungen huschen über sein Gesicht. Verwirrung, Angst, Erkenntnis, Verständnis. Aber vor allem Lust. Ich kann kaum atmen, wenn er mich so ansieht. Fuck! Das kann nicht gut gehen! Er ist mein Verderben.

»Fällt es dir leichter, mich endlich zu küssen, wenn ich mich als Batman verkleide? Oder als Robin?« Er schmunzelt.

Ich bin ihm so dankbar, dass er die Situation auflockern will, noch dazu mit einem so dämlichen Vorschlag, der mich zum Lachen bringt. Glucksend schüttle ich den Kopf. »Ich bin sexuell verwirrt, nicht seltsam.«

Er rutscht zu mir, legt seine Hand in meinen Nacken und zieht mich zu sich. Legt alle seine Gefühle in seinen Kuss und ich schmelze wie Schnee in der Sonne. Ich glaube, ich wimmere sogar ein bisschen. Ich fasse es nicht! Ich bin tatsächlich bei ihm. Freiwillig!

Auf einmal ist nichts mehr komisch. Nur noch schön. Die Zeit bleibt stehen und es gibt nur noch uns. Ihn und mich. Und unsere Lippen und unsere hungrigen Körper. Ich dränge mich an ihn, nehme sein Gesicht in meine Hände, spüre seinen rauen Bart und presse seine Lippen noch fester auf meine. Er stöhnt, schiebt seine Zunge zwischen meine Lippen. Unser Kuss wird drängender und wilder. Gröber.

Es ist so anders, einen Kerl zu küssen. Weniger weich und zart, irgendwie mit mehr Energie und Kraft und Dominanz und ... Keine Ahnung. Anders eben. Es ist verflucht gut, mal nicht vorsichtig sein zu müssen. Bei ihm muss ich keine Angst haben, dass ich ihm wehtun könnte. Pure, starke Männlichkeit pulsiert zwischen uns. Das erregt mich mehr als alles, was ich bisher erlebt habe. Mein Schwanz ist schmerzhaft hart und drückt gegen den Stoff meiner Shorts.

Ohne unseren Lippenkontakt zu unterbrechen, rollt sich Lennon auf mich, teilt mit dem Knie meine Schenkel und platziert sich dazwischen. Automatisch klammere ich mich an seinen festen Po, presse ihn an mich. Will ihn. Mit einem genüsslichen Raunen reibt er seine Erektion an mir. Aber ich will keine Barriere aus Stoff zwischen uns. Ich will seine Haut auf meiner spüren. Deswegen fummle ich ungeschickt mein Shirt herunter. Er versteht, was ich will, hebt seinen Unterkörper und hilft mir, meine Shorts ein Stück herunterzuziehen, damit sich unsere Schwänze begrüßen können. Es gibt kein Zurück.

Dann ist sein Mund wieder auf mir und er küsst sich mein Kinn hinunter, über den Hals bis zu meiner Brust. Umkreist mit der Zungenspitze meine Nippel und beißt leicht hinein. Ich biege mich ihm entgegen, will mehr. Viel mehr! Es ist schön, mal nicht aktiv sein zu müssen, nur genießen zu dürfen, verwöhnt, verführt zu werden, schwach zu sein. Seine Gegenwart, diese unbändige Lust vertreibt den Zweifel in mir. Das Kratzen seines Barts auf meiner Haut verstärkt meine Erregung noch. So fucking good. Ich glaube, wenn er so weitermacht, komme ich allein davon.

Immer weiter geht sein Mund auf Entdeckungstour, seine Zunge versenkt sich in meinem Bauchnabel und ein Blitz schießt direkt in meine Eingeweide und meine Eichel, meine Hoden ziehen sich zusammen, mein Schwanz zuckt. Mit der Zunge fährt er nach unten, verharrt aber jedes Mal vor dem Ziel, ärgert mich, bringt mich an den Rand des Wahnsinns.

Ungeduldig fummle ich meine Unterhose selbst herunter und strample sie weg. Er schiebt sich wieder über mich, grinst und blickt mit leuchtenden Augen auf mich herunter. Jetzt werde ich mutiger, greife zwischen uns und streichle seinen Oberkörper, fahre seine Schultern hinab, halte mich an seinen Armen fest, ziehe ihn zu mir und küsse ihn wieder und wieder, klemme ihn zwischen meinen Knien ein. Mit ihm zusammen zu sein ist das beste Gefühl ever. Warum habe ich mich so lange gesträubt? Warum habe ich es so lange nicht gecheckt, dass es nicht falsch ist? Etwas so Gutes kann nur richtig sein.

Lennons Kopf entfernt sich wieder. Ich will ihn aufhalten, kralle mich aber unwillkürlich am Laken fest und atme erschrocken ein, als er heruntergleitet und meinen Penis in den Mund nimmt. An ihm saugt und mit seiner weichen Zunge um meine Eichel kreist und die ersten Tropfen ableckt. Ein paar Minuten bearbeitet er mich mit den Lippen und seinen Fingern, drückt immer wieder auf die weiche Haut zwischen Hoden und Anus. Dann hebt er meine Knie ein wenig an und knabbert an meinen Innenschenkeln hinunter zu meinen zum Zerreißen gespannten Eiern. Als er meinen Hintereingang erreicht, versteife ich mich und zucke zurück.

»Schsch«, flüstert er und küsst zärtlich meine Peniswurzel. Ich spüre die Vibration seiner Worte, während er langsam und sanft meinen Po streichelt. »Keine Angst. Heute nicht. Auch wenn ich mich unheimlich gerne in dich versenken würde. Aber dafür bist du noch nicht bereit, Batzane.«

Das Kosewort erstickt meinen letzten Funken Selbstbeherrschung. Ohne Vorwarnung drehe ich ihn herum und begrabe ihn unter mir, reibe unsere beiden Schwänze aneinander, verteile unsere Lusttropfen auf unseren Bäuchen. Küsse ihn, verschlinge ihn und zeige ihm wortlos, was ich nicht in Worte fassen kann. Mit zittrigen Fingern erkunde ich seinen Körper, streichle die Haare auf seiner Brust, kneife in seine Brustwarzen, stecke meine Nase in seine Schamhaare. Bei Frauen kann ich es nicht ausstehen, wenn sie sich nicht rasieren. Bei ihm finde ich es wahnsinnig sexy. Sein Geruch nach Moschus und Mann und Sex berauscht mich. Sein tiefes Grollen macht mich wahnsinnig. Er windet sich, schlingt seine Beine um meine Schenkel und krallt seine Finger in meine Pobacken, zwingt mich noch dichter an sich, bis wir ein einziger Organismus sind. Wir keuchen beide, stöhnen, knurren, brummen. Wer welche Geräusche von sich gibt, kann ich nicht unterscheiden.

Es ist unerwartet leicht, mit einem Mann herumzumachen, vielleicht, weil ich weiß, wie sich etwas anfühlt, welche Berührungen gut sind oder was einen so heiß macht, dass man sich kaum zurückhalten kann. Seine Griffe sind fest und erfahren und genau an den richtigen Stellen mit der richtigen Kraft. Keine Frau der Welt kann das.

»Ich würde dich so gern in mir spüren«, presst Lennon hervor. »Aber ich habe keine Kondome dabei.«

Sein Blick ist so intensiv, dass ich ihm kaum standhalten kann und für einen Moment die Augen schließen muss. Dann registriere ich, was er gesagt hat. Bin ich dafür bereit? Mit einem Mann zu schlafen? »Jaaa!«, schreit mein Penis, »Jaaa!«, brüllt mein pochendes Herz. »Nein, ich bin nicht schwul«, widerspricht mein verdammter Kopf. *Halt die Klappe!*

Zwei Gefühle kämpfen in mir: das Glück darüber, dass Lennon und ich endlich zusammen sind, und die verdammte Angst. Ich will mich nicht mehr wehren.

»Zufällig habe ich ein oder zwei. Warte kurz. Nicht bewegen.« Wenn Claire wüsste, wie dankbar ich ihr für ihr Geschenk bin.

Ich mache mir nicht einmal die Mühe, meine Shorts anzuziehen und meinen Mörderständer zu bedecken, sondern sprinte ins leere Wohnzimmer und schnappe mir die Vorratspackung Kondome. Nach nicht einmal einer Minute bin ich wieder bei Lennon, dort, wo ich hingehöre.

»Willst du die alle verbrauchen?«, fragt Lennon und sieht mich süffisant grinsend an.

Ich krabble zurück zu ihm ins Bett. »Das hältst du nicht durch, alter Mann.«

Er lacht und schlägt mir auf den Bizeps. »Alter Mann«, murmelt er. »Ich bin noch keine dreißig.«

Mit klopfendem Herzen öffne ich den Karton und fische wahllos eines der Kondome heraus. Gerade ist es mir völlig egal, ob rot oder grün oder mit Geschmack. Hauptsache, ich kann endlich in ihn. Praktischerweise sind auch Einzelportionen Gleitgel beigelegt. Auch wenn ich von schwulem Sex keine Ahnung habe, weiß ich doch genug, dass es mit Gleitgel leichter geht und weniger schmerzhaft für ihn sein wird. Dass gleich mein erster Analsex passieren wird – noch dazu mit einem Mann –, macht mir plötzlich keine Angst mehr. Es fühlt sich richtig an. So … normal. Ich will nichts mehr, als mit diesem wunderbaren Menschen zu schlafen.

Weil er merkt, dass ich es wegen meiner extrem zittrigen Hände nicht schaffe, das Ding überzurollen, hilft er mir. Ich komme mir wie der letzte Anfänger vor, dabei benutze ich seit meinem ersten Sex Kondome. Immer. Grundsätzlich. Ich kann das quasi im Schlaf und sogar sturzbetrunken. Aber er macht mich so wahnsinnig, dass ich alles vergesse. Seine Finger an meinem Schwanz bringen mich beinahe zum Höhepunkt. *Konzentration, Zane.*

Schwer atmend sehe ich ihn an. Wieder überfällt mich die Angst. Stärker sogar als bei meinem ersten Mal. Aber da war es auch reine Teenager-Geilheit und sie war nicht *er*.

Geübt reibt Lennon meinen Schwanz mit Gleitgel ein und verteilt es auf seinem Eingang, schiebt einen Finger in sich und bereitet sich vor, weitet sich für mich. Ein weiterer Finger folgt. Noch nie habe ich etwas Erotischeres gesehen als diesen nackten Mann unter mir, der sich selbst Lust verschafft. *Ich* will es sein, der in sein Innerstes vordringt. Also schiebe ich seine Finger beiseite und übernehme es für ihn, dringe erst mit einem, dann mit zwei Fingern in ihn ein, bewege sie, wie ich es bei ihm beobachtet habe. Ich werde gleich zum ersten Mal mit einem Mann schlafen, aber es kommt mir überhaupt nicht mehr komisch oder abartig oder falsch vor. Auch wenn ich noch nicht bereit bin, mich selbst auf diese Weise nehmen zu lassen.

Er stellt seine Beine auf und spreizt sie, damit ich mich dazwischenknien kann. Schiebt ein Kissen unter seinen Po und greift zwischen uns. Führt meinen pochenden Schwanz an seinen Eingang, ermuntert mich mit liebevollem Blick. Vorsichtig klopfe ich mit meiner Spitze an und schiebe mich ein winziges Stück hinein. Beide halten wir den Atem an. Sein Penis zuckt auf seinem Bauch, er hält sich an meinen Armen fest.

»Du tust mir nicht weh. Halt dich nicht zurück, Batzane«, keucht er. Als er sich ein wenig anders positioniert, habe ich das Gefühl, als öffnete sich für mich. Durch seine Worte ermutigt, bewege ich mein Becken nach vorn und gleite tiefer in ihn, versenke mich bis zum Anschlag.

Es ist unheimlich eng und heiß und einfach nur unglaublich gut.

Lennon stöhnt laut auf und ich muss innehalten, um nicht sofort zu kommen. Er wartet, sieht mich die ganze Zeit an, eine Hand um seinen Ständer geschlungen, die andere auf meiner Hüfte.

Nach ein paar Atemzügen habe ich mich wieder einigermaßen unter Kontrolle. Ich sinke auf ihn, stütze mich auf die Ellbogen, Brust an Brust mit ihm, und presse meine Stirn an seine. Wir beginnen, uns zu bewegen, und eigentlich ist es nicht viel anders als mit Frauen. Zumindest, was die Technik und den Rhythmus angeht. Nur ungleich besser. Viel, viel besser. Intensiver und roher und doch so liebevoll. Wieder verlagert er sein Gewicht und meine Spitze stößt an einen Widerstand. Ein Schrei entweicht ihm und ich halte erschrocken inne und entferne mich ein Stück, stütze mich auf die Handflächen.

»Nein, hör nicht auf«, stammelt er. »Genau da. Noch mal.«

Nur wenige Stöße später kommt er stöhnend über unsere Bäuche. Ich schiebe mich noch einmal tief in ihn, will auch endlich Erleichterung. Mein Orgasmus ist gewaltig und will nicht enden. Immer wieder pumpt neues Sperma aus mir heraus, bis ich fix und fertig auf ihm zusammenbreche. Wir sind beide klebrig von unserem Schweiß und unseren Säften. Aber ich bin wahnsinnig befriedigt.

Und glücklich.

Tatsächlich ist das das Wort, mit dem ich meinen momentanen Zustand beschreiben würde. Und das nicht allein aufgrund des grandiosen Sex. Es liegt an ihm. An dem Mann, dem *Mann*, der gerade meinen Rücken streichelt. Dessen andere Hand nach oben fährt und sich in meinen Haaren versenkt, meine Kopfhaut krault, während er ebenfalls versucht, wieder zu Atem zu kommen.

Das war nicht nur Sex. Ich kann es nicht einordnen, aber es war mehr als nur Triebbefriedigung. Genauer darüber nachdenken will ich allerdings nicht, ob aus Trägheit oder aus Angst, zu welchem Schluss ich kommen könnte. Unser Arrangement ist, dass wir uns auf das, was zwischen uns ist, einlassen und abwarten, wohin es führt. Das ist ohnehin mehr, als ich überhaupt jemals einem Menschen zugestanden habe.

Auch wenn ich eigentlich genau weiß, was passieren wird. Er ist mein Untergang und schon jetzt bin ich hoffnungslos verloren.

Leider muss ich mich von ihm lösen, um das Kondom zu entsorgen. Damit es keiner findet und Fragen stellt, die ich nicht beantworten kann – und will –, verstaut es Lennon in einem gebrauchten Socken und steckt diesen ganz unten in seine Reisetasche. Splitternackt läuft er durchs Zimmer, sodass ich ihn ungeniert bewundern kann. Immer noch kann ich es nicht glauben, dass ich einen Mann sexy finde.

»Danke, dass du dichthältst und uns nicht auffliegen lässt«, raune ich und schäme mich im selben Moment dafür, dass ich es von ihm verlange.

»Du hast um Zeit gebeten. Und ich halte meine Versprechen.« Er kommt zurück ins Bett. »Bleibst du hier?« Ich höre die Sorge in seiner Stimme.

»Ich will nirgendwo anders sein«, sage ich theatralisch und lege meinen Kopf auf seine Brust, schlinge mein Bein um seines und meinen Arm um seinen Oberkörper. Sein Herzschlag pocht kräftig gegen mein Ohr.

»Ich hätte nicht gedacht, dass du jemand bist, der nach dem Sex kuscheln will«, meint Lennon nach einer Weile, während er meinen Unterarm streichelt.

»Bin ich auch nicht.«

Nur bei ihm.

Er drückt mich ein wenig stärker an sich und küsst mich auf die Haare.

Lennon

Diesmal ist Zane nicht panisch abgehauen. Stattdessen liegt er nackt in meinen Armen und kuschelt mit mir. Er hat mir sein erstes Mal mit einem Mann geschenkt. Will mit mir zusammen sein, wenn auch vorerst heimlich. Aber lieber so als gar nicht. Ich will ihn. Ich liebe ihn schon lange. Und ich werde ihm die Zeit geben, die er braucht, um sich einzugestehen, dass er mich auch liebt. Denn ich bin davon überzeugt, dass es so ist. Seine Blicke, seine Berührungen, sein Körper, seine Reaktion auf mich beweisen seine Gefühle.

Er weiß es nur noch nicht. Oder will es nicht zugeben. Wobei ich immer noch nicht so genau weiß, wovor er solche Angst hat. Warum es ihm so extrem schwerfällt, sich zu outen. Nicht einmal vor seinen Freunden. Ich hoffe so sehr, dass er es irgendwann schafft und wir eine richtige Beziehung führen können. Aber ich muss mich zur Geduld mahnen, denn er ist es wert, zu warten.

»Ich bin froh, dass du nachgedacht hast. Und vor allem, zu welchem Ergebnis du gekommen bist«, sage ich in die Stille hinein.

Zane rührt sich, räkelt sich und reibt lasziv seinen Unterleib an meinem Schenkel. »Ich auch«, murmelt er und klingt dabei wie ein schnurrender Kater. Nach einer Weile rutscht er ein wenig weg. Ist es jetzt doch so weit? Hat er seine Meinung geändert, weil ihm klar geworden ist, was wir getan haben? Wird er mich doch verlassen?

»Es tut mir leid«, flüstert er.

Gerade eben war noch alles gut. Im nächsten Augenblick hat ihn die Erkenntnis überrollt und er wird unsere Nähe erneut als Fehler bezeichnen. Diesmal werde ich es nicht verkraften. Ich werde untergehen und rettungslos ertrinken. Also verschließe ich mich innerlich – oder versuche es verzweifelt – und wappne mich gegen das, was kommen wird. Seine Flucht.

Aber statt aus dem Bett zu steigen, stützt er sich auf den Ellbogen, küsst mich aufs Kinn und sieht mich eindringlich an. »Es tut mir leid, dass ich dir das angetan habe. Dass ich dich so lange hingehalten habe. Dass ich so ein Arsch war.«

Ich erkenne die Wahrheit in seinen Worten und bin unheimlich erleichtert, dass meine Angst nicht berechtigt war. Dankbar ziehe ich ihn an mich, lasse ihn nicht los, auch als er immer schlaffer wird. Ich lausche seinen regelmäßigen Atemzügen, genieße seine warme Haut auf meiner, streichle seinen Rücken und halte ihn, während er schläft. Ich selbst bin viel zu aufgekratzt zum Einschlafen.

Als es im Zimmer heller wird und das rötlich-gelbe Licht des Sonnenaufgangs hereinscheint, wecke ich ihn sanft mit einem Kuss. Er räkelt sich und schmatzt leise. Seine Morgenlatte drückt an meinen Oberschenkel und es kostet mich eine Menge Selbstbeherrschung, nicht auf der Stelle mit ihm zu schlafen.

»Wenn du keine dummen Fragen von den anderen riskieren willst, solltest du lieber in dein eigenes Zimmer wechseln«, raune ich, obwohl ich nichts lieber will, als ihn bei mir zu behalten.

Er holt tief Luft, nickt an meiner Brust und stemmt sich mühsam hoch. Seine Haare sind verstrubbelt und auf einer Seite ein wenig plattgedrückt. So kurz nach dem Aufwachen sieht er viel jünger und entzückend verwirrt aus. Wie ein kleiner Junge, den man gerade aus einem wunderschönen Traum gerissen hat.

Verschlafen reibt er sich die Augen. Bei meinem Anblick zieht er die Augenbrauen zusammen, Zerrissenheit spiegelt sich in seinem Blick, aber er wendet den Blick nicht ab. Er lächelt mich scheu an.

»Ich hoffe, du hast es dir nicht wieder anders überlegt?«, kann ich mich nicht zurückhalten, zu fragen.

Langsam schüttelt er den Kopf. »Nein, habe ich nicht.«

Mein Herz stolpert, weil mich sein Mut so glücklich macht.

»Es war schön«, gibt er zu. »Anders als alles, was ich kenne. Aber schön. Fantastisch. Besser als ...« Er stockt. Offenbar kann er es nicht aussprechen.

Ich dränge ihn nicht, Worte werden ohnehin überbewertet.

»Ich ...« Wieder holt er Luft, blinzelt und schluckt. »Ich will das mit uns. Vor allem nach letzter Nacht. Ich will das noch mal.« Sein Finger fährt kreisend um meine Brustwarze, die sich erwartungsvoll zusammenzieht. »Nicht nur einmal, sondern immer wieder.« Er stützt sich auf seinen Ellenbogen und sieht mir in die Augen. »Aber das darf niemand erfahren. Bitte gib mir Zeit. Aus mehreren Gründen. Ich hatte noch nie eine Beziehung. Mit keiner der Frauen, mit denen ich geschlafen habe, hatte ich das Bedürfnis nach mehr. Und dann kommst du. Ein Mann. Und auf einmal ist alles anders. Auf einmal denke ich an Kuscheln und gemeinsame Ausflüge und Abende auf der Couch und an eine Zukunft. Mit einem Mann.« Er runzelt die Stirn und schüttelt erneut den Kopf.

»Du brauchst es nicht so oft zu wiederholen. Ich weiß, dass ich ein Mann bin.«

Er seufzt. »Ja, bist du.« Er stoppt und ich warte, bis er weiterspricht. »Ich will mit dir zusammen sein. Als Paar. Das macht mir verflucht Angst. Dass der erste Mensch, für den ich mehr empfinde als Geilheit, ein Mann ist.« Endlich spricht er aus, was ihn seit Wochen plagt. »Das ist alles so verdammt schwer für mich. Verstehst du?«

Ich nicke, auch wenn ich immer noch nicht ganz nachvollziehen kann, wo das eigentliche Problem ist.

»Ich muss erst mal damit klarkommen, dass ich ...« Er sinkt aufs Kissen zurück und rollt sich auf den Rücken. »Dass du und ich ...« Er fuchtelt zwischen uns hin und her. »Du weißt schon.« Er kratzt sich übers Gesicht und lässt seine Handflächen über seinen Augen liegen. »Erst wenn ich mir ganz sicher bin, was da eigentlich los ist mit mir und dass ich – verdammt – auf einen Typen stehe, mit einem Kerl ficke, erst dann kann ich es den anderen sagen. Ich will nicht, dass mich plötzlich alle anders behandeln. Dass sie mich ansehen, als wäre ich ein Freak oder so.«

Na, danke auch. Damit hat er mich quasi indirekt als Freak bezeichnet. Trotzdem ziehe ich sanft seine Hände vom Gesicht. »Es ist okay«, versichere ich ihm. »Hauptsache, du rennst nicht wieder weg.«

Er lächelt dankbar. Von selbst finden sich unsere Lippen und wir küssen uns zärtlich und in stummer Übereinkunft, voller Versprechungen und Bestätigung unserer Gefühle.

»Ich werde dir beweisen, wie schön es sein kann, zu lieben«, flüstere ich und bin mir des Pathos meiner Worte bewusst. Da muss er durch, wenn er mit mir zusammen sein will. Ich bin nun mal ein emotionaler Trottel und kann ihn nicht vor allem verschonen. »Und jetzt ab mit dir in dein eigenes Bett, bevor ich dich nicht mehr gehen lasse.«

»Die anderen werden nicht vor zehn aufstehen«, murmelt er mit tiefer Stimme. Seine Hand fährt an meiner Brust hinunter bis zu meinem Bauch und noch weiter, wo er meine Schamhaare krault. »Ich würde gerne noch etwas ausprobieren.«

Er steckt seinen Kopf unter die Decke und leckt mit seiner weichen Zunge über meine Erektion. Ich bin immer noch klebrig, wir haben nach unserem Liebesspiel nicht mehr geduscht, aber das scheint ihn nicht zu stören.

»Noch ein erstes Mal«, brummt er und schließt seine Lippen um meinen pochenden Schwanz.

Mit den Fingern umschließt er meine Peniswurzel und drückt zu, dann beißt er mich leicht in die Hoden. Ich erschrecke kurz, mein Becken hebt sich von der Matratze, aber es fühlt sich viel zu gut an, um ihn aufzuhalten. Sein Mund fährt zurück zu meinem Schaft, knabbert sich daran hoch, bevor er ihn in den Mund nimmt und daran saugt. Ich stöhne lang und tief, als er beginnt mir wie ein Profi einen zu blasen.

»Ich komme gleich«, warne ich ihn und er leckt noch einmal über meine Eichel, bevor er mich aus seinem Mund entlässt. So sehr ich mir wünsche, mich in seinem Mund zu entladen, verstehe ich, dass er das beim ersten Mal nicht will. Fasziniert sieht er zu, wie ich mich endgültig zum Höhepunkt bringe und in heftigen Schüben auf meinen Bauch spritze. Mein Atem geht stoßweise, und ich falle erschöpft ins Kissen zurück.

»Wow«, stammle ich. »Das war großartig. Hast du heimlich geübt?«

Er grinst zufrieden. »Ich bin beim Sex eben ein Naturtalent.«

»Eigenlob stinkt«, erinnere ich ihn, ziehe ihn am Nacken zu mir und bedanke mich mit einem Kuss. Er richtet sich auf, verteilt meinen Saft auf meiner Brust und leckt ein wenig davon ab. Mit gerunzelter Stirn kostet er.

»Was ist?«

»Ich habe mich letztens gefragt, ob das Sperma unterschiedlicher Männer auch unterschiedlich schmeckt.«

»Tut es«, bestätige ich, hake aber nicht nach, warum er das wissen will. Er kann alles fragen, schließlich ist alles neu für ihn. »Ich habe keine Ahnung, aber sicher schmecken auch nicht alle Frauen da unten gleich, oder?«

»*Da unten*«, feixt er und lacht. »Aber es stimmt.«

»Es ist eigentlich ganz leicht«, sage ich und schließe ebenfalls meine Finger um seine Erektion. »Man muss nur das tun, was man selbst mag.« In langsamen Bewegungen gleite ich auf und ab. Er sinkt seitlich auf mich und drängt sich gegen meine Hand. »Ich zum Beispiel liebe es, wenn man mich etwas härter anfasst.« Ich packe fester zu, woraufhin er stöhnt und die Augen schließt. »Und wenn man dabei meine Eier massiert.« Mit der anderen Hand drücke ich seine Hoden, die sich prompt zusammenziehen. »Und wenn man mit der Zunge in die Öffnung fährt.« Ich schiebe ihn von mir, beuge mich über seinen Unterleib und nehme ihn in den Mund, reize mit meiner Zunge seine Eichel und stecke sie ein kleines Stück in den Spalt. Er zuckt und reckt sich mir zitternd entgegen.

»Oh ja, das liebe ich auch«, stößt er hervor und krallt sich in meinen Haaren fest, hält meinen Kopf an Ort und Stelle. Nach nur wenigen Minuten ergießt er sich in meinen Mund und ich schlucke alles, was er mir schenkt. Und das ist viel mehr als nur sein heißes Sperma.

Danach ist es draußen bereits taghell. Ein Blick auf den Wecker zeigt weit nach acht. Hektisch sucht Zane seine Shorts und schlüpft hinein. Er verabschiedet sich mit einem kurzen Kuss auf meine Lippen und einem geflüsterten »Bis später, süßer Lenny«, dann öffnet er die Tür einen Spalt, lugt hinaus und schlüpft in den Flur. Kurz darauf höre ich seine Zimmertür und ein paar Augenblicke später Wasserrauschen.

Ich bekomme mein Grinsen nicht aus dem Gesicht, und das liegt nicht an dem Orgasmus, den ich soeben hatte. Sondern daran, dass er endlich mir gehört und sich gerade unseren gemeinsamen Schweiß abduscht. Hoffentlich schaffe ich es, normal zu schauen, wenn ich die anderen treffe. Der dümmlich-selige Gesichtsausdruck wäre zu auffällig.

Ich warte noch eine halbe Stunde, dann verschwinde ich ebenfalls ins Bad, um mir die Hinterlassenschaften unserer gemeinsamen Nacht abzuspülen.

Im Esszimmer ist der Frühstückstisch bereits mit Wurst, Käse, Marmelade, Toast und Früchten gedeckt. Leckerer Kaffeeduft strömt aus der Küche herüber. Ganz paschamäßig hängen die Jungs auf der Couch herum, während die Stimmen der Mädchen aus der Küche zu hören sind. Gavin, der immer noch sehr verkatert aussieht – Reste unseres Kunstwerks sind noch zu erahnen –, diskutiert lautstark mit Cole über Football, Ethan liest und Zane döst mit zurückgelegtem Kopf.

Als ich den Raum betrete, öffnet er kurz die Augen, wirft mir ein kleines Lächeln zu und gibt dann irgendeinen Kommentar zur Football-diskussion ab. Statt mich zu den Machos zu gesellen, rufe ich ihnen nur ein »Guten Morgen« zu. In Richtung meines Bruders frage ich noch scheinheilig: »Gut geschlafen?«, aber seine Antwort warte ich nicht ab.

»Du weißt, dass das Rache gibt, Bruder!«, ruft mir Gavin hinterher. Ich strecke ihm über die Schulter den Mittelfinger hin und schlendere unbeteiligt in die Küche.

»Wunderschönen guten Morgen, liebste Mädels. Kann ich euch etwas helfen?«, begrüße ich sie und küsse jede einzelne, sogar Franny, auf die Wange.

Autumn lächelt. »Du bist aber gut gelaunt, Bruderherz.«

Ich zucke die Schultern. »Ich habe eben gut geschlafen. Die Bewegung an der frischen Luft, die nette Gesellschaft, das gesunde Bergklima und so.«

Sie lacht und füllt Kaffee aus der Maschine in eine Thermoskanne. Die drückt sie mir mit einer Zuckerdose in die Hand und scheucht mich hinaus. Die anderen folgen und gemeinsam setzen wir uns in unserer gewohnten Sitzordnung an den Esstisch. Zane, Cole und Gavin schaufeln das Essen in sich hinein, als hätten sie seit Wochen gefastet, Franny knabbert nur an einem Stück Gurke herum, Ethan rührt klein geschnittenes Obst in seinen Joghurt und Claire streicht sich Marmelade auf einen Toast. Autumn drapiert kunstvoll Kiwischeiben auf ihrem Frischkäse und beobachtet mich verstohlen, wie ich Milch in meinen Kaffee schütte und von meinem Käsetoast abbeiße. Was hat sie denn heute? Unauffällig kontrolliere ich meinen Bart auf Essensreste, aber alles ist gut. Irgendetwas beschäftigt sie.

Alle reden durcheinander, es ist das gleiche wunderbare Chaos wie bei den Mahlzeiten zuvor. Ich fühle mich unglaublich wohl inmitten dieser großartigen Menschen. Autumn huscht hinaus und werkelt scheppernd in der Küche herum.

»Lennon, kannst du mir bitte mal etwas helfen?«, ruft sie. Cole sieht fragend auf, zuckt aber dann die Schultern und unterhält sich weiter mit Zane.

»Was ist los?«, frage ich, als ich in die Küche komme. Mit verschränkten Armen sitzt sie auf der Arbeitsplatte, baumelt mit den Beinen und erwartet mich mit ernstem Gesicht.

»Ich habe heute Nacht, als ich pinkeln war, Zane in dein Zimmer schleichen sehen. Mit den Geburtstagkondomen. Nackt. Hast du mir etwas zu sagen?«

Leugnen ist sowieso zwecklos. »Nicht so laut«, zische ich, ziehe sie von der Anrichte und in die Abstellkammer und schließe die Tür hinter uns. Hier drin ist es so eng, dass wir uns beinahe zwischen die Konserven ins Regal quetschen müssen, wenn wir nicht aneinanderkleben wollen.

»Hast du es irgendjemandem erzählt?«

Sie schüttelt empört den Kopf. »Nein, natürlich nicht. Aber dir – oder besser gesagt euch – sollte klar sein, dass Cole und Ethan nicht doof sind. Cole hat mich schon angesprochen, ob ich weiß, was da zwischen euch läuft.«

Dachte ich es mir doch.

»Und?«, hakt sie nach und stemmt ihre Hände in die Hüften oder auf das, was davon übrig ist. »Was läuft da jetzt?«

»Schwöre, dass du es niemandem erzählst. Hörst du? Nicht einmal Cole. Ich musste Zane versprechen, dass es geheim bleibt, bis er so weit ist, es euch selbst zu eröffnen.«

»Ich gelobe, dass dieses Gespräch unser Geheimnis bleibt«, sagt sie feierlich. Eine Hand legt sie auf Höhe ihres Herzens auf die Brust, die andere hebt sie zu unserem Familienschwur. »Also, wie lange läuft das schon?«

Ich beichte ihr alles. Wie alles angefangen hat, als er mit Rose in der Praxis aufgetaucht ist, und sich zwischen uns diese Anziehung und sexuelle Spannung aufgebaut hat. Dass wir Sex hatten, er aber danach panisch abgehauen ist. Wie er sich standhaft gegen seine Gefühle gewehrt hat und gestern zu dem Entschluss gekommen ist, dass er doch eine Beziehung mit mir will. Dass er mir quasi gestanden hat, dass er auch in mich verliebt ist. Und dass ihm das unheimlich Angst macht und er nur schwer damit umgehen kann. Alles. Nur die intimen Details lasse ich weg. Es tut gut, mich endlich jemandem anvertrauen zu können.

»Und jetzt?«, hakt sie nach meinem langen Monolog nach.

»Jetzt hoffe ich, dass er sich nicht zu lange Zeit lässt, sich zu outen.«

»Was macht ihr denn da drinnen?«, ruft Cole durch die Tür und rüttelt kräftig daran. Weil ich daran lehne, bekommt er sie nicht auf.

»Wir kommen gleich«, flötet Autumn, umarmt mich flüchtig und gibt mir ein Zeichen, dass ich sie vorbeilassen soll. Sie streckt den Daumen nach oben, verschließt mit der anderen ein imaginäres Schloss vor ihrem Mund und öffnet dann die Tür.

Cole schaut verwirrt zwischen uns hin und her. »Habt ihr Geheimisse?«

Sie küsst ihn auf den Mund. »Du musst nicht alles wissen, du neugieriger Mensch«, sagt sie nur und quetscht sich an ihm vorbei. Mit gerunzelter Stirn folgt Cole ihr und lässt mich zwischen Bohnen, Bier und Reis zurück.

Nach ein paar Minuten habe ich mich so weit gefasst, dass ich mich wieder zu den anderen begeben kann. Verstohlen schaue ich mich nach Zane um und entdecke ihn vor dem Kamin. Er diskutiert mit Gavin, sein ausladendes Gestikulieren erinnert mich an Italien.

»Vergiss es, sie ist *deine* Freundin. Du hast sie mitgebracht, obwohl du wusstest, dass sie nicht Ski fahren kann. Also hast du sie an der Backe. Ich spiel nicht den Babysitter. Soll sie eben bei den anderen bleiben.«

»Redet nicht über mich, als wäre ich nicht anwesend«, beschwert sich Franny vom Esstisch her. Zu recht. »Außerdem will ich nicht den ganzen Tag hier rumhängen. Ich will Skifahren lernen. Wann bekomme ich schon mal die Gelegenheit dazu?« Sie macht einen Schmollmund. Gavin tritt zu ihr und legt von hinten die Hände auf ihre Schultern.

»Sweetie, ich würde mich so gerne auspowern und mit meinen Freunden richtig Ski fahren. Schnell und ohne Rücksicht nehmen zu müssen. Gönnst du mir den Spaß nicht?«

»Doch«, gibt sie zu. »Aber ich dachte, du willst mit mir Zeit verbringen und dich mit mir auspowern.«

Er grinst vielsagend. »Andere Bereiche meines Körpers brauchen auch Bewegung, Sweetie.« Er beißt sie in den Nacken und sie windet sich kichernd.

»Ich kann dein Skilehrer für heute sein«, biete ich an.

Franny lächelt mich an. »Das ist nett von dir. Danke, Lennon. Das Angebot nehme ich gerne an.«

Gavin klopft mir auf den Rücken. »Danke, Bruder. Du hast was gut bei mir.«

Zane lehnt mit finsterem Gesicht am Kamin, die Hände in den Hosentaschen vergraben. »Dann fährst du heute also nicht mit uns?«, fragt er. Man merkt, dass er sich um einen neutralen Ton bemüht, aber ich höre die Enttäuschung darin.

Tja, so ist das eben, wenn man seine Beziehung verheimlicht. Dann darf es einem nach außen hin nichts ausmachen, wenn man Sachen getrennt unternimmt. Ich zucke möglichst unbeteiligt die Schultern, auch wenn ich viel lieber Zanes Hintern beim Skifahren bewundern würde als Frannys.

»Sieht so aus.«

Zane stapft hinaus, ich höre eine Tür zuschlagen.

»Was hat er denn? Ist doch eine super Lösung jetzt.« Gavin kratzt sich am Kopf. »Zicke«, murmelt er und sieht Zane mit einem großen

Fragezeichen in den Augen hinterher. »Vielleicht wurde er zu lange nicht mehr flachgelegt.«

Wenn der wüsste ...

»Hat er keine gefunden, die mit auf die Hütte kommt? Würde ihn um einiges ausgeglichener machen.« Gavin setzt sich neben seine aktuelle Freundin und zieht sie auf seinen Schoß. »Solche Probleme habe ich nicht.«

Im nächsten Moment presst er seine Lippen auf Frannys und fummelt so hingebungsvoll an ihren Brüsten herum, dass man denken könnte, sie hätten gerade live Sex vor der Kamera. Wenigstens ist er so von Zanes seltsamem Verhalten abgelenkt. Wenn Zane nicht will, dass die anderen Verdacht schöpfen, sollte er sich besser unauffälliger verhalten. Wenn schon Gavin, dem das Wort Feinfühligkeit eigentlich völlig fremd ist, merkt, dass Zane komisch reagiert ... Ein paar Minuten später erscheint Zane in seinen kompletten Skiklamotten im Wohnzimmer.

»Und, können wir endlich los? Ficken oder Skifahren? Entscheide dich. Aber bitte schnell«, blafft er Gavin an, der sich von Franny löst und ihn verwundert anglotzt.

»Schwere Entscheidung«, sagt er nach einer kurzen Pause, in der er sich sammelt. Franny kichert. »Aber ich entscheide mich ...« Er schiebt Franny von sich herunter, stemmt sich hoch und tritt mit ausgebreiteten Armen auf Zane zu. »... für dich, lieber Zane.« Der verdreht die Augen und fischt eine Zigarettenschachtel aus seiner Jackentasche.

»Ich warte draußen. Beeil dich.«

Am Nachmittag treffen wir uns wieder in der Hütte. Wie am Tag zuvor hat Claire bereits Tee gekocht, mit dem sie uns zum Aufwärmen empfängt. Während Gavin und Zane entspannt, zufrieden und aufdringlich gut gelaunt wirken, bin ich genervt, weil der Tag mit Franny extrem anstrengend war. Zwar hat sie sich sichtlich bemüht, aber ich habe selten jemanden erlebt, der so ein schlechtes Körpergefühl hat wie sie und Anweisungen kaum bis gar nicht umsetzen kann. Selbst ein Dreijähriger kann nach zwei Tagen Übung besser fahren als sie. Noch dazu hat sie ständig rumgejammert, dass ihr kalt sei, dass sie Durst habe, dass sie aufs Klo müsse, dass ihr die Beine wehtun. Gut, dass ich vier jüngere Geschwister habe und an quengelnde Kleinkinder gewöhnt bin, sonst hätte ich sie vermutlich mit meinem Snowboard erschlagen und im Tiefschnee vergraben. Kein Wunder, dass Gavin keine Lust mehr auf Skikurs mit ihr hatte. Eine Karriere als Abfahrtsläuferin wird sie garantiert nicht machen.

»Schade, dass wir morgen schon wieder heimfahren müssen«, meint Claire nach dem Essen, einer unglaublich leckeren Kürbissuppe. Da kann ich ihr nur zustimmen. Ich liebe diese Truppe verrückter Menschen. Einen davon ganz besonders.

Zane hebt die Schultern. »Von mir aus können wir noch bleiben. Oder ihr allein. Außer uns benutzt sowieso niemand die Hütte. Mein Dad ist viel zu sehr Workaholic, um sich zu entspannen. Und Mom mag nicht alleine herkommen. Die Einzigen, die außer uns ab und zu hier hochkommen, sind Madison und ihre Freundinnen.«

»Madison ist Zanes Cousine«, erklärt mir Cole, der wohl meinen fragenden Blick richtig gedeutet hat. »Ist ein bisschen jünger als wir. Wohnt irgendwo im Norden. Ihr Dad ist der Bruder von Zanes Dad oder so.«

»Madisons Mom ist die Schwester von meiner Mom. Dad hat keine Geschwister. Wahrscheinlich war mein Opa schon so bedient mit einem Arschlochkind, dass er keine weiteren wollte.« Zane klingt verbittert. »Wenn er Geschwister hätte, müsste ich nicht diese Scheißfirma übernehmen.«

Ethan hebt einen Finger. »Du bist nach wie vor ein freier Mensch.«

Doch Zane blockt ihn mit einer wütenden Geste ab. »Lass es bitte, okay. Ich bin nicht hier, um zum millionsten Mal mein verkacktes Leben zu erörtern. Hier will ich nur Spaß haben.« Mit diesen Worten steht er auf, geht in die Küche und kommt mit einer Flasche Tequila wieder. »Apropos Spaß!« Er setzt die Flasche an die Lippen und nimmt einen großen Schluck. Dann reicht er sie an Cole weiter, der ebenfalls trinkt. Wie Ethan und Gavin auch. Die Mädels und ich lehnen ab.

»Sollen wir einen Film schauen?«, schlägt Zane vor und ruft die Streaming-App auf dem riesigen Fernseher auf, der beinahe die gesamte Wand einnimmt. Die anderen nicken. Vor allem Gavin wackelt heftig mit dem Kopf, als wäre er froh, sich dann nicht mit Franny beschäftigen zu müssen. Vermutlich wird sie nach unserer Rückkehr in die Zivilisation nicht mehr lange seine Freundin sein. Nach dem Tag mit ihr kann ich das sogar verstehen.

»Aber nicht schon wieder Batman«, jammert Cole und die anderen stimmen ihm ohne Ausnahme zu. Es dauert ewig, bis wir uns geeinigt haben. Die Frauen wollen unbedingt einen Liebesfilm, was wir Männer geschlossen lautstark ablehnen. Cole, Gavin und Zane plädieren für Action, Ethan erzählt etwas von einem Autorenfilm, der in Cannes irgendetwas gewonnen habe, und ich halte mich vorerst raus.

Schließlich entscheiden wir uns für *Justice League*. So hat Zane sein DC-Universum, wenn auch nicht Batman, die Mädchen haben halbnackte Muskelkerle und Action gibt es auch. Dass ich gern mit Ethan den Independent-Film gesehen hätte, wird nicht zur Kenntnis genommen.

Ich konnte den Platz neben Zane ergattern, und weil wir zu viert auf dem Dreiersofa sitzen, werden wir regelrecht aneinandergepresst. Mich stört das nicht, im Gegenteil, ich kann nicht genug von seiner Nähe bekommen. Immer wieder berühren sich wie zufällig unsere Finger und jedes Mal fährt ein Stromstoß meine Wirbelsäule hinab. Es ist schwer, nicht über ihn herzufallen oder mich wenigstens an ihn zu lehnen, wie Paare das nun mal tun.

»Kommst du nachher zu mir?«, raunt mir Zane beim Abspann so leise zu, dass nur ich es hören kann. Ich greife mir eine Handvoll Chips und schiebe sie mir in den Mund, gleichzeitig nicke ich unauffällig. Zane drückt kurz seinen Oberschenkel gegen meinen und lächelt leicht.

Und auf einmal bin ich wegen unseres heimlichen Dates wahnsinnig aufgeregt. Ich werde ihm nicht erzählen, dass Autumn Bescheid weiß, denn ich befürchte, es würde ihn nur in Panik versetzen. Sie wird dichthalten, ihr kann ich uneingeschränkt vertrauen.

Es dauert viel zu lange, bis endlich alle im Bett sind. Nach einer halben Stunde Warten halte ich es nicht mehr aus und strecke meinen Kopf vorsichtig auf den Gang hinaus. Dort ist alles ruhig. Barfuß und nur mit Schlafshirt und Unterhose bekleidet stehe ich vor Zanes Tür. Soll ich klopfen? Das kommt mir albern vor. Also greife ich nach dem Türgriff, drehe ihn herum und schlüpfe leise in sein Zimmer. Beinahe sofort werde ich gepackt, an die Wand gedrückt und in eine feste Umarmung gezogen. Nur Sekunden später presst er seine Lippen auf meine.

»Warum hat das so lange gedauert?«, keucht er zwischen zwei Küssen. Sein Ständer reibt an meinem, er atmet schwer.

»Ich wollte warten, bis die Luft rein ist.«

Vielleicht merkt er so wenigstens, wie dämlich und anstrengend es ist, unsere Beziehung geheim zu halten. Als Antwort macht er ein knurrendes, unzufriedenes Geräusch. Selber schuld. Wenn er zu uns stehen würde, hätten wir uns das frustrierende Warten ersparen können.

Rastlos fahren seine Finger über meinen Körper, schieben sich in meine Shorts und geben mir deutlich zu verstehen, dass er mich will.

»Ich will mit dir schlafen. Jetzt sofort«, keucht er und verstärkt seine Bewegungen.

Wir lieben uns, als würden wir das schon immer gemeinsam tun. Seine Berührungen sind sicherer und mutiger als noch am Abend zuvor und ich wünschte, wir würden nie damit aufhören. Diesmal nimmt er mich von hinten, stößt beinahe verzweifelt in mich hinein, krallt seine Finger in meine Hüften, dass ich davon bestimmt blaue Flecken zurückbehalten werde. Er zuckt unkontrolliert, als er sich in mir ergießt, und seine Geräusche beim Orgasmus bringen mich ebenfalls zum Höhepunkt. Atemlos bricht er auf mir zusammen und ich sinke auf die Matratze. Er bedeckt meinen Rücken mit unzähligen Küssen, ich höre ihn leise neben meinem Ohr glucksen.

»Was ist so witzig?«

Er zieht sich aus mir zurück, rollt sich herunter und lässt das Kondom neben das Bett fallen. Mir seitlich zugewandt sieht er mich schmunzelnd an. Ich liege immer noch auf dem Bauch, seine Hand wandert meinen Rücken hinab und bleibt auf meinem Po liegen.

»Dass ich noch vor ein paar Wochen nie gedacht hätte, dass mich ein behaarter Arsch dermaßen anmacht, dass ich mich am liebsten den ganzen Tag und die ganze Nacht mit ihm beschäftigen würde.«

»He, ich habe keine Haare auf dem Hintern«, beschwere ich mich. Höchstens ein wenig Flaum, aber welcher Mann hat das nicht? Er zwickt mich in die Pobacke, seine Lippen folgen, dann beißt er leicht hinein.

»Ich mag die Haare auf deinem Po«, gibt er zu und untermauert seine Aussage, indem er einmal kräftig darüberleckt. Gänsehaut breitet sich auf meinem Rücken aus und ich hebe mein Becken ein wenig, um meine erneute Erektion zu entlasten. Ich drehe mich um und begrabe ihn unter mir, taste mich küssend seinen Rippenbogen hinunter. Er rutscht ans Kopfende und lehnt sich halb sitzend an, ich knie vor ihm und für einen langen Moment sehen wir uns einfach nur an, bestaunen uns und unsere nackten Körper.

»Erzähl mir mehr von deiner Familie. Wie bist du aufgewachsen? Warum seid ihr so reich?«, bitte ich Zane, als wir matt und zufrieden nebeneinander liegen. Beide schauen wir an die Decke, unsere Finger spielen miteinander, ansonsten berühren wir uns nicht.

Zane stößt tief Luft aus. Ist wohl nicht sein liebstes Thema. »Das Wichtigste weißt du schon. Mein Dad ist ein Arsch. Das Einzige, was ihn ausmacht, ist sein Berg Kohle. Er leitet die Firma, die seit Generationen im Besitz der Wellingtons ist. Soja. Ganz klassisch mit Plantage und Sklaven und so. Stolz bin ich darauf nicht. Ich soll – ich muss – das alles mal übernehmen. Da gab's nie Diskussionen drüber. Das ist einfach so. Irgendwann werde ich der Vorstand von Wellington-Soy sein. Ob ich will oder nicht.«

Garantiert hat er schon öfter davon gehört, dass Menschen einen freien Willen besitzen, deswegen erspare ich ihm und mir dieses Thema und lasse ihn weiter erzählen.

»Ich hasse Soja. Ich hasse meine Zukunft. Und ich hasse meinen Dad. Aber darüber haben wir ja schon gesprochen.«

Ich drehe mich auf die Seite, verflechte mein Bein mit seinem und lege meine Hand auf seine Brust. Mein Kopf ruht auf seiner Schulter. Wir stinken beide nach Schweiß und Sex und unserem Sperma, aber momentan ist das der beste Geruch, den ich mir vorstellen kann. Mit seinen Fingern bedeckt Zane meine und hält sie fest.

»Und er ist der größte und leidenschaftlichste Homohasser des Universums«, flüstert er. »Wenn er das mit uns erfährt, habe ich keine Familie mehr. Was wiederum bedeutet: kein Geld, keine Zukunft.«

Ich stütze mich auf den Ellbogen, um ihm ins Gesicht sehen zu können. »Ist er wirklich so schlimm?«

Zane schnaubt abfällig. »Noch schlimmer. Als er zufällig gehört hat, dass einer seiner Arbeiter schwul ist, hat er ihn fristlos entlassen. Einfach so, weil er es nicht erträgt, mit solch widerwärtigen Menschen zusammenzuarbeiten. Als ein Fernsehmoderator sich geoutet hat, hat er einen Brief an den Sender geschrieben, wie man so jemanden weiter auf die Öffentlichkeit loslassen kann. Er boykottiert seitdem jegliche Sendungen mit ihm, dabei kennt er ihn nicht einmal persönlich. Was geht es ihn an, mit wem dieser Typ ins Bett geht? Einmal hat er ein Pärchen auf offener Straße küssen sehen, Mom und ich saßen mit im Auto. Er ist ausgestiegen, auf die beiden zugestürmt wie ein Irrer und hat sie übelst beschimpft. In Bezug aufs Sich-in-Sachen-Reinsteigern sind wir uns ziemlich ähnlich.« Zane lacht freudlos. »Für ihn ist Homosexualität, egal ob bei Frauen oder bei Männern, etwas Krankhaftes, Abartiges, etwas, das in der Welt nichts zu suchen hat. Wenn es nach ihm ginge, würde er dafür die Todesstrafe einführen.«

»Aber warum?«, will ich wissen, obwohl es in der Regel keine Erklärung für derlei Fanatismus gibt.

»Was weiß denn ich. Weil er selbst abartig ist.« Zane greift meine Hand und küsst mich auf die Fingerknöchel. »Wenn er wüsste, dass ich mit einem Mann zusammen bin, würde er mich anzeigen oder umbringen oder enterben oder verstoßen oder einen Exorzisten rufen. Oder vermutlich alles zusammen.«

Wir schweigen. Dass es so heftig ist, habe ich nicht erwartet, es erklärt aber zu einem großen Teil, warum Zane sich so extrem gegen seine Gefühle gewehrt hat. Er klammert sich so sehr an mir fest, dass ich Mühe habe, zu atmen.

»Aber wenn du deinen Dad und alles darum herum so verachtest, warum verzichtest du nicht darauf und gehst deinen eigenen Weg?« Mit mir zum Beispiel? »Sonst scherst du dich doch auch nicht um Konventionen oder Vorschriften oder darum, was andere von dir denken. Nur bei deinem Dad scheinst du zu kuschen. Nur wegen eures Vermögens kann es doch nicht sein. So ein oberflächlicher Idiot bist du nicht.«

Ich bekomme keine Antwort. Lediglich ein tonloses Seufzen und ein gemurmeltes »Tja, so kann man sich täuschen«. Ich würde ihn so gern noch mehr fragen. Zum Beispiel, wie es nach diesem Wochenende mit uns weitergeht. Ob es jemals eine Zukunft für uns geben wird. Wie lange ich noch Schonfrist habe, bis er sich endgültig für seine vorbestimmte Zukunft entscheidet. Aber ich spüre auch, dass er dichtmachen wird, wenn ich noch weiter bohre.

»Manchmal wünsche ich mir, ich hätte dich nie getroffen«, flüstert Zane. »Aber dann, so wie jetzt, liege ich in deinen Armen, nach dem besten Sex meines Lebens, sehe in deine Augen, spüre deinen harten sexy Körper, deine ganzen verdammten Haare, und weiß, dass ich nirgendwo anders mehr sein will. Du bringst Dinge hervor, von denen ich nicht einmal wusste, dass sie in mir drin sind. Und die sich anfühlen, als würden sie mich endlich ganz machen. Zu einem richtigen Menschen. Gleichzeitig hasse ich dich dafür, dass du mir das antust. Ist das verrückt?«

Ja, irgendwie schon.

»Nein, ist es nicht«, antworte ich. »Es ist verständlich. Danke, dass du so offen bist.«

»Das bin ich dir schuldig.« Er klingt ungewohnt sanft.

Ich beuge mich über ihn, lege alle meine Gefühle in meinen Kuss, will ihm Mut und Zuversicht und Bestätigung geben.

»Alles wird gut«, versichere ich ihm, obwohl ich selbst nicht halb so sehr davon überzeugt bin, wie ich ihn glauben machen will.

»Und wenn nicht? Wie lange kann ich dir das hier zumuten? Ich schaffe es ja noch nicht einmal, meinen Freunden die Wahrheit zu sagen.«

Sie wissen vermutlich ohnehin schon Bescheid.

Zane fährt sich übers Gesicht und reibt mit Daumen und Zeigefinger seine Augen.

Auf einmal bin ich traurig. Wie lange werde ich das Versteckspiel aushalten? Eine Woche? Einen Monat? Ein Jahr? Was, wenn er es nie öffentlich machen will? Wenn er seinen Platz neben seinem Dad einnehmen muss? Kann man als Chef einer solchen Firma, im tiefsten Süden, im Kontakt mit stockkonservativen Kunden, überhaupt jemals offen schwul leben?

»Bin ich nur ein vorübergehendes Abenteuer? Etwas Neues und Spannendes, das dir gerade Spaß macht? Zum Ausprobieren? Für gute Orgasmen? Mit eindeutigem Ablaufdatum?«

Zane rollt sich herum und setzt sich auf die Bettkante, stützt seine Ellbogen auf die Knie und lässt den Kopf hängen. »Es würde so vieles einfacher machen, wenn es so wäre.« Den Blick zum Fußboden gerichtet, fährt er fort: »Ich hatte nie Probleme mit unverbindlichem Sex. Ich wollte überhaupt nichts anderes. Alles war gut und passend. Aber mit dir will ich das nicht. Ich will dich ganz. Auch wenn ich nicht weiß, warum.«

So ist das nun mal, wenn man verliebt ist. Wir drehen uns im Kreis. Denn so schön es auch ist, von ihm zu hören, dass er mit mir zusammen sein will, ändert es nichts an der Tatsache, dass für mich kein Platz in seinem Leben ist. Verdammtes Dilemma.

Ich rutsche an den Bettrand, knie mich hinter ihn und schlinge meine Arme um ihn. Sein Kopf sinkt rückwärts auf meine Schulter, seine Unterarme liegen auf meinen. Obwohl mein Penis an seinen Steiß drückt, hat diese Stellung nichts Sexuelles. Trotzdem ist sie intimer und zärtlicher als es reiner Sex sein könnte. Zane präsentiert sich mir völlig nackt, in all seinen Facetten, und das ist schöner und wahrer und richtiger als reine Lustbefriedigung. Denn es bedeutet, dass etwas wie Liebe zwischen uns sein kann. Dass er bereit ist, sich auf uns einzulassen, ohne zu wissen, worauf das alles hinausläuft. Ich glaube ihm, dass ich nicht nur ein Experiment bin. Dass ich mehr bin. Und das macht mich unendlich glücklich und verzweifelt zugleich. Denn ich fürchte mich davor, dass unser Wir ein Ablaufdatum haben könnte. Deswegen zwinge ich mich, ruhig zu atmen und mich auf das Jetzt zu konzentrieren. Wenn er neue Wege geht, werde ich das auch tun. Für ihn. Für uns.

»Soll ich in mein Zimmer gehen?«, frage ich in seine Haare.

Er dreht sich halb herum und zieht ein Knie auf die Matratze, das andere Bein bleibt auf dem Boden stehen. Mit der Handfläche streichelt er meine Wange und mein Kinn, küsst mich auf die Oberlippe.

»Nein, ich will, dass du bleibst. Ich werde den Wecker auf meinem Handy stellen, damit wir nicht verschlafen.«

Ich nicke.

»Ich liebe deinen Bart, weißt du das? Er kratzt so schön.«

Als Antwort reibe ich meinen Kiefer an seinem. Gemeinsam kuscheln wir uns unter die Decke und halten uns in den Armen, streicheln, küssen, reden. Ansonsten passiert nichts weiter.

Irgendwann schläft er ein. Sein leises, gleichmäßiges Schnarchen ist beruhigend wie das Schnurren meiner Katzen. Als der Morgen graut, schäle ich mich vorsichtig aus dem Bett und schleiche in mein Zimmer zurück, wo mein kaltes Bett auf mich wartet.

April

Zane

Ausnahmsweise bin ich heute mal pünktlich am College, obwohl ich so müde bin, dass ich vorhin schon auf dem Weg hierher in Coles Auto eingeschlafen bin. Zurzeit bekomme ich einfach nicht genug Schlaf. Was zum einen daran liegt, dass ich für meine Verhältnisse viel lerne – nächste Woche schreiben wir einen Semesterabschlusstest in Rechnungswesen. Zum anderen aber vor allem daran, dass ich die wenige freie Zeit, die mir zwischen College und WG bleibt, mit Lennon verbringe.

Zu verheimlichen, dass ich mich verliebt habe, ist anstrengender als gedacht. Letztens hat mich Ethan sogar dabei erwischt, wie ich ein Lied gesummt habe. Während ich die Spülmaschine ausgeräumt habe, wohlgemerkt. Wäre an sich nichts Außergewöhnliches, Leute räumen ständig Spülmaschinen aus oder ein, summen irgendwelche Melodien oder machen anderes Zeug, wenn sie fröhlich sind. Ich nicht. Nicht weil ich nie fröhlich bin, ich bin sogar die meiste Zeit gut gelaunt und mancher würde behaupten, mein zweiter Vorname sei »Spaß«. Sondern weil ich grundsätzlich nie herumsumme und vor allem, weil ich nie, wirklich nie, auch nur einen Handstrich im Haushalt mache. Das überlasse ich allein Ethan. Lennon allerdings hat mir ziemlich schnell klargemacht, dass er kein Hotel ist und dass ich, wenn ich bei ihm bin, gefälligst auch meinen Dreck wegräumen soll. Langsam entwickle ich mich zu einem richtigen Hausmann. Sogar wie die Waschmaschine funktioniert, hat mich Lenny gezwungen zu lernen.

Aber offenbar macht mich nicht nur das verdächtig. Immer wieder sprechen mich meine Mitbewohner darauf an, warum ich keine Frauen mehr mit nach Hause bringe, und es fällt mir jedes Mal schwerer, neue Ausreden zu finden. Also wechsle ich entweder sofort das Thema oder fasle etwas von wegen, dass ich zu den Mädels mitgehe, weil ich mein Bett für mich will, dass ich die beiden verliebten Paare nicht belästigen will, dass ich versuchen will, ruhiger zu werden, blablabla. Erstaunlich, dass sie mir den Stuss überhaupt abnehmen, früher hat es mich nämlich auch nicht gejuckt, ob ich jemanden mit meinem Sexleben störe oder nicht. Vielleicht sind sie auch nur zu höflich, um mir zu sagen, dass sie mir kein Wort glauben.

Mit Lennon zusammen zu sein ist großartig. Ich kenne das gar nicht von mir, dass ich jemanden am liebsten vierundzwanzig Stunden am Tag um mich hätte. Ich glaube, es hat mich wirklich schwer erwischt. Kann sein, dass ich ihn sogar liebe. Und der Sex ... Etwas Vergleichbares habe ich noch nie erlebt. Ehrlich gesagt habe ich keinen Schimmer, warum ich es nicht wenigstens meinen Freunden sage. Wahrscheinlich, weil ich selbst noch nicht damit klarkomme, dass ich zum ersten Mal hoffnungslos verliebt bin und dazu noch, was viel bedeutender ist, in einen Mann.

»Hi, Hübscher. Was lächelst du so selig vor dich hin? Denkst du gerade an etwas Schönes?«

Eine helle Stimme reißt mich aus meinen Gedanken. Während ich von meinem Geliebten geträumt habe, hat sich der Hörsaal gefüllt. Ich drehe meinen Kopf in Richtung der eindeutig weiblichen Stimme. Es ist eine Blondine, die ich schon öfter an der Uni gesehen habe, sie besucht ein paar meiner Kurse. Vor Autumn ist Cole einmal mit ihr ausgegangen, aber das hatte sich nach ein oder zwei Dates erledigt. Sie ist auf eine unaufdringliche Art hübsch, ihre halblangen Haare wippen beim Reden, ebenso ihre in dem engen Kleid perfekt zur Geltung gebrachten kleinen Brüste. Noch vor einigen Monaten hätte ich angefangen, mit ihr zu flirten, hätte sie zu einem Kaffee eingeladen und sie anschließend flachgelegt. Heute nervt sie mich nur, obwohl sie nichts Schlimmes getan hat. Trotzdem lächle ich höflich, ich bin ja schließlich kein Proll.

»Zane, oder? Der Mitbewohner von Cole«, ergänzt sie.

»Yep.« Ich klappe mein Buch auf und gebe vor zu lesen. Aus den Augenwinkeln kann ich erkennen, wie sie auf ihrer Unterlippe kaut. Viele machen das, weil sie denken, sie sehen auf diese Weise unwiderstehlich, unschuldig und sexy aus. Vielleicht sollte ich sie als Testobjekt gebrauchen, um zu prüfen, ob mich Frauen noch anmachen.

Ich wende mich ihr wieder zu, setze mein strahlendes Womanizer-Lächeln auf und lasse meinen Blick ihren Körper entlangwandern. Röte steigt ihr in die Wangen. Ich stelle sie mir nackt vor, sehe ihre schmale Taille und ihre festen Titten vor mir. Sicher hat sie kleine, rosa Nippel. Aber nichts regt sich. Weder klopft mein Herz schneller, noch zuckt mein Schwanz, noch habe ich das Bedürfnis, sie anzufassen oder mich weiter mit ihr zu beschäftigen.

»Hast du Lust, nach dem Seminar mit mir einen Kaffee zu trinken?«, traut sie sich zu fragen und lächelt schüchtern. Ihre Finger spielen mit dem Schutzumschlag ihres Buchs.

Nö, habe ich nicht.

»Ich muss noch lernen«, lüge ich. Eigentlich hatte ich vor, Lennon in seiner Praxis zu besuchen und ihn in seinem winzigen Bad zu verführen.

»Dann vielleicht morgen?« Sie klingt unsicherer als eben noch.

»Hör zu«, sage ich zu ihr und versuche, freundlich und entschuldigend zu schauen. »Ich habe kein Interesse. Weder auf einen Kaffee noch auf mehr.«

Sie fällt ein wenig in sich zusammen, die Enttäuschung ist nicht zu übersehen. »Okay.« Sie klemmt ihre Tasche unter den Arm und hastet in die erste Reihe, wo sie neben eine andere Studentin auf den Sitz rutscht.

Statt zu Lennon gehe ich nach der langweiligsten Vorlesung aller Zeiten doch noch einmal nach Hause, um mich zu duschen und umzuziehen und das nach Vanille duftende Parfüm der Blondine zu vertreiben.

»Zaniiii«, brüllt Cole, sobald ich die Tür aufsperre. Er zerrt mich ins Wohnzimmer, wo Ethan und Gavin und ein paar weitere Kumpels herumlungern und mich breit grinsend begrüßen. Lennon ist leider nicht dabei. Das Licht ist gedimmt und die Nachttischlampe aus Coles Zimmer steht auf der Kommode, ihre Glühbirne ist durch eine rote ersetzt worden.

»Habt ihr einen Puff eröffnet oder was soll das?« Ich deute auf die Lampe.

»Nein, viel besser«, sagt Cole aufgeregt und reibt sich die Hände. »Dein Geburtstagsgeschenk kommt gleich.«

Die Stripperin. Das hätte ich fast vergessen. Oder besser gesagt, verdrängt. Obwohl ich lieber Lennons nackten Körper anglotzen würde, freue ich mich. Irgendwie. Denke ich. Keine Ahnung. Ist heute Zane-wird-mit-scharfen-Frauen-konfrontiert-Tag? Ethan und Cole schieben mich zum Sessel und drücken mich an den Schultern hinein, Gavin reicht mir ein geöffnetes Bier.

»Entspannen!«, weist mich Ethan an und grinst. Sogar er scheint sich auf die Stripperin zu freuen, trotz seiner Claire-Sucht und seinem ständigen Gerede von wegen Gleichberechtigung und Respekt vor dem weiblichen Geschlecht und der Unterdrückung durch Pornografie. Vor einem bevorstehenden Strip kapituliert eben auch der überzeugteste Gutmensch.

»Ich will auch so ein Geschenk«, beschwert sich Paul, einer von Coles Teamkollegen. Wie ein Kleinkind schiebt er die Unterlippe vor und kneift die Augen zusammen. Fehlt nur, dass er mit dem Fuß aufstampft.

Gavin lacht und klopft ihm auf den Rücken. »Musst eben brav sein, dann bringt Santa Claus dir vielleicht auch so was.«

»Haha«, brummt Paul. »Du weißt genau, dass es keinen Weihnachtsmann gibt.«

Cole zieht die Augenbrauen hoch und deutet mit der Bierflasche auf ihn. »Kannst du das beweisen?«

Die beiden fangen tatsächlich an zu diskutieren, ob der Weihnachtsmann existiert.

Angespannt trinke ich von meinem Bier. Ich bin nervös, weil ich nicht weiß, was mich erwartet. Also, ich weiß schon, dass gleich eine – vermutlich heiße – Stripperin auftauchen wird, um uns eine Privatshow abzuliefern. Aber wie werde ich reagieren? Wie mein Körper? Seit ich in Lennon verliebt bin, habe ich kein Interesse mehr an Frauen, mir nicht einmal mehr Pornos reingezogen. Selbst wenn ich mir einen runterhole, denke ich ausschließlich an eine Person. Eine ohne Brüste, dafür mit Bart und Brusthaaren und einem fantastischen Schwanz. Vor Nervosität zünde ich mir eine Zigarette an.

Es klingelt und alle hören auf zu reden und schauen gespannt und mit glänzenden Augen zur Tür, als würde tatsächlich gleich Santa Claus mit einem Sack voller Geschenke eintreffen. Ethan verlässt den Raum. Wir hören, wie er die Haustür öffnet und jemanden begrüßt und hereinbittet. Kurz darauf erscheint er mit meinem Geschenk im Wohnzimmer.

Cole hat gut gewählt, er hat eben Geschmack. Die Frau ist ein ganzes Stück älter als wir, klein und schmal, aber kurvig, und bewegt sich ungemein selbstbewusst und sexy. Nicht auf die billige Straßennutten-Art, sondern eher wie jemand, der es nicht nötig hat zu übertreiben und sich der Wirkung auf Männer voll bewusst ist.

Sie lächelt in die Runde und reicht Ethan ihren Mantel, der ihn auf der Küchentheke ablegt. Darunter trägt sie ein winziges Ding aus Leder und Spitze, das an der Taille eng geschnürt ist und in Strapse übergeht. Dazu einen Spitzentanga und extrem hoch geschnürte High-Heels-Sandalen, die bis zu den Oberschenkeln reichen. Wenn ich bis eben dachte, dass mir so etwas nicht mehr gefällt, werde ich gerade eines Besseren belehrt. Ohne mein Zutun verzieht sich mein Mund zu einem breiten Grinsen.

»Du bist sicher das Geburtstagskind«, sagt sie zu mir und läuft mit wiegenden Hüften auf mich zu.

Ich nicke eifrig.

»Du bist ja ein ganz Süßer.« Sie beugt sich zu mir herunter. »Happy birthday, Kleiner«, flüstert sie und leckt sich aufreizend die Lippen. Man kann ihr Zungenpiercing erkennen.

Gavin johlt, die anderen stimmen mit ein. Sie erwidert mein Lächeln und zwinkert mir zu, bevor sie mir die Zigarette aus dem Mund nimmt, ihre Lippen um den Filter schließt wie um einen Schwanz und genüsslich zieht. Den Rauch bläst sie mir langsam ins Gesicht. Ich habe noch nie eine Frau getroffen, die so perfekte Rauchringe formen kann. Dann reicht sie die Kippe an Ethan weiter, der sie, ohne hinzusehen, nimmt und in eine der Bierflaschen fallen lässt. Auf ein Zeichen von ihr macht Cole Musik an und sie beginnt ihre Show.

In allen ihren Bewegungen merkt man, dass sie Profi ist. Unruhig rutsche ich auf dem Sessel herum und greife in meinen Schritt, um meine beginnende Erektion bequemer hinzurichten. Auch die anderen starren gebannt auf mein Geburtstagsgeschenk. Cole trinkt immer wieder kleine Schlucke von seinem Bier, Ethan zappelt herum und Gavin steht mit offenem Mund wie versteinert da. Was der Rest treibt, kann ich aus meiner Perspektive nicht erkennen und ist mir ehrlich gesagt auch scheißegal. Das ist meine Show und ich werde sie genießen.

Mittlerweile ist sie bis auf ihr winziges Höschen und die Sandalen nackt. Als sie sich vorbeugt und mit ihrem prallen Hintern vor meinem Gesicht herumwackelt und sich immer wieder an meinem Unterleib reibt, packe ich zu und knete ihre Arschbacken. Sie dreht sich herum und setzt sich mit gespreizten Beinen auf mich und präsentiert mir ihre Brüste. Sie sind fest und rund und eindeutig operiert, aber das war mir schon immer egal.

Sie macht noch ein paar Minuten mit Verführen, Trockensex und ihrem Striptease-Ding weiter und ich muss zugeben, dass sie mich wirklich scharf macht und ich einen Heidenspaß habe. Trotzdem möchte ich nicht weiter gehen. Ich hoffe, dass Cole nichts dazugebucht hat, denn ich habe keinen Schimmer, was ich als plausible Ausrede vorbringen könnte, wenn ich nicht mit dieser Frau vögeln will.

Plötzlich ist die Show dann doch zu Ende. Sie drückt mir einen Kuss auf die Wange, schnappt sich ihren Mantel und ihre Klamotten und verschwindet winkend. Wir anderen bleiben erregt zurück.

»Ich glaube, ich muss mal schnell ins Bad«, brummt Gavin und kratzt sich am Schritt.

»Aber sauber machen hinterher«, ruft ihm Ethan nach, was Gavin mit einem Stinkefinger beantwortet.

Es ist weit nach drei, als alle weg sind. Ethan, der heute erstaunlich viel gebechert hat, ist auf der Couch eingeschlafen. Mit offenem Mund sabbert er die Sofakissen voll und schnarcht erbärmlich. Sein Arm hängt auf den Boden, ebenso das eine Bein. Er sieht aus, als würde er jeden Moment herunterfallen.

»Sollen wir ihn zudecken?« Coles Stimme ist auch schon sehr verwaschen und er schaut, als wäre allein das Anheben einer Wolldecke eine unlösbare Aufgabe. Ich zucke die Schultern. Ethan wird schon nicht erfrieren. Mit geschlossenen Augen gähne ich und lehne mich im Sessel zurück.

»Geiler Abend«, brummelt Cole noch und schlurft in sein Zimmer. Ich bleibe noch einen Moment sitzen und lasse die letzten Stunden an mir vorbeiziehen.

Irgendwann schaffe ich es dann, mich ins Bett zu schleppen, wo ich mich aus Schuhen und Jeans schäle und beides mit den Füßen wegstrample. Dabei fällt mein Handy aus der Hosentasche und eine entgangene Nachricht von Lennon wird angezeigt.

»Gute Nacht, Batzane«, steht dort und ein pumpendes Herz.

Es läutet lange, bis er endlich rangeht.

»Hi«, meldet er sich leise nuschelnd. Seine Stimme ist sexy, rau und verschlafen.

»Hi«, sage ich auch. »Schläfst du schon?«

»Hmm. Es ist …« Er stoppt. »… halb vier. Klar schlafe ich schon.«

»Sorry, ich wollte nur noch deine Stimme hören.«

Ich spüre sein Lächeln. »Du darfst mich immer vom Schlafen abhalten.« Er klingt bereits ein wenig wacher. »Alles klar bei dir?«

Ich seufze tonlos und noch einmal mit Ton, damit er mein Leid auch wirklich hört. »Ich vermisse dich.«

»Ich dich auch.«

Ich hole quietschend Luft und weiß, dass ich dabei wahnsinnig dramatisch wirke.

»Hast du getrunken?«

»Jawohl. Ich wurde quasi zu einem Männerabend mit viel Bier gezwungen. Cole hat mich nämlich heute mit meinem Geburtstagsgeschenk überfallen.«

»Die Stripperin?« Lennon gähnt laut. »Und? Wie war's?«

»Gar nicht so schlecht.« Wie soll ich es ausdrücken, ohne ihn zu verletzen?

»Zane Wellington.« So nennt er mich nur, wenn etwas Ernstes folgt. »Du musst kein schlechtes Gewissen haben, weil es dir gefallen hat. Nur weil du mit einem Mann schläfst, heißt das nicht, dass du Frauenkörper ab sofort abstoßend finden musst. Ich war nie bi oder hetero wie du, trotzdem genieße ich es auch, schöne Menschen anzuschauen, ob weiblich oder männlich macht da wenig Unterschied.«

Kurz denke ich über das Gesagte nach. »Du findest das nicht schlimm?«

»Nein.« Er seufzt. »Begeistert bin ich natürlich nicht, aber ich gehe mal davon aus, dass es beim Schauen geblieben ist.«

»Natürlich!«, versichere ich inbrünstig. Stimmt ja auch. Ich war brav.

»Dann ist doch alles gut.« Das letzte Wort ist durch sein lautes Gähnen kaum noch zu verstehen. »Können wir bitte morgen weitertelefonieren? Ich bin so müde. Ich muss früh raus.«

Ich erinnere mich, dass er erzählt hat, er habe morgen früh eine OP und erst am Nachmittag öffentliche Sprechstunde. Sprich, wir wären vormittags für uns. »Sehen wir uns morgen?«

»Unbedingt. Ich brauche neue Klamotten. Magst du mich begleiten und mein persönlicher Stylingberater sein?«

»Das ist echt schwul«, beschwere ich mich halb im Ernst und halb im Spaß.

Er lacht träge. »Nein, du hast einfach den besseren Geschmack.«

»Okay«, stimme ich zu und wir verabreden uns für eine verlängerte Mittagspause in der Mall.

Beim Aufwachen merke ich sofort, dass ich einen fiesen Kater habe. Mein Kopf brummt, der Geschmack im Mund ist ekelhaft und mein Magen fühlt sich flau an.

Die Wohnung ist leer. Auch die Hinterlassenschaften von gestern Abend sind verschwunden, Flaschen, Chipstüten, der String der Stripperin, den sie mir in die Shorts gesteckt hat, alles ist bereits weggeräumt. Auf Ethan und seinen Sauberkeitsfimmel kann man sich eben verlassen. Mit Kaffee und einem Apfel lümmle ich mich aufs Sofa und lasse mich vom Frühstücksfernsehen berieseln bis es Zeit ist, zu duschen und zu meinem Date aufzubrechen.

Meinen Wagen stelle ich in der Tiefgarage der Mall ab. Ich hasse solche Parkhäuser, weil ich regelmäßig vergesse, wo ich parke. Also schieße ich ein Foto von meiner Parzellennummer – 2H im roten Bereich – und laufe zu den Aufzügen.

Vor dem Fahrstuhl wartet ein Typ in pinken Jeggings, bauchfreiem Tigertop und seitlich gegelten Schleimhaaren. Seine Körperhaltung ist so tuntig, dass ich ihn beinahe frage, ob er auf dem Weg zu einer Schwulenparade ist. Alles an ihm schreit SCHWUL, ein lebendes Klischee all dessen, was ich nie sein will und was Lennon Gott sei Dank auch nicht ist.

Als er merkt, wie ich ihn mustere, zwinkert er mir zu. In dem Moment öffnet sich die Fahrstuhltür und ein altes Ehepaar tritt zur Seite, um uns Platz zu machen. Erleichtert quetsche ich mich in die Ecke, in größtmöglichem Abstand zu dem Typen. Hat er mir angesehen, dass ich mit einem Mann zusammen bin? Oder hat er einfach so mit mir geflirtet?

Die alte Dame betrachtet den bunten Vogel mit sichtlichem Missfallen, schüttelt mit geschürzten Lippen den Kopf und raunt ihrem Mann etwas zu, das auch aus dem Mund meines Vaters stammen könnte. Obwohl ich mich nie so zeigen würde wie Leggings-Schwulette, habe ich Angst vor solch abwertenden, negativen Reaktionen. Ich will nicht abgelehnt werden. Das macht mein Erzeuger schon perfekt.

Als der Aufzug hält und sich die Tür öffnet, flüchte ich geradezu nach draußen und wende mich Richtung Bäcker, wo ich mich mit Lennon verabredet habe. Er wartet bereits, hat mich aber noch nicht entdeckt. Lässig lehnt er an der Wand zwischen zwei Geschäften, Füße und Arme überkreuzt und beobachtet die Leute. Ich gönne mir einen Moment, um ihn zu bewundern, dann haste ich die letzten Schritte zu ihm.

Schon von Weitem lächelt er mich strahlend an, kommt mir jedoch nicht entgegen. Ich liebe ihn dafür, dass er meine Grenzen respektiert. Einen Moment stehen wir planlos voreinander wie zwei Fremde. Ich weiß, er wünscht sich, dass ich ihn nicht wie einen beliebigen Kumpel, sondern wie einen Freund – meinen festen Freund – begrüße, aber ich schaffe es nicht. Und jedes Mal wird mein schlechtes Gewissen größer, genauso wie die Enttäuschung in seinen Augen.

»Hi«, sagt er lächelnd und stößt sich von der Wand ab.

Gleichzeitig heben wir die Hand und legen sie auf den Oberarm des anderen. Unser übliches Ritual. Körperkontakt, den wir beide so dringend brauchen, aber doch harmlos genug, um als rein freundschaftlich gedeutet werden zu können.

Beim Bäcker kaufe ich mir einen mit Schinken und Käse belegten Bagel. Dicht nebeneinander schlendern wir die Geschäfte entlang, ich esse mein Frühstück-Mittagessen, Lennon erzählt von seinem OP-Vormittag. Ich werde nie verstehen, wieso man freiwillig an den Organen von Lebewesen herumschnippelt, aber weil er so für seinen Beruf brennt, unterbreche ich ihn nicht. Seine Finger berühren zart meine. Ich lasse es zu, aber als er meine Hand greifen will, ziehe ich sie schnell weg und stecke sie in die Hosentasche. Eigentlich waren wir schon viel weiter, aber es ist wie ein Reflex, mich ihm zu entziehen, nichts Bewusstes. Dabei will ich nicht so ein Arsch sein.

Er tritt einen Schritt beiseite und bleibt an einem Schaufester stehen, gibt vor, sich für die Sachen dort zu interessieren. Selbst ich als Empathie-Krüppel kann erkennen, wie er sich verschließt.

»Lennon, ich ...«, fange ich an, weiß aber wie immer nicht, was ich überhaupt sagen soll.

Er bemüht sich um ein Lächeln, aber es sieht aufgesetzt auf. »Schon gut.«

Mein Bagel schmeckt auf einmal nicht mehr, sodass ich ihn in einen Abfallbehälter werfe. Ich bin ein verfluchtes Arschloch!

Ein paar Minuten laufen wir schweigend nebeneinanderher und ich merke, wie es in Lennon arbeitet. Dann holt er tief Luft, richtet sich auf und fährt sich mit beiden Händen durch die Haare.

»Alles gut?«, frage ich unsicher.

Wieder lächelt er und diesmal wirkt es echt. Erleichtert folge ich meinem Liebhaber in einen Jeansladen, wo er zielstrebig auf einen Ständer mit Sonderangeboten zusteuert. Das kann ich nicht zulassen. Also packe ich sein Handgelenk und dirigiere ihn von den Billigklamotten weg in den hinteren Bereich des Ladens, zu den großen Marken.

»Was bist du? Sozialhilfeempfänger oder erfolgreicher Tierarzt? Du wirst dir doch wohl eine Hose leisten können, die nicht aussieht wie von der Altkleidersammlung oder aus den Neunzigern.«

Lennon verdreht die Augen. »Übertreib mal nicht so. Bis jetzt bin ich mit den günstigeren Klamotten ganz gut gefahren. Ist doch völlig egal, was draufsteht. Deswegen passt sie auch nicht besser.«

»Doch, tut sie. Jede Körperform braucht einen anderen Schnitt, um perfekt in Szene gesetzt zu werden«, berichtige ich ihn. Ich winke einen Verkäufer heran, der höflich lächelnd auf uns zueilt. Erwartungsvoll schaut er uns an.

»Dieser Herr«, ich deute auf Lennon, »sucht eine Jeans.«

Der Verkäufer nickt, als hätte er damit alle Informationen, die er braucht. Er lässt seinen geübten Blick an Lennon entlangwandern und macht mit der Hand eine Drehbewegung. Auch sein Hinterteil betrachtet er ausgiebig und zieht anschließend mehrere Hosen verschiedener Marken aus den Regalen.

»Die 32/32 müssten Ihnen passen. Dort hinten sind die Umkleiden. Wenn Sie Hilfe benötigen, scheuen Sie sich nicht, mich zu rufen.«

Mit gerunzelter Stirn nimmt Lennon den Stapel entgegen und läuft zu den Umkleiden. Ich setze mich in einen der Wartesessel davor.

Von hinter dem Vorhang höre ich vertraute Geräusche, die mich unwillkürlich an nicht jugendfreie Dinge denken lassen. Das metallische Klirren einer sich öffnenden Gürtelschnalle, das Rascheln von Stoff, als Lennon die Hose nach unten schiebt, das anschließende Ausschütteln. Dass er die Hose sauber faltet, bevor er sie ablegt, kann ich nicht hören, aber ich bin sicher, dass er es wie immer tut. Eine Weile ist es ruhig, ich kann seine Füße im Spalt zwischen Vorhang und Fußboden erkennen. Er brummt irgendetwas vor sich hin, das sich nach einem Fluch anhört.

»Brauchst du Hilfe?« Ich lache und stehe auf.

Als Antwort folgt wieder etwas, was ich nicht verstehen kann. Ich stecke meinen Kopf in die Umkleidekabine hinein und entdecke meinen Geliebten, wie er gerade versucht, in eine der Hosen zu steigen. Verzweifelt zerrt er am Bund, bekommt sie aber nicht einmal bis über die Knie. Er stolpert und kracht gegen den Hocker, auf dem seine Jeans wie erwartet sauber zusammengefaltet liegt. Das sieht so lustig aus, dass ich lospruste.

»Das ist doch niemals eine 32«, jammert er. »Oder ich habe zugenommen.«

»Ja, du bist echt ein Schwabbel. Wackelpudding ist nichts dagegen.« Er schlägt mir auf den Arm.

»Warte, ich schau mal nach.« Ich gehe vor ihm auf die Knie, greife das Preisschild und überprüfe die Größe. Hier drin ist es so eng, dass mein Gesicht gefährlich nah vor Lennons Schritt ist. Mein Mund wird trocken. »Du hast recht, das ist eine 29«, flüstere ich.

Lennon lässt die Hose los, die nach unten rutscht und sich um seine

Füße faltet. Seine Arme hängen herunter, sein Atem geht schwer. Von unten blicke ich ihn an, fahre mit meinen Händen an den Rückseiten seiner Waden hoch, über die Kniekehlen und die Oberschenkel bis zu seinem Po, den ich leicht knete. Lennon schaudert und schluckt hart, sein Schwanz reckt sich mir unter dem Stoff entgegen. Auch ich werde hart. Ich müsste nur seine Boxershorts ein Stück herunterschieben, um ihn in den Mund zu nehmen. Lennon senkt sein Kinn und sieht mich mit dunklen Augen an. Seine Finger krampfen sich in meine Schultern.

»Passen die Hosen?«, ruft der Verkäufer von draußen und zerstört damit die aufgeheizte Stimmung in der winzigen Kabine. Wir fahren auseinander, kichern wie zwei Mädchen, die bei etwas Verbotenem erwischt wurden. Ich vergrabe mein Gesicht in seiner Leiste, um mein aufsteigendes Lachen zu ersticken. Lennon räuspert und windet sich, weil ich anfange, durch den Stoff an seinem Hüftknochen zu knabbern.

»Alles in Ordnung bei Ihnen? Brauchen Sie Hilfe?«

»Nein, nein«, beeilt sich Lennon zu sagen. Seine Stimme zittert verdächtig. »Alles gut.«

»Okay.« Der Verkäufer klingt nicht überzeugt. An seinen leiser werdenden Schritten erkennt man aber, dass er sich entfernt. Lennon zieht mich hoch und an sich. Wir schmiegen uns aneinander, unsere Lippen finden sich automatisch und wir küssen uns zärtlich und lange.

»Ich will nichts mehr anprobieren«, gibt er zu.

Letztendlich verlassen wir den Laden, ohne etwas gekauft zu haben, und ich bringe Lennon zurück in die Praxis.

Juni

Lennon

Heute habe ich in der Praxis früher Schluss gemacht, damit ich noch genug Zeit habe, um meine Überraschung vorzubereiten. Zane und ich haben uns seit fast einer Woche nicht mehr allein getroffen, immer waren andere dabei. Im Stadion bei Coles erstem Spiel nach seiner Knie-OP, bei der Party in der WG, bei den Cliquenabenden in verschiedenen Bars. Obwohl ich ein ganzes Stück älter bin als die meisten, stört es niemanden, dass ich mittlerweile ein fester Bestandteil des Freundeskreises bin.

Autumn ist immer noch die Einzige, die von Lennon und mir weiß. Wobei ich schwer vermute, dass Cole und Ethan etwas ahnen. Manchmal mustert mich Cole mit seltsam fragendem Blick und Ethan habe ich dabei erwischt, wie er in einer Kneipe aufmerksam einen Flyer zur anonymen Outing-Beratung studiert hat. Ich wusste nicht einmal, dass es so etwas gibt.

Es ist verdammt schwer, so zu tun, als wären Zane und ich nur Freunde, und dazu gezwungen zu sein, sich heimlich im Klo zu küssen, als wäre unsere Liebe so verboten wie im 19. Jahrhundert. Die Situation nagt an mir, aber ich habe Zane versprochen, ihm Zeit zu lassen. Allerdings weiß ich langsam nicht mehr, wie lange ich dieses Versteckspiel noch durchhalte. Nur die Angst, dass ich ihn vertreiben könnte, wenn ich ihm zu viel Druck mache, hält mich davon ab, ihm die sprichwörtliche Pistole auf die Brust zu setzen. Ich spüre, dass ich nicht nur eine

Affäre für ihn bin, dafür sind wir mittlerweile zu lange zusammen. Und die Art, wie er mich küsst und berührt, wie er sich an mich klammert, verzweifelt, leidenschaftlich, ganz er, zeigt mir, dass er mich auch liebt.

Wäre er nicht glücklich mit mir, hätte er mich schon längst in den Wind geschossen. Zane würde keine Beziehung aufrechterhalten, auch keine mit phänomenalem Sex, die ihm nicht passt oder die ihm unnötigen Stress bereitet. Offenbar bin ich ihm wichtiger als die Probleme, die unser Zusammensein verursacht. Auch er leidet unter der Lage. Manchmal, wenn er sich unbeobachtet fühlt, merke ich, wie er mit sich ringt und es in seinem Kopf rattert. Ein paarmal hätte er sich beinahe vor seinen Freunden verplappert, hat sich aber dann im letzten Moment zurückgehalten. Gestern im Stadion hat er automatisch seine Hand auf mein Knie gelegt, als wir miteinander redeten, sie aber dann so schnell weggezogen, als wäre mein Bein verseucht, als er registriert hat, was er tut.

Im Bio-Supermarkt kaufe ich die Zutaten fürs Abendessen, außerdem in der Drogerie eine frische Packung von Zanes Lieblingsgleitgel. Wenn es möglich ist, schläft er bei mir, sofern wir nicht in der Gruppe unterwegs sind, denn es wäre zu auffällig, wenn wir regelmäßig gemeinsam verschwinden. Manchmal kommt Zane dann später noch zu mir, aber oft ist es so, dass uns nur der nächtliche Telefonsex bleibt. Dafür habe ich extra Skype auf meinem Laptop installiert, damit wir uns in die Augen sehen können, während wir uns gemeinsam einen runterholen. Es ist nicht das Gleiche, wie ihn in echt anzufassen, aber tröstet zumindest ein wenig über die Zeit hinweg, bis wir uns wiedersehen.

Zu Hause dimme ich im Wohnzimmer das Licht, verscheuche eine Katze vom Tisch, breite eine Decke darüber und dekoriere ihn mit goldenen Platztellern, Blumen, Stoffservietten und meinem goldenen Kerzenleuchter. Sogar das Silberbesteck poliere ich und lege es aus. Für das Drei-Gänge-Menü habe ich im Vorfeld ein Kochvideo auf YouTube geschaut und nun wartet die Vorspeise, Wildkräutersalat mit essbaren Blüten, Minitomaten und Schafskäse, in der Küche darauf, mit der Himbeer-Essig-Soße beträufelt zu werden. Im Kühlschrank lagern Zanes

Steak und mein Getreidebratling, Kartoffeln und Bohnen habe ich gestern bereits vorgekocht, sodass ich sie später nur noch in Butter schwenken muss. Zur Nachspeise habe ich mir von meiner Mom die Eismaschine ausgeliehen. Meine eigentliche Überraschung – ein Zweitschlüssel zu meinem Haus – liegt im Schlafzimmer auf Zanes Kissen, die zwei Verpackungen mit den HIV-Schnelltests auf dem Nachtkästchen.

Als es klingelt, renne ich zur Tür, atme aber noch einmal tief ein und aus, bevor ich öffne. Zane strahlt mich mit seinem unwiderstehlichen Lächeln an und sofort überflutet mich eine heiße Welle der Zuneigung. Ich kann mein Glück kaum fassen, dass ich mit diesem wunderbaren, sexy Mann zusammen sein darf. Mit einer Hand hat er sich am Türrahmen abgestützt, die andere steckt wie so oft in seiner Hosentasche. Seine Haare sind perfekt in seinem typischen akkurat zerzausten Bad-Boy-Look gestylt, das schwarze ärmellose Shirt hängt locker über den beigen Cargoshorts. Und er trägt die Boots, die ich an ihm so liebe, weil sie ihn rebellisch und wild wirken lassen. Seine weiche und anschmiegsame Seite kenne nur ich allein.

»Lässt du mich rein, oder willst du mich weiter abchecken?«

Lachend trete ich einen Schritt zur Seite. Erst als die Tür wieder geschlossen ist, schlingt Zane die Arme um mich und begrüßt mich mit einem langen stürmischen Kuss.

»Deine Lippen sind kalt«, murmelt er, ohne sich von mir zu lösen. Vorhin habe ich das Erdbeereis probiert, aber das verrate ich ihm nicht.

»Dann musst du sie eben aufwärmen.«

Er fährt mit der Zunge über meine Unterlippe. »So in etwa?«

Nach ein paar Sekunden sind meine Lippen tatsächlich wieder schön warm, ebenso wie der Rest meines Körpers, meines Herzens und meiner Seele. Zane presst sich an mich und ich spüre seine Erektion. Seine Hände wandern an den Bund meiner Jeans und fahren in meine Pospalte.

Trotzdem schiebe ich ihn ein Stück von mir weg. »Ich habe erst noch eine Überraschung für dich«, flüstere ich mit rauer Stimme und bugsiere ihn ins Wohnzimmer.

Sofort kommen die Katzen angewuselt und streichen schnurrend um Zanes Beine. Er beugt sich herunter und begrüßt liebevoll jede einzelne. Den kleinsten, Pumuckl, nimmt er auf den Arm und drückt ihn an sein Gesicht. Der Kater erwidert die Kontaktaufnahme, indem er seinen kleinen Kopf an Zanes Kinn reibt. Die beiden sehen unheimlich süß zusammen aus.

Erst da entdeckt Zane den eindeutig für ein romantisches Candle-Light-Dinner gedeckten Tisch. Er erstarrt und setzt wie in Zeitlupe das Kätzchen ab. Sein Gesicht ist blass und statt der erhofften Freude erscheint zuerst Verunsicherung und dann Panik in seinem Blick.

»Das ist aber ... romantisch«, stößt er tonlos hervor.

Enttäuschung steigt in mir auf. »Gefällt es dir nicht?«

»Doch, es ist ... toll und ... so kerzig und golden und blumig ...«

Ich habe es befürchtet. Es ist zu viel. Viel zu viel. Zu viel Romantik, zu viel Deko, zu viel Paarzeugs, zu schwul, wenn es nach Zanes Vorstellung von Homosexualität geht.

Aus einem Impuls heraus laufe ich in die Küche, stelle den Salat in den Kühlschrank und schalte Ofen und Eismaschine aus. Dann kehre ich zurück zu Zane, der immer noch paralysiert und verängstigt auf den Tisch stiert.

»Komm«, sage ich sanft.

Er reagiert nicht. Erst als ich ihn noch einmal anspreche und behutsam Richtung Flur schiebe, erwacht sein Körper wieder zum Leben. Im Hinausgehen schnappe ich mir den Autoschlüssel vom Schlüsselbrett. Ich stopfe meinen Geliebten in den Van, starte den Motor und lenke den Wagen weg von meinem Haus und dem Romantik-Debakel, das mir im Nachhinein selbst völlig übertrieben vorkommt.

»Hier stinkt's nach nassem Hund«, ist das Erste, was Zane nach einer langen Weile sagt.

»Ist ja auch mein Praxisauto. Kann also gut sein, dass der ein oder andere Tiergeruch hier drin hängt.«

Je länger wir fahren, umso mehr entspannt er sich und als wir auf den Parkplatz einbiegen, ist er beinahe wieder mein gewohnter Zane.

Er hebt die Augenbrauen. »Burger King?«

»Du hast doch Hunger, oder?« Ich grinse, was er mit einem Nicken und einem Strahlen quittiert.

Im Drive-in bestelle ich einen Spicy Bacon King mit Cola für Zane, einen vegetarischen Burger mit Sprite für mich und für uns beide zusammen große Pommes. Gierig reißt Zane mir seinen Burger aus der Hand, wickelt ihn aus, klappt ihn auf und belegt ihn mit einer dicken Schicht Pommes.

»Was? Das ist total lecker!«, behauptet er, nimmt mir meinen Burger weg und garniert ihn ebenfalls mit Fritten.

Skeptisch beiße ich hinein. Es schmeckt wirklich lecker.

»Ich liebe dich, weißt du das?«, nuschelt Zane mit vollem Mund.

»Wegen der Pommes und dem Burger?«

»Nein, weil du mich nicht gezwungen hast, dieses Schnulz-Dinner mit dir durchzuziehen.« Er saugt kräftig am Strohhalm seiner Cola. »Und auch wegen diesem unglaublichen Burger.« Er lacht ausgelassen.

Wir essen direkt auf dem Parkplatz im Auto bei offenem Fenster, während im Radio Oldies dudeln und Menschen an uns vorbeilaufen. Die Sonne scheint warm durch die Windschutzscheibe, Soße tropft auf meine Sitze, ein Rabe klaut sich ein Pommes, das ein Kind verloren hat.

Ich bin kein bisschen traurig, dass wir nicht an meinem schicken Tisch sitzen und Wildkräutersalat essen. Das ist nicht Zane. Zane ist trotz seiner vermeintlich feinen Herkunft Burger und Pizza und Pommes und Pancakes und Zuckergetränke und manierenloses Hineinschlingen, nicht Salat und Bio und Kerzen und Glitzer.

»Wirst du es irgendwann schaffen, zu mir zu stehen?«, frage ich unvermittelt, obwohl ich weiß, dass ich damit unsere wunderbar friedliche Stimmung zerstöre.

Zane lässt die Pommes, die er sich gerade in den Mund stecken wollte, sinken und wendet sich mir zu. »Ja, das werde ich«, sagt er, ohne zu überlegen.

Ich glaube ihm. Am liebsten würde ich ihn fragen, wann und wo und wie, aber ich spüre, dass ihn das überfordern würde. Er schiebt sich den Rest Burger in den Mund, wischt sich mit der Serviette das Ketchup ab, zerknüllt sie und wirft sie hinter sich auf die Rückbank.

»Lass uns spontan ins Kino gehen.« Auf einmal klingt er ungewohnt sanft und vorsichtig, als hätte er tatsächlich ein schlechtes Gewissen, weil er mich immer noch verheimlicht.

Weil die Blockbuster alle ausverkauft sind, landen wir in einem französischen Film mit Untertiteln. Mir macht das wenig aus, aber ich weiß, dass es für Zane eine große Überwindung ist, sich einen solchen Film anzutun. Zum Trost kaufe ich ihm dafür Popcorn und Bier.

Wir sitzen in der letzten Reihe. Außer uns sind nur ein Rentnerehepaar und eine Vierergruppe Frauen im Saal. Kein Wunder, denn der Film ist wirklich, wirklich, wirklich langweilig. In endlosen Dialogen und Nahaufnahmen werden immer wieder die gleichen Probleme aufgearbeitet und ich habe keine Ahnung, wohin die rudimentäre Handlung überhaupt führen soll. Zane hat sich in den Sitz gelümmelt und die Beine ausgestreckt und mampft laut schmatzend sein Popcorn.

Als ich in die Tüte hineingreife, muss ich plötzlich an einen Film aus meiner Teenie-Zeit denken, in dem ein Junge unten in die Popcornschachtel ein Loch für seinen Penis geschnitten hat, sodass seine Begleiterin unfreiwillig statt nach Popcorn nach seinem Ständer gegriffen hat. Das würde diesen Film eindeutig aufwerten.

»Was kicherst du so?«, flüstert Zane.

»Nichts«, raune ich zurück. »Mir ist nur gerade etwas eingefallen.«

»War es was Versautes?«

Zane stellt das Popcorn auf den Sitz neben sich und sieht sich um, aber alle widmen sich der Leinwand. Auf einmal ist seine Hand in meinem Schritt, seine Finger streicheln mich durch die Jeans, was mich sofort hart werden lässt. Wie war das noch gleich mit nicht anfassen in der Öffentlichkeit?

Jetzt öffnet er meinen Reißverschluss und fährt mit den Fingern hinein. Sein Blick ist weiter nach vorn gerichtet. Würde sich jemand zu uns umdrehen, würde er nur zwei Typen sehen, die einen Film anschauen. Als er beginnt, mich langsam zu wichsen, muss ich ein Stöhnen unterdrücken. Ich rutsche unruhig hin und her. So sehr es mein Körper momentan verlangt, ich will nicht hier kommen. Also halte ich seine Hand fest und ziehe meinen Reißverschluss wieder hoch.

»Komm, wir fahren nach Hause«, sage ich und verschränke meine Finger mit seinen. Er lässt es zu, haucht mir sogar ein Küsschen auf den Hals. Der Schutz der Anonymität. Wortlos folgt er mir aus dem Kino und ins Auto.

Zurück in meinem Haus ignorieren wir den Esstisch und steuern zielstrebig das Schlafzimmer an. Zane rennt voraus, ich fange ihn spielerisch, zerre ihn am Hosenbund zu mir und klopfe ihm auf den Po. Lachend reißt er sich los, zieht sich im Laufen das Shirt über den Kopf und wirft es mir an den Kopf. Plötzlich hält er inne, sodass ich wegen meiner spontanen Blindheit mit ihm zusammenstoße.

»Da liegt ein Schlüssel auf meinem Kissen. Mit Batman-Anhänger dran.«

Ich entledige mich des Shirts und zucke möglichst unbeteiligt mit den Schultern. »Ich dachte mir, ich gebe dir meinen Zweitschlüssel. Dann kannst du kommen, wann du willst, auch wenn ich nicht da bin. Ich hab dich gern bei mir.« Ich höre sein schweres Atmen. Vermutlich wäre es besser gewesen, wenn ich den Schlüssel und die anderen Sachen weggeräumt hätte. »Aber wenn es dir zu schnell geht …«

Er unterbricht mich, indem er seine Lippen auf meine presst und mich zum Bett drängt. Dort angelt er sich den Schlüssel und steckt ihn breit grinsend in seine Hosentasche.

»Du weißt schon, was das heißt, oder?« Er wackelt mit den Augenbrauen und ein dreckiges Lächeln umspielt seine Mundwinkel.

»Was denn?«, frage ich scheinheilig und kraule seine Brust.

»Dass du mich jetzt nicht mehr loswirst, weil ich dich jederzeit überfallen kann.«

Wieder küssen wir uns gierig, reiben unsere Ständer aneinander, erkunden rastlos den Körper des anderen.

»Warte, ich habe noch etwas vorbereitet.« Ich fühle, dass es der richtige Zeitpunkt ist, also traue ich mich und zeige ihm die Schnelltests. Er legt den Kopf schief, liest die Aufschrift auf der Verpackung und einen Moment lang weiß ich nicht, wie ich sein Schweigen interpretieren soll.

»Ich habe noch nie ohne Kondome mit jemandem geschlafen«, sagt er endlich.

»Würdest du denn gerne? Mit mir?«

Er nickt langsam.

»Bist du bereit für diesen Schritt? Ich will dich zu nichts drängen.«

Wieder nickt er. »Ja, ich will«, versichert er, als würden wir vor dem Traualtar stehen. Offenbar merkt er selbst, wie der Satz geklungen hat, denn er lacht und lehnt sich an mich. »Wie lange dauert das?«

»Von der Vorbereitung bis zum Ergebnis etwa zwanzig bis dreißig Minuten.«

»Dann lass es uns gleich tun«, sagt er und nestelt die Schachteln auf.

Ich wache auf, weil Zane sich meinen Körper hinabküsst. Seine Zunge zieht eine feuchte Spur von meinem Schlüsselbein über meine Brustwarzen bis zu meinem Bauchnabel und den Haaren darunter.

»Es war unglaublich gestern«, flüstert er an meine Haut, was kitzelt und mir eine Gänsehaut beschert. »Dich ganz ohne alles zu spüren. Ich hatte ja keine Ahnung, wie das sein kann. Dass es noch besser sein kann.«

Dem kann ich nur zustimmen, aber momentan bin ich nicht in der Lage, etwas zu erwidern, weil Zane mit seinen Zähnen meinen Ständer entlangfährt und gleichzeitig meine Eier knetet. Sein Daumen drückt auf meinen Damm, was mich noch härter werden lässt.

Beide Tests waren negativ. Und da wir in den letzten Monaten mit niemand anderem geschlafen haben, ist das Ergebnis sicher und es besteht auch keine Gefahr anderer Geschlechtskrankheiten.

Zane rutscht an mir hoch, seine Brust reibt über meine übersensible Haut, bringt alles in mir zum Kochen. Einen viel zu kurzen Augenblick lang küsst er mich, spielt mit meiner Zunge, dann stützt er sich über mir ab und sieht mir eindringlich in die Augen.

»Bitte nimm mich. Ich bin bereit. Ich will erleben, wie du dich fühlst, wenn ich in dir bin.«

Im ersten Moment registriere ich nicht, was er gesagt hat. Vielleicht weil quasi mein gesamtes Blut am anderen Ende meines Körpers ist oder weil ich schon so lange darauf gewartet habe, dass ich schon gar nicht mehr daran geglaubt habe, dass es irgendwann passiert. Als die Erkenntnis endlich in mein Hirn vordringt, bin ich auf einmal unheimlich aufgeregt. Als wäre es auch mein erstes Mal.

»Bist du dir sicher?«

Zwar erkenne ich auch Angst in Zanes Augen, aber er nickt fest und lächelt wie ein kleiner Junge, der seine neue X-Box auspacken darf.

»Ich werde es dir schön machen, vertrau mir. Ein Zeichen von dir und ich höre auf und wir tun es auf die gewohnte Art.«

»Ich werde dich nicht aufhalten«, versichert er und grinst sexy. »Und jetzt hör endlich auf zu reden. Man kann auch etwas totdiskutieren.«

Er greift meinen Schwanz und bewegt seine Faust auf und ab. Ich stöhne, halte ihn aber auf. Jetzt ist erst einmal er dran. Ich will ihn gut auf das, was folgt, vorbereiten. Das erste Mal ist am schwersten, danach wird es jedes Mal leichter, weil man weiß, was einen erwartet und dass es mit nichts zu vergleichen ist.

»Leg dich auf den Rücken und stell die Knie auf«, raune ich und sofort befolgt er meine Anweisungen. Wir haben es oft genug getan, dass er weiß, wie es funktioniert. Es zuzulassen und sich jemand anderem völlig hinzugeben ist dennoch eine ganz andere Sache.

Ich lasse mir Zeit, verwöhne seinen Körper mit Küssen und mit meiner Zunge, sauge an seinen Brustwarzen, dass er sich aufbäumt und seine Erektion zuckt. Seinen Kopf hat er ins Kissen gedrückt, die Augen sind geschlossen, die Lippen leicht geöffnet. Ich liebe es, ihn so zu sehen, wenn er einfach nur genießt.

Ich nehme seinen Schaft in den Mund und steigere seine Erregung. Zane kommt mir entgegen, krallt seine Hände in meine Haare und hält mich da, wo er mich haben will. Ein Lusttropfen rinnt heraus und verteilt sich auf meiner Zunge. Zanes Geschmack ist einzigartig und am liebsten würde ich alles von ihm aufnehmen. Trotzdem löse ich mich von ihm, was ihm ein empörtes Geräusch entlockt. Ich knie mich zwischen seine Beine, küsse erst das eine, dann das andere Knie und streiche die Innenschenkel entlang bis zu seiner Mitte.

Meine Finger drücken seine Hoden, fahren weiter nach unten zu der weichen Haut vor dem Anus. Das habe ich schon öfter getan, und ich weiß, wie sehr er es mittlerweile liebt, dort massiert zu werden. Dabei beobachte ich ihn die ganze Zeit, prüfe seine Reaktion. Doch heute belasse ich es nicht dabei, sondern berühre vorsichtig seine Rosette, klopfe an und streichle sie zärtlich. Immer wieder stoppe ich, gebe ihm die Gelegenheit, abzubrechen, doch jedes Mal, wenn ich aufhöre, protestiert er und fleht mich an, weiterzumachen. Also nehme ich das Gleitgel, verteile es in seiner Pofalte und auf meinen Fingern und bereite ihn weiter vor.

Als er ein Wimmern von sich gibt, küsse ich ihn zärtlich auf den Mundwinkel. Er versucht, mich mit seinen Lippen zu fangen, aber er ist zu abgelenkt, um es zu schaffen, und konzentriert sich wieder ganz auf meine Berührungen. Vorsichtig drücke ich gegen seine runzlige Haut. Er versteift sich, aber ich erleichtere es ihm, sich zu entspannen, indem ich ihn küsse und ihn mit meiner Zunge liebe, wie ich ihn nachher mit meinem Schwanz lieben werde. Er lässt mich ein, biegt sich mir sogar entgegen und beginnt, sich gegen meinen Finger zu bewegen, sodass ich ganz hineingleiten kann.

»Oh, wow«, keucht er und lacht. »Das ist ganz anders, als ich es mir vorgestellt habe.«

Wie zur Bestätigung stöhnt er lang gezogen und windet sich. Ich bewege meinen Finger, ziehe ihn langsam ein Stück heraus und schiebe ihn wieder hinein, lasse einen zweiten Finger folgen. Als ich an Zanes Prostata stoße, bäumt er sich auf, die Augen vor Schreck und Überraschung und Lust weit aufgerissen.

»Verdammt ...«, presst er hervor und krallt sich am Bettlaken fest.

Seine Beine zittern, sein Schwanz zuckt prall auf seinem Bauch. Mein eigener ist so hart, dass es schmerzt. Mein Herz rast, das Blut pumpt durch meine Adern, vor Erregung und Vorfreude kann ich kaum atmen. Wenn ich nicht sofort in ihn kann, wird das momentan nichts mit seiner Entjungferung.

»Bist du bereit?«

Hoffentlich sagt er Ja.

»So was von«, stößt Zane hervor, dreht sich auf den Bauch und geht auf die Knie. Sein fester Hintern, den er mir wartend entgegenreckt, und sein verhangener, lustvoller Blick über die Schulter geben mir den Rest. Ich verteile Gleitgel auf meinem Schwanz und seiner Rosette, positioniere mich und dringe nur wenige Millimeter ein. Ich muss mich zurückhalten, um ihn nicht sofort hemmungslos zu ficken. Das erste Mal soll schön für ihn sein. Nach ein paar Atemzügen, habe ich mich einigermaßen gefangen und schiebe mich langsam in ihn.

Zane will es offenbar nicht so sanft, denn ohne Vorwarnung ruckt er nach hinten und nimmt mich ganz in sich auf. Jedes Mal, wenn ich mich bis zur Wurzel in ihn versenke, stöhnt er auf. Sein Kopf hängt herab, seine Hand bearbeitet seinen Ständer, sein Rücken glänzt vor Schweiß. Ich verändere den Winkel, kreise in ihm, stoße mal fest, mal sanft, massiere mit meiner Spitze seinen Lustpunkt. Nichts hat sich je so gut angefühlt wie dieser Moment.

An Zanes schneller werdenden Bewegungen erkenne ich, dass er kurz vor dem Höhepunkt ist. Nur wenige Sekunden später zittert er und kommt schubweise, stammelt dabei immer wieder meinen Namen. Bei jedem Schwall zieht sich seine Rosette zusammen und bringt mich damit ebenfalls zum Höhepunkt. Mit einem Schrei ergieße ich mich in ihm. Der Orgasmus dauert ewig, immer wieder schießt neues Sperma aus mir heraus. Gleichzeitig brechen wir zusammen. Ich liege auf seinem Rücken, stecke immer noch in ihm. Selbst auf die Gefahr hin, dass ich zu schwer bin, ich kann mich momentan beim besten Willen nicht bewegen. Dass ich überhaupt atmen kann, ist schon ein Wunder.

»Wieso haben wir das nicht schon längst gemacht?«, keucht mein Geliebter atemlos.

»An mir hat's nicht gelegen«, erinnere ich ihn. Ich küsse ihn zwischen die Schulterblätter und rolle mich von ihm herunter. Er kuschelt sich an mich, schlingt seine Arme um mich und steckt sein Gesicht in meine Halsbeuge.

»Werde ich wund sein?«

»Vielleicht ein bisschen.«

»Du kannst mir ja so einen Sitzring verschreiben, wie ihn die Leute nach Hämorriden-OPs bekommen.« Er lacht.

»Ich bin Tierarzt, ich darf keine Heilmittel für Menschen verschreiben.«

Zane stützt sich auf den Ellbogen und küsst mich aufs Kinn. »Dann musst du mich eben pflegen.«

Mein Handy klingelt und ich greife über Zane hinüber zum Nachttisch. Mehrere verpasste Anrufe werden angezeigt. Von Natalie beziehungsweise der Nummer meiner Praxis.

»Scheiße, wie spät ist es?«

»Wo bleibst du denn?«, motzt gleichzeitig Natalie los. »Das Wartezimmer ist voll. Bist du krank? Oder ist etwas passiert?«

Ja, es ist etwas passiert. Zane hat sich endlich von mir vögeln lassen. Das war mir eben wichtiger als kotzende Hunde. Aber das sage ich natürlich nicht.

»Sorry, ich habe verschlafen«, lüge ich. Zane zieht die Augenbrauen hoch und grinst verschlagen. Er verschränkt die Hände im Nacken und räkelt sich. Ich bin sicher, er macht das extra, um mich mit seinem heißen Körper zu ärgern.

»Dann los!«, befiehlt Natalie. Ich höre die Verärgerung in ihrer Stimme. Dabei bin ich immer pünktlich und zuverlässig, sie wird es schon einmal aushalten, dass sie ungeduldige Kunden vertrösten muss.

Zane beobachtet mich – immer noch frech grinsend -, wie ich ins Bad renne. Dort dusche ich in Rekordzeit. Zurück im Schlafzimmer liegt er immer noch nackt da und sieht in keiner Weise aus, als hätte er vor, in nächster Zeit aufzustehen. Stattdessen klopft er das Kissen auf und macht es sich mit der Fernbedienung gemütlich. Eine Hand ist hinter dem Kopf verschränkt, die andere liegt auf seinem Bauch, ein Bein hat er angewinkelt. So liegt er auch nachts oft. Seine Lieblingsstellung. Meist hat er sich dann auch noch die Decke weggestrampelt. Er verabscheut jeglichen Druck zutiefst, egal ob es sich um den Stoff der Bettdecke handelt oder um seelischen Druck, zum Beispiel von einem Freund, der verlangt, dass er sich endlich outet, oder von einem Dad, der ihm den Geldhahn zudreht, wenn er nicht spurt.

»Kannst du dich bitte zudecken? Wenn ich dich so sehe, will ich gar nicht mehr los.«

»Nö.« Statt meiner Bitte nachzukommen, wackelt er aufreizend mit seinem Unterkörper und fährt wie ein Pin-up-Girl seinen Körper entlang bis zu seinem Penis, der bereits wieder halb erigiert ist.

Ich deute mit dem Zeigefinger auf ihn. »Du bist ein Arsch! Ich hasse dich!«

»Ich weiß«, feixt er und küsst in die Luft, sodass er kurzzeitig aussieht wie ein Küsschen-Emoji. »Ich bleibe noch ein bisschen, trink dir deinen teuren Kaffee weg und schau fern. Vielleicht hol ich mir später noch einen runter und mach ein paar Flecken auf dein Bettlaken, bevor ich in die Uni gehe.«

Kurz überlege ich, ob ich ihn erwürgen soll, entscheide mich aber dagegen. Er ist stärker als ich, außerdem brauche ich ihn noch. Deshalb belasse ich es bei einem bösen Anfunkeln, was er mit einem noch breiteren Grinsen und betont lässigen Schulterzucken quittiert.

Schnell schlüpfe ich in meine Klamotten, verabschiede mich von meinem Freund und verschwinde, um meine Pflichten zu erfüllen.

August

Lennon

Ich habe gerade meinen letzten Patienten verabschiedet, Miss Coppler mit ihrem übergewichtigen Mops, dem sie erstaunlich ähnlich sieht, da klopft es an der Tür. Natalie habe ich bereits nach Hause geschickt. Ohne mein Herein abzuwarten, öffnet sich die Tür und ein vertrautes Gesicht erscheint.

»Hast du endlich Feierabend?«, begrüßt mich Zane und zwinkert. »Ich dachte schon, die Alte verschwindet gar nicht mehr. Hast du irgendwas mit ihr angestellt, was ich wissen sollte, weil es so lange gedauert hat?«

»Bist du etwa eifersüchtig auf eine alte Dame?« Ich trete zu ihm und ziehe ihn in meine Arme.

»Immer«, murmelt er an meinen Hals. »Du gehörst nämlich mir.«

Kurz überrollt mich Sehnsucht und Wehmut. Wenn ich ihm gehöre, warum sagt er es dann nicht der ganzen Welt?

Er küsst mich leidenschaftlich und reibt seinen Unterkörper an mir. Knurrend drängt er mich rückwärts, bis ich an den Behandlungstisch stoße. Seine Hände wandern unter mein Shirt und kraulen meine Brusthaare.

»Du riechst nach Hund«, beschwert er sich.

»Liegt vielleicht daran, dass ich meine Arbeitsklamotten trage?«

»Noch«, verbessert er mich und zieht mir kurzerhand das Oberteil aus. Die Hose folgt. Dann presst er noch einmal hart und viel zu kurz seine Lippen auf meine und klopft mir auf den Po. »Geh duschen. Ich habe eine Überraschung für dich.«

Er setzt sich breitbeinig auf meinen Schreibtischstuhl, dreht sich hin und her und grinst sein unverschämtes Zane-Grinsen. Ich stehe wie ein Idiot da, die Hose hängt mir in den Knien, und ich bin wieder einmal erstaunt, wie attraktiv mein Liebhaber ist.

»Kommst du mit?«, frage ich und hoffe, dass er Ja sagt.

Er hebt einen Finger. »Erstens ist die Dusche in deinem Kabuff viel zu klein.« Er lacht, weil ich erstaunt die Augenbrauen hochziehe. Wir haben bereits bewiesen, dass man die Dusche durchaus zu zweit benutzen kann – und zu anderen Dingen zweckentfremden. »Okay, schlechtes Argument. Aber wenn ich dich begleiten würde, kommen wir nicht so schnell los. Womit wir bereits bei Punkt zwei angelangt wären.« Er spreizt zwei Finger wie zu einem Victory-Zeichen. »Deine Tasche wartet im Auto, zusammen mit meiner. Weil ...« Er macht eine kleine Pause, um die Spannung zu erhöhen. »Ich entführe dich auf meine Hütte. Nur wir zwei. Als Ausgleich, weil ich manchmal so ein Idiot bin.« Er schiebt die Unterlippe vor und setzt seinen Hundeblick auf.

»Manchmal? Du willst mich quasi bestechen, damit ich nicht sauer auf dich bin?«

Zane nickt heftig.

»Bin doch gar nicht. Meistens zumindest.«

Er reibt sich die Hände. »Umso besser.«

Endlich steige ich aus meiner Hose und kicke sie beiseite. Dann setze ich mich rittlings auf seinen Schoß und küsse ihn. An meinem Po spüre ich, wie er hart wird. Aber er schiebt mich von sich und seufzt.

»Wir müssen los. Ich will nicht so spät ankommen. Ich habe noch eine Menge mit dir vor.« Sein schelmisches Grinsen lässt mich ahnen, was das sein wird.

»Was hast du den anderen erzählt, warum du weg bist?«

»Keine Angst, von der Hütte habe ich ihnen nichts gesagt. Denen traue ich zu, dass sie unangekündigt da auftauchen. Nein, sie denken, ich besuche meine Mom.«

Mir wäre es lieber gewesen, er hätte ihnen endlich die Wahrheit gesagt. Trotzdem freue ich mich auf unser Liebeswochenende und verschwinde im Bad.

Fünf Stunden später, es ist schon fast Mitternacht, kommen wir endlich auf der Hütte an. Auch im Sommer ist es hier wunderschön, selbst in der Dunkelheit kann man das erkennen.

Eine Weile bleiben wir noch im Wagen sitzen. Zanes Hand sucht nach meiner und drückt sie fest.

»Hier hat alles angefangen.«

»Es hat schon viel früher angefangen«, erinnere ich ihn. »Nur warst du zu feige, es dir einzugestehen.«

»Ich bin immer noch feige«, flüstert er. Es hört sich traurig und ein wenig resigniert an.

Ich beuge mich über die Mittelkonsole und drehe ihn am Kinn zu mir. »Dieses Wochenende machen wir es uns einfach schön, okay? Keine Probleme, keine blöden Themen, nur wir.«

»Das war mein Plan.«

So schnell wie seine düstere Stimmung kam, ist sie auch schon wieder seiner gewohnten Fröhlichkeit gewichen. Wir tragen unsere Taschen ins Innere, wo es leicht muffig riecht. Deswegen reiße ich die Fenster auf und lasse die herrliche Nachtluft herein.

Zane wirft sich aufs Sofa. »Hast du Hunger?«

Ich schüttle den Kopf. Auf dem Weg haben wir an einem Diner am Highway haltgemacht.

»Müde?«

Wieder verneine ich. »Kommst du mit nach draußen? Ich will mir die Sterne ansehen.«

»Die Sterne?« Er schnauft. »Alles klar. Aber dafür brauche ich Wein.« Er geht zu seiner Tasche, holt eine Flasche Rotwein heraus und nimmt sie mit in die Küche. Mit zwei vollen Gläsern kommt er zu mir zurück. Eines hält er mir hin. »Auf uns«, sagt er leise.

»Auf uns«, wiederhole ich. Wir stoßen an, ohne uns aus den Augen zu lassen. »Ich liebe dich«, füge ich hinzu.

Er lächelt, seine Augen strahlen.

Auf der Veranda setzen wir uns auf eine hölzerne Hollywoodschaukel, die ich bei unserem letzten Besuch gar nicht bemerkt habe.

»War eingelagert«, erklärt Zane, als hätte er meinen stummen Gedanken gehört. »Im Frühjahr kommt immer der Verwalter aus dem Dorf und richtet alles für die Sommersaison her. Dabei kommt sowieso niemand hier hoch.«

Die Sterne sind schön, aber der Schönste hat seinen Kopf an meine Schulter gelehnt, stößt die Schaukel regelmäßig leicht mit den Füßen an und nippt ab und zu an seinem Wein. Ich wünschte, wir hätten immer solche Abende miteinander. Und Morgen und Vormittage und Nachmittage.

»Ich geh nur kurz aufs Klo. Nicht weglaufen.« Er küsst mich auf die Wange, stellt sein Glas auf den Boden und geht nach drinnen. Ich höre, wie er die Fenster schließt und eine Tür öffnet.

Ich stehe ebenfalls auf, schlendere die paar Schritte zum Geländer, stütze mich mit den Unterarmen darauf und lausche in die Nacht. Hier könnte ich es aushalten. Im Gegensatz zu den meisten meiner Freunde könnte ich mir gut vorstellen, auf dem Land oder in der Einsamkeit zu wohnen.

Kurz darauf höre ich Zanes Schritte. Von hinten schmiegt er sich an mich. Nach einer Weile greift er meine Hand und Arm in Arm wechseln wir nach drinnen und schließen die Tür hinter uns.

»Welches willst du nehmen? Dein oder mein Schlafzimmer?«

Plötzlich bin ich müde und gähne mit offenem Mund, was Zane zum Lachen bringt. Er ist ja auch schuld an meiner Erschöpfung. »Entscheide du. Hauptsache nicht getrennt.«

Er bringt mich in sein Zimmer mit dem fantastischen Ausblick und dem riesigen Bett. Dort lieben wir uns und nach dem Aufwachen gleich wieder. So könnte es ewig weitergehen.

Wir verbummeln den Vormittag im Bett, reden, fummeln, kuscheln, knutschen, lachen. Zane ist gelöst und wirkt genauso glücklich, wie ich mich fühle.

Am Nachmittag überfällt uns Hunger und weil wir alles, was Zane eingepackt hat, schon gegessen haben – es war ohnehin viel zu wenig –, spazieren wir ins Dorf. Das Lokal, in dem wir im Winter die leckeren Pancakes serviert bekommen haben, ist geschlossen. Also entscheiden wir uns nach längerer Suche für ein kleines Eiscafé in einer wenig belebten Seitenstraße. Nachdem wir beide eine Pizza in uns hineingeschlungen haben, teilen wir uns ein Spaghettieis.

»Spaghettieis ist so Achtziger«, beschwert sich Zane und verdreht die Augen.

»Kann sein, aber lecker.«

Mit einem Grinsen nimmt er einen Löffel voll und hält ihn mir hin. Jedes Mal, wenn ich danach schnappen will, zieht er ihn jedoch weg. Ich packe sein Handgelenk und will ihn zwingen, mir endlich das Eis in den Mund zu schieben, da macht er eine plötzliche Bewegung und das Eis landet in meinem Gesicht. Vanilleeis tropft von meiner Nase und meinem Kinn. Zane prustet los und hält sich den Bauch vor lauter Lachen. Aus Rache springe ich auf und wische das zerflossene Eis an seinem T-Shirt ab.

»He«, beschwert er sich, lacht aber und schubst mich im Spaß weg. Ich strauchle zwar, fange mich aber schnell wieder und küsse ihn auf den Mund, bevor er sich wehren oder mich aufhalten kann. Nach wenigen Sekunden jedoch merkt er, was er zulässt, und schiebt mich weg. Nervös schaut er sich um, räuspert sich und setzt sich mit gesenktem Kopf hin. Obwohl das Eis mittlerweile geschmolzen ist, fängt er an zu löffeln, als gelte es, einen Eisesswettbewerb zu gewinnen.

Seufzend und enttäuscht nehme ich gegenüber von ihm Platz und stütze mein Gesicht in meine Hände.

»Es tut mir leid«, sagt er leise. »Ich …«

»Spar dir das Gesülze!«, blaffe ich gröber als beabsichtigt. »Ich weiß schon, was du sagen willst: Ich bin noch nicht so weit, ich kann nicht, gib mir Zeit … Blablabla! Langsam glaube ich, dass du niemals bereit sein wirst. Hier kennt uns niemand.« Ich fuchtle mit den Armen und zeige auf die anderen Gäste. »Keiner interessiert sich für uns!«

»Lennon«, fleht er.

Ich schnaube verächtlich. »Du schaffst es ja nicht einmal, deine Freunde einzuweihen. Du stiehlst dich nachts zu mir, lügst den anderen was vor von wegen Frauengeschichten und so.«

Zane fährt sich durch die Haare. Der Schmerz in seinen Augen ist beinahe unerträglich.

»Ich kann nicht mehr. Ich liebe dich. Wahnsinnig. Aber ...« Schlaff fallen meine Arme auf den Tisch.

Panik erscheint in seinen Augen. »Machst du gerade Schluss mit mir?«

Besser wäre es vielleicht. Aber das glaube ich nicht wirklich. »Nein, natürlich nicht. Du weißt genau, dass ich das nicht kann.«

Er stößt einen erleichterten Seufzer aus.

»Ich mache es später wieder gut«, fällt er in seinen üblichen Dirty-Talk-Modus. Leider sind nicht alle Probleme mit Sex zu lösen. Ich nicke nur und winke der Bedienung, um zu bezahlen.

September

Zane

Wir haben uns für Lennons Mittagspause in einem Diner in der Nähe seiner Praxis verabredet. Er steht hinter mir in der Schlange zur Ausgabe, so dicht, dass ich seine Körperwärme spüren kann. Ohne nachzudenken, lehne ich mich rückwärts an ihn. Zwar gibt er ein überraschtes Geräusch von sich, aber er spart sich jeglichen Kommentar, schlingt seine Arme um mich und verknotet die Finger vor meinem Bauch. Es fühlt sich schön an, ihn zu spüren, und für einen Moment frage ich mich, warum ich nicht endlich zu ihm stehe. Ich will doch ohnehin niemand anderen mehr.

»Ist das okay für dich?«, flüstert er in mein Ohr. Der Luftzug verursacht mir Gänsehaut.

»Ja, ist es«, versichere ich. Ich drehe mich in seinen Armen herum, erwidere seine Umarmung und schiebe meine Hände in die Gesäßtaschen seiner Jeans. Er lächelt mich liebevoll an und nähert sich meinem Gesicht.

Im letzten Moment hält er inne. Vermutlich will er mich nicht überfordern, weil er merkt, dass das hier, diese offene Zurschaustellung unserer Liebe, ein riesiger Schritt für mich ist. Auch wenn die Menschen um uns herum Fremde sind, denen wir völlig egal sind. Keiner kümmert sich darum, dass sich zwei Männer in einer nicht freundschaftlichen Art umarmen, alle warten einfach nur darauf, dass sie endlich an der Reihe sind. Also traue ich mich und streife vorsichtig mit meinen Lippen seine. Dann löse ich mich wieder und sehe ihm in die Augen. Er wirkt glücklich, was mich auch glücklich macht. War gar nicht so schwer.

Noch einmal küsse ich ihn, diesmal fester und länger, aber immer noch ohne Zunge. Das wäre mir dann doch zu intim. Mit Frauen hatte ich nie solche Bedenken, mit denen habe ich zum Teil ganz andere Dinge in der Öffentlichkeit veranstaltet. Die Leute schieben uns weiter und als wir an der Theke ankommen, halten wir uns an den Händen wie zwei verliebte Teenager.

»Bis später«, verabschiedet er sich, als er zurück in die Praxis muss. Von sich aus hat er mich beim Essen nicht mehr angefasst, aber ich sehe die Freude in seinen Augen, weil ich endlich beginne, mich zu öffnen.

Es ist beinahe auf den Tag genau ein Jahr her, dass ich Lennon begegnet bin. Dass er mein gesamtes Leben auf den Kopf gestellt hat. Dass ich mich in einen Mann verliebt habe, mit dem ich schon ein halbes Jahr lang eine richtige Beziehung führe. Und weil die jährliche Impfung von Rose ansteht, habe ich mich bereit erklärt, sie zu meinem ganz persönlichen Lieblingsdoktor Lennon Green zu begleiten. Ethan hat sich zwar gewundert, weil ich mich sofort freiwillig gemeldet – besser gesagt, aufgedrängt – habe, hat aber zugestimmt.

Keine Ahnung, warum ich es meinen beiden besten Freunden immer noch nicht gesagt habe. Es ist, wie wenn man von seiner Großmutter zu jedem Fest furchtbare Pralinen geschenkt bekommt. Eigentlich sollte man es von Anfang an sagen, dass man die ekelhaften Füllungen verabscheut. Man tut es aber nicht, aus Scham, aus Höflichkeit, aus Faulheit. Dann schenkt sie einem immer wieder diese Dinger, zu Weihnachten, zum Geburtstag. Und immer bedankt man sich brav. Irgendwann ist es zu spät, um die Wahrheit zu sagen, denn das würde sie nicht nur verwirren, sondern auch verletzen.

Okay, der Vergleich hinkt, aber so ähnlich fühle ich mich. Ich würde erklären müssen, warum ich erst so spät damit herausrücke. Und was soll ich ihnen dann sagen? Dass ich kein Vertrauen in ihre Freundschaft hatte? Dass ich Angst hatte, sie würden mich verstoßen wie mein Dad?

Dass ich meinen zweifelhaften Ruf als Frauenheld nicht verlieren wollte? Ich finde ja selbst keine Erklärung dafür.

Trotzdem ist mir bewusst, dass ich mich irgendwann in nicht allzu ferner Zukunft entscheiden muss: Mich zu Lennon bekennen oder mein altes Heteroleben wieder aufnehmen. Er hat es nicht verdient, weiter hingehalten zu werden und für alle Ewigkeiten mein schmutziges Geheimnis zu bleiben. Ich merke, wie ihn das immer stärker belastet.

In ein paar Tagen gibt Dad seinen jährlichen Wohltätigkeitsempfang. Vordergründig geht es darum, Spenden für wechselnde Hilfsorganisationen zu sammeln. In Wirklichkeit will er sich nur als Gutmensch präsentieren und die Tatsache, dass er ein herrischer, selbstsüchtiger, ausbeuterischer Arbeitgeber, Ehemann, Freund und Vater ist, vertuschen. Jeder weiß, dass ihm das Wohlergehen anderer völlig an seinem fetten Arsch vorbeigeht, trotzdem spielt jeder sein Schmierentheater mit, Kunden, Familie, Angestellte (die ohnehin nie eingeladen sind), sogar Mom. Als zukünftiges Wellington-Soy-Oberhaupt wird von mir erwartet, dass ich ebenfalls anwesend bin und meine Rolle spiele.

»Ich habe so was von keinen Bock auf den Scheiß!«, jammere ich Lennon die Ohren voll, während er Rose beruhigend streichelt und ab und zu »zufällig« auch über meinen Handrücken streift.

»Pass bitte auf, dass sie nicht runterfällt«, weist er mich an und geht zum Schrank, um die Utensilien für die Impfung zu holen. Er legt Spritze, Ampulle und Nadel und kleine Tupfer auf ein silbernes Tablett und kommt zum Behandlungstisch zurück. Ich liebe es, wie geschmeidig er sich bewegt und wie sein Hintern in seiner Praxishose aussieht.

Mit einer Hand bewahre ich Rose vor dem Abstürzen, mit der anderen greife ich in Lennons Nacken und ziehe ihn zu einem Kuss heran. Er muss sich mit der freien Hand auf dem Behandlungstisch abstützen, damit er nicht auf Rose plumpst, küsst mich aber genauso hingebungsvoll wie ich ihn. Atemlos und grinsend lösen wir uns voneinander.

»Ich wünschte, du wärst bei dem Fest meines Dads dabei«, seufze ich.

»Wenn du möchtest, begleite ich dich«, schlägt er vor und lächelt mich liebevoll an. Mit dem Kinn zeigt er auf Rose, die sich, weil sie schon ahnt, was gleich kommt, an mich gedrückt hat. Ich schiebe sie ein Stück zurück, halte sie sanft, aber fest, sodass Lennon die Spritze in ihre Seite stechen kann. Sie jault jämmerlich. Trotzdem tröste ich sie und rubble ihre Ohren, weil ich weiß, dass es sie beruhigt.

Mein Herz stolpert. »Das würdest du tun?«

Lennon nickt und zuckt die Schultern, als wäre gar nichts dabei, in dem Haus eines der größten Schwulenhasser des Universums aufzuschlagen. Noch dazu mit seinem festen Freund.

»Aber ...« Es fällt mir schwer, ihn immer wieder daran erinnern zu müssen, dass ich offiziell nicht mit ihm zusammen bin. »Aber du weißt, dass wir nur Freunde sind, wenn wir bei meinen Eltern sind.«

Zwar erkenne ich den Schmerz in seinen Augen, aber er nickt erneut. »Natürlich.« Er wirft die Spritze in einen Behälter und wäscht sich die Hände. »Aber wenn du mich brauchst, als moralische Unterstützung oder als Ablenkung, wenn er dich nervt oder so, dann komme ich natürlich mit.«

»Danke«, sage ich schlicht. Ich setze Rose auf den Boden und trete um den Tisch herum zu meinem Geliebten ans Waschbecken. Wortlos bette ich meinen Kopf auf seine Schulter und lege meine Arme um ihn. Er hält mich fest und so verharren wir einen langen Moment, atmen im Rhythmus des anderen und versichern uns unserer Gefühle. Ich war nie ein großer Kuschler, aber in Lennons Armen fühle ich mich zum ersten Mal in meinem Leben angekommen. Und angenommen als der, der ich bin, einfach ich. Seine Umarmung tut so gut, dass es mir kurzzeitig sogar egal ist, ob Natalie hereinplatzt.

Rose hüpft an unseren Beinen hoch und bellt, weil sie endlich nach Hause will. Widerwillig löse ich mich von meinem Freund und nehme Rose auf den Arm.

»Wann fahren wir los?«

»Mein Flug geht morgen Vormittag. Ich kümmere mich gleich um ein Ticket für dich.« Ich presse mich noch einmal an Lennon und umfasse seinen knackigen Hintern, von dem ich nie genug bekommen kann. »Hast du einen Smoking?«

Er schüttelt den Kopf. »Nur einen normalen Anzug.«

»Dann nimm den. Ich bin sicher, du siehst total heiß aus im Anzug.«

Er gibt ein knurrendes Geräusch von sich und knabbert an meinem Hals. »Lass dich überraschen.«

Glücklicherweise konnte ich noch einen Platz im gleichen Flugzeug für Lennon ergattern, wenn auch nicht neben mir. Doch mithilfe meines unbändigen Charmes schaffe ich es, die Dame neben mir zu überreden, ihren Platz mit Lennon zu tauschen.

Den ganzen Flug über halten wir Händchen. Was untypisch für mich ist, weil ich bekannterweise meine Beziehung nicht öffentlich zur Schau stelle. Aber erstens sind hier im Flugzeug ausschließlich Menschen, denen ich nie wieder begegnen werde, und zweitens werden Lennon und ich in den nächsten Tagen vielleicht wenig Gelegenheiten für Zweisamkeit finden. Zumindest nicht, wenn ich meine Beziehung zu ihm vor meiner Familie geheim halten will. Selbst wenn jemand von Dads Gästen in der gleichen Maschine sein sollte, dann sicher nicht in unserem Bereich, sondern ausschließlich First Class. Reiche Säcke fliegen nicht mit dem niederen Volk zusammen. Also keine Gefahr. Außerdem brauche ich ihn.

Seltsamerweise fühlt es sich besser an als erwartet, darauf zu scheißen, was andere von unserer Beziehung halten. Kurz überlege ich, warum ich mich eigentlich so anstelle. Keinen kümmert es, dass zwei Männer Händchen halten. Oder die Leute sind schlichtweg zu höflich, um offensichtlich zu starren oder uns gar anzusprechen. Die einzige Reaktion kommt vonseiten der Flugbegleiterin, die uns ein warmes, offenes Lächeln schenkt, als ihr Blick auf unsere verschränkten Finger fällt.

Ich traue mich sogar, meinen Kopf an Lennons zu lehnen und ihn auf den Hals zu küssen. Zwar sieht er mich leicht verwirrt und erstaunt an, aber er hält mich nicht auf, verstärkt nur den Druck seiner Finger. Im Augenwinkel sehe ich, wie sich seine Mundwinkel heben. Wenn es so einfach ist, ihn glücklich zu machen, sollte ich vielleicht endlich damit aufhören, mich in etwas hineinzusteigern, was gar nicht existiert. Leider werden wir in wenigen Stunden mit der anderen Seite der Realität konfrontiert werden. Mit der nicht toleranten.

Ganz entgegen ihrer Gewohnheit holt uns Mom vom Flughafen ab. Hat sie niemanden gefunden, der das für sie erledigt, weil alle mit den Partyvorbereitungen zu tun haben? Sonst schickt sie ihren Chauffeur oder lässt mich mit dem Taxi fahren.

»Überraschung!«, ruft sie, als wir mit unseren Koffern durch die Schiebetüren nach draußen treten, und eilt klackernd auf uns zu. Sie umfasst meine Schultern, zieht mich zu sich herunter und küsst mich rechts und links auf die Wange.

»Mom? Was machst du denn hier?«

Sie schürzt ihre Lippen. »Darf ich meinen Sohn nicht vom Flughafen abholen?«

»Doch, natürlich.« Ich hake nicht weiter nach. Eigentlich ist sie kurz vor einem Fest immer damit beschäftigt, zu kontrollieren, dass alles wie geplant abläuft. Ich lege meine Hand auf ihren Rücken und drehe sie zu Lennon, der in ein paar Metern Abstand wartet. »Mom, das ist Dr Lennon Green, ein Freund.«

Mom runzelt kurz die Stirn und beinahe unmerklich huscht Überraschung über ihr Gesicht. Sie wundert sich, dass ich jemanden mitgebracht habe, denn in der Regel komme ich allein. Nicht einmal Ethan oder Cole haben mich in den letzten Jahren begleitet. Keiner will sich unnötig Dads Gesellschaft aussetzen. Doch sie erinnert sich an ihre Manieren, streckt ihm die Hand hin und lächelt. Keines der gezwungenen, sondern ihr echtes Mom-Lächeln.

»Wie schön, Sie kennenzulernen, Dr Green«, begrüßt sie ihn und sie schütteln sich die Hände.

»Lennon bitte, Mrs Wellington.«

»Nur, wenn Sie mich Hillary nennen.« Sie zwinkert ihm zu. Flirtet sie etwa mit ihm? Meine Mom? Offenbar haben wir, was Männer betrifft, den gleichen Geschmack – abgesehen von Dad.

»Gern«, schmeichelt Lennon. »Hillary.«

Sie senkt den Kopf und kichert. Würde sie sich auch so ungezwungen benehmen, wenn sie wüsste, dass er der Mensch ist, mit dem ich mein Bett und mein Leben teile? Den ich liebe? Wie Mom tatsächlich zu Homosexualität steht, weiß ich gar nicht. Sie hält sich grundsätzlich raus, wenn Dad mal wieder einen seiner Hassfeldzüge startet.

Sie hakt sich bei uns beiden unter und steuert mit uns auf den Ausgang zu. »Die Faradays kommen heute Abend auch. Wärst du so nett und kümmerst dich ein bisschen um Madison?«

Ich mag meine Cousine Madison. Obwohl sie ein Mädchen und außerdem ein paar Jahre jünger ist als ich, standen wir uns immer nahe. Wenn wir uns auf Familienfesten begegnen, verbringen wir so viel Zeit wie möglich miteinander, unternehmen etwas gemeinsam, gehen tanzen oder ins Kino oder fahren zum See. Für ein Mädchen ist sie angenehm unkompliziert. Sie ist seit Jahren heimlich in Ethan verliebt und um ihn zu ärgern, haben Cole und ich sie letztes Jahr zu einer Party eingeladen. Wie geplant hat sie sich an Ethan rangemacht, aber er hat durch Madisons Überfall kapiert, wie sehr er in Claire verknallt ist. Nach ihrem Highschool-Abschluss im nächsten Jahr will Madison Design oder Kunst oder so etwas studieren. Genau weiß ich es nicht mehr, aber es war etwas Kreatives, das Dad als unnütz bezeichnen würde.

»Klar, mache ich gerne«, sage ich auf Moms Bitte hin. Was stimmt, aber gleichzeitig bin ich ein wenig traurig, dass ich nicht mit Lennon allein sein kann. Vielleicht ist es besser so, denn lange können wir ohnehin nicht die Finger voneinander lassen.

»Woher kennen Sie meinen Sohn?«, fragt sie Lennon.

Der sieht verstohlen zu mir und weiß nicht genau, was er antworten soll. Wir hätten uns mal besser vorher einen Plan zurechtlegen sollen.

Lennon entscheidet sich für die Wahrheit. »Er kam mit dem Hund seines Mitbewohners in meine Praxis.«

Mom sieht zu mir. »Hund? Habe ich etwas verpasst?«

Endlich ein Themenwechsel. Ich erzähle ihr ausführlich von Rose und wie sie zu uns gestoßen ist. Mom liebt Tiere genauso sehr wie Kinder, deswegen ist es leicht, sie damit erfolgreich vom Thema Lennon und Zane abzulenken.

Zu Hause werden wir von Marita stürmisch begrüßt. Im Gegensatz zu Mom interessiert es sie nicht, wer Lennon ist, sondern sie nimmt ihn sofort mit auf. Marita hat immer alle meine Freunde vorbehaltlos akzeptiert, unabhängig von Status oder anderen Dingen, nach denen Dad die Menschen beurteilt.

»Während ihr Pfannkuchen esst, richte ich das Gästezimmer her. Welches soll ich deinem Freund geben, Master Zane?«

Ich will ihn, wenn schon nicht in meinem Bett, dann möglichst nah bei mir. »Das blaue Zimmer, bitte«, sage ich deswegen. Das liegt im gleichen Stockwerk wie meines.

Lennon, der sich bereits den ersten Pfannkuchen in den Mund geschoben hat, hustet und verschluckt sich fast.

»Master Zane?« Er zieht die Augenbrauen hoch und lässt die Gabel sinken. Marita tätschelt meinen Kopf und wuselt ohne Erklärung davon.

»Ist so ein Insiderding zwischen uns«, erkläre ich und lade mir ebenfalls einen Stapel Pfannkuchen auf den Teller. Mom hat sich in ihr Damenzimmer zurückgezogen, Dad ist irgendwo, auf jeden Fall nicht hier. Und das ist auch gut so.

Lennon schüttelt den Kopf, grinst aber dabei und lädt sich einen weiteren Pancake auf den Teller. Ich liebe Marita dafür, dass sie mir mein Lieblingsessen gekocht hat.

Dad hat sich nicht dazu herabgelassen, mich zu begrüßen, nicht einmal zum Abendessen und zur Ankunft der restlichen Verwandtschaft taucht er auf. Er schickt lediglich über seine Assistentin einen knappen Gruß und lässt ausrichten, dass er es heute nicht mehr schaffe, weil zu viel zu tun sei.

Bleib doch einfach gleich ganz weg, denke ich, *vermissen würde dich ohnehin niemand.*

Ich kutschiere Lennon und Madison in einem von Dads Protzwagen zu der Bar, in der Cole, Ethan und ich während unserer Schulzeit viel Zeit verbracht haben. Beim Aussteigen reiche ich Madison die Hand und dankbar nimmt sie meine Hilfe an. Ich hatte ganz vergessen, wie klein sie ist. Seit ich sie das letzte Mal gesehen habe, ist sie noch hübscher geworden. Die kindlichen Züge sind einer neuen Weiblichkeit gewichen, obwohl ihr herzförmiges Gesicht noch immer zart und unschuldig wirkt. Dabei weiß ich, dass sie alles andere als unschuldig ist. Sie ist quasi eine jüngere, weibliche Version meiner selbst.

Die Bar ist nicht sehr voll. Was zum einen daran liegt, dass es erst halb sieben ist, zum anderen daran, dass die meisten Leute die neuen, modernen Bars in der Innenstadt bevorzugen statt den etwas abgefuckten Charme des Pebbels. Die Ledersitze sind abgewetzt, aber sauber, die Lampen und die sonstige Einrichtung aus dem letzten Jahrhundert. Aber die Drinks sind gut und das Essen ist noch besser.

Der Besitzer Ian, ein Kerl, dessen Familie wie meine seit Generationen hier lebt – und mit dem ich beziehungsweise meine Vorfahren vermutlich durch ein fragwürdiges Sklaven-Herren-Verhältnis verbunden sind –, begrüßt mich mit einer festen Umarmung.

»Zane, altes Haus, auch mal wieder in der Gegend?«

Nicht ich bin alt, sondern er. Sicher doppelt so alt wie ich.

»Der jährliche Wellington-Empfang«, sage ich nur. Er nickt ernst und ich weiß, dass er versteht, was das für mich bedeutet.

»Und ist das etwa die kleine Maddy?« Er drückt seine Hände an die Wangen und spielt Entsetzen vor.

Ich lege meinen Arm um ihre Schultern. »In ihrer vollen mickrigen Lebensgröße.«

Madison schlüpft unter meinem Arm hervor und tritt mir gegen das Schienbein. »Ich bin nicht mickrig, Cousin!«, motzt sie. Lennon, Ian und ich lachen gleichzeitig los, weil sie echt putzig aussieht, wenn sie so wütend ist.

»Ich bin Lennon«, stellt dieser sich vor, aber Ian lehnt die ausgestreckte Hand ab und klopft ihm stattdessen kumpelhaft auf die Schulter.

»Setzt euch, Freunde. Was darf ich euch bringen?«

»Bier«, sage ich.

»Bier«, wiederholt mein Liebster.

Auch Madison bestellt eines.

»Dir ist klar, dass ich mich strafbar mache, Kleines, wenn ich dir eins bringe?«, erinnert Ian sie. Ich muss mir ein Lachen verkneifen. »Aber das war mir schon immer egal.« Er prustet los und zwinkert ihr zu. »Haben eben dein böser Cousin und sein Kumpel für dich bestellt.«

Madison grinst und folgt uns an meinen Stammplatz am Fenster. Außer uns sind nur eine Gruppe Teenager da und zwei Pärchen, wobei das eine ständig knutscht und das andere heftig zu streiten scheint.

Bevor ich reagieren kann, setzt sich Madison auf den Platz neben meinem Freund, sodass mir nur der gegenüber bleibt. Ich trommle mit den Fingern auf die Tischplatte und glotze nach draußen, während wir auf unser Bier warten. Als es endlich kommt, stürze ich es in einem Zug hinunter und ordere gleich das nächste.

Madison beugt sich viel zu dicht an Lennon heran und quetscht ihn über seinen Beruf und seine Hobbys, seine Katzen und lauter andere Dinge aus, die sie nichts angehen. Höflich antwortet er auf alles, während sein Fuß mit meinem spielt.

Irgendwann, als Madison das dritte Bier getrunken hat, fängt sie auch noch an, mit Lenny zu flirten. Geht's noch? Er ist fast zehn Jahre älter als sie. Und er ist meiner!

Madison kichert dämlich und lehnt sich an seine Schulter. Meine Zuneigung zu ihr schwindet minütlich. Lennon versteift sich und versucht, ein Stück abzurücken, aber weil er quasi ans Fenster gepresst sitzt, geht das nicht.

Schamlos flirtet sie mit ihm, ungeachtet dessen, dass ihr älterer Cousin gegenübersitzt und alles beobachtet. Und dass Lennon viel zu alt für sie ist, selbst wenn er nicht stockschwul wäre. Fehlt nur noch, dass sie ihn auf ihr Zimmer einlädt. Ihre Hand schlüpft unter den Tisch zu Lennons Oberschenkel.

Ich erkenne genau den Zeitpunkt, als es ihm reicht. Sanft, aber entschlossen schiebt er ihre Hand beiseite und legt sie auf den Tisch. Sie wirkt enttäuscht und schaut ihn fragend und verwirrt an. Bei den allermeisten Männern hätte ihre Taktik vermutlich funktioniert. Sie kann ja nicht wissen, dass ihr aktuelles Opfer keine Muschis mag.

»Sorry, Madison. Du bist ein nettes Mädchen und ich fühle mich wirklich geschmeichelt. Aber ich muss dir leider sagen, dass ich schwul bin.«

Sie schluckt und ist für einen Moment sprachlos. Dann lacht sie plötzlich los, so sehr, dass ihr Kopf auf den Tisch sinkt. Nach einer Weile richtet sie sich auf und wischt sich die Tränen weg. »Das ist echt typisch, dass mir so etwas passiert. Und mutig von dir, trotzdem mit auf das Fest zu gehen«, sagt sie und nickt anerkennend. »Onkel Grant sollte das lieber nicht erfahren.«

»Ich habe nicht vor, es ihm zu sagen«, brummelt Lennon und vermeidet deutlich den Blickkontakt zu mir.

»Ja, ist wirklich besser so, wenn du lebend nach Hause zurückwillst«, rät sie, mopst sich sein Bier und trinkt es aus.

Der restliche Abend verläuft wesentlich entspannter. Wir plaudern über alles Mögliche, Madisons geplantes Studium, für das sie nach San Francisco ziehen will, meines, das ja quasi nicht stattfindet, über Cole und Ethan und wie unser Sommer bisher gelaufen ist. Kein einziges Mal scheint Madison Verdacht zu schöpfen, dass zwischen meinem schwulen Freund und mir mehr sein könnte als ein platonisches Männerding. Warum auch? Wir verhalten uns unauffällig und Madison kennt mich als Frauenheld. Beleidigt, dass Lennon sie abgewiesen hat, ist sie offenbar auch nicht.

Später liege ich wach in meinem Bett und denke an Lennon im blauen Zimmer. Dabei überkommt mich außerdem Hunger. Aus diesem Grund und weil ich irgendetwas zu tun brauche, stehe ich auf, schlüpfe in eine Pyjamahose und gehe in die Küche. Ich habe erwartet, allein zu sein, stattdessen sitzt Marita im rosa Morgenrock am Personaltisch und hat ihre Hände um eine Teetasse gefaltet.

»Kannst du auch nicht schlafen?«, frage ich sie, hole mir Brot aus der

Box und Käse aus dem Kühlschrank und setze mich mit beidem zu Marita.

»Wenn man so alt ist wie ich, kann man nicht mehr gut schlafen. Vor allem nicht lang. Ich stehe meistens um diese Zeit auf.«

Es ist doch erst halb vier. Hm. Gut, dass ich noch nicht alt bin. Ich lege Käse auf mein Brot, rolle beides zusammen und schiebe es mir in den Mund. Käserolle nenne ich das. Mache ich nur hier, weil Marita das fluffigste Weißbrot der Welt backt, und nur mit dem ist das möglich.

Über den Rand der Tasse blickt sie mich an. »Er ist nicht *ein* Freund, er ist *dein* Freund, stimmt's?«, sagt sie auf einmal in die plötzlich nicht mehr angenehme Stille.

»Was? Spinnst du? Nein!«, brülle ich. Weißbrotbröckchen spritzen in Maritas Richtung.

Ungerührt wischt sie sie von ihrer Brust. »Nein, ich spinne natürlich nicht! Aber ich kenne dich. Und ich habe gesehen, wie ihr euch anseht. Die Spannung zwischen euch ist kaum auszuhalten. Ein Wunder, dass deine Mutter es nicht gemerkt hat.«

»Bitte sag Dad nichts davon«, flehe ich.

»Spinnst du?«, wiederholt sie meine Worte von vorhin. »Ich bin doch nicht lebensmüde. Das musst du schon selbst übernehmen, mein Lieber.«

»Muss ich das?« Mir kommt es so vor, als wäre alle Spannung aus meinem Körper gewichen.

»Wenn du den netten jungen Mann nicht unglücklich machen willst – und wenn du nicht unglücklich werden willst: ja.«

»Du weißt, was das Problem ist, Marita. Dad ist …«

»Ich weiß, wie er ist. Ich arbeite mein Leben lang für euch. Aber irgendwann musst du da durch, ob du willst oder nicht. Außer, du bist dir nicht sicher mit diesem Lennon. Und er ist nur eine Affäre oder wie ihr jungen Leute das heutzutage nennt. Aber ich vermute, das ist er nicht, sonst hättest du ihn nicht mitgebracht.«

Warum kennt mich diese Frau nur so verdammt gut?

»Denkst du, Mom weiß Bescheid?« Das würde mir gerade noch fehlen, am Ende steckt sie es Dad noch. Wenn er es erfährt, dann von mir. Dann habe ich wenigstens ein bisschen Kontrolle darüber. Aber momentan bin ich noch nicht so weit.

»Nein, ich denke nicht. Sie ist viel zu sehr mit den Vorbereitungen beschäftigt, um sich um die Gefühlswelt ihres Sohnes zu kümmern.«

Zum ersten Mal in meinem Leben bin ich froh, dass meiner Mom alles andere wichtiger ist als ich.

»Stört es dich denn, dass ich mit einem Mann zusammen bin?« Obwohl es mir egal sein könnte, was unsere Hausangestellte über mich denkt, ist es das nicht.

»Ich bin mir nicht sicher, ob das in Gottes Plan wirklich so vorgesehen war«, gibt sie zu. »Aber mir steht es nicht zu, über seine Wege zu urteilen. Wenn er euch zusammengeführt hat, wird er sich wohl etwas dabei gedacht haben. Meine Meinung ist da völlig irrelevant.« Sie trinkt ihren Tee aus und schiebt die Tasse von sich. Mit gefalteten Händen mustert sie mich.

»Aber ich will nicht, dass du mich auch noch verurteilst«, sage ich leise. Ich fühle mich plötzlich wieder wie der kleine Junge, der sich heimlich in die Speisekammer geschlichen hat und beim Plätzchenstehlen erwischt wurde.

Sie greift nach meinen Fingern und drückt sie. »Wie käme ich dazu, dich zu verurteilen?« Ihr sanfter Ton tröstet mich. »Wenn du glücklich bist, bin ich es auch.« Unwillkürlich lächle ich. »Und ich spüre viel Liebe zwischen euch. Das ist die Hauptsache. Du verdienst es, glücklich zu sein.«

Warum höre ich so etwas nie von meinen Eltern, geschweige denn von Dad?

Marita stemmt sich hoch und trägt ihre Tasse zur Spüle, wo sie sie abwäscht. Dann dreht sie sich zu mir um und wedelt mit dem Handtuch Richtung Tür. »Jetzt ab ins Bett, Master Zane. Es ist schon spät, du musst morgen fit sein.«

Sie schickt mich also ins Bett, als wäre ich wieder fünf?

»Na gut, Mama«, sage ich übertrieben kindlich und stehe schwer ächzend auf.

Lachend schlägt sie mit dem Geschirrhandtuch nach mir und trifft mich schmerzhaft am Unterarm. Als ich schon fast draußen bin, hält sie mich noch einmal auf. »Was mag dein Liebster zum Frühstück?«

Ich verdrehe die Augen. »Nenn ihn nicht so. Er heißt Lennon.«

»Aber er ist doch dein Liebster.« Sie zwinkert mit einem Auge, was vermutlich verrucht wirken soll, aber eher aussieht, als wäre ihr eine Fliege ins Auge geflogen. »Also, was darf ich ihm servieren?«

»Er liebt guten, starken italienischen Kaffee«, sage ich. »Und Obst. Er ist Vegetarier, also bitte tisch ihm bloß keines deiner Würstchen-und-Speck-Menüs auf.«

Sie nickt, als wäre alles klar.

»Was ich will, ist dir wohl egal?«

»Hat sich denn etwas geändert?« Sie hebt eine Augenbraue und ich muss lachen – wegen ihrer Antwort und weil ich sie einfach liebe.

»Was würde ich nur ohne dich machen?«, frage ich und ziehe sie in eine Umarmung.

Sie zieht die Nase kraus, schnüffelt übertrieben und schiebt mich von sich. »Dann hättest du eine andere Bedienstete, die dir sagt, dass du dringend duschen solltest.«

Zurück im Bett checke ich noch einmal meine Nachrichten, aber offenbar schläft Lennon, denn das Display ist leer. Einen Moment überlege ich, ob ich mich nicht doch noch zu ihm ins Zimmer schleichen soll, entscheide mich aber dagegen.

Erst als es an meiner Tür klopft, wache ich auf. »Mr Wellington junior, das Frühstück ist fertig«, ruft Marita von draußen. Also ist Dad auch da, denn so nennt sie mich nur in seiner Gegenwart. Am liebsten würde ich mir die Decke über den Kopf ziehen und weiterschlafen, aber ich will keinen unnötigen Ärger heraufbeschwören. Irgendwann muss ich Dad ja unter die Augen treten.

Nach einer ausgiebigen Dusche schlüpfe ich in meine Klamotten: Stoffhose, Feinstrickpullover mit V-Ausschnitt und Stoffsneaker. Meine

Haare kämme ich glatt nach hinten und nicht wie sonst zu meiner Out-of-Bed-Frisur. Ich verwandle mich quasi in den Sohn, den Dad gern hätte – aber nur äußerlich. Und auch nur deshalb, weil ich keine Lust habe, mir schon morgens seine Vorwürfe anzuhören. Auf dem Flur treffe ich auf Lennon, dessen Augen sich bei meinem Aufzug weiten. Ich zucke die Schultern und stecke meine Hände in die Hosentaschen.

»Spar dir deine Kommentare.«

Er tut mir den Gefallen, aber ich höre ihn leise kichern, als wir hintereinander die Treppe hinabsteigen. Er selbst ist der, der er immer ist. Jeans, T-Shirt, wenn auch Gott sei Dank keines, das »Ich bin schwul« brüllt, sondern ein neutrales grau meliertes. Der Bart ist sauber gestutzt. Sein sexy Geruch steigt mir in die Nase, obwohl wir in züchtigem Abstand ins Speisezimmer laufen. Im Geheimhalten sind wir mittlerweile Profis.

Mom strahlt uns an. »Guten Morgen, Dr Green. Guten Morgen, Schätzchen.«

Lennon läuft zielstrebig zu Dad und streckt ihm die Hand hin, doch der schaut ihn nur kurz an, nickt einmal und widmet sich wieder seiner Zeitung. Unhöfliches, arrogantes Arschloch! Lennon wirkt verunsichert, sein Blick geht Hilfe suchend zu mir.

»Setzen Sie sich neben mich, Lennon«, rettet Mom geübt die Situation und klopft auf den Stuhl zu ihrer Linken. Ich setze mich an meinen Platz gegenüber von Mom und möglichst weit von Dad entfernt.

»Wir müssen noch einiges besprechen, bevor du wieder abreist«, informiert mich Dad mit emotionsloser Stimme und hebt dabei nicht einmal den Blick von der Zeitung. »Allein«, fügt er hinzu. Kurz darauf steht er auf und verlässt grußlos den Raum.

»Er ist angespannt wegen des Empfangs heute.« Mom verzieht zerknirscht die Lippen.

Nein, Mom. Er ist nicht angespannt, er ist immer so. Ein Idiot.

Lennon schneidet mit gesenktem Kopf seine Früchte in kleine Würfel, gibt sie in eine Schüssel Joghurt und rührt hingebungsvoll um. Offensichtlich ist ihm die Stimmung unangenehm. Wenigstens scheint ihm Maritas Kaffee zu schmecken, denn er gießt sich bereits die zweite Tasse ein. *Tut mir leid, dass ich dir das antue,* denke ich. Es muss schrecklich für ihn sein, in so eine Familie geschmissen zu werden, wo seine doch so ganz anders ist, herzlich und liebevoll und frei.

Mom nippt von ihrem Detoxtee und schiebt ihre halbe Grapefruit beiseite. »Hattet ihr mit Madison einen schönen Abend?«

»Ja, war ganz okay.« Ich streiche Erdnussbutter auf meinen Pancake, rolle ihn zusammen und beiße ein großes Stück ab. »Wo sind die Faradays?«, frage ich mit vollem Mund.

»Frag lieber, wo deine Manieren sind, Zane! Wir essen hier mit Gabel und Messer und schlucken herunter, bevor wir sprechen«, rügt mich Mom.

Aus Trotz schiebe ich mir den ganzen Rest Pfannkuchen in den Mund und kaue extra laut in ihre Richtung. Mom seufzt und verdreht die Augen.

»Madison ist in ihrem Zimmer, sie muss für eine Klausur lernen. Würde dir vielleicht auch mal guttun.«

Ich antworte ihr nicht, atme nur laut aus und widme mich meinem nächsten Pfannkuchen. Diesmal mit Ahornsirup.

»Du solltest weniger Zucker essen. Nimm dir ein Beispiel an Lennon.« Der verschluckt sich beinahe und löffelt weiter, aber ich bemerke sein Grinsen.

»Ja, Mom, ich weiß, Kohlehydrate sind der Teufel.« Sie nickt wegen meiner richtigen Antwort. Trotzdem esse ich natürlich noch einen. »Also, wo sind jetzt alle? Madison lernt. Und die anderen?«

In den nächsten Minuten erfahre ich, dass meine Tante ein neues Kleid braucht und deswegen in die Stadt gefahren ist, dass mein Onkel sie begleitet und mein kleiner Cousin Elias in der Bibliothek abhängt. Schrecklich, wie toll diese Familie ist, da komme ich mir nur noch schäbiger vor.

»Und wirst du Lennon unsere Ländereien zeigen, bevor das Fest beginnt?«, schließt Mom ihren Vortrag ab.

»Ja, wenn er will, zeige ich ihm unsere *Ländereien*.« Das letzte Wort betone ich absichtlich besonders. Es ist mir unangenehm, wenn Mom redet, als wären wir immer noch Plantagenbesitzer im neunzehnten Jahrhundert.

»Pete kann euch fahren«, bietet Mom an, doch ich lehne ab. Ich brauche keinen Chauffeur, ich will lieber eine Weile mit meinem Freund allein sein. Draußen an meinem Lieblingsplatz am See, an der uneinsehbaren Stelle. Aber das verrate ich Mom nicht. Ihr traue ich es zu, dass sie uns Madison nachschickt.

Bei Marita hole ich uns ein Lunchpaket und führe Lennon zu einer Garage abseits des Wohnhauses. Dort wartet mein Baby. Ich habe es extra nicht mit nach San Francisco genommen, denn es ist das Einzige hier, was mich glücklich macht.

»Darf ich vorstellen? Catie, meine einzige große Liebe.« Stolz zeige ich auf meine Ducati.

Lennon schmunzelt. »Deine einzige? Muss ich eifersüchtig sein?«

»Nein, musst du nicht. Sie kann nicht so gut küssen wie du.« Ich packe ihn am Po und ziehe ihn ruckartig an mich. Sobald wir uns berühren, werden wir hart wie zwei hormongesteuerte Teenager. Unsere Gesichter sind nur wenige Zentimeter voneinander entfernt, aber ich erlöse ihn nicht, obwohl ich deutlich sehe, wie sehr er sich wünscht, mich zu küssen. »Bist du bereit und legst dein Leben in meine Hände?«, flüstere ich und bin mir der Doppeldeutigkeit meiner Frage bewusst.

»Immer«, raunt er in mein Ohr. Grinsend zieht er sich ein Stück zurück. »Aber nicht ohne Schutz.«

»He! Obwohl wir gemeinsam den Test gemacht haben und du weißt, dass ich gesund bin?«

»Idiot.« Er grinst und klopft mir auf Hintern, bevor er mich loslässt und einen der Helme greift, die am Lenker des Motorrads hängen. Mit der Handfläche wischt er den Staub herunter und setzt ihn auf.

Ich stülpe mir ebenfalls meinen Helm über und schiebe die Maschine aus der Garage. Draußen steige ich auf und starte sie und sofort begrüßt mich ihr tief blubbernder Motor. Mit einer Kopfbewegung fordere ich Lennon auf, sich hinter mich zu setzen. Er tritt zu mir und Catie und schwingt sein Bein hinter mir über den Sitz. Noch bevor er richtig sitzt, fahre ich los, sodass er sich vor Schreck mit Armen und Beinen an mir festklammert. Das war der Plan. Ich genieße seinen festen Griff, das Heben und Senken seines Brustkorbs an meinem Rücken und sein Kinn auf meiner Schulter.

Sobald wir am See angekommen sind, steige ich herunter, reiße mir den Helm vom Kopf und werfe ihn ins Gras.

»Wer als Erstes im Wasser ist«, brülle ich und schäle mich bereits aus meinen Klamotten. Langsam rutscht auch Lennon vom Motorrad, nimmt den Helm ab und schlendert lässig auf mich zu.

Er ist so verdammt sexy. Komplett nackt stehe ich vor ihm, lasse mich von ihm mustern und bin immer wieder aufs Neue fasziniert davon, wie viel Liebe und Erregung in seinen Augen zu lesen sind.

Ich gebe ihm ein paar Sekunden, dann drehe ich mich ruckartig um und renne zum See. Rückwärts werfe ich mich ins Wasser, das viel kälter ist, als ich es in Erinnerung habe. Eierschrumpfend kalt. Trotzdem tauche ich ganz unter, schwimme ein paar Züge und stoße dann wieder an die Wasseroberfläche. Lennon verharrt am Ufer und beobachtet mich. Sein Gesichtsausdruck zeigt, dass ihm gefällt, was er sieht.

Er will eine Show? Kann er haben. Wie ein Model richte ich mich auf, werfe den Kopf in den Nacken und schüttle mir das Wasser aus den Haaren. Dann streiche ich sie mit beiden Händen zurück und lasse meinen Bizeps spielen.

Mein Zuschauer lacht und leckt sich die Lippen. Mit einem Finger locke ich ihn zu mir und endlich schlüpft auch er aus seiner Kleidung und tapst ins Wasser. Bei der ersten Berührung mit der Kälte zuckt er zusammen und schlingt die Arme um den Oberkörper. Ich lasse ihm keine Chance auf einen Rückzieher, bin in einem Satz bei ihm und ziehe ihn ins tiefere Wasser. Wie ein Mädchen kreischt er entsetzt auf und rächt sich, indem er sich an mir festklammert und mit mir untertaucht. Wir raufen eine Weile, mal hat er die Oberhand, mal ich.

Zitternd stehen wir dicht voreinander, berühren uns aber nicht. Sein Blick ist voller Zärtlichkeit, der folgende Kuss noch viel mehr. Er schmeckt nach Sonne und Wasser und nach sich. Meine Hände vergraben sich in seinen Haaren, er drängt sich an mich, unsere Unterkörper reiben aneinander. Obwohl wir beide deutlich erregt sind, passiert nichts weiter. Hand in Hand steigen wir aus dem See, legen uns im Gras in die Sonne und lassen uns aufwärmen. Einzelne Wolken ziehen an uns vorbei, eine Schar Gänse fliegt in Formation schnatternd über uns hinweg, eine Biene summt in der Nähe. Es ist wunderbar friedlich.

»Danke, dass du mir deinen Lieblingsplatz gezeigt hast.«

Nur ihn würde ich hierher mitnehmen. Ich drehe mich halb herum und küsse ihn wortlos auf die Schulter.

So liegen wir, dösen, knutschen, berühren uns, sprechen wenig, bis mein Handy bimmelt und uns daran erinnert, dass wir langsam aufbrechen müssen. Lieber wäre ich in unserer eigenen Welt geblieben.

Lennon

Nach dem Tag am See und unserem Spaziergang über die Ländereien, wie Zanes Mom die Felder nennt, bin ich eigentlich zu träge für eine große Party. Vor allem für eine, bei der ich mich von meiner besten Heteroseite zeigen muss. Aber ich kann mich schlecht in meinem Zimmer verkriechen, schließlich bin ich hier, um meinen Freund moralisch zu unterstützen. Also stehe ich zu meinem Wort und gehe ins Bad, um mich herzurichten. Ich dusche, putze mir die Zähne und versuche, mit einer Menge Gel eine ähnlich adrette Frisur hinzubekommen wie Zane heute Morgen. Es gelingt mir nicht wirklich. Statt ausgehfein sehen meine Haare nun aus, als wären sie fettig. Also wasche ich sie ein weiteres Mal und kämme sie wie sonst auch. Das muss reichen.

Dann hole ich meinen Anzug, den ich gestern Abend bereits zum Entknittern an die Tür gehängt habe. Ich habe ihn schon ewig nicht mehr getragen. Das letzte Mal zu Autumns Schulabschluss, glaube ich, und das ist mittlerweile fast zwei Jahre her. Besonders viele Gelegenheiten, Abendgarderobe zu tragen, habe ich sonst nicht. Ich bin gerade fertig angezogen, als es an der Tür klopft.

»Wir sind's, Maddy und ich. Wir wollen dich abholen.«

Okay. Dann mal los in die sprichwörtliche Höhle des Löwen.

»Wow«, haucht Madison, als ich die Tür öffne, und wedelt sich gespielt japsend Luft zu. »Du siehst heiß aus im Anzug.« Dann seufzt sie übertrieben. »Warum sind die besten Männer immer schwul?«

»Oder hetero«, füge ich hinzu und zwinkere, was Madison ein hohes, fröhliches Lachen entlockt. Mit dem Ellbogen stößt sie Zane in die Seite, der mich mit dunkeln Augen wie versteinert mustert. Ich sollte öfter Anzug tragen, denn offenbar gefalle ich ihm auch.

»Ja, warum bist du nicht schwul, Cousin? So einen wie Lennon sollte man sich nicht entgehen lassen.« Madison kichert. »Ihr würdet ein tolles Paar abgeben.«

Tatsächlich sieht Zane in seinem Smoking fantastisch aus und ich muss mich zusammenreißen, damit ich ihn nicht zu offensichtlich anschmachte.

Zu dritt steigen wir die breite Treppe hinunter. Unwillkürlich komme ich mir vor, als wäre ich an das Filmset von *Vom Winde verweht* versetzt worden. Madisons weit ausgestelltes Kleid mit dem großen Ausschnitt, ihre Hochsteckfrisur und der wunderschöne Mann an ihrer Seite würden gut dazu passen.

»Ihr seid zu spät«, brummt Zanes Dad, als wir im Salon eintreffen.

»Es sind doch noch keine Gäste hier, Dad. Und es waren nur ...«

»Widersprich mir nicht, Sohn!«, fährt ihn Mr Wellington an. Wie kann er sein einziges Kind so herablassend behandeln? Noch dazu vor seinen Freunden. »Und nimm die Hände aus den Hosentaschen. Wir sind hier nicht in der Bronx.«

Zane senkt den Kopf und befolgt mit zusammengebissenen Zähnen seine Anweisung. Mittlerweile kenne ich ihn gut genug, um zu sehen, wie er vor Wut um Fassung ringt. Die Hände hat er zu Fäusten geballt und sein Brustkorb hebt und senkt sich merklich. Noch hat er sich aber im Griff.

»Ja, Sir«, presst er hervor.

Warum kuscht er so vor seinem Vater und lässt sich so etwas gefallen? Auch Madison scheint sich unwohl zu fühlen, sie räuspert sich und nestelt an ihrem Kleid herum. Ich habe Zanes Dad, wenn es hochkommt, vielleicht bisher zehn Minuten erlebt und bin jetzt schon davon überzeugt, dass Zane recht hat. Grant Wellington ist ein verdammtes Arschloch. Ich kann ihn nicht ausstehen.

Marita und eine Menge anderer Angestellter türmen Essen auf das Buffet und perfektionieren die Tischdekoration. Während ich angesichts der Zurschaustellung solchen Reichtums nur staunen kann, stürmt Zane zur Bar und schnappt sich eins der Champagnergläser. Hoffentlich gibt es auch Bier.

Unauffällig überprüfe ich, ob Zanes Dad uns beobachtet, aber er diskutiert gerade lautstark mit einem der Kellner, der von Sekunde zu Sekunde mehr in sich zusammensackt. Wahrscheinlich hat er die Soße verkehrt herum gerührt oder so, weshalb er jetzt zur Schnecke gemacht wird. Ich schlendere zu Zane an die Bar und lehne mich in züchtigem Abstand mit dem Rücken an den Tresen und stütze meine Unterarme auf. Zane reibt sich mit der Handfläche über die Stirn.

»Alles klar?«, frage ich leise.

Er nickt, aber sein ganzer Körper schreit etwas anderes. »Passt schon.« Mit einem resignierten Ton stößt er Luft aus. »Willkommen in meiner Familie.«

Ich bestelle mir ein Bier, lehne aber das Glas, das der Barkeeper mir reicht, ab. Wenn Zane schon nicht in der Lage ist, zu rebellieren, kann ich das zumindest ein wenig tun, indem ich wie ein Prolet aus der Bronx aus der Flasche trinke. Nach einem weiteren Glas Alkohol hat sich mein Freund einigermaßen beruhigt.

»Sorry, dass du das alles mitbekommst.«

»Du kannst nichts dafür, dass dein Dad ein verdammter Diktator ist.«

»Die Bezeichnung ist neu.« Zane lacht freudlos. »Aber du hast recht. Kann sein, dass ich mich gerade noch mehr in dich verliebt habe.«

Aus sicherem Abstand verfolge ich den Empfang und wie immer mehr Gäste in Abendgarderobe eintrudeln. Allen quillt das Geld aus den Poren, sodass mir beinahe schlecht wird. Selten habe ich mich so deplatziert gefühlt. Wenn meine Familie Feste feiert, ist das Haus voller Leben und Freude und Musik und fröhlichen, glücklichen Menschen. Hier spüre ich nur Verbissenheit und Macht und Arroganz. Zane ist mittlerweile zu einem ganz anderen Menschen mutiert, plaudert gesittet mit den Damen und macht ihnen fadenscheinige Komplimente, raucht mit den Herren Zigarre und ist ganz Mann von Welt. Ist das alles nur hervorragend geschauspielert oder ist das sein eigentlicher, natürlicher Lebensraum? Wie könnte ich hier jemals reinpassen?

Das Essen wird aufgetragen. Zu meiner Überraschung darf ich am gleichen Tisch wie Zane und seine Eltern dinieren. Außerdem sitzen bei uns noch der Bürgermeister von New Orleans und irgendein wichtiger Firmenmogul, ebenfalls Großgrundfuzzi, den man als gebildeter Mensch wohl kennen sollte, der mir aber völlig unbekannt ist. Bei den Gesprächen höre ich nur mit halbem Ohr zu, denn die Themen befinden sich so sehr außerhalb meiner Welt, als säße ich zwischen Aliens.

Ich werde quasi nicht mehr zur Kenntnis genommen, nachdem ich von Mrs Wellington als Bekannter ihres Sohnes aus San Francisco vorgestellt worden bin. Wahrscheinlich bin ich trotz Doktortitel als Tierarzt schlichtweg nicht wichtig genug.

Die Ehefrau des unbekannten, geschätzt hundert Jahre alten Plantagenbesitzers, eine Frau in den Fünfzigern, die deutlich an mehr als einer Stelle operiert ist, beugt sich mit spitzen Lippen zu Zanes Mom und setzt ein verschwörerisches, irgendwie fieses Lächeln auf. »Haben Sie das von dem MacBundy-Sohn gehört, Hillary?«, raunt sie. »Er wurde von seiner Frau beim Fremdgehen erwischt.«

Mrs Wellington hebt das Kinn und zieht die Augenbrauen hoch, wahrscheinlich um zu betonen, wie skandalös diese Nachricht ist.

»Mit einem Mann! Wie furchtbar. Die Arme. Wie kann sie sich denn jetzt noch unter die Leute wagen?«

Hillary lässt ihr Besteck sinken und legt ihre Hand auf den Mund. Sie wirkt ehrlich schockiert.

»Widerlich!«, poltert Zanes Dad los und schüttelt mit vor Ekel verzogenem Gesicht den Kopf. »So ein Abschaum sollte nicht existieren!«

Sein greiser Sitznachbar stimmt ihm so heftig nickend zu, dass ihm beinahe das Gebiss herausfällt. »Eine Schande für die ganze Familie ist das!«, nuschelt er empört.

»Ist es nicht egal, wen man liebt?«, fragt Zane auf einmal.

Alle starren ihn entsetzt an.

»Ist das dein Ernst, Sohn? Wurdest du von dieser fürchterlichen Hippie-Stadt einer Gehirnwäsche unterzogen? Ich habe dich zu einem anständigen Menschen erzogen, nicht zu einem Schwulenfreund!«

»Liebe kann man sich nicht aussuchen.« Zanes Stimme ist leise und ein wenig resigniert. »Manchmal setzt einem das Schicksal eben jemanden vor, mit dem man nicht gerechnet hat.«

Am Tisch ist es totenstill. Die Blicke der Menschen wechseln zwischen Zane und seinem Dad hin und her wie bei einem Tennisspiel. Auch die Umsitzenden im Saal hören nach und nach mit dem Essen und Reden auf und richten ihre Aufmerksamkeit auf das Geschehen an unserem Tisch.

Zanes Dad wird immer röter, seine Atmung ungleichmäßig, sein Kopf sieht aus, als würde er gleich explodieren. »Du weißt ja nicht, was du da redest. Dieses Pack, dieses widerwärtige Gesindel ist Abschaum. Krank. Widerlich! Pfui Teufel! Das ist doch nicht normal.« Er spuckt trocken neben sich. Die Stimmung kippt bedrohlich, doch Zane hält dem aggressiven Blick seines Vaters stand.

»Hat nicht jeder Mensch das Recht, glücklich zu sein?«

»Pah«, schnaubt Zanes Dad. »Homos sind keine Menschen. Sie sind der Bodensatz der Gesellschaft, eine Schande für unser wunderbares, zivilisiertes Amerika! Jedes Tier hat mehr Anstand!«

Dieser Mann ist unglaublich. Soll ich ihm sagen, dass Homosexualität im Tierreich durchaus vorkommt? Oder dass bereits im Altertum wild durcheinander gevögelt wurde? Mir ist schlecht. Ich habe schon viele Leute getroffen, die mit Homosexualität nichts anfangen können, die es sogar aus unterschiedlichen Gründen ablehnen. Aber das hier ist einfach nur krank. Was hat ihn dazu gebracht, Menschen dermaßen zu klassifizieren? Ist ja wie bei den Nazis. Furchtbar. Ich wünschte, ich könnte Zane beistehen, fürchte aber, es würde alles nur noch schlimmer machen.

Zane und sein Dad fixieren sich stumm, beide mit beinahe gleichem Gesichtsausdruck und finster zusammengezogenen Augenbrauen. Ihre Augen sind nur noch Schlitze, ihre Fäuste auf dem Tischtuch geballt.

»Tja, Dad, dann hast du ab sofort keinen menschlichen Sohn mehr«, platzt Zane auf einmal heraus. Er löst seine Fäuste und fährt sich mit gespreizten Fingern und erhobenem Kinn durchs Haar, zerstört damit seine perfekte Schleimfrisur und verwandelt sich durch diese kleine Geste in den echten Zane.

Mrs Wellingtons Kopf dreht sich langsam in meine Richtung und sie gibt ein ersticktes Geräusch von sich. Offenbar hat sie in Sekunden die richtigen Schlüsse gezogen. Ich lächle sie scheu an. Sein Dad dagegen schiebt den Unterkiefer vor und zieht die Augenbrauen noch weiter zusammen.

»Wie bitte?«

Es ist so still im Saal, dass man die sprichwörtliche Nadel fallen hören könnte.

»Ja, Dad, du hast richtig gehört. Ich gehöre nämlich auch zu dem Dreck, den du so verabscheust. Dieser Mann«, Zane springt auf und deutet auf mich, »ist zufällig der Mensch, den ich liebe. Komm damit klar oder nicht.« Er stützt sich mit den Händen auf den Tisch und beugt sich über die Teller zu seinem Dad. Dabei keucht er, als hätte er gerade einen Lauf mit Ethan hinter sich.

Erst da dringt in mein Gehirn vor, was Zane gesagt hat. Hat er sich gerade wirklich spontan geoutet? Vor Dutzenden Fremden auf einer Wohltätigkeitsveranstaltung seiner zukünftigen Firma?

Irgendwo fängt jemand hysterisch an zu lachen und zu klatschen, einige keuchen entsetzt auf, andere tuscheln. Die Gäste an unserem Tisch dagegen starren uns mit offenem Mund an. Zanes Mom fängt leise an zu weinen. Ob aus Scham oder warum auch immer, eigentlich ist es mir egal. Auch ich kann mich nicht bewegen, sitze steif auf meinem unbequemen Stuhl, die Finger um die Serviette verkrampft. Was soll ich jetzt tun?

Zane nimmt mir die Entscheidung ab, denn er kommt in großen Schritten auf mich zu, zieht mich hoch, umfasst mein Gesicht und küsst mich leidenschaftlich vor versammelter Mannschaft. Ich bin so überrumpelt, dass ich alles mit mir geschehen lasse und nicht einmal fähig bin, seine Umarmung zu erwidern.

»Wie kannst du mir das antun? Mir und deiner Mom?«, brüllt Mr Wellington wutentbrannt. Mit beiden Fäusten donnert er auf den Tisch, dass die Gläser umstürzen und sich der teure Rotwein über die blütenweiße Tischdecke ergießt. Dann stemmt er sich hoch. Sein ausgestreckter Zeigefinger richtet sich auf Zane, der mich immer noch im Arm hält. »Verlass augenblicklich mein Haus. Ich habe keinen Sohn mehr. Ich will keinen Sohn, der sich in den Arsch ficken lässt! Der Schwänze lutscht! Der Name Wellington wird nicht beschmutzt werden, das lasse ich nicht zu!« Wieder verzieht er angewidert das Gesicht und würgt.

Solche Worte passen gar nicht zu dem feinen Herrn. Da sieht man mal wieder, was Gefühle alles aus einem Menschen machen können. Zanes Vater schließt die Augen und senkt den Kopf, bemüht sich um einen Rest Würde.

»Du bist für mich gestorben!« Seine Stimme ist jetzt leise, aber so voller Hass, dass es mich unwillkürlich fröstelt.

»Ich wollte diese Scheißfirma eh nie. Ich hasse Soja. Und ich hasse dich! Du hast mich immer nur rumkommandiert. Mein ganzes verdammtes Leben lang! Du kannst mich mal! Komm, wir haben hier nichts mehr verloren!«

Zane nimmt meine Hand und führt mich erhobenen Hauptes aus dem Saal. Die Selbstsicherheit täuscht er nur vor, denn ich spüre seine Anspannung und das Zittern seiner Finger. Aus dem Augenwinkel sehe ich, wie Mrs Wellington an die Seite ihres Mannes eilt und auf ihn einredet. Wie Aschenputtel flüchten wir Hand in Hand vom Ball. Nur dass draußen keine Kutsche mit Schimmeln auf uns wartet, sondern Marita. Mit ausgestreckten Armen strahlt sie uns an und drückt uns an ihren weichen, nach Küche duftenden Körper.

»Gut gemacht, Master Zane. Ich bin so stolz auf dich«, lobt sie ihn und schiebt uns dann zur Tür hinaus.

Wir hasten über die Einfahrt zur Garage, wo Zanes Maschine parkt. Mit zittrigen Fingern greift er seinen Helm vom Lenker und reicht mir den anderen.

»Ich muss hier weg. Bring mich einfach nach Hause, bitte. Okay? Unsere Sachen packt Marita für uns und schickt sie uns nach.«

Ich nicke, nicht wissend, ob ich mich freuen soll, dass Zane endlich zu mir steht, oder schimpfen, weil er so unüberlegt an die Sache herangegangen ist.

»Schau mich nicht so an. Du wolltest doch immer, dass ich mich oute. Jetzt hab ich's getan und du bist auch nicht zufrieden. Stattdessen benimmst du dich, als hätte ich was falsch gemacht.«

»Ja, ich wollte, dass du dich zu mir bekennst. Aber doch nicht aus Trotz heraus, weil du deinem Dad eins reinwürgen willst. Sondern weil ... Ich weiß auch nicht. Nicht in so einem Rahmen. Vielleicht wäre dann alles nicht so schlimm ...« Das ist Blödsinn und das weiß ich auch. Egal, wann Zane sich seiner Familie offenbart hätte, es wäre immer das gleiche fürchterliche Desaster mit den gleichen fürchterlichen Folgen gewesen.

Zanes Körper verliert jegliche Spannung und er sinkt ungehindert auf den staubigen Boden, zieht die Knie an und umklammert seine Beine. Ein schreckliches Schluchzen dringt aus seinem Mund. »Scheiße«, wimmert er. »Kann ich nicht einmal etwas richtig machen?«

Ich kauere mich zu ihm und lege meine Arme um ihn. Er lässt sich in meine Umarmung sinken und weint bitterlich, während ich ihn halte. Mehr als für ihn da zu sein und ihm weiterhin meine Liebe zu versichern, kann ich im Moment nicht tun.

»Ich will nach Hause«, schluchzt er.

»Du kannst so nicht fahren.« Muss ich wirklich in jeder Situation zum Spießer mutieren? Aber unser Leben ist mir nun mal wichtig. Außerdem habe ich keine Lust, dreißig Stunden oder mehr auf diesem Ding zu verbringen.

Ich rapple mich auf, hänge unsere Helme an den Lenker zurück und helfe meinem Geliebten hoch. Er ist schlaff und hängt sich an mich wie ein Betrunkener. Mit einem Arm bewahre ich ihn vor dem Umfallen, mit der anderen Hand fummle ich mein Handy aus der Innentasche meines Jacketts und rufe uns ein Taxi zum Flughafen. Gut, dass ich meine Geldbörse eingesteckt habe.

Während wir vor dem Tor warten, suche ich Zanes Zigaretten und finde sie in einer seiner Taschen. Ich zünde eine an und stecke sie ihm zwischen die Lippen. Er lächelt mich dankbar an und lehnt sich an mich. Wortlos sitzen wir nebeneinander auf dem Kies unter einer Lampe und starren in die Dunkelheit. Rauch gerät mir in die Augen und die Nase, aber ich beschwere mich nicht. Zane hat schon genug Probleme, er braucht nicht auch noch einen motzenden Liebhaber.

»Was mache ich denn jetzt?«

Ich küsse ihn auf den Hals. »Das wird sich alles geben.« Er seufzt. Nach einer kurzen Pause füge ich hinzu: »Ich liebe dich.«

Plötzlich überfällt mich die Angst, er könnte es sich anders überlegen und seinem Dad weismachen, er habe gelogen, um ihn zu ärgern. Er sei gar nicht schwul und werde mit Freuden sein vorbestimmtes Leben antreten. Vielleicht wäre das sogar die beste Lösung. Wenn ich ihn verlasse und freigebe, könnte er das Ruder noch einmal herumreißen und seinen Dad um Verzeihung bitten. Oder ich könnte ihm ein Ultimatum stellen, dass er sich melden soll, wenn er sich seiner Entscheidung sicher ist: Liebe oder Reichtum. Denn mich zu wählen bedeutet Abschied von allem anderen. Aber weil ich ein hoffnungsloser Egoist und Romantiker bin, werde ich meine große Liebe nicht einfach aufgeben. Ich will ihn behalten. Ohne ihn könnte ich nie wieder glücklich werden.

»Verlass du mich nicht auch noch«, flüstert Zane, als hätte er meine schlimmen Gedanken gehört.

»Niemals«, versichere ich ihm ebenso leise und meine es auch so. Danach schweigen wir wieder, bis sich die Scheinwerfer des Taxis nähern und vor uns halten.

»Habt ihr ein Taxi bestellt?«, blafft der Fahrer heraus. »Ist ja 'ne halbe Weltreise hier raus. Das bezahlt ihr mir aber.«

Außer uns ist niemand hier, deswegen finde ich die Frage reichlich blöd. Aber ich halte mich zurück, reiße die Hintertür auf und schiebe Zane in den Innenraum.

Zane

Dank meiner goldenen Kreditkarte haben wir in der nächsten Maschine nach San Francisco noch Plätze in der ersten Klasse ergattert. Vermutlich wird mein Erzeuger spätestens morgen früh alle meine Konten sperren, also habe ich gleich noch fünftausend Dollar in bar abgehoben. Mehr wollte der Automat nicht hergeben. Sobald wir in San Francisco sind, werde ich mir noch einmal den höchstmöglichen Betrag auszahlen lassen, wenn meine Karten noch funktionieren.

Den ganzen Flug über waren Lennon und ich extrem angespannt. Ich spürte, dass ihn etwas belastet, aber ich war viel zu sehr mit mir selbst beschäftigt, um nachzuhaken. Für ihn wird sich wenig ändern. Vor allem, da ich mich immer noch nicht vor unseren Freunden geoutet habe, aber das wird der nächste Schritt sein. Nach dem Fiasko bei dem Dinner sollte das nun kein Problem mehr sein. Sie werden nicht so ausflippen wie mein Vater.

Wie es danach weitergeht, weiß ich noch nicht. Ich habe keine Zukunft mehr. Zum ersten Mal kann ich wirklich verstehen, warum Cole letztes Jahr nach seiner Knie-OP in dieses tiefe Loch gefallen ist. Er hat es mithilfe der Liebe rausgeschafft. Allerdings hat Cole kein Multimillionen-Dollar-Vermögen verloren. Dass mein Vater sich wieder einkriegen und mich trotz meines Geständnisses zum Nachfolger ernennen wird, wird nämlich nicht passieren. Wir sind ja nicht in Hollywood. Mit ihm wird es kein Happy End geben. Er wird nicht angekrochen kommen, sich wortreich entschuldigen und mir versichern, dass er mich immer lieben wird, egal mit wem ich zusammen bin. Eher friert die Hölle zu.

Auf der Fahrt zu seinem Haus, unserem Zuhause, starrt Lennon immer noch nachdenklich nach draußen. Zwar wehrt er sich nicht, als ich nach seiner Hand greife, aber ebenso wenig erwidert er die Geste.

»Sprich mit mir«, flehe ich. Der neugierige Blick der Taxifahrerin ist mir egal. Soll sie unsere Beziehungsprobleme doch mitbekommen.

»Was, wenn dein Dad dir anbietet, alles zu vergessen, wenn du mich abschießt und reumütig zu Kreuze kriechst?«, platzt er heraus. Ich sehe seine Angst, deswegen hebe ich die Hand und streichle ihm zärtlich über die Wange.

»Erstens wird das nicht passieren«, versichere ich ihm. »Grant Wellington hält grundsätzlich, was er verspricht. Ich bin für ihn gestorben, daran wird sich nichts ändern.« Gedankenverloren beobachte ich eine Ameise, die mit einem Krümel beladen über die Fußmatte läuft.

»Und zweitens?«

»Hm?«

»Wenn du erstens sagst, muss ein Zweitens kommen.« Ein winziges Lächeln schleicht sich in sein Gesicht.

»Zweitens habe ich mich nicht aus Trotz geoutet.«

Lennon hebt die Augenbrauen.

»Okay, vielleicht ein wenig«, gebe ich zu, weil er mich gut genug kennt. Ich greife seine Finger und drücke sie pathetisch an meine Brust. »Aber vor allem habe ich es ihm gesagt, weil ich dich liebe und mit dir zusammen sein will. Scheiß auf das Geld, scheiß auf die Plantage, scheiß auf Soja, Macht und Ruhm, ich will dich, du anstrengende Schwulette.«

Wieso sieht er mich an, als würde er mir nicht glauben?

»Du weißt nicht, wie es ist, kein Geld zu besitzen. Ich hoffe so sehr, dass du es nicht irgendwann bereust.«

Warum zweifelt er so an mir?

»Zur Not muss ich eben arbeiten. Keine Ahnung, was, aber wenn ihr alle das könnt, werde ich es wohl auch schaffen, oder? Kann ja nicht so schwer sein.«

Lennon seufzt. Bin ich in seinen Augen wirklich so ein verwöhnter Schwächling, dass er mir nicht zutraut, mich selbst zu versorgen?

»Ich habe mich für dich entschieden, wie du es immer wolltest. Also halt endlich die Klappe«, fahre ich ihn ruppiger an, als er es verdient hat.

Ich verstehe, warum er sich Sorgen macht. Monatelang habe ich ihn hingehalten und unsere Beziehung verheimlicht und plötzlich will ich alles öffentlich machen? Ich wäre an seiner Stelle auch skeptisch. Dass es auf diese Weise passiert, war nicht geplant, sonst hätte ich ihn vorgewarnt. Er zieht seine Hand weg, wendet sich ab und sieht aus dem Fenster.

»Tut mir leid, ich wollte dich nicht anfahren. Ich bin einfach überfordert. Gib mir bitte Zeit. Gerade hat sich alles auf einen Schlag für mich geändert. Wir kriegen das schon hin.« Offenbar bin ich auf einmal viel zuversichtlicher als er, dass alles gut werden wird. »Zusammen schaffen wir das. Du und ich. Schon vergessen? Lass mich jetzt nicht hängen. Ich brauche dich. Sonst war alles umsonst.«

»Ich weiß«, stöhnt er. »Ich bin gerade nur genauso überfordert wie du. Ich dachte, wenn du dich endlich zu mir bekennst, wird alles besser. Aber ...« Er fängt an zu weinen. Fuck.

»Es ist gerade einmal«, ich schaue auf die Uhr am Taxameter, »acht Stunden her, dass ich meinem Dad eröffnet habe, dass ich mieser Abschaum bin. Was erwartest du? Dass es goldenes Konfetti regnet, sobald die Worte ausgesprochen sind, Einhörner eine Polonaise um uns herum tanzen und wir lächelnd und jauchzend von Engelchen ins Paradies geflogen werden? Du hast doch erlebt, wie es in meiner verkorksten Familie abläuft.«

Lennon schnieft. »Tanzende Einhörner hätte ich schon toll gefunden.«

»Arschkrampe.« Ich lache und boxe ihn gegen den Oberarm. Dann setze ich meinen Verführerblick auf und fahre mit den Fingern sein Bein hinauf. »Du könntest mich auch finanziell aushalten. Ich wäre dein Boy Toy, das zu Hause nackt auf dich wartet, während du das Geld verdienst, wäre immer bereit für dich und würde aufpassen, dass unsere Putzfrau auch sauber arbeitet.«

Jetzt ist Lennon derjenige, der mich Arschkrampe nennt. Er rutscht wieder näher und schmiegt sich an mich. »Ich liebe dich, mein kleines Boy Toy. Ich bin froh, dass du es endlich getan hast.« Er muss nicht aussprechen, dass er mein reichlich spätes Outing meint.

»Mann, jetzt küsst euch endlich, kann ja kein Mensch mit ansehen!«, beschwert sich die Taxifahrerin von vorn.

Also tun wir ihr den Gefallen und versöhnen uns.

»Kann ich bei dir bleiben? Ich will jetzt nicht zu den Jungs. Ich will nur bei dir sein. Ich brauche dich jetzt. Ich will, dass du mir zeigst, dass es richtig war, mich für dich zu entscheiden.«

»Schon wieder? Das wird langsam zur Gewohnheit«, neckt Lennon mich, nickt aber und küsst mich erneut. »Ich würde dich auch nicht gehen lassen. Mein Bett ist so einsam ohne dich. Die letzte Nacht war schlimm genug.«

Das Taxi stoppt und die Fahrerin dreht sich zu uns herum. »Ihr seid besser als jede Telenovela. Echt putzig.« Mit dem Kinn zeigt sie auf uns und dann auf das Display neben sich. »Vierundsechzig Dollar, die Herren.«

Ich reiche ihr meine Kreditkarte. Keine Fehlermeldung. Gut. Aber vor allem seltsam. Warum hat Dad sie nicht sofort sperren lassen? Steckt Mom dahinter?

»Bin ich es wirklich wert?«

»Was denn?«, frage ich schläfrig, während er meinen Rücken streichelt.

»Dass du für mich alles hingeschmissen hast.«

»Das fragst du mich, nachdem du mir das Hirn rausgevögelt hast und ich noch voller Orgasmus-Endorphine bin?« Ich gähne und kichere gleichzeitig. »Guter Schachzug, mein Lieber.« Dann stütze ich mich auf die Unterarme und sehe ihn ernst an. »Um deine Frage zu beantworten: Ja, bist du. Ich habe mich vielleicht ein wenig angestellt, bis ich gecheckt habe, dass du wichtiger als alles bist. Doofe Blicke, mein Ruf als Frauenheld, dass du ein Mann bist, das Geld, Dad, meine Verantwortung der Firma und der Familie gegenüber. Als Ethan sich wegen Claire so geziert hat, hätte ich ihm am liebsten eine reingeschlagen, damit er endlich seinen dürren Arsch hochkriegt. Dabei bin ich kein Stück besser. Das hast du nicht verdient.« Ich atme tief ein und überlege, wie ich es erklären soll. Nicht einmal Ethan und Cole kennen die Wahrheit über mich und Grant Wellington. »Ich weiß, keiner von euch kann nachvollziehen, warum ich mich nicht schon längst von meiner Familie und der Firma losgesagt habe. Warum ich nicht mein eigenes Leben gewählt habe.« Ich drehe mich auf den Rücken und blicke an die Decke. »Es ist nicht nur das Geld, auch wenn es ein wichtiger Punkt war, so mies das klingt. Oder die Verantwortung meiner Familie gegenüber. Die ist mir im Grunde egal. Ich wollte nie Großgrundbesitzer sein. Nein, es ist viel schlimmer. Mein Dad ist ein Arsch, aber er ist mein Dad. Obwohl er mich immer wie den letzten Dreck behandelt hat, war er mir nicht egal. Es stimmt nicht, dass ich ihn hasse, ich ...« Ich drücke meine Handballen auf die Augen. »Ich habe mir immer gewünscht, dass er mich liebt, mich respektiert. Ich wollte ihm immer gefallen und der Sohn sein, den er sich wünscht. Aber egal, was ich getan habe, wie sehr ich versucht habe, nicht ich zu sein, er hat mich nicht beachtet. Also habe ich irgendwann begonnen, genau das zu tun, von dem ich wusste, dass er nicht damit einverstanden ist. Wurde zu dem Zane, den du kennengelernt hast. Ein selbstsüchtiger, nichtsnutziger Loser. So bekam ich wenigstens Aufmerksamkeit, wenn auch keine positive. Aber er hat mich wahrgenommen. Ich war nicht mehr unsichtbar für ihn. Er liebte mich deswegen nicht, aber plötzlich existierte ich. Er musste sich zwangsläufig mit seinem missratenen Abkömmling beschäftigen.«

»Kinder lieben ihre Eltern, egal, was sie ihnen antun«, bestätigt Lennon leise.

»Ich wollte, dass er mich endlich sieht. Als seinen Sohn. Deswegen habe ich auch immer gehofft, dass er mich endlich respektiert, wenn ich in die Firma einsteige. Dass wir irgendwann auf Augenhöhe miteinander kommunizieren können. Dass er auf mich stolz sein würde. Deswegen habe ich mich nie komplett losgesagt. Verrückt, oder? Ich bin einem Typen hinterhergerannt, dem ich scheißegal bin. Für den ich lediglich die einzige Option, das einzige Übel zur Fortführung des Firmenimperiums war, wenn es im Familienbesitz bleiben sollte. Weil er wusste, dass nicht einmal er ewig leben würde.« Ich ziehe die Decke ans Kinn und falte meine Hände auf meinem Bauch. »Ich hatte wahnsinnige Angst, mir einzugestehen, dass ich einen Mann begehre. Nicht nur, weil ich daran nie einen Gedanken verschwendet habe und alles Neuland für mich war. Es war auch seinetwegen. Hätte ich ihm gestanden, dass ich einen Mann liebe, wäre jegliche Chance, jemals eine positive Beziehung zu ihm aufzubauen, gestorben. Und so ist es ja auch passiert. Statt mich irgendwann doch zu lieben, hasst er mich endgültig.«

Lennon schweigt, greift unterstützend meine Hand und drückt meine Finger. »Nein, es ist nicht verrückt. Es ist menschlich.« Er lächelt zärtlich. »Übrigens mag ich Soja sehr gern.«

Ich drehe meinen Kopf in seine Richtung. »Tut mir leid, dass es so lange gedauert hat, bis ich verstanden habe, dass du wichtiger bist als etwas, das nie passieren wird. Er wird mich nie lieben, egal was ich bin. Du dagegen schon.«

Lennon hebt den Kopf und küsst mich, seine Finger fahren durch meine Haare. »Ja, das tue ich«, bestätigt er.

Nun steht nichts mehr zwischen uns. Er kennt alle meine Geheimnisse. Die guten wie die schlechten.

Am nächsten Morgen ist Lennon in der Küche, um die Katzenbande zu füttern und uns Frühstück zu machen. Ich rekle mich noch ein wenig im Bett, bevor ich auch aufstehe und mich nackt zu meinem Liebhaber und nun offiziellen Freund in die Küche geselle.

Nur in Jogginghose steht er am Herd, im Hintergrund läuft Football im Fernsehen. Auf einem Teller neben ihm stapeln sich bereits die fertigen Pancakes. So stelle ich mir das Paradies vor. Bob streicht um meine Beine und ich beuge mich kurz herunter und kraule ihn.

Ich fühle mich ungewohnt befreit und glücklich. Ob das an der Sonne liegt, die durch die Fenster scheint, oder daran, dass mich die Katzen behandeln, als würde ich schon immer dazugehören, am leckeren Duft der Pfannkuchen oder weil ich endlich den ersten Schritt gemacht habe, der Welt mein wahres Ich zu zeigen, weiß ich nicht. Es ist gut, und das will ich momentan nicht hinterfragen.

Von hinten schlinge ich meine Arme um Lennon und lege mein Kinn auf seine Schulter.

»Lecker. Pfannkuchen.«

»Leckere Kerle haben leckeres Essen verdient.« Er dreht sich um und küsst mich. Mit dem Pfannenwender in der Hand umarmt er mich und klopft mir damit auf den Po. Dann wendet er sich wieder zum Herd und dreht den Pancake um.

»Du willst die Pfannkuchen jetzt wirklich noch essen?«

Er begutachtet den Pfannenwender und zuckt die Schultern. »Im Ernst? Wir machen ganz andere Dinge miteinander, und du ekelst dich, weil das Ding zuerst deine Haut und dann den Pancake berührt hat? Ich bin schockiert, Master Zane.«

Ich gieße mir einen Kaffee in meine Lieblingstasse und setze mich auf die Arbeitsplatte.

»Das hier ist viel ekliger und unhygienischer.« Er deutet auf meine nackten Eier auf seiner Küchenoberfläche.

»Wir können es ja noch unhygienischer machen«, schlage ich vor. »Dann lohnt sich das Putzen danach wenigstens.« Ich wackle mit den Augenbrauen. Doch Lenny ignoriert mich und meinen Penis und brät weiter ungerührt Pfannkuchen.

Eine Weile sehe ich ihm zu. Die Stimmung ist heimelig, es ist warm und es duftet nach meinem Lieblingsessen. Mein fester Freund wackelt fröhlich mit seinem Knackarsch und summt irgendein nicht erkennbares Lied. Eine der Katzen, ich glaube, es ist Pumuckl – ich kann mir die vielen Namen einfach nicht merken –, springt zu mir hoch und reibt sich schnurrend an meiner Hüfte. Mit einer Hand kraule ich sie zwischen den Ohren.

»Ich werde es heute Cole und Ethan sagen.«

Lennon hält inne, schaltet die Herdplatte aus und dreht sich zu mir. »Bist du dir sicher?«

Ja, bin ich. Ich nicke.

Er lächelt, tritt zwischen meine Beine, stützt sich auf meine Oberschenkel und küsst mich liebevoll. »Soll ich dich begleiten?«

»Das wäre toll. Aber ich denke, es ist besser, wenn ich es allein mache.« Ich lehne mich an ihn und genieße seine Hände, die zärtlich an meiner Seite hinauffahren und auf meinen Schultern liegen bleiben. »Können wir jetzt bitte frühstücken?«

Während Lennon den restlichen Teig in die Pfanne gibt und nebenbei auch noch den Tisch deckt, gleite ich von der Theke und gehe zurück ins Schlafzimmer, um mir wenigstens eine Unterhose anzuziehen. Lennon mag es nicht, wenn ich nackt am Tisch sitze. Als ich meine Shorts aus der Jeans fische, fällt mein Handy aus der Hosentasche. Der Akku ist leer, also stecke ich es ans Ladegerät. Dutzende entgangene Nachrichten und Anrufe von Mom und ein paar wenige von Ethan und Cole. Die lese ich zuerst, aber sie wollen nur wissen, ob ich das Martyrium Galaveranstaltung überlebt habe (Ethan) und ob ich den alten Arsch, der sich mein Vater nennt, schon ermordet habe (Cole).

Moms Nachrichten sind immer die gleichen. Ich soll sie dringend sofort zurückrufen. Bin ich schon bereit für eine Diskussion mit ihr? Sicher geht es um das Chaos, das ich durch meinem Streit mit Dad veranstaltet habe. Ich überlege, ob ich mich tot stellen soll, aber irgendwann muss ich mit ihr sprechen, dann kann es auch genauso gut gleich machen.

Nach dem ersten Klingeln hebt Mom ab. »Gott sei Dank, endlich rufst du an.« Sie klingt atemlos, aber nicht auf eine gute Art. Im Hintergrund höre ich nicht identifizierbare Geräusche, ihre Stimme klingt blechern. Zu Hause ist sie sicher nicht.

»Was ist los, Mom? Falls du mich überreden willst, mich bei Dad zu entschuldigen oder sogar Lennon um des lieben Friedens willen zu verlassen, dann …«

»Du musst sofort zurückkommen, Zane. Dein Dad hatte einen Herzinfarkt. Er liegt im Koma.«

Wie bitte? Auf meine Ansage geht sie gar nicht ein.

Mom schluchzt auf. »Er hat sich so über dich aufgeregt, dass …« Wieder holt sie zittrig Luft. »Man weiß nicht, ob er wieder aufwachen wird, Zane.«

»Mom, ich …«, fange ich an. Plötzlich kraftlos sinke ich auf die Bettkante. Ich weiß nicht, was sie von mir hören will.

»Es ist nicht deine Schuld«, versichert Mom. An ihrem Tonfall kann ich hören, dass sie es ernst meint, gleichzeitig erkenne ich einen Funken Vorwurf. »Lass uns später darüber reden. Grant ist momentan wichtiger. Wellington-Soy ist wichtiger. Du musst kommen und dich kümmern. Du hast Verantwortung. Wir alle hätten uns gewünscht, dass es einen fließenden Übergang zwischen deinem Vater und dir gibt, aber wir können es nun mal nicht ändern, dass es jetzt anders ist. Du musst sofort dein Erbe antreten. Am besten noch heute.«

Wie oft habe ich Dad geraten, einen Stellvertreter einzustellen? Aber er ist so ein Kontrollfreak, dass er niemanden an seiner Seite duldet. Schließlich kann niemand so gut wie er das Imperium leiten. Lennon ruft meinen Namen und dass das Frühstück angerichtet ist.

»Ich glaube nicht, dass Dad das recht ist, Mom. Seine Worte waren sehr deutlich.«

Weil ich nicht reagiert habe, kommt Lennon ins Schlafzimmer. Als er mich telefonierend auf dem Bett sitzen sieht, runzelt er die Stirn und malt ein Fragezeichen in die Luft. Ich schließe kurz die Augen und reibe mit der freien Hand über mein Gesicht.

»Alles in Ordnung?«, formt er lautlos mit den Lippen. Ich schüttle den Kopf und er eilt zu mir und setzt sich neben mich. Tröstend legt er seine Hand auf meinen immer noch nackten Oberschenkel und streicht langsam hin und her. Sofort fühle ich mich besser.

»Du musst jetzt an die Firma denken und eure lächerlichen Zwistigkeiten vergessen!«, sagt Mom in ungewohnt strengem Ton. Dad findet sicher nicht, dass die plötzliche Homosexualität seines Sohnes lächerlich ist. »Wann kannst du da sein? Ich werde jemanden zum Flughafen schicken, um dich abzuholen. Über die andere Sache reden wir, wenn die ersten Wogen geglättet sind.«

Die Sache. Lennon ist keine Sache. Außerdem bezweifle ich, dass die Firma sofort zugrunde geht, wenn ein paar Tage keine Leitung vor Ort ist. Ohne die vielen fleißigen und fähigen Angestellten wären wir nie so reich geworden. Nur will Dad das nie zugeben.

»Ich sag dir Bescheid, wann ich lande«, murmle ich. Momentan kann ich nicht weiter denken. Sie verabschiedet sich und legt auf.

Das Handy sinkt in meinen Schoß, ich kann nur die Wand anstarren. »Das war Mom. Mein Dad hatte einen Herzinfarkt, er liegt auf der Intensivstation. Er wird vielleicht sterben«, flüstere ich. »Weil er sich wegen meines Outings so aufgeregt hat. Ich muss zurück und die Geschäfte übernehmen.«

Lennon keucht. »Oh mein Gott!« Vorsichtig, als wüsste er nicht, ob er mich berühren darf, nimmt er mein Smartphone und legt es auf den Nachttisch. Mit seinen Fingern umfasst er meine und beugt sich zu mir. »Das tut mir leid. Aber bitte mach dir keine Vorwürfe. Es ist nicht deine Schuld«, wiederholt er unwissentlich Moms Worte.

Ich lache tonlos. »Ist es nicht?«

»Nein, ist es nicht. Das Einzige, was du dir vorwerfen kannst, ist, dass du so lange gewartet hast, zu dir zu stehen.« Bekräftigend drückt er meine Finger. »Ein Herzinfarkt kommt nicht einfach so. Da war vorher mit Sicherheit schon viel im Argen und das Herz auf irgendeine Weise vorbelastet. Bei einem Choleriker wie deinem Dad hätte es über kurz oder lang vermutlich sowieso schlappgemacht.«

»Keine Ahnung.« Ich zucke mit den Schultern. »Auf jeden Fall muss ich zurück. Ich will Dad sehen. Wellington-Soy braucht mich. Und Mom auch.«

»Ja, das tut sie.« Er lächelt mich liebevoll an. »Ein Schritt nach dem anderen. Flieg hin und tu, was du tun musst. Aber steh zu dir und zu deinen Gefühlen und denk dran: Du bist nicht verantwortlich für den Zustand deines Dads. Es ist schrecklich, keine Frage, und ich hoffe, dass er es überstehen wird. Aber wenn er nicht ganz so extrem reagiert hätte, wenn er etwas relaxter an die Sache herangegangen wäre, wäre das für sein Herz besser gewesen. Wenn einer schuld ist, dann er selbst, weil er sich derart reingesteigert hat.«

Obwohl ich nicht ganz überzeugt bin, nicke ich. Lieber würde ich mit Lennon mein neues Ich feiern, als diesen Bullshit aushalten zu müssen und ohne Vorwarnung plötzlich in das Leben geschmissen zu werden, von dem ich mir endlich eingestanden habe, dass ich es nicht will. Aber ich kann die Firma und Mom nicht hängen lassen. So verantwortungslos bin nicht einmal ich.

»Möchtest du, dass ich mitkomme?«, fragt er sanft.

»Nein, das muss ich allein regeln.«

»Du schaffst das. Du bist Batzane.«

Ich bemühe mich um ein Lächeln, und er küsst mich auf die Wange und fährt dann mit dem Handrücken darüber.

»Soll ich dir ein paar Pancakes bringen?«

Ich nicke, das schaffe ich gerade noch.

Leise geht er hinaus und ich rutsche ans Kopfende, rolle mich zusammen und kuschle mich unter unsere Decke. Morgen muss ich erwachsen sein, Chef sein, Entscheidungen fällen. Heute will ich mich nur von meinem Freund umsorgen lassen.

Nach ein paar Minuten kommt er mit einem Tablett zurück. Darauf stehen eine frische Tasse Kaffee und ein Teller voll Pfannkuchen, die alle unterschiedlich dekoriert sind. Den mit dem Marmeladen-Grinsemund und den Herzchenaugen aus Erdbeeren esse ich zuerst, den mit dem Batman-Logo aus Ahornsirup als Letztes.

»Bereust du es?«, fragt Lennon, als er nach dem Frühstück zu mir ins Bett schlüpft.

Warum zweifelt er immer noch an mir?

»Niemals«, versichere ich ihm. »Ich bin froh, dass ich es endlich getan habe.«

Er seufzt erleichtert auf und küsst mich stürmisch. Den restlichen Vormittag verbringen wir schmusend und fernsehend im Bett. Als wir uns kennenlernten, hatte Lennon keinen Fernseher im Schlafzimmer, den habe ich gekauft.

Mein Flug geht erst morgen früh. Falls es Dad zwischenzeitlich schlechter geht, wird sich Mom schon melden. Ethan und Cole habe ich eine Nachricht geschrieben, dass wir uns nachmittags in der WG treffen, weil ich sie dringend sprechen muss – allein, ohne Frauen, Kind und Hund. Vor wenigen Wochen ist Hope, Coles und Autumns Tochter auf die Welt gekommen und seitdem sind die beiden ziemlich durch den Wind. Und durchgehend beschäftigt.

Jetzt tigere ich im Wohnzimmer meines Apartments herum und warte ungeduldig auf die Ankunft meiner zwei besten Freunde. Dass ich vielleicht bald nicht mehr hier wohnen werde, weil ich zurück nach New Orleans ziehen muss, schiebe ich ganz nach hinten. Der Gedanke verursacht mir Panik und ich bin eigentlich kein Mensch, der schnell in Panik gerät. Denn es würde nicht nur bedeuten, meine Freunde und mein Studium – so sehr ich es hasse – zurückzulassen, sondern auch Lennon.

Ethan trifft als Erster ein, überpünktlich natürlich. Den Klamotten und dem Körpergeruch nach war er gerade laufen.

»Ist noch Zeit zu duschen?«, fragt er mit Blick auf die Uhr.

»Natürlich, gerne.«

Unter normalen Umständen hätte ich ihm gesagt, dass er stinkt wie ein Teenager mit Hormonstörungen, aber heute lasse ich es. Ich bin aufgeregt, als würde ich meinen Freunden gleich eröffnen, dass ich eigentlich ein Alien bin, das diesen Körper nur als Hülle benutzt. Oder als hätte ich vor, mich demnächst zur Frau umoperieren zu lassen.

Er stutzt, wahrscheinlich kommt ihm meine höfliche Antwort nicht ganz koscher vor. Er kennt mich eben. Auch dass ich mir eine Kippe anstecke, kommentiert er ausnahmsweise nicht, sondern verzieht sich wortlos ins Bad. Ich brauche jetzt dringend Nikotin.

Während ich warte, rauche ich drei Zigaretten, trinke ein Bier und einen Shot und unzählige Gläser Coke, sodass ich vermutlich vor meinem Outing an einem Zucker- und Koffeinschock sterben werde.

Ethan kommt in dem Moment frisch geduscht und angezogen aus dem Bad, als Cole die Haustür hinter sich schließt.

»Was'n los?«, fragt dieser und lässt sich in Jacke und Schuhen und mit dem Autoschlüssel in der Hand auf die Couch fallen. Er sieht unheimlich fertig aus. Schlafmangel vermutlich, aber nicht vom vielen Sex mit Autumn wie noch vor ein paar Monaten, sondern weil Hope nachts lieber Party macht, als zu schlafen. Ganz ihr Papa. Wirklich Mitleid habe ich nicht, schließlich ist Autumn ja nicht vom heiligen Geist schwanger geworden.

»Schuhe vom Tisch«, rügt ihn Ethan.

Cole verdreht die Augen. »Ja, Mama«, motzt er, befolgt aber die Anweisungen unserer privaten Putzfee Ethan. Der läuft zum Fenster, reißt es demonstrativ auf und lehnt sich ans Fensterbrett. Er hasst es, wenn ich in der Wohnung rauche. Vielleicht ist er mich ja ohnehin bald los. Denn entweder werde ich nach New Orleans ziehen, um meine Pflicht zu erfüllen, oder zu Lennon. Ich habe nicht vor, nach meinem Outing auch nur eine Minute länger als nötig ohne ihn zu sein.

»Ich muss für eine unbestimmte Zeit nach New Orleans«, beginne ich ohne sinnloses Vorgeplänkel. »Mein Dad hatte einen Herzinfarkt und ich muss vorerst die Leitung von Wellington-Soy übernehmen.«

»Einen Herzinfarkt?« Cole öffnet den Reißverschluss seiner Jacke, zieht sie aus und wirft sie auf den leeren Sessel. Der Pulli, der zum Vorschein kommt, hat auf Schulterhöhe einen weißlichen Fleck. Vermutlich auch Hopes Schuld. »Warum denn das?«

»Was ist das für eine Frage?«, wirft Ethan ein. »Einen Herzinfarkt bekommt man, weil das Herz oder die Gefäße oder beides vorgeschädigt sind und ...«

»Bitte keine Klugscheißererklärungen«, jammere ich und setze mich endlich auch hin. Nur wenige Sekunden später springe ich wieder auf.

Sag es einfach, Zane. Sei keine Pussy.

Ich schlucke und hole innerlich Luft. »Er hat sich wegen mir so aufgeregt, dass sein Herz schlappgemacht hat.«

»Worum ging es diesmal?«, fragt Cole. Dämliche Bemerkungen sparen sich beide. Sie wissen, dass es eine ernste Sache ist und keine Gelegenheit, um über meinen Vater herzuziehen. Ich schließe die Augen und befeuchte meine trockenen Lippen.

»Weil ich ihm gesagt habe, dass ich einen Mann liebe«, platze ich heraus und öffne meine Augen wieder.

So, jetzt ist es raus.

Cole und Ethan grinsen sich an und tauschen einen seltsamen, wissenden Blick aus. Habe ich etwas verpasst?

»Na endlich«, brummt Cole, hievt sich hoch und zieht mich in eine für meinen Geschmack zu lange und zu feste Umarmung. Er klopft mir auf den Rücken und reicht mich dann an Ethan weiter, der mich zwar nicht so innig drückt, mir aber unbeholfen die Arme rubbelt.

»Ihr wusstet es?«

Ethan zuckt die Schultern. »Denkst du, wir sind blind? Wir waren nur diskret genug, um zu warten, bis du es uns selbst sagst.«

»Wollt ihr gar nicht wissen, wer es ist?«

Cole prustet los und kleine Spucketröpfchen landen auf Ethans Brille, der sie mit angeekeltem Gesichtsausdruck abnimmt und an seinem Shirt abwischt. »Dein Ernst, Alter? Wenn es nicht Lennon ist, wäre ich echt überrascht. Mann, seit Monaten schleicht ihr umeinander herum, das war nicht zum Aushalten! Eure Blicke konnte nicht mal ich ignorieren.«

»Ihr habt also kein Problem damit?«

»Dass du auf einmal Schwänze statt Titten bevorzugst? Wieso sollten wir?« Cole klingt entsetzt. Ethan nickt bekräftigend. »Ich für meinen Teil habe allerdings ein verdammtes Problem damit, dass du es so lange vor uns geheim gehalten hast. Vertraust du uns nicht mehr?«

»Doch, schon, ich … Keine Ahnung. Es hat einfach verdammt lange gedauert, bis ich damit klargekommen bin.«

Cole plumpst wieder auf das Sofa und verschränkt die Hände im Nacken. »Ja, das klingt nach dir.« Von unten glotzt er mich an. »Seid ihr jetzt endlich richtig zusammen?«

»Ja, schon länger. Seit meinem Geburtstag auf der Hütte, um genau zu sein.«

Cole schlägt sich auf den Schenkel. »Wusst ich's doch!« Er schaut, als wäre er unheimlich stolz auf sich und macht ein Victory-Zeichen in Ethans Richtung. Dann zieht er die Augenbrauen zusammen und schiebt die Unterlippe vor. Sein Ich-bin-beleidigt-und-sauer-auf-dich-Gesicht. »Autumn wusste Bescheid, stimmt's?«

Ich bejahe. Lennon hat es mir heute gestanden.

»Sie hat die ganze Zeit dichtgehalten.« Er schüttelt ungläubig den Kopf, grinst aber dann breit. »Das ist mein Baby.«

Ethan schließt endlich das Fenster und setzt sich in den Sessel auf Coles Jacke. »Ihr habt ganz schön lange gebraucht. Das übertrifft ja Claire und mich bei Weitem.«

»An Lennon lag's nicht«, gebe ich zu.

Cole sieht mich sauer an. »Kann ich mir vorstellen. Du warst ja schließlich das homophobe Arschloch.«

»Ich war nicht homophob«, widerspreche ich, obwohl ich weiß, dass ich meine zwei besten Freunde nicht täuschen kann.

»Wahrscheinlich warst du deswegen nie verliebt und hast wahllos mit viel zu vielen Frauen geschlafen, weil du damit einen Mangel überdecken wolltest. Etwas, das tief in dir schlummerte, das du aber nie an die Oberfläche gelassen hast«, überlegt Ethan mit seinem Denkerblick.

Kann sein, das habe ich ja selbst auch schon überlegt. Nur, momentan brauche ich keine klugen Sprüche, sondern die Gewissheit, dass meine Freunde hinter mir stehen.

»Dann ist er eben bi oder schwul oder whatever. Ist doch egal, warum oder wie es heißt. Er liebt endlich mal jemanden. Ist doch schön.« Cole wendet sich an mich und klopft mir auf die Schulter. »Ich freue mich für euch. Ehrlich. Auch wenn ich es gut gefunden hätte, wenn du früher damit rausgerückt wärst.«

»Würdest du einfach so locker flockig allen erzählen, dass du, *greatest womanizer in town*, plötzlich lieber Schwänze statt Muschis leckst?«, blaffe ich.

»Wieso nicht?« Er sieht so aus, als wüsste er tatsächlich nicht, wo das Problem ist. Weil ich ihm keine Antwort gebe, winkt er ab. »Aber Schwamm drüber.«

Er tut so, als wäre es ganz normal, bi oder schwul zu sein. Ist es auch. Trotzdem. Offenbar bin ich der Einzige, der ein Problem damit hat. Die wirkliche Herausforderung folgt ja erst noch, nämlich in der Öffentlichkeit zu Lennon zu stehen. Zumindest ist der erste Schritt getan und das fühlt sich wunderbar befreiend an.

Cole klatscht in die Hände. »So, wo ist der Alk? Das müssen wir feiern!«

Oktober

Lennon

Ich vermisse Zane wahnsinnig. Endlich ist unsere Beziehung offiziell und dann verschwindet er nach New Orleans. Okay, ich tue ihm unrecht. Er ist schließlich nicht freiwillig abgehauen oder weil er wegen uns wieder einmal einen Panikanfall bekommen hat, sondern um seinen Dad – beziehungsweise das Familienunternehmen – zu unterstützen. Mich will er nicht bei sich haben. Er meint, die Wogen müssten sich erst einmal glätten und er habe sowieso keine Zeit für mich bei den vielen Terminen und wichtigen Dingen, die er erledigen muss. Meine Praxis kann ich eigentlich auch nicht so lange alleine lassen. Die Gefahr, dass mir dann die Patienten weglaufen, ist zu groß.

Seit fast drei Wochen haben wir uns nicht mehr gesehen. Das ist nicht die Welt, aber für uns eine Ewigkeit. Er hat seine Führungsposition so abrupt angetreten, dass er nicht einmal Zeit hatte, am Wochenende zu mir zu fliegen. Irgendwann hat er mir mal erzählt, dass er seinen Dad quasi nie zu Gesicht bekommen hat, weil der rund um die Uhr in der Firma beschäftigt war, auch an Wochenenden und Feiertagen, und wie sehr ihn das als Kind verletzte. Jetzt macht er das Gleiche. Wahrscheinlich gibt es wirklich viel zu erledigen, von der Leitung eines Imperiums habe ich so viel Ahnung wie von Sex mit Frauen. Trotzdem ist es mein gutes Recht, ihn zu vermissen. Seiner Mom will er nebenbei auch noch beistehen und ab und zu besucht er sogar seinen Dad im Krankenhaus.

Wir telefonieren jeden Tag, manchmal sogar mehrmals, schreiben uns Nachrichten. Oft sind sie nur kurz, aber wir brauchen beide die Gewissheit, dass wir zusammengehören und auch das durchstehen werden.

Angst, dass er nicht mehr zu mir zurückkehrt, habe ich fast keine mehr. Zane mag zwar lange Probleme mit seiner homosexuellen Seite gehabt haben und hat mich für meinen Geschmack viel zu lange verschwiegen, aber er steht zu seinem Wort. Er hat sich für mich entschieden, gegen seine vorherbestimmte Zukunft. Dass er nun doch beides hat, ist nicht abzusehen gewesen. Was ich davon halten soll und wie das funktionieren soll, wenn wir Tausende Kilometer voneinander getrennt leben müssen, weiß ich nicht. Fernbeziehungen sind nämlich scheiße.

Seltsamerweise hat er heute bis jetzt weder angerufen, noch geschrieben oder auf meine Kontaktversuche reagiert. Es ist bereits Abend. Ich schwanke zwischen sauer und enttäuscht, erinnere mich aber daran, dass er eine Menge anderer Verpflichtungen hat und sein gefühlsduseliger Freund vermutlich auf der To-do-Liste zuweilen an die hinterste Stelle rückt. Trotzdem schade.

Meine Mom hat heute zu einem Familienessen geladen. Grundsätzlich braucht es dafür keinen speziellen Grund, wir treffen uns ohnehin regelmäßig, aber heute Mittag ist meine Schwester Ocean von ihrem Auslandssemester zurückgekommen und natürlich wollen wir sie alle zu Hause willkommen heißen.

Bevor ich zu meinen Eltern fahre, dusche ich in der Praxis und ziehe mich um, weil ich keine Lust habe, noch einmal quer durch die Stadt zu radeln. Ich will Ocean sehen, ich habe Hunger, ich will, dass mich meine Familie von meinem Liebeskummer ablenkt, und außerdem erinnert mich alles in meinem Haus an Zane – und dass er nicht da ist.

Ich muss mehrmals klingeln, bevor mir Dad die Tür öffnet.

»Warum benutzt du nie deinen Schlüssel?« Wir umarmen uns flüchtig und Dad streicht mir durch die Haare, als wäre ich vier Jahre alt.

»Vergessen«, gebe ich zu. Er zuckt die Schultern und läuft mit den Händen in den Hosentaschen zurück Richtung Wohnräume. Meine

Schuhe lasse ich im Flur neben der Babytrage stehen. Also ist Autumn bereits hier. Ein tiefes, gackerndes Lachen zeigt mir, dass sie auch ihr anderes Baby – Cole – mitgebracht hat.

Ich folge den Stimmen und finde die versammelte Mannschaft im Wohnzimmer. Cole diskutiert lebhaft und mit ausladenden Gesten mit Gavin, der die kleine Hope im Arm hält. Sie ist immer noch so winzig, dass sie locker auf den Unterarm ihres Onkels passt. Obwohl er und Cole in ihrer üblichen Lautstärke reden, also eher brüllen, schläft Hope friedlich und schmatzt leise, als trinke sie im Traum an den Brüsten ihrer Mom. Sie nicken mir zu und widmen sich dann wieder ihrem Gespräch.

Autumn deckt gerade den Tisch, während Dad sich auf dem Sofa fläzt, ein Glas Rotwein in der Hand. Eva hat sich an ihren geliebten Dad gekuschelt und himmelt ihn von unten an. Sie vergöttert ihn geradezu. Recht hat sie, er ist ein toller Dad. Sein Blick beweist, dass er für sein Nesthäkchen genauso fühlt. Als mich Eva entdeckt, springt sie auf, hüpft mir entgegen und umarmt mich stürmisch.

Obwohl sie letzten Monat dreizehn geworden ist, ist sie in Aussehen und Verhalten noch sehr kindlich, ganz anders als ihre beiden Schwestern in dem Alter. Autumn war durch ihre Vergangenheit ein viel zu ernster Teenager und Ocean begann damals bereits, mit Jungs auszugehen. Mom werkelt in der Küche herum.

»Hi, Mom«, rufe ich ihr zu und trete zu Autumn, um sie auf die Wange zu küssen.

»Namaste, Lennon Jewel Brahma Earth. Ich komme gleich zu euch«, begrüßt sie mich mit meinem vollständigen Namen. Ich höre es scheppern, ein lautes Fluchen folgt, das gar nicht zu ihrem friedvollen Namaste passt. Ich liebe meine Familie.

Doch eine fehlt. »Wo ist Ocean?«

»Hier, großer Bruder!«, höre ich ihre Stimme. Sie hastet die Treppe herunter und wirft sich in meine Arme. Dann schiebt sie mich von sich und mustert mich. Mit dem Finger tippt sie in meinem Gesicht herum. »Du hast Augenringe wie ein alter Mann.«

Danke für das Kompliment, Schwester. Offenbar hat sich nichts verändert, außer ihrem Aussehen. Sie sieht älter aus, erwachsener, wie die fünfundzwanzig, die sie mittlerweile ist. Liegt vielleicht an ihrer Frisur. Ihre vorher langen Wellen, die ihr bis zur Hüfte reichten, sind einem akkuraten Bob mit strengem Pony gewichen, und statt Jeans und T-Shirt trägt sie einen für ihre Verhältnisse züchtigen, knielangen Rock und eine Bluse mit Stehkragen.

»Wurdest du im Ausland durch eine Sekretärinnen-Ausgabe von dir ausgetauscht?«

»Haha!«, lacht sie. »Ich habe mich eben weiterentwickelt.«

»Essen ist fertig«, flötet Mom und betritt mit einem riesigen Topf das Wohnzimmer und stellt ihn auf den Tisch. Cole und Gavin, die quasi immer Hunger haben, sitzen als Erste und schaufeln sich Eintopf auf ihre Teller. Das Baby hat Gavin an Dad weitergereicht, der seiner Enkelin mit entzücktem Gesicht etwas ins Ohr flüstert und sie am Bauch kitzelt.

»Zucchini-Tomaten-Karotten-Auflauf«, erklärt Mom. »Alles aus dem Garten.«

Lecker.

Die erste Stunde berichtet Ocean von ihren Monaten in Großbritannien, von den vielen Eindrücken, die sie gesammelt, und von einem Mann, den sie in London kennengelernt hat. Ich vermute, dass vielleicht auch er etwas mit ihrem neuen Style zu tun hat. Dass er bereits Mitte vierzig ist, stört die anderen genauso wenig, wie als ich ihnen eröffnet habe, dass ich schwul bin. Für meine Familie ist Liebe Liebe. Selbst wenn einer von uns sich plötzlich in einen Baum oder ein Tier verlieben würde, wäre das kein Problem. Einen Moment lang stelle ich mir Gavin vor, wie er seine Lippen auf die eines Esels drückt. Unwillkürlich muss ich lachen und schüttle mich unauffällig.

»Und bei dir?«, wendet sich Ocean an mich. »Wie geht's deinem Frauenheld?«

Sogar aus der Ferne hat sie mein Liebeschaos mitbekommen. Am selben Tag, als Zane sich seinen Mitbewohnern geoutet hat, habe ich meiner Familie von ihm erzählt. Alles, auch wie sehr er sich anfangs gesträubt hat.

»Er hat viel Stress. Ist alles ein wenig viel in letzter Zeit.«

Mom schaut mich mitfühlend an. »Du vermisst ihn.«

»Logisch tut er das. Uns fehlt er auch«, brummt Cole und Autumn legt ihm tröstend die Hand auf den Schenkel.

»Bekommt er denn alles geregelt?«, fragt Dad.

Hope fängt an zu quengeln und Autumn nimmt sie ihm ab, schiebt ihre Bluse hoch und legt ihre Tochter zum Stillen an. Gavins und Coles Augen fixieren die nackte Brust, jedoch eindeutig aus unterschiedlichen Motiven. Während Coles Blick lüstern fasziniert ist, kann man in Gavins Ekel erkennen.

»Muss das am Tisch sein? Ich will noch essen«, beschwert er sich.

»Stillen ist das Natürlichste der Welt. Wenn es dich stört, musst du nicht hinsehen«, belehrt ihn Mom und schaut tadelnd. »Und Muttermilch ist das Gesündeste und Beste, was du einem Baby zukommen lassen kannst. Für beide Seiten ist es ein unheimlich intimer und verbindender Akt. Du wolltest damals gar nicht aufhören damit. Wenn ich dich nicht sozusagen mit Gewalt abgestillt hätte, würdest du wahrscheinlich heute noch ...«

Gavin macht abwehrende Handbewegungen und schüttelt mit geschlossenen Augen den Kopf. »Bitte hör auf, Mom. Mir wird schlecht.« Er macht ein Würgegeräusch.

Cole kichert. »Tittenfixiert ist er immer noch.«

»Das sagt der Richtige«, motzt Gavin und löffelt genervt seinen Obstsalat, den Mom zur Nachspeise serviert hat. Mit Himbeeren und Äpfeln und Birnen, alles auch aus dem eigenen Bio-Anbau.

Mom schaut beide strafend an. »Hört auf zu streiten, Jungs.« Dann wendet sie sich an mich. »Wie geht es Mr Wellington? Ist er noch auf der Intensivstation?«

»Er ist mittlerweile aufgewacht und auf die Normalstation verlegt worden.«

»Das ist schön, Schatz. Sag Zane, dass ich seinem Dad schöne Grüße ausrichte.«

Ich verzichte darauf, Mom zu sagen, dass Mr Wellington vermutlich einen Dreck auf die Grüße der Schwiegermutter seines missratenen Homosohns gibt, noch dazu, wenn sie von einer ebenso hassenswerten, unwürdigen Hippietussi kommen. Das würde nur zu unnötigen Diskussionen führen. Mom kann nicht verstehen, warum es Menschen gibt, die nicht alle als gleich ansehen. Meine Familie kennt die grundlegenden Informationen über Zanes Familie und sein Erbe, und sie wissen auch, dass sein Verhältnis zu seinen Eltern schwierig ist. Das ganze Ausmaß der Engstirnigkeit seines Dads kennen nur Cole, Autumn und ich. Und natürlich Ethan.

»Ja«, sage ich also, um Mom nicht zu verletzen. »Ich richte es aus.«

»Wie ist die Prognose bezüglich seiner Heilung?«, will Dad jetzt wissen.

»Das kann keiner genau sagen. Sein Gehirn war minutenlang unterversorgt, sodass es mit großer Wahrscheinlichkeit geschädigt bleiben wird. Es kann gut sein, dass er ein Pflegefall bleibt. Momentan ist er zwar wach, aber wohl nicht wirklich ansprechbar. Wie im Wachkoma.«

Mom gibt ein ersticktes Geräusch von sich. »Das ist ja schrecklich.«

Cole wirft mir einen Blick zu, der wohl so etwas wie »Der Alte hat's verdient« bedeuten soll, und zuckt die Schultern. Niemand hat so etwas verdient.

Cole setzt ein finsteres Gesicht auf. »Wachkoma oder Matschhirn. So oder so ist er seinen Dad vorerst los.«

»Cole! So redet man nicht über andere Menschen!«, schimpft Mom, als wäre er ihr eigenes Kind. Tatsächlich senkt Cole den Kopf und murmelt eine Entschuldigung.

Ich schiebe mein Dessertglas zur Seite und gieße mir Wein nach. »Zanes Mom wird ihren Mann zur Reha begleiten und ihn dann mithilfe von Fachkräften zu Hause pflegen.«

»Worum geht es denn eigentlich?«, hakt Ocean nach und Cole gibt ihr einen kurzen Abriss über Zanes Familienverhältnisse, was passiert ist und was das für Zane bedeutet.

»Krass«, sagt sie nur. »Und nun?« Sie schaut mich fragend an. Wenn ich das wüsste.

»Zane ist auf der Suche nach einem Geschäftsführer. Der Mitarbeiter der Firma, den er ursprünglich dafür vorgesehen hatte, hat abgelehnt. Also muss er jetzt extern jemanden finden. Das ist wohl schwieriger als gedacht. Solange das nicht geregelt ist, muss er die Geschäfte führen.«

»Was für ein Mist«, murmelt Ocean.

»Wem sagst du das.«

Ein paar Augenblicke sitzen wir schweigend beisammen.

Autumn löst die wieder eingeschlafene Hope von ihrer Brust, bedeckt sich und wirft mir einen mitfühlenden Blick zu. »Hat sich die Situation wenigstens bezüglich seines Outings ein wenig entspannt?«

Cole schnaubt.

»Kann man sehen, wie man will«, sage ich und reibe meine müden Augen. »Laut Zanes Erzählungen ist es den meisten Kunden und Geschäftspartnern wohl entgegen der Meinung seines Dads schnurz, mit wem er ins Bett geht. Ein oder zwei haben die Verträge gekündigt, ein paar weitere zur Bedingung gemacht, die Zusammenarbeit nur fortzuführen, wenn Zane seinen Posten aufgibt. Was er erst einmal nicht tun wird. Er lässt sich nicht erpressen. Auch ohne diese Kunden haben sie immer noch genügend Aufträge. Verarmen werden sie so schnell also nicht. Der Rest hat scheinbar kein Problem damit. Oder sie hüten sich, etwas zu sagen.«

»Klingt doch gut«, meint Mom und lächelt.

Cole schnaubt wieder, als wäre er in der Zwischenzeit zum Büffel mutiert. »Jaja, klingt so. Aber seine Mom schweigt das Thema tot.«

Ocean zieht ihre seit Neuestem gezupften Augenbrauen hoch. »Was? Er weiß noch gar nicht, wie seine Mom dazu steht?«

»Er kann auf ihre Meinung verzichten!«, brummt Cole.

Theoretisch hat er recht. In der Praxis ist es Zane dennoch wichtig, dass seine Mom ihn immer noch lieb hat.

»Er liebt dich, ihr werdet das alles überstehen. Liebe schafft alles!«, versichert mir Mom und streichelt tröstend meinen Handrücken.

»Allerdings«, pflichtet ihr Cole bei und nickt heftig.

Gavin hat zu dem ganzen Thema gar nichts zu sagen. Er tippt auf seinem Handy herum, als interessierte es ihn nicht, wie es seinem Freund und seinem Bruder geht.

»Er ist verrückt nach dir. Ich kenne ihn mein halbes Leben. Er wird dich sicher nicht mehr so schnell loslassen.« Cole lächelt mich ungewohnt liebevoll an, keine Spur seines üblichen Schalks, nur reine Zuneigung zu seinem besten Freund und zu mir. Ein warmes Gefühl durchströmt mich. »Wie ich mit diesen beiden wunderbaren Mädchen«, ergänzt er leise. Er legt einen Arm um Autumns Schultern, zieht sie an sich und fährt Hope zart über das Köpfchen. Gemeinsam betrachten sie ihre Tochter und aus ihren Augen quillt so viel Liebe, dass es fast zum Weinen ist. Mom, die es anscheinend auch bemerkt, seufzt.

Anschließend räumen wir alle zusammen den Tisch ab und das Geschirr in die Spülmaschine. Ich bin froh, dass das Thema Zane und ich vorerst beendet ist und Mom sich wieder auf Oceans neue Liebe konzentriert. Ich höre nur mit halbem Ohr zu, wie Ocean von ihrem Richard schwärmt, als wäre er ihr persönlicher Superheld, und wie traurig sie ist, dass er so weit weg ist. Das Problem Fernbeziehung haben wir nun gemeinsam. Schließlich verkündet sie uns, dass sie plant, so schnell wie möglich nach London und zu ihrem Richard zurückzukehren, dort ihr Studium zu beenden und sich dann einen Job zu suchen.

Wenn doch nur immer alles so einfach wäre wie für Ocean. Sie ist immer schon durchs Leben gehüpft, als könne ihr nichts etwas anhaben.

Es ist schon spät, als ich aufbreche, beinahe Mitternacht. Der Abend war schön und lustig und traurig zugleich und hat mich erfolgreich von meinem Kummer abgelenkt. Die Nacht ist kühl und weil ich meine Jacke in der Praxis vergessen habe, friere ich beim Nachhauseradeln erbärmlich.

Beim Aufsperren begrüßt mich keine meiner Katzen, weder vor noch hinter der Haustür. Das ist ungewöhnlich. Kurz mache ich mir Sorgen, ob ein Tierfänger alle meine Lieblinge gestohlen hat.

Dann entdecke ich die Boots in meinem Flur. Zane! Seine Lederjacke liegt daneben auf dem Boden, sein Rucksack und ein großer Koffer versperren den Weg ins Wohnzimmer. Mein Herz stolpert. Er ist da!

Ohne meine Schuhe auszuziehen, haste ich ins Innere. Zuerst sehe ich gar nichts, weil das Licht aus ist und die Vorhänge geschlossen sind. Aber ich weiß, dass er in der Nähe ist. Ich spüre seine Anwesenheit, rieche sein Aftershave.

Ein Impuls zieht mich zur Couch. Und da ist er. Er liegt auf dem Rücken, ein Arm über dem Gesicht, der andere hängt herunter auf den Teppich. Alle meine Katzen umringen ihn. Bob hat sich auf seiner Brust zusammengerollt und blinzelt nur kurz, als er mein Auftauchen registriert.

Eine Weile stehe ich einfach da und bewundere meinen Liebsten. Dann knie ich mich neben Zane auf den Boden und drücke vorsichtig meine Lippen auf seine, nur ein paar Sekunden, bevor ich mich wieder zurückziehe und warte. Flatternd öffnen sich seine Lider, ein träges Grinsen breitet sich auf seinem Gesicht aus.

»Überraschung«, murmelt er verschlafen.

»Gelungen. Ich liebe Überraschungen.«

Er rückt ein Stück zur Seite und ich schiebe Bob herunter, der mich strafend anblickt und mit hoch erhobenem Schwanz davonstolziert. Glücklich kuschle ich mich an meine große Liebe, küsse seinen Hals und schlinge meinen Arm um seine Taille.

»Bring mich ins Bett«, bittet Zane leise. Ich stehe auf, greife seine Hand und führe ihn ins Schlafzimmer.

Ohne Eile ziehen wir uns aus, lassen uns dabei keine Sekunde aus den Augen. Nackt stehen wir voreinander und genießen den Anblick des anderen. Der Person, die unser Leben ist.

Wie auf Kommando treten wir beide einen Schritt vor, bis sich unsere Körper beinahe berühren. Zane greift in meinen Nacken und schiebt seine Finger in meine Haare, zieht mich zu sich, bis wir aufeinanderprallen, und küsst mich. Ich liebe seine Lippen, seinen Geschmack, wie seine Zunge meine begrüßt und mit ihr spielt, kann nicht genug davon bekommen. Seine Geräusche, das Keuchen und Atmen und Stöhnen machen mich beinahe verrückt. Nichts kann mich davon abhalten, ihn jetzt zu lieben, mich mit ihm zu vereinen und unsere Liebe zu feiern.

Er drängt mich zum Bett, bis ich dagegen stoße und mich darauf fallen lasse. Rückwärts rutsche ich nach oben. Zane krabbelt auf die Matratze und folgt mir auf allen vieren, ein freches, sündiges Grinsen im Gesicht.

Er senkt seinen Kopf auf meine Mitte und nimmt meinen wartenden Penis in den Mund, verwöhnt mich, leckt mich, saugt, bis ich kurz vor dem Explodieren bin. Verzweifelt lehne ich mich ans Kopfende, meine Finger in seine Kopfhaut gekrallt. Im letzten Moment hört er auf, schüttelt meine Hände ab und kniet sich über mich.

»Fick mich! Jetzt!«, bittet er mich und greift gleichzeitig ans Nachtkästchen, um die Gleitcreme zu holen. Ich kann nur noch nicken. Zitternd reibt er seine Spalte mit Gleitgel ein, spreizt die Beine ein Stück weiter und sinkt langsam auf mich, nimmt mich in sich auf und lässt sich von mir erobern. Ich weiß, dass er die aktive Rolle bevorzugt, umso mehr bin ich glücklich über die Geste, darüber, dass er sich nehmen lässt.

Er ist ganz mein, er liefert sich mir aus, tut das, was für ihn das Schwulste überhaupt ist. Und er genießt es. Vorsichtig beginnt er, mich zu reiten, steuert unseren Rhythmus, stützt sich mit den Händen auf meiner Brust ab. Plötzlich verändert er die Position, zieht die Knie an und hockt auf mir, öffnet sich mir schlagartig, sodass ich bis zur Wurzel in ihn hineingleite. Gleichzeitig stöhnen wir auf. So verharren wir einen Augenblick, bevor wir uns erneut gegeneinander und miteinander bewegen.

Mein Höhepunkt ist gewaltig, die Kontraktionen wollen gar nicht enden. Während die letzten Zuckungen abebben, legt Zane Hand an sich selbst und bringt sich in nur wenigen Bewegungen ebenfalls zum Orgasmus. Danach bricht er erschöpft auf mir zusammen. Ich drücke seinen verschwitzen und klebrigen Körper an meinen. Mit ihm im Arm drehe ich mich zur Seite und gleite aus ihm heraus.

Wir atmen beide schwer. In seinen Augen spiegelt sich mein eigenes Glück. Er sieht so befriedigt und müde aus, wie ich mich fühle.

»Wie lange kannst du bleiben?«

Nach einem kurzen Erholungsschläfchen liegen wir auf dem Bauch, die Köpfe einander zugewandt. Pumuckl kommt hereingeschlendert, rümpft aber angesichts des deutlichen Sexgeruchs die Nase und flüchtet wieder.

»Ich hoffe, für immer«, raunt Zane. »Wenn du mich lässt.« Er schaut mich unsicher an, beinahe schüchtern.

»Und Wellington-Soy?«

»Ich habe vorgestern einen Geschäftsführer eingestellt. Er wird ab sofort alles vor Ort regeln. Ich mache Homeoffice und muss nur noch alle paar Wochen hinfliegen. Ich will nicht mehr von dir getrennt sein.« Er grinst breit.

»Und das sagst du mir erst jetzt?«, kreische ich wie eine verdammte Tunte und werfe mich auf seinen Rücken. Vor Aufregung rast mein Herz, mein Schwanz pocht. Ich übersäe seine Rückseite mit Küssen, rutsche nach unten und beiße ihn in den Po.

»Aua!«

»Das ist die Strafe, weil du es mir verschwiegen hast.«

Er buckelt wie ein Pferd, sodass ich von ihm herunterpurzle. Blitzschnell dreht er sich um und begräbt mich unter sich. »Ich wollte dich eben zuerst vernaschen.«

Zane knabbert sich meinen Hals hinauf, über mein Kinn und leckt mir über die Lippen. Ich versuche, ihn mit meinem Mund zu fangen, aber er lässt mich nicht und weicht so weit zurück, dass ich ihn nicht mehr erwischen kann.

»Du bist ganz schön egoistisch, Zane Wellington.« Ich versuche, mich freizustrampeln, aber er macht sich extra schwer und wackelt mit seinem Unterleib.

Er brummt. »Ich weiß. Aber ich weiß auch, dass du genau das an mir liebst.«

»Wenn du meinst«, grummle ich und schiebe gespielt schmollend die Unterlippe vor.

Mit seinen Zähnen hält er meine Unterlippe fest, was gleichzeitig schmerzt und erregt. Er teilt meine Beine und schiebt seine Erektion zwischen uns.

»Bist du froh, dass du dich geoutet hast?«, frage ich in einem Anfall von Zweifel, obwohl er mir keinen Grund dafür gibt und obwohl er die Frage schon mehrmals beantwortet hat. Zane hält inne.

»Aber hallo! Das war das Beste und Richtigste, was ich jemals getan habe!«

Sein intensiver Kuss und das begleitende Stöhnen besiegeln seine Worte.

»Richtig kann man nicht steigern«, nuschle ich unter seinen Lippen.

»Sei still und küss mich endlich«, knurrt er und verschlingt mich geradezu.

Und das tue ich.

»Du bist mein ganz persönlicher Batman«, sage ich und küsse ihn so wild und liebevoll und zärtlich und leidenschaftlich zurück wie er mich.

Zane, mein Superheld, mein Zweifler, mein Ex-Frauenheld, mein homophober Liebhaber, mein Schönling mit der Föhnfrisur, mein Idiot, mein Herz, mein Alles.

Danksagung

Liebe Leser und Leserinnen,

Die WG um Ethan, Cole und Zane ist mir mittlerweile zu einer zweiten Familie geworden. Ich liebe die drei Jungs und ihre Freunde. Im vierten Teil wird noch eine weitere Person, Madison, dazukommen, die ihr hoffentlich genauso ins Herz schließen werdet. Ihr habt sie hier schon kennengelernt.

Liebe ist Liebe, das muss auch Zane schmerzhaft feststellen. Ich muss zugeben, dass mich bis jetzt keines meiner Bücher so mitgenommen hat wie dieses. Zane hat es mir auch wirklich verdammt schwer gemacht mit seinem Hin und Her und seinem ewigen Sträuben und Verleugnen seiner Gefühle. Ich wusste schon vorher, dass Zane sich anstellen wird, aber dass es derart ausartet und er sich so extrem reinsteigert, war zuerst nicht geplant. Er hat mich viele Nerven gekostet. Gut, dass er sich dann doch irgendwann für Lenny entschieden hat, sonst hätte ich ihn dazu gezwungen. Ich konnte nämlich erst in den Urlaub fahren, als sie endlich zusammen waren, sie beide unglücklich zurückzulassen, hätte ich nicht übers Herz gebracht. Aber so ist das beim Schreiben: Manchmal gehen die Figuren ihre eigenen Wege und das ist auch gut so, denn erst dann wird es echt.

Wusstet ihr, dass jedes der Tiere in meinen Büchern ein reales Vorbild hat? Und dass ich Lennon nach meinem Kater Lenny benannt habe?

Vielen Dank an meine Forever-Schwester und Testleserin Ina Taus.

Danke, dass du so ehrlich warst und das Buch noch besser gemacht hast. Dein Lob und deine Kommentare lassen mich jedes Mal leuchten. (Klingt das zu pathetisch? Macht nichts.) Wenn Zane und Lennon sich nicht gefunden hätten, könnten wir sie zwischen uns aufteilen ;).

Diesmal auch ein besonderes *Danke* an meine Fairy Bookbeasts, drei wunderbare Autorenkolleginnen – Vera Pandolfi, Evy Winter und Mara Winter -, die mich aufbauen, motivieren, mir zuhören, mich lieb haben, wie ich bin. Mädels, ohne euch Nudeln wäre Facebook und das Leben überhaupt nur halb so schön.

Wie immer auch Danke an das Team von Forever, bei dem ich mich unheimlich wohlfühle und das mir immer unkompliziert zur Seite steht.

Danke, Papa, dass du aus der Ferne auf mich aufpasst.

Liebt, wen auch immer ihr lieben wollt!

Liebste Grüße, Christiane Bößel

Drei College-Studenten, eine WG und jede Menge romantische Verwicklungen

Als Ethan sein Studium an der SFSU, der San Francisco State University, beginnt steht fest: Er zieht in eine WG mit seinen beiden besten Freunden. Das Zusammenleben mit Zane und Cole ist allerdings alles andere als leicht, denn die drei Männer könnten unterschiedlicher nicht sein. Ethan, der tiefgründige Musikliebhaber, Cole, der angehende Footballstar mit Stipendium, und Zane, der Erbe aus reichem Hause. Die drei Bad Boys genießen das Studentenleben, frei nach dem Motto Partys, Alkohol und Affären, aber bloß keine festen Beziehungen. Doch dann trifft Ethan auf Claire, die seine Entscheidung, nicht auf Dates zu gehen, gehörig ins Wanken bringt. Kann Claire Ethans selbstgebaute Mauern einreißen? Oder sind die Wunden aus seiner Vergangenheit zu tief?

Christiane Bößel
Ethan & Claire - A San Francisco College Romance

Roman
Taschenbuch
forever.ullstein.de

Band 2 der College-Romance-Serie von New-Adult Autorin Christiane Bößel

Cole Matthews hat es geschafft: Als erfolgreicher Footballer hat er ein Stipendium für die SFSU, die San Francisco State University, ergattert. Neben dem Sport und seinen beiden besten Freunden liebt Cole Frauen. Seine wechselnden Affären haben ihm einen Ruf als Bad Boy eingebracht. Als Cole jedoch bei einer Party auf Autumn trifft, ist er sofort fasziniert, denn sie strahlt eine unglaubliche Stärke aus. Cole muss die unbekannte Schöne unbedingt kennenlernen, doch Autumn weist ihn ab. Sie hat mit Männern abgeschlossen – besonders mit Sportlern. Bisher haben die sich alle als oberflächlich erwiesen. Aber so leicht gibt Cole nicht auf. Er spürt eine Verbindung zu Autumn und möchte ihr zeigen, dass in ihm mehr steckt als nur ein Footballspieler.

Christiane Bößel
Cole & Autumn – A San Francisco College Romance
Roman

Taschenbuch
forever.ullstein.de

Er ist heiß, er ist mysteriös und er hat ein dunkles Geheimnis ...

Die 18-jährige Julia ist ein absolutes Sunny Girl und eine der beliebtesten Schülerinnen an ihrer Highschool in Kalifornien. Außerdem ist sie mit Brandon zusammen, dem Star des Football-Teams. Die beiden kann so schnell nichts auseinanderbringen. Auch nicht die drei Monate im Sommer, in denen Julia ihren Vater in Deutschland besucht. Oder doch? Was Julia nicht weiß: Ihr Vater hat eine neue Freundin, die ihren Pflegesohn Chris mit in die Beziehung bringt. Und damit auch in die Wohnung, in der Julia die nächsten Wochen leben wird. Chris ist ein echter Bad Boy ohne Manieren. Trotzdem fühlt sich Julia vom ersten Augenblick an wie magisch zu dem arroganten Draufgänger hingezogen ...

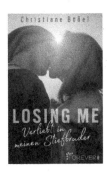

Christiane Bößel
Losing me
Verliebt in meinen Stiefbruder

Roman
Taschenbuch
forever.ullstein.de